Im Schatten der Wallfahrt

Sabine Schneider, geboren 1969 in Eltville am Rhein, in Göttingen aufgewachsen. Studium der Angewandten Geografie/Fremdenverkehrsgeografie an der Universität Trier. Sie lebt in Klausen/Mosel und arbeitet in Trier.

Stephan Brakensiek, geboren 1968 in Dortmund. Studium der Kunstgeschichte, Geschichte, Politikwissenschaft und Publizistik an der Ruhr-Universität Bochum. Nach verschiedenen Tätigkeiten im Ruhrgebiet lebt und arbeitet er seit 2004 in Trier.

Dieses Buch ist ein Roman. Handlungen und Personen sind frei erfunden. Ähnlichkeiten mit lebenden oder toten Personen sind nicht gewollt und rein zufällig.

SABINE SCHNEIDER/STEPHAN BRAKENSIEK

Im Schatten der Wallfahrt

KRIMINALROMAN

emons:

Bibliografische Information der Deutschen Nationalbibliothek
Die Deutsche Nationalbibliothek verzeichnet diese Publikation in der Deutschen Nationalbibliografie; detaillierte bibliografische Daten sind im Internet über http://dnb.d-nb.de abrufbar.

MIX
Papier aus verantwortungsvollen Quellen
FSC® C083411
FSC
www.fsc.org

Umschlagmotiv: age fotostock/LOOK-foto
Umschlaggestaltung: Tobias Doetsch
Gestaltung Innenteil: César Satz & Grafik GmbH, Köln
Lektorat: Susann Säuberlich, Neubiberg
Druck und Bindung: CPI – Clausen & Bosse, Leck
Printed in Germany 2015
ISBN 978-3-95451-544-8
Originalausgabe

Für Micheline und Alfred, Heide und Helmut

Abschied liegt im Blut
Nimmerwiedersehen
Schritte fern verhallen
Nebelschleier fallen
nie mehr wird es schön

Ilse Kibgis

PROLOG

Rosi hatte recht. Beim Kaffee kam es nicht darauf an, ob man ihn aus einer guten Filtermaschine oder einem gut gewarteten Vollautomaten bekam. Wichtig war vielmehr, dass die Bohnen die nötige Qualität und den richtigen Grad der Röstung hatten. Und bei dem, was er gerade auf einem Papptablett vor sich her trug, das eher an einen Eierkarton als an eine Servierhilfe erinnerte, war sich Ferschweiler nicht sicher, was tatsächlich zum Aufbrühen verwendet worden war.

Auch hatte der Trierer Hauptkommissar keinen blassen Schimmer, ob dort, wo er den Kaffee gekauft hatte, noch ehrlich aufgebrüht oder so verfahren wurde, wie es ihm sein Freund Berthold, der an der Universität ein Bistro des Studierendenwerks leitete, schon öfters auch für die Kneipe seiner Freundin Rosi, »Zum Standhaften Legionär«, empfohlen hatte: Kaffeepulver im Filter lassen, einen Messlöffel neues draufhäufen und die Maschine erneut mit frischem Wasser durchlaufen lassen. Berthold schwor Stein und Bein, dass niemand diese – wie er sie bezeichnete – Variante bemerken würde.

Rudolph Ferschweiler, von seinen Freunden und Kollegen nur Rudi genannt, war dies aber im Moment völlig egal. Er brauchte nun einen starken Schwarzen. Die vergangenen Tage waren hart gewesen, Schweres lag noch vor ihm.

Eigentlich hatte er für heute einen Termin beim Friseur gehabt, um seine langen schwarzen Haare, die er immer zu einem Zopf zusammengebunden trug, deutlich kürzen zu lassen. Sie wurden ihm allmählich lästig. Doch einen Kurzhaarschnitt, wie die meisten seiner Kollegen ihn bevorzugten, konnte er sich nicht vorstellen.

Lange schon war Ferschweiler nicht mehr so früh morgens auf dem Hauptmarkt gewesen. Alles wirkte ruhig. Menschen waren keine zu sehen. Nur entfernt in der Simeonstraße, in der Nähe der Porta Nigra, meinte er, vereinzelte Gesänge von spät heimkehrenden Partygängern zu vernehmen. Schnell schritt er von der Filiale des amerikanischen Burgerbraters, die sich in einem der in den 1960er-Jahren wieder aufgebauten Bürgerhäuser befand, Richtung Dom. Es waren keine zweihundert Meter. Und das Wetter war schon seit Tagen blendend. Zwar war es für April eigentlich viel zu warm, doch die Sonne war nach dem langen, schneereichen Winter von allen sehnlichst erwartet worden. Fünfzehn Grad zeigte das Thermometer neben dem Ladenschild eines Optikers in der Nähe der Gangolf-Kirche, die sich an der südlichen Seite des Hauptmarkts majestätisch hinter der ihr vorgelagerten schmucken Häuserzeile erhob.

Trotzdem fröstelte es Ferschweiler.

Insgesamt war seine Stadt eher beschaulich. Viel passierte hier nicht, was die Kriminalpolizei zu interessieren hatte. Doch nun, im Vorfeld der am kommenden Donnerstag zu eröffnenden Heilig-Rock-Wallfahrt, war alles anders. Menschen strömten massenhaft in die Moselmetropole, und mit ihnen nahmen auch die Probleme zu. Aber was den Kommissar nun seit knapp fünf Tagen auf Hochtouren beschäftigte, das suchte seinesgleichen – nicht nur in Trier.

Nachdenklich war Ferschweiler durch die Sternstraße gegangen und hatte die blickdichten, knapp zwei Meter hohen Absperrungen auf dem Domfreihof erreicht, die seine Kollegen vor dem Komplex des Palais Walderdorff am vergangenen späten Abend errichtet hatten. Nicht mehr weit von hier standen zwei große Transporter, vor denen es von teilweise maskierten Uniformierten nur so wimmelte. Ferschweiler öffnete die Tür des rechten Busses und stieg ein. Drinnen herrschten schlechte Luft und miese Stimmung.

Missmutig blickte ihm sein Kollege Wim de Boer aus müden Augen entgegen. Ein anderer Mitarbeiter saß apathisch neben ihm. Nachtschicht war für beide offensichtlich nicht die bevorzugte Arbeitszeit, zumal de Boer noch rekonvaleszent war.

»Gut, dass du wieder da bist, Rudi.«

»Wieso? Ist etwas passiert? Hat er sich gemeldet?«

»Nein, nichts.«

De Boer blickte wieder auf die beiden vor ihm stehenden Monitore, auf denen in stetem Wechsel Bilder von mindestens fünf Kameras zu sehen waren, die in allen nur erdenklichen Perspektiven den Bus im Visier hatten, der quer vor dem Hauptportal des Doms stand. Dort würde in wenigen Tagen eines der wichtigsten Ereignisse der katholischen Christenheit in diesem Jahr beginnen: die Wallfahrt zur Tunika Christi, zu dem Hemd Jesu Christi, um das die römischen Soldaten am Fuße des Kreuzes nach Meinung der Kirche gewürfelt hatten. Kaiserin Helena hatte es, so die Legende, einst nach Trier gebracht, wo es 1512 zum ersten Mal in einer sogenannten Heiltumsweisung unter Anwesenheit des römisch-deutschen Kaisers den Gläubigen gezeigt worden war.

»Alles ist genauso ruhig wie vor zwanzig Minuten. Aber ich könnte mal etwas frische Luft gebrauchen. Könntest du mich …«

»Was für ein Alptraum«, entfuhr es Ferschweiler, der anscheinend nichts von dem gehört hatte, was de Boer gesagt hatte. »Hat sich der Bischof schon geäußert?«

»Nein.« De Boer klickte resigniert und lustlos von Kamera zu Kamera weiter. »Aber der Generalvikar will gegen neun gemeinsam mit Dr. Süß eine Pressekonferenz abhalten. Gerade kam die Nachricht.«

»Soll ich etwa dabei sein?« Ferschweiler blickte seinen jungen Kollegen, den alle im Polizeipräsidium »den Holländer« nannten, gespannt an.

»Da hat der Präsident nichts von gesagt. Aber du kennst Dr. Süß ja. Wart es einfach ab.« Dann schaute de Boer kurz auf. »Hast du mir wenigstens einen Kaffee mitgebracht?«

»Klar, hier, bitte.« Ferschweiler schien wie aus Gedanken zu erwachen und reichte seinem Kollegen einen der drei mit einem Plastikdeckel verschlossenen Pappbecher. »Auch für Schorsch habe ich einen dabei. Willst du?«

Doch der Angesprochene, Georg Wingertszahn-Lichtmeß, reagierte nicht. Vielmehr starrte er wie gebannt auf seinen Bildschirm. »Da«, sagte er voller Aufregung, »seht! Die hintere Tür des Busses öffnet sich! Es tut sich was.«

Ferschweiler trat hektisch näher. Auch de Boer hatte sich von seinem Stuhl erhoben und schaute Wingertszahn-Lichtmeß konzentriert über die Schulter. Wie die Kameras zeigten, kam beim Sondereinsatzkommando ebenfalls Unruhe auf. Was sollte das zu bedeuten haben? Sollte alles nun doch ein schnelles und gutes Ende finden?

EINS

Knapp eine Woche zuvor …

Die Atmosphäre der Viehmarktthermen hatte er schon immer gemocht. Die antiken Fundamente, die nun als Wände einer leicht labyrinthisch angelegten Raumfolge dienten, dann die alten Brunnenschächte und nicht zuletzt die große Fläche im Zentrum der Anlage, die Oswald Mathias Ungers vor Jahren mit einem für ihn grandiosen Glaskubus überbaut hatte. Große Kunst, gute Architektur war sie für ihn – und damit in gewisser Weise auch ein Ausdruck für sein Bestreben, in seiner Zeit als Bau- und Wirtschaftsdezernent seiner Heimatstadt Trier ein neues, ein modernes Gesicht zu geben.

Nun stand er auf dem oberen Absatz der großen Metalltreppe, die den Zentralraum mit den übrigen, etwas höher und unter dem Viehmarktplatz gelegenen Bereichen verband, und schaute auf die letzten Vorbereitungen, die zur anstehenden Veranstaltung noch getroffen werden mussten. Für ihn würde der heutige Tag ein Tag des Triumphes sein. Heute würde er hier vor den versammelten Honoratioren aus Stadtverwaltung, Politik, Wirtschaft, Kulturbetrieb und Kirche seine neue Vision des Viehmarktviertels vorstellen. Vorbei würde es sein mit den schmutzigen Ecken und Gassen hinter der Europahalle und dem großen Hotelkomplex, der in den letzten Jahren immer wieder den Betreiber gewechselt hatte. Vorbei würde es dann auch sein mit dem schlechten Image dieses Teils seiner Stadt, und Trier würde außerhalb seiner Stadtgrenzen noch interessanter werden, sowohl für die Menschen des näheren Umlands als auch für die der Großregion.

Er wollte die Moselmetropole zum grenznahen Shopping-Paradies machen. Vor einigen Jahren war ihm mit den »Moselarkaden« ein erster Schritt dazu gelungen.

Zufrieden strich er sich über seine fliederfarbene Krawatte, als er an die Widerstände dachte, die er damals in der Kommunalpolitik und bei den Kaufleuten hatte niederkämpfen müssen.

Was ihn am meisten mit Stolz erfüllte, war der Umstand, dass von den pessimistischen Unkenrufen, die seinerzeit einen Verfall und einen Exodus der kleineren Läden und Geschäfte in der Innenstadt prognostiziert hatten, nichts eingetroffen war. Sicherlich, der eine oder andere Unternehmer hatte aufgeben müssen. Aber war das nicht immer so im Alltag des Geschäftslebens? Fressen oder gefressen werden, das war doch auch hier ein unumstößlicher Grundsatz.

Laut begann sein Magen zu knurren. Wie passend, dachte er und schaute sich um, ob er schon Auguste LePetit entdecken konnte, den er für die Versorgung seiner Gäste verpflichtet hatte. Es war nicht ganz einfach gewesen, diesen ehemals in der Region berühmten Koch aus dem Burgund, der sich inzwischen als Kantinenchef im Polizeipräsidium weit unter seinem Wert verdingen musste, zu überreden, hier heute *front cooking* zu betreiben. Aber er hatte wie fast immer einfach die besseren Argumente gehabt und dem kleinen dicken Franzosen das Gefühl vermittelt, noch einmal zu alter Größe auflaufen zu können.

»Da sind Sie ja, Herr Jungbluth«, hörte er hinter sich jemanden sagen. »Ich habe Sie schon überall gesucht.«

Es war seine Sekretärin, Maria Surges, die sich ihm, wie es so ihre Gewohnheit war, fast lautlos auf ihren flachen Schuhen genähert hatte.

»Der Herr Oberbürgermeister ist in Begleitung zweier Herren soeben eingetroffen. Wollen Sie ihn begrüßen?«

Jungbluth war erstaunt und schaute auf seine Uhr. Jetzt schon? Sollte er sich in der Zeit vertan haben? Doch dann dämmerte es ihm, warum der OB Dieter Dombrowski früher gekommen war als die übrigen Gäste, und er fühlte sich plötzlich um zwei Zentimeter gewachsen.

»Danke, Maria«, sagte er und eilte zum Aufzugschacht, aus dem der Politiker gleich wohl aussteigen würde.

»Hallo Dieter«, sagte er, als die Türen aufglitten und das Stadtoberhaupt aus dem Aufzug trat. Er hatte für den heutigen Abend sogar seine Amtskette angelegt und lächelte leicht verlegen, als er Jungbluths Hand ergriff.

»Guten Abend, CT, alles Gute zum Geburtstag, mein Lieber. Ich hoffe, es ist dir nicht unangenehm, dass ich schon etwas früher gekommen bin. Aber ich wollte dir noch einen sehr interessanten Herrn vorstellen, der dir ein geniales Angebot unterbreiten möchte«, sagte der Oberbürgermeister.

»Kein Problem, ich freu mich«, entgegnete Carl-Theodor Jungbluth, der wegen der Initialen seines Vornamens von vielen CT genannt wurde. Er schaute interessiert in die Gesichter der beiden Männer, die hinter dem Oberbürgermeister den Lift verließen.

»Darf ich vorstellen?«, sagte Dombrowski und deutete auf den Herrn zu seiner Rechten. »Das ist der Unternehmensberater Dr. Michael Merseburger. Er ist Europachef der ›Arabian Immovesta‹, die uns den aktuell diskutierten Vorschlag für das neue Einkaufszentrum gemacht hat. Bisher hatten wir es immer nur mit dem Deutschlandchef, Manfred Buck, zu tun. Und Niels Baron, der sich ebenfalls nun in diesem Metier betätigt, den muss ich dir ja nicht erst vorstellen. Herr Baron hat Dr. Merseburger erst vor einer Stunde mit mir bekannt gemacht. Beide haben aber ein so interessantes Angebot unterbreitet, dass ich es nicht versäumen wollte, es dir heute noch vorstellen zu lassen. Du verzeihst mir doch, dass ich die beiden so einfach mitgebracht habe?«

Jungbluth schüttelte den beiden in elegante schwarze Maßanzüge gekleideten Herren die Hand und war zufrieden. Sein Plan hatte funktioniert. Nun würde der Abend ein voller Erfolg werden.

»Das ist doch gar kein Problem. Ich freue mich, Sie begrüßen zu dürfen.« Er konnte es sich nicht verkneifen, ihnen – von Dombrowski allerdings unbemerkt – zuzuzwinkern. »Wo für zweihundert Personen genug da ist, da reicht es auch für zweihundertzwei.« Mit ausladender Geste bat er seine Gäste, ihm in den großen Innenraum zu folgen, wo das Prädikatsweingut »von Othegraven« von der Saar eine lange Theke mit seinen edelsten Erzeugnissen gedeckt hatte. Allmählich trafen die ersten Gäste ein. An der Garderobe hatte man zunehmend zu tun.

»Darf ich Sie auf ein Glas 2011er Altenberger Großes Gewächs einladen?«, fragte Jungbluth den OB und die ihn begleitenden Herren. Behände griff er sich drei Gläser vom Tablett einer aparten jungen Dame, die ihnen in einem engen schwarzen Kleid lächelnd entgegengetreten war, und reichte sie seinen Gästen.

»Ein wunderbarer Wein und ein ebenso wunderbares Ambiente, nicht wahr? Genau das Richtige für einen solchen Abend.«

»Da haben Sie wohl recht, Herr Jungbluth«, sagte Dr. Merseburger, der ältere der beiden Herren, und ließ seinen Blick über den hohen Glaskubus schweifen, der die Thermenanlage aus dem ersten nachchristlichen Jahrhundert überwölbte. »Hätten wir denn vielleicht noch die Gelegenheit, kurz unter sechs Augen mit Ihnen zu sprechen?«

Jungbluth tat ein wenig überrascht. »Aber natürlich, warum denn nicht? Entschuldigst du uns bitte kurz, Dieter? Wir sind gleich wieder zurück.«

Während der Oberbürgermeister einen kräftigen Schluck aus seinem Weinglas nahm und versuchte, mit der hübschen Bedienung einen kleinen Flirt zu starten, gingen die drei anderen Herren mit schnellen Schritten in einen angrenzenden, durch ein Schild als »Technik« bezeichneten Bereich und schlossen hinter sich die Tür.

***

Marie-Luise Hoppenstedt hätte den Abend lieber anders verbracht. Vielleicht in Luxemburg in der Philharmonie oder auch im Kulturzentrum TUFA, der alten Tuchfabrik, wo heute der von ihr sehr verehrte Kabarettist Horst Becker einen Auftritt hatte. Aber als Vorsitzende des »City-Rings«, des Zusammenschlusses von mehr als achtzig Kaufleuten aus dem Bereich der Trierer Innenstadt, war die Einladung von Carl-Theodor Jungbluth für die Mittvierzigerin ein Termin, den sie schwerlich ausschlagen konnte.

Ihre anscheinend ausgezeichneten, sogar persönlichen Kontakte und die dadurch gleichbleibenden guten Beziehungen zu dem nicht nur in der Kommunalpolitik mächtigen Baudezernenten der Stadt waren sicherlich in den letzten Jahren ein Garant dafür gewesen, dass es der von ihr geleiteten Interessengemeinschaft gelungen war, den vielen mittelständischen Unternehmen dabei zu helfen, die schwierigen Zeiten der Wirtschaftskrise besser als in so manch anderer Großstadt ohne größere Verluste zu überstehen. Doch das, was Jungbluth nun in seinem Dezernat hatte erarbeiten lassen, bereitete ihr momentan mehr Kopfschmerzen als die ganze Heuchelei, die sie ansonsten gegenüber dem Politiker an den Tag legen musste. Sie wusste zwar noch nicht viel, aber sie hatte ihre Informanten. Und das, was diese unabhängig voneinander berichtet hatten, trug nicht zu Marie-Luise Hoppenstedts Erheiterung bei.

Aber vielleicht ergab sich heute in den Viehmarktthermen die Gelegenheit, einmal bei den anderen sicherlich auch anwesenden Mitgliedern des Stadtvorstandes nachzuhören, wie der Baudezernent mit seiner Initiative im Stadtrat verankert war. Warum der ansonsten eher bescheiden daherkommende Carl-Theodor Jungbluth allerdings für seinen sechzigsten Geburtstag eine solch pompöse Feierlichkeit in den nur teuer anzumietenden Viehmarktthermen mit ihrer eher kühlen Atmosphäre ausrichtete, war ihr schleierhaft. Alle ähnlichen Jubiläen der letzten Jahre hatte er im engsten Kreis seiner Familie begangen oder mit wenigen, handverlesenen Freunden und Geschäftspartnern in Sternelokalen in und um Trier. Aber Überraschungen gab es ja immer wieder.

Hoppenstedt hatte sich entschlossen, zu Fuß von ihrer Wohnung im Maar-Viertel zum Ungers-Würfel zu gehen. Schließlich regnete es heute nicht, der Abend versprach vielmehr, mild zu bleiben. Ihren Entschluss hatte sie jedoch schnell wieder bereut, als sie mitten auf der Simeonstraße, kurz hinter der Porta Nigra, Heribert Schlechtriemen gewahr wurde, der sich offensichtlich auch auf dem Weg zu Jungbluths Feier befand. Als er sie sah, winkte er ihr begeistert zu und hakte sich bei ihr unter, sobald er sie schnellen Schrittes erreicht hatte. Sie hasste diesen

Mann, mehr sogar noch als seinen Chef, den Baudezernenten Jungbluth.

»Wie kommt es eigentlich«, fragte sie Schlechtriemen ganz direkt nach einer lediglich angedeuteten Begrüßung, »dass ein subalterner Beamter des Baudezernats wie Sie zur eigentlich nur mit hochrangigen Gästen begangenen Geburtstagsfeier seines Chefs eingeladen wird? Hatten Sie überhaupt einen dem Anlass angemessenen Anzug im Schrank?«

Schlechtriemen musste lachen. Humor hatte er ja, dachte Hoppenstedt. Das musste man ihm zumindest zugutehalten.

»Ach, Frau Hoppenstedt, Sie verfügen wirklich über einen fast schon zynischen Sinn für Heiterkeit.«

Amüsiert öffnete er sein dunkelbraunes Sakko und zeigte der lokalen Lobbyistin den Einnäher seiner Jacke. »Hab ich natürlich nicht in der ›Blauen Hand‹ oder im ›Modehaus Marx‹ gekauft, sondern im Outlet in Zweibrücken. Aber Sie müssen es heute Abend ja nicht jedem verraten.« Schnell schloss er sein Sakko wieder und hakte sich erneut bei Marie-Luise Hoppenstedt unter.

»Und nun vergessen Sie doch zumindest für heute«, fuhr Schlechtriemen fort und grinste dabei über das ganze Gesicht, »dass CT Ihnen den weiteren Ausbau Ihres Geschäfts samt Anbau aus städtebaulichen Gesichtspunkten nicht genehmigt hat. So schlimm wird es Sie ja nicht getroffen haben.«

Hoppenstedt musste schlucken. So ein unverschämter Speichellecker. Tatsächlich war es erst knapp zwei Wochen her, dass sie erfahren hatte, wie es um ihre Pläne zur Erweiterung des von ihr in vierter Generation geführten Schuhhauses stand. Sie hatte zwar noch keine offizielle Antwort von der Behörde, aber die Buschtrommeln in ihrer kleinen Großstadt hatten ihr bereits das ausstehende Ergebnis zugetragen. Sie war gegen Jungbluth und seine Beziehungen letztendlich machtlos. Und genauso fühlte sie sich auch. Denn CT hatte ihr schon oft übel mitgespielt.

Aber Schlechtriemen hatte recht. Wenn sie sich an Jungbluth rächen wollte, dann würde sie seinen Mitarbeiter vielleicht noch brauchen. Wer konnte das schon wissen? Diesmal würde sie

Jungbluths Aktion nicht auf sich beruhen lassen, zumal es nicht die einzige Demütigung war, die er ihr zugefügt hatte – und auch nicht die schlimmste. Genug war genug. Sie war bei ihren Mitarbeitern dafür bekannt, dass sie durchaus grausam sein und über Leichen gehen konnte.

***

Sie hasste Tiefgaragen, ebenso wie sie eigentlich auch das Autofahren hasste. In ihrem Amt war die Nutzung einer Dienstlimousine jedoch fast schon Pflicht. Und da sie sich in den letzten Monaten einige Gegner durch allzu unbedachte Aktionen und von der Presse provozierte Aussagen gemacht hatte, die schließlich in einem Farbbeutelattentat in dem Stadtbus gemündet hatten, den sie immer nutzte, um morgens zum Rathaus am Augustinerhof zu gelangen, war sie nun eher froh, einen Dienstwagen mit Fahrer zu haben.

Unterirdisch angelegte Garagen machten ihr allerdings noch immer Angst. Besonders die am Viehmarkt neben der Thermenanlage, wo heute ihr Kollege seinen Geburtstag feierte, ließ sie erschauern. Nicht dass die Garage eng oder dunkel gewesen wäre. Beileibe nicht. Hier zelebrierten die Stadtwerke ein neues, angeblich benutzerfreundliches Konzept, das besonders auf Frauen mit großen Fahrzeugen, sogenannten SUVs, ausgelegt war. In der Tiefgarage Viehmarkt war es vielmehr die Existenz von mindestens einer oder gar zwei weiteren Etagen in der Tiefe, die sie beunruhigten. Niemals ausgebaut und in Betrieb genommen, waren es Räume außerhalb der wahrnehmbaren Stadt, die sie an Gruselgeschichten aus ihrer Kindheit denken und sie auch heute noch, mit Anfang fünfzig, zittern ließen.

Friedhelm Wicht, ihr Fahrer, steuerte den Audi gekonnt wie immer in eine freie, für einen dieser spritfressenden City-Jeeps besonders breit eingerichtete Parklücke.

»So, Frau Dr. Knöth. Da sind wir. Wollen Sie den Haupteingang der Thermen benutzen, oder soll ich Ihnen die Tür zeigen, durch die Sie direkt aus dem Parkhaus in den Thermenkomplex gelangen? Sie ist gleich da vorn.« Der Fahrer drehte sich nach hinten und wies mit der Hand auf eine unscheinbare Stahltür, vor der ein alter weißer, deutlich verbeulter französischer Kastenwagen mit dem Heck zur Wand parkte.

»Nein, Friedhelm«, entgegnete die Kulturdezernentin, »vielen Dank. Ich gehe durch den Haupteingang. Die Tür ist doch eher für den Caterer oder die anderen anliefernden Dienste gedacht. Als geladener Gast sollte man stets durch das Hauptportal treten. Ich bin doch kein finsterer Eindringling.«

»Da haben Sie wohl wieder einmal recht, Frau Dr. Knöth.« Wicht rieb sich verlegen das rechte Ohr. »Ich warte dann hier auf Sie.«

Behände stieg er trotz seines kapitalen Bauchs aus dem Auto und öffnete den Fond des Wagens, um seine Chefin aussteigen zu lassen.

»Genießen Sie den Abend«, sagte er noch.

Aber Lolita Knöth schüttelte nur den Kopf und winkte ab. »Ach Friedhelm, Sie wissen doch, wie ich zu Jungbluth stehe. Ein Spaß wird das heute also nicht.«

Langsam und bedächtig durchschritt sie auf ihren Gesundheitsschuhen das verhasste Parkhaus und atmete erst auf, als sie das geräumige und bereits von Ungers gestaltete Treppenhaus erreicht hatte. Es würde sie nicht wundern, wenn Jungbluth diesen Ort speziell dafür ausgesucht hätte, um sie persönlich zu demütigen. Seit sie aus dem Osten der Republik an die Mosel gekommen war, sabotierte ihr Kollege ihre Aktivitäten, wo er nur konnte. Selbst vor Rufmord schreckte er nicht zurück, obwohl sie ihm das bisher nicht hatte nachweisen können. Erst neulich hatte es in der Presse plötzlich geheißen, sie sei ihren Aufgaben nicht mehr gewachsen: die Psyche … Es hatte einige Zeit und viel Antichambrieren gekostet, um aus dieser offensichtlich lancierten Geschichte wieder herauszukommen. Woher die Anschuldigungen gekommen waren, war bis heute im Dunkeln geblieben. Sie aber war sich sicher. Alles trug Jungbluths Handschrift.

Einiges hatte sie über ihn in den letzten Jahren in Erfahrung bringen können, manches aus seriösen, manches aus eher windigen Quellen. Nur um ihn tatsächlich zu Fall zu bringen, dafür fehlten ihr bisher die schlagkräftigen Beweise. Andererseits war sie vor sechs Wochen immerhin seine Stellvertreterin geworden, die genau dann, wenn er dienstunfähig werden sollte, mit seinem »Saustall«, wie viele in Trier sein Dezernat nannten, würde aufräumen können. Aber dazu musste er erst einmal weg.

Knöth lächelte, während sie die Tiefgarage verließ und auf den hell erleuchteten Glaskubus zusteuerte, bei dem Gedanken an einen möglichen und möglichst baldigen »Unfall« ihres Kollegen.

***

In den Viehmarktthermen war es mittlerweile richtig voll geworden. Das Streichquartett des »Collegium Musicum« der Universität spielte Mozart, und die jungen Damen, die Wein und Champagner servierten, hatten viel zu tun. Auguste LePetit stand hinter seiner geliehenen, extrem gestylten mobilen Küchenzeile mit ihren vielen Gasflammen und Warmhalteklappen und tätigte die letzten Vorbereitungen, bevor er gegen kurz nach neun mit dem Kochen beginnen sollte.

Er hasste dieses Hantieren vor Gästen. Aber das Fernsehen mit seinen Kochshows hatte es populär gemacht, den Köchen bei ihrer Tätigkeit zusehen zu können. Selbst in der Kantine des Polizeipräsidiums gab es einen Wok, an dem das Unmittelbare zu erleben sein sollte. Frische sollte das suggerieren und die Reinheit der Zubereitung, die von vielen gefordert wurde, garantieren.

LePetit jedoch empfand es als Beleidigung. Niemals hätte er Glutamate oder andere Geschmacksverstärker, nicht einmal so etwas wie Halbfertigprodukte, in seiner Küche verwendet. Er fasste dies als einen extremen Widerspruch zu seinem eigenen Berufsethos auf – und er hatte sein ganzes Berufsleben nach dieser Philosophie gehandelt.

Jungbluth hatte sich für den heutigen Abend etwas ganz Besonderes gewünscht. Es sollte gebratene Gänsestopfleber auf Gewürzbrot sowie weitere klassische *horsd'œuvre* der französischen Vorspeisenkultur geben, danach verschiedene raffiniert zubereitete Geflügelsorten in unterschiedlichen Soßen und eine Reihe von ausgefallenen Gratins und Rinderschmorgerichten. Und jeder, der wollte, sollte sich aus einer reichen Auswahl von teilweise noch lebenden Meeresfrüchten – Jungbluth hatte extra ein Aquarium für Krustentiere und einige exotische Fischarten aufbauen lassen – seine ganz individuelle *plateau de fruits de mer* zusammenstellen lassen können.

Für LePetit bedeutete dieser Auftrag seit langer Zeit mal wieder einen interessanten Einsatz, wenn er auch mittlerweile keine allzu große Lust mehr verspürte, für Geld zu kochen. Denn die meisten seiner Auftraggeber, besonders aber Jungbluth selbst, behandelten ihn schlecht. Und er hasste seine Kunden dafür. Sie schlugen sich die Bäuche voll und blickten dabei auf ihn wie auf ein exotisches Tier, das man angaffen konnte, über das man sich aber eigentlich eher lustig machte. Sie genossen seine Speisen, lachten aber über seine Nase und die etwas unproportioniert gewordenen Maße seines Körpers. Und wenn er schwitzte, empfanden sie das vielfach als eklig. Sollten diese Lackaffen doch einmal selbst am Herd arbeiten.

Doch das taten sie nie. Alle hatten zwar Küchen, die gegenüber jenen, in denen er zu seinen besten Zeiten gekocht hatte, wie Hightech-Laboratorien ausgestattet waren, aber darin mehr herzustellen als ein Omelette oder einen einfachen Auflauf, das schaffte sicherlich keiner der hier Anwesenden. Ob irgendeiner der Gäste wohl jemals etwas von Escoffier gehört hatte? Er konnte es sich nicht vorstellen. Aber was sollte er tun? Job war Job. Und der noch immer nicht abbezahlte Kredit lastete schwer.

Gerade als LePetit seine *Sauce béarnaise* mit einem letzten Hauch Estragon abrunden wollte, trat Jungbluth ans Mikrofon. LePetit hatte ihn vorhin, während er die Küchenzeile ausstattete, beobachtet, wie er lässig und völlig entspannt in seinem glänzenden grauen Maßanzug auf dem Absatz der Treppe stand und seinen Blick durch die Thermen schweifen ließ. Nun aber, fand der Koch, sah der Baudezernent ganz anders aus. Sein Gesicht war hochrot, er wirkte wie ausgelaugt, wie nach einem Dauerlauf. LePetit konnte erkennen, dass sich unter seinen Achseln Flecken auf Hemd und Sakko gebildet hatten. Und seine Augen: Sie schienen vor Aufregung nicht stillstehen zu können. So hatte LePetit den Baudezernenten noch nie gesehen. Dennoch schien sich Jungbluth völlig unter Kontrolle zu haben. Langsam hob er, nachdem es im Raum still geworden war, den Kopf und begann zu sprechen.

***

Es regnete leicht, als Gotthilf Hanselmann das Theater durch den Bühneneingang verließ. Ein knapp genickter Gruß zum Pförtner, der wie immer lesend in seiner Loge saß und kaum aufblickte, und der Intendant war aus dem ihm so verhassten Bau herausgetreten.

Immer wenn er die Waschbetonplatten des Weges zwischen Theater und Antonius-Kirche beschritt, wurde ihm klar, welch schlechte Lobby seine Kunst in der Moselmetropole hatte. Klar, in der ortsansässigen Tageszeitung wurden seine Inszenierungen und sein Management mehrheitlich gelobt, und auch überregional musste er sich mit seinen Initiativen nicht verstecken. Doch vor Ort schrieben sowohl im Printbereich als auch bei den Online-Medien nur einige wenige, die ihm zudem noch alle persönlich bekannt und lieb waren.

Innerhalb der Stadtverwaltung hatte er einen schweren Stand. Sein Theater war ein städtisches Amt und trug die Nummer 16. So stand es auch auf seinem Nummernschild: TR-16. Anfangs hatte er das noch als lustig empfunden. Mittlerweile war ihm das Lachen allerdings im Halse stecken geblieben. Manchmal brachte es ihm sogar fast Erstickungsanfälle.

Es gab Probleme mit dem Ticketbestellsystem, das nur als altertümlich bezeichnet werden konnte und in der Vergangenheit das Haus sicherlich viele Besucher gekostet hatte. Neuerungen, die diesbezüglich vielfach vorgeschlagen worden waren, versackten im Sumpf der Behörde oder wurden aus formaljuristischen Gründen verhindert oder verschleppt.

Wichtige Sanierungsmaßnahmen an dem Theatergebäude aus den 1960er-Jahren wurden, so war sein Eindruck, systematisch auf die lange Bank geschoben. So war ihm kürzlich zugetragen worden, dass auch die Kulturdezernentin seit geraumer Zeit anscheinend gemeinsame Sache mit der Baubehörde machte. Zusätzlich wurde von der Stadtspitze erwogen, seine seit Jahren immer wieder an den Rat gerichteten Bitten um einen Abriss der alten, vielfach maroden Spielstätte und die Errichtung eines Theaterneubaus in Kombination mit einer multifunktionalen, auch für andere Veranstaltungen wie Messen, Kongresse oder Empfänge zu nutzenden Infrastruktur zu übergehen. Gedacht war, das Theater in diesem Projekt lediglich zu einer Pächterin unter vielen zu machen, es keinesfalls aber mehr als Hauptnutzerin zu positionieren.

Ihm war schier der Kragen geplatzt. Er hatte gewütet, seinen Schreibtisch zerstört und nach seinen engsten Mitarbeitern Dinge geworfen. Er war einfach völlig ausgerastet. Selbst seine an den Wänden des Büros angebrachte Autogrammsammlung mit den Unterschriften der ganz Großen von Gustaf Gründgens bis Woody Allen hatte er unwiederbringlich zerstört. Gut nur, dass immerhin darüber tatsächlich Diskretion gewahrt worden war. Zumindest hatte er diesbezüglich – und es wäre ihm extrem peinlich gewesen – noch nichts gehört.

Was er erst gestern aus sicherer Quelle vernommen hatte, war, dass nun wohl südlich des Viehmarkts ein neues Einkaufszentrum von für Trier ungeahnten Ausmaßen gebaut werden sollte. Bestimmte Vertreter der Stadt waren dafür durchaus bereit, auf das Theater komplett, und nicht nur auf einzelne seiner Sparten, zu verzichten. Hauptargument war – und da konnte Hanselmann nur den Kopf schütteln – auch hier wieder der defizitäre Haushalt der Stadt. Millionen könnten ohne Theater eingespart werden; zudem versprach ein Einkaufszentrum gigantische Einnahmen.

Letztendlich war das aber nur schöngerechnet, wie Hanselmann fand. Denn die anderen innerstädtisch angesiedelten Einzelhändler, wie es am Beispiel des nahe gelegenen Kaiserslautern oder anderer Städte wie Oberhausen bestens zu studieren war, mussten für den Erfolg des Zentrums bluten. Doch da die Schuldenbremse mittlerweile Verfassungsrang erhalten hatte, war Sparen einerseits Pflicht, und andererseits galt es, Einnahmen zu generieren.

Aber beim Theater? Welches Haus in einer mittelgroßen oder eher kleinen Großstadt hatte denn nicht die gleichen Probleme? Und wo machte die Kultur denn kein Defizit? Wie wollte man sonst die vielen jungen Menschen an echte, unmittelbar zu erlebende Kultur, an Musik, Mimik und Museales heranführen, wenn nicht in den lange erprobten Institutionen der Kulturwelt, im Konzertsaal, Theater und Museum? Wie gegen Fernsehen und Internet als vermeintliche Bildungsmächte kämpfen, wenn nicht durch die uneingeschränkte Bereitschaft, immer wieder das scheinbar Unmögliche zu wagen?

Mittlerweile war ihm klar geworden: Es ging gar nicht mehr um echte, nachvollziehbare Argumente oder auch nur um eine auf das Gemeinwohl ausgerichtete Kulturpolitik auf kommunaler Ebene. Hier ging es nur noch ums Geschäft. Da wurde mit ganz anderen Bandagen gekämpft, und ganz andere Opfer waren denkbar. Selbst die städtische Musikschule hatte Probleme, von der Volkshochschule ganz zu schweigen.

Und nun musste er, der streitbare Intendant, auch noch auf den sechzigsten Geburtstag dieses Strippenziehers hinter den ganzen Verschwörungen gegen sein Lebenswerk, das Trierer Theater. Sollte den Baudezernenten doch der Teufel holen, vielleicht sogar heute, an seinem Wiegenfeste.

Hanselmann schlug den Kragen seines bordeauxroten Cord-Sakkos hoch, warf seinen cremefarbenen Seidenschal über die rechte Schulter und steuerte missmutig über den Viehmarkt in Richtung des Eingangs der gleichnamigen Thermen. Er jedenfalls würde diesem miesen Charakter von Politiker keine Träne hinterherweinen, wenn es ihn denn bald erwischen sollte. Schwang große Reden und handelte hinter den Kulissen völlig anders. Paktierte mit den Falschen, hinterging die eigenen Leute und triumphierte dennoch immer. Und im Zuschauerraum des

Theaters schlief er spätestens fünf Minuten, nachdem sich der Vorhang gehoben hatte, ein.

Banause, dachte Hanselmann verächtlich, Kulturkretin, Arschloch. Heute war er wirklich sauer und aggressiver als sonst. Immer nur die Faust in der Tasche zu ballen, half schließlich auch nicht wirklich weiter. Heute war er bereit, nein, mittlerweile sogar fest entschlossen, zu handeln. Er musste dem Ganzen ein Ende setzen. Schnell und möglichst schmerzlos. Und er hatte auch schon eine Idee, wie. Sie war ihm neulich gekommen, als er in seinem Garten Unkraut zu vernichten hatte. Genial einfach, hatte er sich gedacht. Fehlte bloß noch die Gelegenheit.

Bereits kurz vor dem Eingang zu den Viehmarktthermen hörte er das Klatschen der Gäste unterhalb des Glaskubus. Wie ihn diese Situationen ankotzten. Immer gute Miene zum bösen Spiel machen zu müssen und dabei in die Gesichter von Leuten zu blicken, die vermutlich mehrheitlich das Gleiche dachten wie er selbst.

Als er die Tür öffnete, schien der Jubilar gerade mit seiner Rede begonnen zu haben. Hanselmann wurde schlagartig speiübel. Er musste etwas tun. Für das Theater, für seine Stadt. Sobald als möglich, jetzt. Es war vielleicht die letzte Chance.

***

»Meine lieben Freundinnen und Freunde«, hob der Baudezernent zu seiner Begrüßungsansprache an. »Sehr verehrte Damen und Herren. Ich freue mich, dass ihr alle den Weg heute zu mir in die Viehmarktthermen gefunden habt, an diesen Ort, an dem sich vielleicht wie an keinem zweiten in unserer Stadt Antike und Moderne so wirkungsmächtig verbünden. Mögen wir gemeinsam einen schönen Abend haben. Lasst euch verwöhnen! Genießt! Und dann lasst uns gemeinsam in eine wunderbare Zukunft starten.«

Beifall brandete auf. Alle schauten gespannt auf den Redner und Gastgeber des Abends und klatschten. Mit einer vielleicht etwas zu herrischen Geste gebot Jungbluth dem Applaus Einhalt.

»Eins lasst mich noch sagen: Mein Kampf für unsere Stadt, für *uns schöner Trier*, ist noch nicht zu Ende. Ihr werdet euch noch wundern. Und einige von euch, die sich nun als meine Feinde entpuppt haben, werden es noch bitter bereuen. So schnell schlägt man mich nicht! Nicht Carl-Theodor Jungbluth! Ihr werdet schon sehen!« Und nach einer für LePetit, der das ganze Brimborium von seinem Kochtresen aus interessiert verfolgte, recht theatralisch in die Länge gezogenen Pause fügte der Baudezernent hinzu: »Schon morgen werdet ihr erste Veränderungen bemerken und vielfach deren Konsequenzen spüren. Nichts wird mehr so sein, wie es einmal war. Für einige unter euch wird es vielleicht eine Art Henkersmahlzeit sein! Aber nun soll es euch gut gehen. Genießt! Ich werde nachher noch einmal das Wort ergreifen und euch mit Einzelheiten versorgen. Es ist ein großer Tag. Nicht für mich, sondern für Trier. Ihr werdet sehen!«

Wieder brandete Beifall auf, Hochrufe waren zu hören. Während Jungbluth winkend von der ihm als Tribüne dienenden Treppe hinunterschritt, schienen sich – so war zumindest der Eindruck des aufmerksamen Kochs – viele der Gäste verstohlen miteinander zu unterhalten. Er spürte eine gewisse Unruhe und war gespannt, was der Abend noch bringen würde.

***

Ferschweiler konnte den Viehmarkt nach der überraschenden Entdeckung einer antiken Thermenanlage beim Bau eines Parkhauses in den 1990er-Jahren nicht mehr leiden. Der Anblick des für ihn monströsen, wie deplatziert wirkenden gläsernen Gebäudes auf der nun unwirtlich gepflasterten Fläche tat ihm regelrecht weh. Früher, in seinen jungen Jahren, war er oft auf dem Platz gewesen. Da gab es hier ein reges Treiben. Aber heute? Nein.

In den freigelegten Fundamenten der Badeanlage aus dem 1. Jahrhundert nach Christus war er allerdings noch nie gewesen. Sie dienten heute vielfach als Veranstaltungsort für kulturelle Projekte oder gesellschaftliche Events. Aber Kunst und Kultur waren nicht Ferschweilers Sache, und auch zu den Veranstaltungen, die ansonsten dort angeboten wurden, wie Weinproben, Preisverleihungen oder Vorträge, war er entweder noch nie eingeladen worden, oder er fühlte sich von vornherein deplatziert.

Als er den Platz aus Richtung der Brückenstraße erreicht hatte, war er überrascht, wie sensibel seine Kollegen den Ort gesichert hatten. Keine Einsatzfahrzeuge der Polizei standen auf der Fläche neben dem Glaskubus, kein Blaulichtgeflacker war zu sehen. Nur zwei uniformierte Kollegen flankierten den etwas abseits gelegenen Eingang zu den Thermen. Ein Rettungswagen stand einsatzbereit daneben.

Ferschweiler begrüßte die Beamten kurz, erfuhr beiläufig, dass die »Kavallerie« durch einen Eingang im unterirdisch direkt anschließenden Parkhaus in die Thermen gelangt war, und betrat den ihm verhassten Glasbau.

Sofort schlug ihm Lärm entgegen. Er sah vom Eingang aus in den tiefer liegenden Bereichen der Flächen, die für die Veranstaltungen genutzt wurden, Gruppen von elegant gekleideten Menschen zusammenstehen und heftig miteinander diskutieren. Ganz am Ende des Raums, etwas abgetrennt durch eine Treppe und eine steinerne, wohl aus antikem Mauerwerk bestehende Brüstung, hatten seine Kollegen einen Paravent improvisiert, hinter dem er Aktivität wahrnahm. Die Kollegen der Kriminaltechnik in ihren weißen Overalls gingen hin und her, und sein oberster Chef, Polizeipräsident Dr. Süß, stand an der Balustrade und rauchte ganz gegen seine Gewohnheit eine Zigarette in der Öffentlichkeit.

Als er Ferschweilers gewahr wurde, winkte er ihm hektisch zu und forderte ihn durch eine nicht misszuverstehende Geste auf, sofort zu ihm an die spanische Wand zu kommen. De Boer war auch bereits vor Ort und erwartete den Hauptkommissar am Ausstieg des Fahrstuhls.

»Es ist der Baudezernent«, versuchte er seinen Chef kurz auf den aktuellen Stand zu bringen. »Carl-Theodor Jungbluth, heute auf den Tag genau sechzig Jahre alt, seit siebenundzwanzig Jahren und acht Monaten in der Trierer Politik. Heute parteilos, früher bei denen mit dem großen C, dann kurz bei den Freien Wählern, dann bei den Liberalen. Letztes Jahr hat er versucht, in den Heiligkreuzer Ortsbeirat als Vertreter der FDP zu gelangen, während er gleichzeitig als parteilos im Stadtrat saß. Er scheint, so ist zumindest mein erster Eindruck, vergiftet worden zu sein. Mehr oder weniger einhellig berichten viele der Anwesenden, sie hätten Jungbluth nach dem Verzehr einer Languste oder eines Steaks zusammenbrechen sehen. Wieder andere beschrieben ihn als strengen Vegetarier, der nur Rohkost zu sich nahm.«

»An Zeugen und Meinungen mangelt es ja diesmal nicht, oder?« Ferschweiler betrachtete die in Schmuck und teure Textilien investierten Euros und hatte eigentlich schon keine Lust mehr, sich mit den darin steckenden Menschen auseinanderzusetzen.

»Nein«, antwortete de Boer, »daran fehlt es nicht. Und wohl auch nicht an Verdächtigen oder solchen, die CT, wie er genannt wurde, hassten. Zumindest hat mir dies seine Frau berichtet, die den Tod ihres Gatten wohl unmittelbar miterleben musste.«

»Ist sie noch hier?«, wollte Ferschweiler wissen.

»Nein. Der Notarzt hat ihr ein starkes Beruhigungsmittel verabreicht, und ein enger Freund der Familie hat sie schon nach Hause gefahren. Seine Personalien habe ich. Wir können morgen erst mit ihr sprechen.«

»Ist gut«, sagte Ferschweiler. »Ich muss zum Chef. Er hat mich bereits gesehen und hat offensichtlich Sehnsucht nach mir.« Der Kommissar grinste müde. »Kümmerst du dich um die Aufnahme der Personalien aller Anwesenden? Besorg dir ein paar Kollegen, die dir behilflich sein können.«

»Bin schon dabei«, antwortete de Boer. Und bevor Ferschweiler noch etwas sagen konnte, fügte er hinzu: »Und ich vergesse auch nicht die Bedienungen und die anderen Servicekräfte.«

Gut, dachte Ferschweiler mit einem leichten Nicken in Richtung seines jungen Kollegen, er macht sich, der Holländer. Dann begab er sich direkt zu Dr. Süß und dem Paravent, der den Tatort verdeckte.

»Mensch, Ferschweiler, gut, dass Sie endlich da sind.« Dr. Süß war aufgeregt, fast schon außer sich. Seine Hände zitterten sichtlich, und sein Blick glitt unstet hin und her. »So etwas hat es in Trier seit Menschengedenken nicht gegeben! Ein Politiker, dazu noch einer der beliebtesten überhaupt! Wir müssen schnell sein, alles auf diesen Fall konzentrieren. Glauben Sie mir, es ist eine Katastrophe.«

Ferschweiler gab seinem Chef die Hand und ging wortlos an ihm vorbei hinter die Absperrung. Seit Menschengedenken, dachte er. Warum musste Dr. Süß immer so übertreiben? Trier war schließlich einmal Hauptstadt des Römischen Reiches gewesen, wenn auch nur kurz. Und was da abgegangen war, das wollte er sich als kleiner Polizist gar nicht erst vorstellen.

Außer zwei unbeholfen herumstehenden Sanitätern, die auf ihren Abmarsch warteten, waren hinter der Absperrung noch der als Erstes herbeigerufene Notarzt sowie mittlerweile auch Dr. Quint, der kurz vor seiner Pensionierung stehende Gerichtsmediziner, anwesend.

»Und?«, fragte Ferschweiler, nachdem er an den Tatort herangetreten war. »Habt ihr schon Ergebnisse?«

Der Körper des in sich zusammengesunkenen Jungbluth lag vor einer kleinen Betonmauer und zeigte keine äußeren Verletzungen außer einer Schürfwunde an der Stirn, die er sich wohl bei seinem Zusammenbruch zugezogen hatte. Sein Kopf war nach hinten gefallen, der Mund stand weit offen, Speichelfäden waren deutlich auf seinen Wangen zu erkennen. An seinen Augen konnte man sehen, dass ihn der Tod überrascht hatte. Ein Weinglas lag, in unzählige Teile zersplittert, auf dem Betonboden neben ihm, Speisereste hatten ihm seine vom Notarzt zum Zweck der Reanimation aufgeschnittene Hemdbrust verschmutzt und waren ebenfalls in groteskem Muster auf dem Boden vor seinem Körper verteilt.

»Es ist ein trauriger Anblick, findest du nicht?« Dr. Quint sprach als Erster. »Einer der beliebtesten Kommunalpolitiker unserer Stadt, der, glaubt man der Presse, das Zeug zum nächsten Oberbürgermeister gehabt hätte, ist gefällt worden wie ein in Saft und Kraft stehender Baum. Überraschend und schnell. Ich tippe auf Vergiftung. Und der Kollege«, Quint schaute den Notarzt an, der zustimmend nickte, »geht wie ich davon aus, dass es ein sehr schnell wirkendes Gift gewesen sein muss. Ob er es allerdings über die Nahrung aufgenommen hat, kann ich noch nicht sagen. Dazu muss ich ihn erst obduzieren. Es gibt auch andere Möglichkeiten. Er hatte sich kurz vor seinem Tod etwas bei dem Koch da unten«, der Pathologe wies auf LePetit, der zusammengesunken hinter seiner Küchenzeile saß, »live zubereiten lassen, ging von dem Tresen gemeinsam mit einer Frau zurück zum Tisch und brach dann, nach dem Verzehr der Speisen, hier zusammen.«

Ferschweiler schaute Dr. Quint irritiert an. »Das heißt, seine Frau hat eventuell dasselbe gegessen wie CT?«

»Möglicherweise, ja. Aber sie ist putzmunter, allerdings nicht quietschfidel. Du weißt, was man in Trier über die Ehe des Baudezernenten tratscht, Rudi?«

Dr. Quint war aufgestanden. Ferschweiler hatte den Eindruck, dass sein schwergewichtiger Kollege seit einigen Wochen an seinem Körpervolumen arbeitete. Ohne Hosenträger hatte er ihn jedenfalls noch nie gesehen.

»Nein, du weißt doch, dass ich mich für das ganze Gelaber nur dienstlich interessiere, also nur dann, wenn es kriminalistisch von Bedeutung ist.«

»Na«, sagte der Gerichtsmediziner, »dann wirst du jetzt wohl einige Tage im Archiv des Präsidiums oder der Stadtbibliothek verbringen dürfen, um deine der Ignoranz *uns schöner Trier* gegenüber geschuldete Unwissenheit auszugleichen. Viel Spaß!« Dr. Quint winkte ironisch, packte seine Instrumente zusammen und sagte zum Abschied: »Morgen um zwölf bei mir in der Moltkestraße? Ich erwarte dich.« Dann war er weg, nicht ohne jedoch seinen Mitarbeitern Anweisungen für den Abtransport des Leichnams gegeben zu haben.

Ferschweiler ging auf den Notarzt zu, der noch immer in Hockstellung neben dem am Boden liegenden Jungbluth kauerte und einen sichtlich angeschlagenen Eindruck machte.

»Was ist mit Ihnen?«, wollte er wissen. »Warum nimmt Sie das hier so mit?«

Der Mediziner in seiner orange-weißen Jacke stand auf, strich sich über die Nase und blickte den Kommissar an. »Ach, eigentlich ist nichts«, sagte er. »Nur, der Mann hier, der war körperlich völlig gesund für sein Alter. Der hätte hundert werden können. Und das Bemerkenswerte war …« Der Arzt unterbrach sich kurz, dann fuhr er fort: »Als wir eintrafen, befand sich auf seinem abgestellten Teller nur ein einziger kleiner Fischkloß, sonst nichts.« Suchend blickte er sich um. »Aber der … der ist nun weg.«

Ferschweiler ließ ebenfalls seinen Blick schweifen. Doch bevor er beginnen konnte, auf seine Kollegen zu schimpfen, entdeckte er einen großen Servierwagen, der knapp fünf Meter neben ihnen abgestellt war und auf dem sich Unmengen an benutztem Geschirr und Abfälle jedweder Art stapelten. Er rief einen uniformierten Kollegen herbei und bat ihn, das Gefährt im Auge zu behalten, die Spurensicherung darauf aufmerksam zu machen und ein weiteres Abräumen des Geschirrs zu verhindern. Dann wandte er sich wieder dem Notarzt zu.

»Woher wissen Sie das so genau mit dem Teller? Und dass es Fisch war?«

»Na, hören Sie!« Der Arzt schien tief getroffen. »In meinem Job ist es wichtig, alle Umstände am Einsatzort genau zu checken. Schließlich weiß man in der Regel nicht, was passiert ist. Und da sollte man sich keine Fehler erlauben. Der Mann hatte lediglich einen Fischkloß auf seinem Teller.«

»Und seine Frau?«

»Das war nicht seine Frau. Es war eine andere Dame, die wohl zuvor neben ihm gestanden hatte, und als wir kamen, kniete sie aufgelöst neben ihm.«

»Sind Sie sich da sicher?«

»Na klar, dafür bin ich schließlich ausgebildet.«

Ferschweiler machte sich eine Notiz.

»Und wer befand sich ansonsten noch in der Nähe des Opfers, als Sie kamen?«

Der Notarzt musste nicht lange nachdenken.

»Niemand.«

»Sie waren ganz allein? Keiner war zur Stelle, um möglicherweise zu helfen? Nur diese Frau saß neben dem Zusammengebrochenen?«

»Offensichtlich. Ich fand es genauso skandalös wie Sie. Eigentlich ist so etwas ein Fall von unterlassener Hilfeleistung.«

»Und die Frau des Opfers?«

»Sie kam erst dazu, als die Sanitäter und ich bereits mit den Wiederbelebungsmaßnahmen begonnen hatten. Beim Anblick ihres Mannes hat sie einen Schwächeanfall erlitten, und ich musste ihr anschließend etwas zur Beruhigung geben.«

»Wo ist die Frau, die dem Opfer als Einzige geholfen hat, jetzt?«

»Das weiß ich nicht. Sie war plötzlich verschwunden. Meine beiden Kollegen und ich waren mit dem Patienten beschäftigt, da habe ich nicht weiter auf sie geachtet.« Der Arzt zuckte mit den Schultern.

»Könnten Sie die Dame beschreiben?«

»Oh ja, auf alle Fälle«, sagte der Mediziner, dessen zuvor angespannte Gesichtszüge sich plötzlich entspannten. Ferschweiler war ein kurzes Aufleuchten in seinen Augen nicht entgangen, als er weitersprach. »So eine Frau sieht man auch in meinem Beruf nicht alle Tage. Und ich habe mit vielen Menschen zu tun, wie Sie sich sicherlich vorstellen können. Sie hatte langes, glattes dunkles Haar, war groß und sehr schlank. Sie sah aus wie ein Fotomodell, Typ asiatische Traumfrau, wenn Sie wissen, was ich meine«, schwärmte der Notarzt.

»Wie alt schätzen Sie die Dame?«, hakte Ferschweiler nach.

»Hm, so Mitte bis Ende zwanzig, höchstens Anfang dreißig.«

Der Kommissar notierte sich auch das. Dann rief er nach de Boer, der damit beschäftigt war, gemeinsam mit weiteren Beamten Personalien aufzunehmen, und bat ihn, alle Servicekräfte des heutigen Abends in einem gesonderten Bereich der Thermen zu versammeln. Er würde gern mit ihnen sprechen. Als er sich wieder dem Notarzt zuwandte, stellte er zu seiner Zufriedenheit fest, dass der fragliche Servierwagen mittlerweile von den Kollegen der Spurensicherung übernommen worden war.

»Haben Sie ansonsten noch etwas bemerkt?«

»Ich war doch erst sechs Minuten, nachdem der Notruf bei uns eingegangen war, vor Ort. Ich habe noch versucht, ihn zu reanimieren. Aber es war vergebens. Und dann der Schaum, der ihm vor dem Mund stand. Da wusste ich, es musste Gift gewesen sein. Und Ihr Kollege, der Dicke, der hat mir recht gegeben. Er vermutete, es könnte Zyankali gewesen sein. Allerdings passen die verengten Pupillen des Toten meines Wissens nicht zu dieser Vermutung. Auch habe ich keine Schleimhautblutungen feststellen können. Meine Herren …« Verzweifelt strich sich der Arzt durch seine Haare. »So zu spät und daneben war ich noch nie.«

»Machen Sie sich bloß keine Vorwürfe. Sie haben gute Arbeit geleistet. Das Gift wirkt leider zu schnell für unseren Notdienst. Also …« Ferschweiler wollte sich gerade von dem Mann verabschieden, als de Boer an ihn herantrat.

»Wir haben von allen Gästen die persönlichen Angaben aufgenommen. Die Bediensteten warten dahinten in dem Vorraum. Der Oberbürgermeister ist außer sich und möchte endlich nach Hause gehen. Er und einige weitere hochrangige Gäste haben sich bei Dr. Süß bereits beschwert. Süß wirkt ziemlich nervös. Wie sollen wir weiter vorgehen?«

Ferschweiler nickte abwesend.

»Was ist los, Rudi?«, fragte de Boer. »Du hörst mir gar nicht zu!«

»Entschuldige, Wim.« Ferschweiler blickte seinen Kollegen an und strich sich eine Strähne seiner schwarzen Haare aus dem Gesicht, ehe er antwortete. »Ich habe über die Worte des Notarztes nachgedacht. Seine Beobachtungen stimmen nicht mit denen von Quint überein. Stimmt was nicht mit dem Dicken?«

De Boer zuckte mit den Schultern.

»Zudem sprach er davon«, fuhr Ferschweiler fort, »dass eine Frau gemeinsam mit Jungbluth am Büfett war, die ihm nach seinem Zusammenbruch anscheinend als Einzige half und die dann jedoch plötzlich verschwand.«

»Das ist interessant«, sagte de Boer und blickte auf seine Notizen. »Es gibt mehrere Gäste, die aussagen, dass sich Jungbluth lange mit einer sehr attraktiven unbekannten Frau unterhalten habe. Keiner konnte mir die Frau zeigen. Sie scheint vor dem Eintreffen der Kollegen gegangen zu sein.«

»Also gut. Versuchen wir herauszufinden, wer die unbekannte Schöne ist und wo sie sich jetzt aufhält. Sie ist eine wichtige Zeugin.«

»Oder vielleicht sogar die Täterin«, unterbrach ihn de Boer. »Vielleicht hat sie ja nur so getan, als ob sie Jungbluth helfen wollte. Es könnte doch sein, dass sie sich nur vergewissern wollte, dass er auch wirklich stirbt.«

»Aber das macht doch keinen Sinn.« Ferschweiler schüttelte den Kopf. »Wenn sie wirklich die Täterin sein sollte, dann wäre sie ein sehr großes Risiko eingegangen. Man würde doch das Opfer vergiften und dann sofort verschwinden, oder etwa nicht?«

»Da hast du recht, Rudi. Doch wenn sie mit Jungbluths Tod nichts zu tun hat, warum ist sie dann verschwunden?«

»Genau das müssen wir herausfinden. Also los, an die Arbeit. Ich beruhige Dr. Süß und schicke die Gäste nach Hause. Wir werden alle noch nicht vernommenen Besucher ins Präsidium vorladen und dort befragen. Versuch du, herauszubekommen, mit wem sich Jungbluth im Laufe des Abends unterhalten hat, was er getrunken und gegessen hat. Ich werde mit dem Koch sprechen.«

»Wird gemacht, Chef«, sagte de Boer und machte sich ans Werk.

Ferschweiler war sich darüber bewusst, dass er den Kollegen viel zumutete. Es würde eine kurze Nacht werden, doch die ersten achtundvierzig Stunden waren entscheidend für die Ermittlungsarbeit, da die Erinnerungen der Zeugen noch frisch waren. Und mit der unbekannten Schönen hatten sie einen ersten Ermittlungsansatz.

***

Ferschweiler machte sich auf die Suche nach dem Polizeipräsidenten, den er am Fuß der Treppe fand, die den zentralen Raum der Thermen mit den etwas höher gelegenen Bereichen unterhalb des Viehmarktplatzes verband. Dr. Süß schien hitzig mit dem Oberbürgermeister zu diskutieren. Schon von Weitem konnte Ferschweiler ihre Stimmen vernehmen.

»Ich bitte Sie doch nur um etwas Geduld, Herr Dombrowski«, hörte er Dr. Süß in beschwichtigendem Tonfall sagen.

»Meine Geduld wurde schon lange genug strapaziert. Sie ist am Ende, Süß«, erwiderte der Oberbürgermeister äußerst erregt. Er schüttelte dabei heftig den Kopf, sodass sein zuvor akkurat gezogener Seitenscheitel, mit dem er sein schütteres graues Haar anscheinend zu kaschieren suchte, aus der Fasson geriet. Zudem nestelte er unaufhörlich an seiner Amtskette.

Ferschweiler näherte sich den beiden Männern und gab seinem Vorgesetzten ein unauffälliges Zeichen. Dieser entschuldigte sich bei seinem Gesprächspartner und trat zu Ferschweiler hinüber.

»Danke, Ferschweiler«, sagte der Polizeipräsident sichtlich erleichtert. »OB Dombrowski macht mir das Leben zur Hölle. Dabei dachte ich immer, er und Jungbluth wären gute Freunde gewesen. Aber dass CT heute zu Tode gekommen ist, scheint Dombrowski nicht im Geringsten zu interessieren. Ständig redet er nur von wichtigen Entscheidungen, die schnellstens getroffen werden müssten, von fehlender Zeit und darüber, welch schlimme Irritationen dieser Abend bei seinen Partnern auslösen werde. Ich hoffe, Ferschweiler, Sie haben Neuigkeiten. Können Sie mir erklären, wovon der OB redet?«

Das konnte Ferschweiler nicht. Stattdessen informierte er Dr. Süß kurz über die bisherigen Erkenntnisse, insbesondere über die Aussagen des Notarztes und des Rechtsmediziners.

»Also ist es wahrscheinlich Mord.« Dr. Süß wirkte sichtlich betroffen. »Ein Politiker, hier und heute, ermordet, vor all den zu seinem Ehrentag versammeltem Gästen? Das ist einfach unfassbar, einfach ungeheuerlich. Widerlich.« Der Polizeipräsident rieb sich nervös die Stirn und atmete tief durch, ehe er weitersprach:

»Ich schlage vor, Sie sprechen als Nächstes mit dem Oberbürgermeister, und dann schicken wir den Mann nach Hause. Sobald Dr. Möllemann morgen aus Den Haag zurück ist, müssen wir eine Sonderkommission einrichten. Ich werde umgehend mit dem Staatsanwalt sprechen. So ein Skandal! Es ist unfassbar.«

Ferschweiler seufzte, er verspürte keine allzu große Lust, mit dem als cholerisch bekannten Stadtoberhaupt zu sprechen, obwohl er ihn als Politiker durchaus schätzte. Aber auch er wunderte sich, ebenso wie der Polizeipräsident, über dessen scheinbares Desinteresse am Tod seines Kollegen und Stadtvorstandsmitglieds. Gemeinsam mit Dr. Süß trat er zu dem auf einer Treppenstufe sitzenden Oberbürgermeister.

»Herr Dombrowski, dies ist Rudolph Ferschweiler, der leitende Kriminalbeamte«, stellte der Polizeipräsident Ferschweiler vor. »Er hat nur ein paar Fragen an Sie.«

»Aber machen Sie es kurz. Ich muss mich jetzt darum kümmern … äh … um so vieles kümmern.« Schnell war der Oberbürgermeister aufgestanden und hatte sein Sakko geschlossen. Ferschweiler meinte eine Unsicherheit in Dombrowskis Stimme zu bemerken.

»Es tut mir leid, dass wir Sie so lange aufhalten müssen«, entgegnete er, ohne auf die Bemerkungen des Stadtvorstands einzugehen. »Wie Sie sicherlich wissen, ermitteln wir in einem Todesfall. Und das duldet keinen Aufschub.«

»Ja, ja, schon gut. Ich habe verstanden. Entschuldigen Sie bitte. CT und ich, also Herr Jungbluth und ich, wir waren sehr gut miteinander befreundet. Mich nimmt das hier alles sehr mit. Es war so ein schrecklicher Anblick. Das Zucken, CTs Blick …«

»Ist Ihnen am heutigen Abend irgendetwas Außergewöhnliches aufgefallen? Wie hat sich Herr Jungbluth vor seinem Tod verhalten?«

Dombrowski schien sich zu fangen. Kühl sagte er: »CT war wie immer. Er wirkte sehr gut gelaunt und schien sich außerordentlich auf den heutigen Abend zu freuen.«

»Können Sie sich vorstellen, wer ein Motiv für einen Mord an Herrn Jungbluth gehabt haben könnte?«

»Mord? Wie kommen Sie denn darauf? Ich dachte, er hatte einen Herzinfarkt … Oh Gott … Es wird ja immer schlimmer.«

»Entschuldigen Sie, Herr Dombrowski. Ich versteh Sie nicht recht: Was wird schlimmer?«

»Ach nichts, nur der ganze Wirbel. Als wenn wir in der Politik nicht schon genug Ärger hätten.« Dombrowski wurde plötzlich mehr als ungehalten, und seine Augen funkelten Ferschweiler aggressiv an. »Kann ich jetzt gehen?«

Dombrowski wandte sich ohne weiteren Gruß ab. Der Kommissar war für einen Moment zu konsterniert, um etwas zu erwidern. Doch dann fasste er sich und bat Dombrowski, der sich gerade in Richtung Treppe bewegen wollte, stehen zu bleiben.

»Ach, einen Moment noch, bitte.«

»Was gibt es denn noch?«, presste Dombrowski hervor.

Ferschweiler konnte förmlich spüren, wie es unter der glatten Oberfläche des Politikers brodelte. Was er allerdings nicht verstehen konnte, war, warum sich der Oberbürgermeister ihm gegenüber so aggressiv verhielt.

»Ist Ihnen heute eine Frau aufgefallen, die sich längere Zeit mit Herrn Jungbluth unterhalten haben soll?«

»CT hat sich im Laufe des Abends mit sehr vielen Frauen unterhalten. Welche meinen Sie?«

»Herr Jungbluth wurde zuletzt mit einer Frau am Büfett gesehen. Dem Aussehen nach Asiatin. Die Dame ist eine wichtige Zeugin.«

»Wissen Sie, es waren so viele Gäste anwesend. Ich war ständig in Gespräche verwickelt. Sie als einfacher Kriminalbeamter denken sicherlich, dass eine Veranstaltung wie die heutige Geburtstagsfeier reines Vergnügen ist«, Dombrowski schüttelte den Kopf und blickte Ferschweiler verächtlich an, »doch da irren Sie sich gewaltig. Jemand wie ich ist niemals privat.«

»Auch ich als – wie sagten Sie so schön? – einfacher Kriminalbeamter habe durchaus eine Vorstellung von den Pflichten eines Oberbürgermeisters.« Ferschweiler wollte sich von dem arroganten Kommunalpolitiker keinesfalls vorführen lassen und fuhr in ruhigem Ton scheinbar ungerührt fort: »Ich frage Sie ja auch genau aus diesem Grund. Sie sehen viel, sprechen mit vielen Personen, da könnte es doch sein, dass Ihnen das eine oder andere aufgefallen ist.«

»Wie ich Ihnen bereits sagte, habe ich während des Abends nicht weiter auf CT geachtet. Wir haben zur Begrüßung mit einem Glas Wein angestoßen und uns dann aus den Augen verloren. Darüber, mit wem CT wie und wann gesprochen hat, kann ich Ihnen also keine Aussagen machen. Sind wir nun fertig?«

»Ich habe fürs Erste keine weiteren Fragen mehr an Sie. Es kann jedoch sein, dass wir in den nächsten Tagen noch mal auf Sie zukommen werden.«

»Ich stehe Ihnen natürlich zur Verfügung. Immerhin war CT nicht nur ein Kollege, sondern auch ein guter Freund.« Dombrowski strich sich über seinen Seitenscheitel. Kurz bevor er die Treppe, die zum Ausgang in der oberen Etage führte, erreicht hatte, drehte er sich nochmals um. »Lassen Sie sich, wenn Sie noch Fragen haben sollten, einfach von meiner Sekretärin einen Termin geben.«

Nachdem der Politiker verschwunden war, blickten sich Ferschweiler und Dr. Süß an.

»Was bitte war das denn?«, fragte Ferschweiler.

»Sie müssen Verständnis haben«, sagte Dr. Süß, »der OB steht unter enormem Druck. Im kommenden Jahr findet die Wahl des Oberbürgermeisters statt, und es sieht nicht gerade gut für ihn aus. Nun ist sein wohl wichtigster Mitstreiter tot. Dabei gibt es so viele Baustellen in der Stadt.«

»Aber hieß es nicht kürzlich in der Tagespresse, dass Jungbluth ebenfalls Ambitionen für das Amt des Oberbürgermeisters hatte?«

»Das sind doch alles nur Gerüchte«, wiegelte der Polizeipräsident ab. »Beim ›Trierischen Volksfreund‹ hört man mal wieder die Flöhe husten.«

Ferschweiler zuckte mit den Schultern. »Wie dem auch sei, ich finde sein Verhalten merkwürdig.«

»Gehen Sie in diesem Fall bitte äußerst besonnen vor, Ferschweiler. Es steht hier sehr viel auf dem Spiel. Sehr, sehr viel.«

Als ob man ihm das sagen müsste. Ferschweiler fragte sich, ob der Polizeipräsident etwa selbst politische Ambitionen hatte. Er konnte dem Gedanken aber nicht weiter nachgehen, weil oben die Servicekräfte und der Caterer Auguste LePetit darauf warteten, zum Tatgeschehen befragt zu werden.

***

Ferschweiler blickte sich fragend im hell erleuchteten Kubus der Thermenanlage um. Er kannte viele der Anwesenden nur aus der Zeitung. Kaum drei Personen hatte er bisher gesehen, die nicht zum Team der Polizei gehörten und die ihm dennoch vertraut waren. Einer von ihnen war Auguste LePetit, der hinter seinem von Chrom und Glas blitzenden Kochtresen saß und ihm verlegen zuwinkte. Der Kommissar machte sich auf den Weg zu ihm. Vielleicht hatte der agile Franzose ja etwas bemerkt.

»Hallo Auguste«, begrüßte er den Koch mit einem angedeuteten Tippen an die Stirn, »kein schönes Ende für den Abend. Was machst du jetzt mit den ganzen Sachen? Kochen wirst du ja wohl heute nicht mehr.«

»Ach Rudi«, antwortete der Koch und stand von seinem kleinen Hocker auf. »Ich werde alles einpacken und vieles wohl wegschmeißen müssen. Ein Jammer ist das. Die ganzen Fische, die Leber, der Salat …«

Fast weinerlich wies LePetit, der Ferschweiler schon seit knapp vier Jahren immer mal wieder in der Kantine des Polizeipräsidiums bediente, mit seinen kleinen, schwieligen Händen auf die Auslage an Frischem in der gläsernen Theke.

»Der Käse ist noch zu retten. Aber die Braten …« Nach einer Pause fügte er hinzu: »Sag, Rudi, möchtest du nicht einen Happen?«

»Danke, nein«, antwortete Ferschweiler schnell. Er wollte keinen Fehler begehen, schon gar nicht vor der versammelten Stadtprominenz.

»Auch kein Sandwich mit *Boudin noir* aus eigener Produktion?«

Ferschweiler wurde schwach. »Aus eigener Schlachtung? Ich dachte, du machst nur in exklusiv.«

LePetit musste lachen. »Nein, wo denkst du hin? Ich kann das ganze Zeug nicht mehr sehen. Daheim bei mir gibt es schon seit Jahrzehnten nur Hausmannskost, die aber vom Feinsten.«

Während er sprach, trat er hinter den Tresen, nahm aus einem der Kühlfächer eine grünliche, deutlich abgegriffene Plastikdose, schnitt die darin befindliche Blutwurst auf und legte sie mit einem Blatt Salat und etwas Senf zwischen zwei Brotscheiben. »Hier, lass es dir schmecken. Mir ist der Appetit vergangen. Aber du brauchst jetzt alle Kräfte.«

Da hatte der Franzose recht, dachte Ferschweiler. Schließlich hatte er heute Abend noch keinen Happen gegessen. »Dank dir, Auguste«, sagte er und biss herzhaft in das feine Klabbschmeer. Genüsslich kauend fügte er hinzu: »Hast du eigentlich etwas Besonderes beobachtet?«

Der Koch wurde plötzlich ruhig. Wie zum Gebet faltete er die Hände vor seinem kapitalen Bauch. »Nun ja«, sagte er dann nach kurzem Schweigen. »Jungbluth hat sich bei mir ja den Teller füllen lassen, bevor er kurz darauf zusammenbrach.«

»War er in Begleitung?«

»Wie man's nimmt. Eigentlich ist er die ganze Zeit von einem zum andern herumgesprungen. Wollte halt ein guter Gastgeber sein. Aber natürlich hatte er auch immer Leute in seinem Schlepptau.«

»Auch Frauen?« Ferschweiler hatte noch nie in seinem Leben eine so vorzügliche Blutwurst gegessen.

»Ja, auch Frauen. Nur seine eigene, die stand immer ganz woanders. Hatte ihn aber, so war mein Eindruck, dennoch stets im Blick. Aber das passiert ja wohl in vielen Ehen mit den Jahren.«

»Kannst du dich an einige der Frauen erinnern?« Gern hätte der Kommissar noch um ein weiteres Brot gebeten, doch er traute sich nicht zu fragen.

»Nur an drei, wenn ich ehrlich bin. Aber ich hatte ja auch viel zu tun.«

»Das war keine Frage, also?«

»Na ja, die eine war so eine halbasiatische Dunkelhaarige, eine Schönheit wie aus Tausendundeiner Nacht. Die konnte man einfach nicht übersehen, schon gar nicht als Mann. Groß, schlank, tolle Figur. Sie trug ein enges, ihren Körper mehr als betonendes Kleid und hohe Hacken, wie ich sie selten gesehen habe.« LePetit war aufgestanden und holte nebenbei erneut die grüne Plastikdose hervor, um Rudi ungefragt ein zweites Sandwich zu machen. »Die andere war heller. Du kennst sie sicherlich. Sie hat diesen traditionsreichen Schuhladen in der Innenstadt. Hoppenstedt heißt sie, glaub ich.«

Kommentarlos reichte er Ferschweiler das zusammengeklappte Brot. Dieser nahm es mit glücklich glänzenden Augen an und fragte nach der dritten Frau.

»Die dritte Dame war diese Tussi aus dem Rathaus, Dr. Lolita Knöth. So eine Brotspinne, ausgemergelt und innerlich zerfressen von schlechten Gefühlen und Gedanken. *Mon Dieu*, mit so einer würde ich mich nie einlassen. Spaß hast du mit der nicht im Leben.«

Ferschweiler dachte kauend nach. »Hast du etwas von ihren Gesprächen hören können?«

»Jungbluth war mit allen drei Damen bei mir am Büfett. Er wollte ihnen wohl sehr eindrücklich vorführen, dass er keine Kosten und Mühen gescheut hatte, um ihren Hunger, ihren Appetit auf Besonderes, zu stillen. Aber er tat es jeweils aus unterschiedlichen Gründen.« Hier musste LePetit niesen.

»Gesundheit«, wünschte Ferschweiler, der verstand, was der Koch ihm mitteilen wollte.

»Du meinst, bei der einen ging es ihm um die Planung des weiteren Abends, stimmt's?«

LePetit nickte.

»Und bei den anderen beiden?«

»Der Hoppenstedt hat er wohl auch Avancen gemacht. Zudem hat er ihr immer wieder mitgeteilt, dass ›es‹ nicht zu ihrem

Schaden sein solle. Die Dame hat ihm das aber nicht abgenommen und war sehr distanziert zu ihm, geradezu schroff.«

»Und Jungbluth hat das nicht bemerkt?«

»Nein, der war ja schon ziemlich benebelt. Der Saar-Riesling von diesem Fernsehmenschen da ist ja auch wirklich eine Wucht.«

»Und Dr. Knöth?« Ferschweiler hatte nun auch das zweite Brot vollständig vertilgt.

»Die war geradezu aggressiv. ›Das wirst du mir büßen‹, hat sie gesagt und ihn dabei ziemlich bestimmt angesehen.«

»Und Jungbluth?«

»Der hat nur gelacht, ihr auf den Hintern geschlagen und ist mit seinem Teller in Richtung der Stehtische gegangen, wo er keine drei Minuten später umfiel.«

»Und? Wohin ist Dr. Knöth gegangen?«

»Die hat ihn weiterhin begleitet und beschimpft.«

»Sie stand also auch an Jungbluths Tisch?«

»Zuerst ja. Ich weiß aber nicht, wie lange.«

»Und die beiden anderen Damen waren zu dieser Zeit woanders?«

»Bedingt.«

Ferschweiler wurde hellhörig. »Bedingt? Was meint du damit?«

»Nun ja, die eine, die Hoppenstedt, stand direkt am Nachbartisch. Sie war in Begleitung des Theaterintendanten und genoss eine Hummerschere. Hanselmann hatte nur ein großes, fast leeres Glas Weizenbier vor sich.«

Ferschweiler war erstaunt. Wieso wusste LePetit das alles? »Sag mal, Auguste«, gab er seiner Verwunderung Ausdruck, »hattest du nichts zu tun, oder woher weißt du das alles?«

»*Eh bien*, Rudi. Ich habe jahrelang ein Restaurant geführt, mit vier Mann in der Küche. Da muss man den Überblick behalten. Und glaub mir, es gibt nichts Wichtigeres für einen Chef wie mich, als seine Gäste im Auge zu haben. Was meinst du, was passieren würde, wenn ein Gast, der gerade noch ein Blutwurstbrot genossen hat, Appetit auf ein zweites verspürt und zu meinem

Tresen kommt und dann warten muss. Nein, *mon ami*, ich muss vorbereitet sein, es den Leuten vom Gesicht ablesen, so wie dir gerade.«

Ferschweiler fühlte sich ertappt und überzeugt. Vielleicht gehörte es wirklich zu den nötigen Begabungen eines guten Kochs und Restaurantbesitzers, alles im Blick zu haben, um blitzschnell reagieren zu können.

»Sprachen die Hoppenstedt und Hanselmann miteinander?«

»Nicht solange die Knöth bei Jungbluth stand. Da hatten beide Ohren groß wie Teller.«

»Bitte was?« Ferschweiler schob es auf den vielleicht nicht ganz so guten Wortschatz des Franzosen.

»Na, sie haben dem Gespräch am Nachbartisch offensichtlich zugehört.«

»Hast du auch etwas mitbekommen?«

»Nein, keine Chance. Das sind von hier ja knapp sechs Meter. Außerdem musste ich Austern öffnen.«

»Hm.« Ferschweiler kratzte sich am Kinn, auf dem sich bereits eine harte Schicht des nachwachsenden Bartes gebildet hatte. »Dann waren also alle drei zum Zeitpunkt des Todes von Jungbluth in dessen Nähe.«

»Und auch die schöne Halbasiatin«, ergänzte LePetit mit erhobenem Zeigefinger. »Sie stand eine Zeit lang an einem der Nachbartische im Gespräch mit zwei Herren, die ich nicht kannte. Danach habe ich sie aus den Augen verloren. Der OB stand ebenfalls kurz bei dem Trio, ging dann aber Richtung Eingang. Vermutlich musste er noch jemanden begrüßen.«

»Kanntest du die beiden Männer?«

»Nein, die habe ich noch nie gesehen.«

»Was hast du Jungbluth serviert, Auguste?«

»Red-Snapper-Filet *à la Marroc.* Soll ich's dir kurz zubereiten? Geht schnell und schmeckt köstlich.«

»Nein, nein.« Ferschweiler wiegelte ab. »Sonst nichts?«, fragte er nach. »Keine Beilagen?«

»Nicht viel. Nur etwas Taboulé-Salat und einige Oliven *à la grecque*. Aber für Jungbluth war es ja auch schon der dritte oder vierte Gang an meine Theke.« Der Koch musste schmunzeln. »Er aß immer in Abstimmung zu seinen Gefährtinnen. Bei der Knöth hatte er Salat ohne Dressing, bei der dunkelhaarigen Schönen Austern und bei der Hoppenstedt Bratenaufschnitt mit dunkler Soße.«

»Ach ja? Solch einen Speisemischmasch kenne ich eigentlich nur vom Büfett im Chinalokal.«

»Ach Rudi.« LePetit machte ein verzweifeltes Gesicht. »Du glaubst gar nicht, was man als Koch bei solchen Anlässen alles erlebt. Menschen, die sich für distinguiert halten, knallen sich das Lachsfilet neben den Rinderschmorbraten auf den Teller. Da werden Vorspeise, Hauptgericht und Dessert auf einmal genommen, die *Sauce béarnaise* vermischt sich mit der Schokoladencreme. Es ist ein Trauerspiel.« Der Franzose musste lachen. »Aber zurück zu CT und seinen Frauen: sonderbar, oder? Es schien mir, als ob sein Essen auch Teil einer Strategie gewesen wäre. Der wusste, was er wollte.«

»Ja, da hast du wohl recht. Aber nun sei mir bitte nicht böse. Ich möchte noch einmal in Ruhe den Tatort betrachten. Mach's gut.«

Die Männer gaben sich die Hand, und Ferschweiler ging nachdenklich zu den umgestürzten Stehtischen zurück, zwischen denen die Kollegen der Spurensicherung weiterhin bei der Arbeit waren.

»Da bist du ja. Ich habe dich schon überall gesucht.« De Boer kam schnellen Schrittes auf Ferschweiler zu.

Noch bevor der Holländer weitersprechen konnte, sagte Ferschweiler: »Ich habe gerade mit dem Chef des Partyservice gesprochen. Es ist übrigens Auguste LePetit, der französische Koch aus unserer Kantine.«

De Boer blickte überrascht. »LePetit macht nebenbei noch Catering? Gut zu wissen. Hat er deine Kritik am Tafelspitz von neulich gut verkraftet?«

Ferschweiler lächelte leicht. »Ja, ja, alles gut.« Dann referierte er kurz die Aussage des Kochs.

»Also, die Sache mit dieser Frau wird immer interessanter,

oder? Und Jungbluth scheint auch kein unbeschriebenes Blatt zu sein«, sagte de Boer, als Ferschweiler geendet hatte.

»Es hat ganz den Anschein.« Ferschweiler rieb sich die Augen. Er spürte, wie ihm die Müdigkeit allmählich in die Glieder kroch. »Wir werden das Opfer morgen genauer unter die Lupe nehmen. Ich weiß über Jungbluth nur das, was regelmäßig über ihn im ›Volksfreund‹ berichtet wurde. Wir müssen mehr in Erfahrung bringen. Wer hatte ein Motiv, ihn umzubringen? Wie war sein finanzieller Hintergrund? Hatte er Feinde? Und wie stand es mit echten Freunden und Verbündeten? Was waren seine Projekte, woran arbeitete er?«

Ferschweiler blickte wie geistesabwesend durch den hell erleuchteten Innenraum der Thermen.

»Und bei dir?«, fragte er dann. »Hast du Neuigkeiten? Wie verlief die Befragung des Personals?« Er war gespannt, ob die Mitarbeiter LePetits und die übrigen dienstbaren Geister Beobachtungen gemacht hatten, die sie eventuell weiterbringen würden.

»Wir haben noch nicht einmal damit angefangen«, sagte de Boer. »Zu viele andere Personen wollten oder konnten nicht warten. Und da Dr. Süß die Devise *›Promis first‹* ausgegeben hat, mussten die Angestellten warten. Aber es gibt einige übereinstimmende Aussagen der bisher befragten Gäste, was diese unbekannte Frau betrifft. Außerdem denke ich, dass ich morgen eine Art erstes Bewegungsprofil des Baudezernenten für den heutigen Abend erstellen kann. Mal sehen, was bei den restlichen Befragungen noch an Informationen und Details dazukommt.«

»Ein Bewegungsprofil? Was meinst du damit?«, wollte Ferschweiler wissen.

»Nun ja, wenn wir wissen, mit wem sich Jungbluth wann und wo unterhalten hat, was er getrunken oder gegessen hat, dann bekommen wir vielleicht einen besseren Überblick über den genauen Ablauf des Abends und finden möglicherweise heraus, wann er das Gift – oder was immer es auch war – zu sich genommen hat.«

Ferschweiler staunte über seinen jungen Kollegen. »Prima Idee«, sagte er anerkennend. »Ich werde jetzt …«

Doch bevor er zu Ende sprechen konnte, nahm de Boer ihn am Arm und zog ihn in Richtung der Räume unter dem Viehmarktplatz. »Ich sehe gerade«, sagte er mitten in der Bewegung, »dass die Kollegen nun die Servicekräfte zusammenhaben. Komm, Rudi. Es wird bestimmt interessant. Die fleißigen Helfer im Hintergrund sieht man ja oft nicht, aber sie selbst sehen meistens eine ganze Menge.«

Kurz überlegte Ferschweiler, ob er sich aus dem lockeren Griff seines Assistenten befreien sollte, um ihm mitzuteilen, dass er lieber ihm das Gespräch allein überlassen würde. Aber dann gab er sich einen Ruck. Schließlich war er der leitende Hauptkommissar.

Ungefähr zwanzig Personen, schätzte Ferschweiler, standen dicht gedrängt in einem kleinen Raum. Zwei uniformierte Kolleginnen gingen mit Klemmbrettern herum, ließen sich die Ausweispapiere der einzelnen Mitarbeiter zeigen und notierten grundlegende Daten. Die Atmosphäre wirkte sehr angespannt.

Ferschweiler konnte beobachten, dass einige der anwesenden Damen verstohlen auf ihren Nägeln kauten. Andere nestelten an ihren Schürzen, während vor allem die jungen Männer versuchten, betont cool und unbeteiligt zu wirken. Nur ein als Kellner livrierter Mann schien tatsächlich völlig unbeeindruckt von dem ganzen Auflauf. Ferschweiler musterte ihn eindringlich.

»Guten Abend, meine sehr verehrten Damen und Herren«, begann de Boer das Gespräch und zog damit die Aufmerksamkeit der Anwesenden auf sich. »Hauptkommissar Ferschweiler und ich, Kommissar de Boer, sind Ihnen sehr dankbar, dass Sie uns trotz der späten Stunde und der widrigen Umstände noch für ein Gespräch zur Verfügung stehen. Gern können wir uns auch unter vier Augen unterhalten. Wenn Sie das wünschen, sprechen oder rufen Sie mich einfach an. Meine Kolleginnen haben Ihnen ja gerade bei der Personalienaufnahme meine Visitenkarte gegeben. Scheuen Sie sich also nicht. Es geht hier schließlich um Mord.«

Unruhe kam in der Gruppe auf. Ferschweiler hörte, wie an

verschiedenen Stellen »Mord«, mal ungläubig, mal bestätigend, wiederholt wurde.

»Hat jemand von Ihnen eine Beobachtung gemacht, die er uns mitteilen möchte? Was Herr Jungbluth gegessen, getrunken und wo er gestanden hat, können Sie später noch zu Protokoll geben. Uns interessieren jetzt erst einmal die ungewöhnlichen Dinge.«

Die Gruppe schwieg kollektiv. Alle schauten betreten auf den Boden des Raums, der, so schlussfolgerte Ferschweiler bei der Betrachtung zweier Stuhlstapel in einer Ecke, als Abstellraum für das Mobiliar der Thermen genutzt wurde.

»Bitte, meine Herrschaften«, de Boer wurde ungeduldig, »irgendetwas werden Sie doch gesehen haben.«

»Da war diese Frau«, sagte eine der Kellnerinnen des ›Weinguts von Othegraven‹.

»Wie sah die Frau aus? Europäisch oder asiatisch?« De Boer hoffte offensichtlich auf einen entscheidenden Hinweis.

Doch die junge Frau verstand ihn nicht. »Europäisch, wieso? Sie war blond, mittelgroß und trug eine krokodillederne Handtasche mit dazu passenden Schuhen. Sie hat sich so bis gegen zweiundzwanzig Uhr dreißig ständig in der Nähe von Herrn Jungbluth aufgehalten, ohne allerdings mit ihm mehr als zwei Worte zu reden.«

»Hat die Dame sonst noch etwas gemacht?« De Boer machte sich eine Notiz. Ferschweiler wusste nicht, von welcher Dame die junge Kellnerin sprach.

»Ich weiß nicht genau«, sagte die Bedienung, eine Frau von vielleicht zweiundzwanzig Jahren. »Ich meine mich erinnern zu können, dass sie einmal zwei Gläser bei mir vom Tablett genommen hat, von denen sie dann eins Herrn Jungbluth auf den Tisch gestellt hat. Merkwürdig fand ich das, weil der Gastgeber bereits ein Glas hatte.«

Ferschweiler wurde hellhörig. »Hat noch jemand von Ihnen diese Dame gesehen?«

Allgemeines Kopfschütteln war die Antwort.

»Nein«, sagte ein schüchterner junger Mann mit großflächigen

Aknenarben im Gesicht. »Diese Frau habe ich nicht gesehen. Aber ich konnte beobachten, wie eine andere Frau – ich meine, sie aus der Tageszeitung zu kennen, kann sie aber im Moment nicht zuordnen – Herrn Jungbluth einen Teller am Büfett geholt hat, der üppig mit verschiedenen Speisen gefüllt war. Sonderbar fand ich, mit welchem Blick Herr Jungbluth reagierte, als die Frau ihm den Teller überreichte.«

»Was genau fanden Sie sonderbar?«

»Nun ja«, nervös versuchte der junge Mann, seine Kellnerschürze auf dem Rücken mit einer Schleife zu fixieren, »erst musterte er den Teller, dann das Gesicht der Frau. Und dann fing er an zu lachen, was ich ziemlich unangemessen fand. Er schien sich regelrecht über die Dame lustig zu machen. Wild gestikulierend redete er auf sie ein und schob sie dann beiseite, um mit ausgebreiteten Armen auf einen anderen Gast zuzugehen.«

»Verstanden haben Sie von dem, was er sagte, nichts, oder?«

»Nein, leider nicht. In der Thermenanlage herrscht ein Höllenlärm, wenn hier gefeiert wird.« Alle übrigen Servicekräfte nickten zustimmend. »Da versteht man oft nicht mal sein eigenes Wort, schon gar nicht eine Unterhaltung, die mehrere Meter von einem entfernt geführt wird.«

In der hintersten Reihe meldete sich nun eine etwas korpulentere junge Frau.

»Das mit … dem Teller kann ich … ich … bestätigen«, sagte sie stockend. »Aber hat denn niemand von euch diesen Mann mit dem … Seidenschal gesehen, der Herrn Jungbluth in eine Ecke gezogen … und auf ihn … eingeschrien hat?« Erwartungsvoll blickte sie in die Runde, doch niemand nickte oder gab auf andere Art und Weise seiner Zustimmung Ausdruck. »Außer mir hat das niemand gesehen? Aber … die beiden haben doch direkt neben dem Kochtresen … gestritten.« Wieder herrschte Schweigen.

Ferschweiler und de Boer beobachteten die Situation.

»Doch, Paula hat recht«, wagte sich nun eine andere Frau aus der Deckung. »Ich habe diese Auseinandersetzung auch bemerkt.

Ich meine sogar gesehen zu haben, wie der Mann mit dem Schal dem anderen etwas in den Mund gestopft hat.«

De Boer machte sich auch hier eine Notiz. »Haben Sie gesehen, was es war? Eine Kapsel oder Tablette vielleicht?«

»Nein«, sagte die junge Frau, »es sah eher aus wie ein Zettel, eine Eintrittskarte vielleicht oder ein Bon. Aber ich weiß es nicht mehr genau. Es war total stressig heute Abend. Interessant fand ich nur, dass sich Herr Jungbluth eigentlich gar nicht gewehrt hat. Das ist mir in Erinnerung geblieben. Er hat es ertragen wie den Angriff eines kleinen Kindes in der Trotzphase. Er hat das Papier lachend aus dem Mund genommen, hat es auf den Boden fallen lassen und ist einfach an dem völlig aufgelösten Mann vorbei auf andere Gäste zugegangen.«

»Voll fett«, hörte Ferschweiler eine Stimme von irgendwo aus der Gruppe heraus sagen.

»Cooler Typ«, kam von einer anderen Stelle. Viele hier schienen Respekt vor Carl-Theodor Jungbluth gehabt zu haben. Doch da er ihr Arbeitgeber für den Abend gewesen war, wunderte Ferschweiler dieses Verhalten nicht wirklich.

»Ist denn niemandem von Ihnen eine asiatische Schönheit aufgefallen? Viele der anderen Gäste haben von ihr berichtet.«

Erst herrschte Schweigen in der Gruppe. Dann, nach einigen Sekunden, räusperte sich ein Mann, der zuvor nur unbewegt herumgestanden hatte. »Doch«, sagte er. »Die haben vielleicht nicht alle gesehen, aber die mit einem Blick fürs Besondere schon. Allerdings war sie gar nicht lange da.«

»Die meisten Zeugen haben ausgesagt, dass sie neben dem zusammengebrochenen Opfer gesehen wurde.« De Boer hob den Kopf von seinem Notizblock, Ferschweiler wurde hellhörig.

»Das kann nicht sein«, sagte der Mann. »Ich habe den Abend über an der Garderobe gearbeitet und kann Ihnen sagen, wann solche Ausnahmeerscheinungen, wie diese Frau eine war, gekommen und gegangen sind.«

»Und?« De Boer platzte schier vor Neugier.

»Nun ja. Gekommen ist sie im Gefolge des Oberbürgermeisters, der als einer der ersten Gäste circa zwanzig Minuten vor dem eigentlichen Beginn der Veranstaltung eingetroffen ist. Sie stieg aus demselben Wagen aus. Allerdings hat sie die Thermen nicht gemeinsam mit dem OB und den beiden ihn begleitenden Männern betreten, sondern hat sich noch einige Zeit rauchend draußen auf dem Platz aufgehalten.«

»Und da sind Sie sich sicher?«

Der Garderobier, der vermutlich auch – wie die meisten im Raum – Student war, war entrüstet. »Aber sicher. Was glauben Sie denn? Sie war eine Augenweide. Ich bin dann sogar noch zu der Dame raus – es war ja noch nichts los – und habe mir bei ihr eine Zigarette geschnorrt.«

Ferschweiler konnte es kaum abwarten, dass der Mann weiterredete. Doch der machte eine theatralische Pause, in der er triumphierend und nach Bewunderung haschend in den Kreis seiner männlichen Kollegen blickte.

»Also?« De Boer wurde allmählich ungeduldig.

»Die Unterhaltung kam nicht recht in Gang.«

Ferschweiler hatte das Gefühl, dass der junge Mann das Folgende lieber unter vier Augen berichtet hätte. »Sie hat mich abblitzen lassen, total. Hab zwar 'ne Mäggo bekommen, aber danach kein Wort mehr. Sie hat sich weggedreht und mich nicht mehr beachtet.«

De Boer zeigte keine Regung. »So etwas kommt in den besten Familien vor. Aber, Herr … äh …«

»Brakonier, Jeremy Brakonier.«

»Also, Herr Brakonier: Sie sagten, Sie könnten auch berichten, wann die Dame wieder gegangen ist.«

»Immer langsam, Herr Kommissar. Erst mal ist sie ja von einem der beiden Herren, die den OB begleitet hatten, in die Thermen geholt worden.«

»Wann war das?«

»Ungefähr zwanzig Minuten, nachdem sie eingetroffen waren. Es mag auch etwas später gewesen sein. Allmählich kamen weitere Gäste.«

»Und wann ist sie gegangen?«

»Die Thermen verlassen hat sie circa fünfundvierzig Minuten später. Ich fand, sie hatte glühende Wangen.«

»Was meinen Sie damit?«

»Nun ja, Herr Kommissar.« Wieder blickte der junge Mann in die Runde seiner anwesenden Geschlechtsgenossen. »Ich würde sagen, die hatte einen sehr, sehr guten Fick.«

Ferschweiler blieb die Spucke weg. Wie sprach denn dieser Mann?

»Hat sie eigentlich mit Ihnen gesprochen?«, wollte er wissen.

»Nicht ein einziges Wort. Sie schwieg eisern. Weder auf dem Platz noch als ich ihr beim Gehen ihren Pelzmantel gegeben habe. Ich glaube, sie konnte gar kein Deutsch.«

»Aber Sie könnten uns dabei helfen, ein Phantombild von der Dame anzufertigen?«

»Aber sicher, Herr Kommissar«, kam es umgehend. »Allerdings nur unter der Bedingung, dass ich dann eine Kopie von dem Bild bekomme.«

Das spontane Lachen gefror dem jungen Mann, als er in Ferschweilers Gesicht blickte. »Morgen um neun Uhr auf dem Präsidium, Herr Brakonier. Und seien Sie bitte pünktlich. Ich hasse nichts mehr als unpünktliche Leute.«

De Boer und Ferschweiler bedankten sich bei den übrigen Servicekräften und baten einige von ihnen, sie in den kommenden Tagen noch einmal auf dem Präsidium zu besuchen. Man würde in Kontakt bleiben.

Für Ferschweiler war der Abend nun beendet. Hoffentlich erreichte er noch einen Bus, der ihn auf die andere Seite der Mosel brachte, nach Trier-West, wo er zu Hause war. Auf ein Taxi hatte er heute keine Lust. Er wandte sich noch einmal an de Boer.

»Haben die hier in den Thermen eigentlich eine Kameraüberwachung?«, wollte er wissen.

»Keine Ahnung«, entgegnete de Boer. Er hob den Blick und suchte mit den Augen die Decken und Pfeiler ab. »Aber Jungbluth hatte einen Fotografen damit beauftragt, den Abend abzulichten und möglichst viel zu dokumentieren.« Als er

Ferschweilers fragenden Gesichtsausdruck bemerkte, fügte er hinzu: »Ach Rudi, ich bin auch nicht von gestern. Ich kenne den Fotografen vom Boulespielen auf dem Domfreihof. Er arbeitet eigentlich für die Hochschule, macht aber in seiner Freizeit auch anderes mit der Kamera. Ich habe ihn vorhin gesehen und ihm das Versprechen abgenommen, uns morgen früh Kopien seiner Speicherkarten vorbeizubringen. Der Thomas ist klasse, auf den ist Verlass.«

»Na, dann werden wir ja vielleicht morgen auch ohne dein Bewegungsprofil erfahren, wer mit wem was wann wo gemacht hat. Gute Nacht, Wim. Ich bin dann mal weg.«

***

Es war weit nach Mitternacht, als ein Kollege der Bereitschaftspolizei Ferschweiler vor dem Mietshaus in der Dauner Straße, in dem sich seine kleine Wohnung befand, absetzte. Er hatte das Angebot des ihm seit Langem bekannten Kollegen, ihn nach Hause zu fahren, nicht ausschlagen können.

Das Haus hatte fünf Stockwerke und machte mit seiner mit braunen Eternitplatten verkleideten Fassade eigentlich alles andere als einen einladenden Eindruck. Vom Balkon seiner Wohnung aus hatte Ferschweiler jedoch eine, wie er fand, wundervolle Aussicht auf die von der Silhouette des Doms dominierte Innenstadt. Für nichts in der Welt hätte er darauf verzichten mögen.

Außerdem befand sich die Wohnung in Trier-West, dem Stadtteil, in dem er geboren und aufgewachsen war. In Ferschweilers Augen gab es kein anderes Quartier Triers, das über eine ähnliche soziokulturelle Struktur verfügte wie Trier-West. Hier lebten die Menschen noch miteinander, hier hielt man zusammen, und hier stand einer für den anderen ein. Nein, etwas anderes als Trier-West kam für ihn, Rudolph Ferschweiler, nicht in Frage, mochte der Stadtteil im Rest der Stadt auch noch so einen schlechten Ruf haben. Wen scherte das schon? Ihn gewiss nicht.

Müde öffnete Ferschweiler die Eingangstür des Mehrfamilienhauses und suchte den Lichtschalter, doch auch als er ihn gefunden hatte, blieb es im Flur dunkel. »Mist«, murmelte der Kommissar und wäre auf dem Weg zum Fahrstuhl im finsteren Flur um ein Haar über einen Stapel Werbeprospekte gestolpert, den einer der Nachbarn achtlos auf den Boden geworfen hatte.

Während er auf den Aufzug wartete, der ihn in den fünften Stock zu seiner Wohnung bringen sollte, dachte er an Rosemarie. Er wäre heute Nacht viel lieber in ihrer kleinen gemütlichen Wohnung gewesen, die sich hinter ihrer Gaststätte »Zum Standhaften Legionär« in der Aachener Straße unweit seiner eigenen Wohnung befand, doch Rosi, wie er sie zärtlich nannte, stand immer sehr früh auf, um auf den Großmarkt zu fahren, und er hatte sie nicht wecken wollen.

Er sehnte sich nach ihrer Nähe und nach – das Knurren seines Magens machte es ihm mehr als deutlich – den Köstlichkeiten ihrer Küche, denn Liebe ging bei ihm durch den Magen. Bei der Tragweite des Falls befürchtete er, dass er Rosi in den nächsten Tagen wohl wenig zu sehen bekommen würde.

Er seufzte leise, als sich endlich die Tür des Fahrstuhls öffnete. Mit einem Ruck setzte sich das bereits in die Jahre gekommene Gefährt in Bewegung. Ferschweiler freute sich auf eine heiße Dusche und sein Bett. Er fühlte sich so müde, als habe er schon seit Wochen nicht mehr richtig geschlafen.

Kaum hatte er den Flur seiner Etage betreten, da hörte er Bruchstücke einer lautstark geführten Unterhaltung, die aus der Wohnung seiner unmittelbaren Nachbarn bis hinaus ins Treppenhaus drangen. Ferschweiler schüttelte den Kopf. Er wunderte sich schon lange nicht mehr über die Gepflogenheiten von Familie Rach, deren Mitglieder offensichtlich nie zu schlafen schienen.

Als er den Schlüssel in das Schloss seiner Wohnungstür steckte, vibrierte sein Mobiltelefon. Innerlich fluchend, betrat Ferschweiler den Flur seiner Wohnung und betätigte den Lichtschalter. Er wollte Ruhe haben. Dennoch nahm er das Gespräch entgegen. Am anderen Ende der Leitung war Wim de Boer.

»Hallo Rudi, ich hoffe, dass ich dich nicht geweckt habe, aber du wolltest ja sofort benachrichtigt werden, wenn neue Erkenntnisse vorliegen.«

Trotz der späten Stunde klang de Boer aufgekratzt und voller Elan. Ferschweiler bewunderte seinen jungen Kollegen für dessen schier unerschöpfliche Energie.

»Ich lag noch nicht mal ansatzweise im Bett«, knurrte er. »Was gibt es?«

»Die fleißigen Kollegen von der KTU haben auf der Damentoilette in den Thermen im Abfall eine kleine Schmuckdose aus Metall für Tabletten gefunden. Sie haben sie schon nach Mainz geschickt. Auch Fingerabdrücke waren auf der Dose. Allerdings Fehlanzeige: Wir haben sie nicht in der Kartei, lassen sie aber noch durch die Datenbanken von LKA und BKA laufen. Zudem trägt die Dose eine merkwürdige Gravur. So eine verschlungene Buchstaben-Zahlen-Kombination. Mal sehen, was die Recherchen da ergeben werden.«

»Danke, Wim. Gute Arbeit! Wir werden dann wohl oder übel von allen gestern Abend Anwesenden Fingerabdrücke nehmen müssen. Habt ihr noch etwas über unsere Unbekannte in Erfahrung bringen können?«

»Nein, nichts weiter. Soll ich noch etwas unternehmen?«

»Um Gottes willen, Wim. Morgen werden wir die restlichen Gäste befragen, vielleicht erfahren wir dann mehr. Jetzt mach du auch Schluss und hol dir eine Mütze Schlaf. In den nächsten Tagen kommt eine Menge Arbeit auf uns zu. Ich leg mich jetzt aufs Ohr.«

»Alles klar, Rudi. Bis morgen früh«, sagte de Boer und beendete das Gespräch.

Entfernt nahm Ferschweiler die Stimmen aus der Nachbarwohnung wahr, doch er war zu müde, um sich weiter darüber zu ärgern. Bei Gelegenheit würde er sich Kevin Rach wieder einmal zur Brust nehmen müssen. Aber er machte sich keinerlei Illusionen darüber, dass seine Intervention von Erfolg gekrönt sein könnte, dazu hatte er schon zu oft an die Vernunft seines Nachbarn appelliert, er möge doch etwas Rücksicht auf seine

Mitmenschen nehmen. Bislang hatte dies nur dazu geführt, dass Rach und sein Anhang Fernsehgerät oder Musikanlage noch lauter gestellt hatten.

Frustriert ob so viel Ignoranz, ging Ferschweiler unter die Dusche. Als das heiße Wasser über seinen Rücken lief, entspannte er sich allmählich, und es gelang ihm, die Gedanken an die nächsten arbeitsreichen Tage abzustreifen.

ZWEI

Ferschweiler hatte schlecht geschlafen. Mehrfach war er in der Nacht schweißgebadet aufgewacht und hatte das verzerrte Gesicht des Toten vor seinen Augen gesehen. Als schließlich alle Versuche, wieder einzuschlafen, scheiterten, war er früh aufgestanden, hatte sich einen Kaffee gekocht und von seinem Balkon den Blick auf Trier genossen.

Die aufgehende Frühlingssonne tauchte die Stadt in ein warmes Licht. Keine Wolke störte den Blick auf den Himmel, und es würde wohl wieder ein für die Jahreszeit viel zu warmer Tag werden. In der Ferne konnte Ferschweiler die im Sonnenlicht rötlich schimmernde Fassade der Basilika erkennen, und ihm wurde erneut bewusst, warum er Trier so liebte und sich nicht vorstellen konnte, an einem anderen Ort zu leben. Es war nicht nur die idyllische Lage im Moseltal, sondern auch die Tatsache, dass es die älteste Stadt des Landes war. Kurz nach der Polizeischule hatte man ihn nach Mainz versetzt, aber dort hatte er es nicht lange ausgehalten. Er war überglücklich gewesen, als man ihn zurück nach Trier beordert hatte.

Ferschweiler beschloss, zeitig ins Büro zu gehen. Seit knapp einem Jahr war die Kriminaldirektion nun in den ehemaligen Gebäuden der Deutschen Post untergebracht, nachdem sie vorübergehend in der Güterstraße beherbergt gewesen war. Zuvor hatte sie viele Jahre in der Südallee residiert. Nachdem dort dann aber zahlreiche Kollegen über gesundheitliche Beschwerden geklagt hatten, musste die Kripo ihre Dienstorte mehrfach wechseln, bis man eine endgültige Lösung gefunden hatte.

Trotz umfangreicher Untersuchungen im Präsidiumsgebäude gegenüber dem Stadtbad hatte man die Ursache der Gesundheitsbeschwerden nie gefunden. Ferschweiler selbst war froh, nicht mehr in dem alten Komplex arbeiten zu müssen. De Boer und er hatten nun ein neues, wesentlich größeres Büro zugewiesen bekommen. Allerdings hatte sich ihre Aussicht verschlechtert.

Statt auf die pittoresken Kaiserthermen schauten sie nun auf den Hauptbahnhof, der auch schon bessere Tage erlebt hatte. Bei geöffnetem Fenster zu arbeiten, war schier unmöglich. Angesichts der bereits hohen Außentemperaturen fragte sich Ferschweiler, wie es wohl erst in den Sommermonaten werden würde.

Sein Weg führte ihn die Hornstraße entlang, über die Römerbrücke und die Karl-Marx-Straße in Richtung Innenstadt. Auf dem Domfreihof herrschte trotz der frühen Tageszeit bereits reges Treiben. In wenigen Tagen sollte die Heilig-Rock-Wallfahrt beginnen, und die Vorbereitungen liefen auf Hochtouren. Das vermeintliche Gewand, das Jesus Christus bei seiner Kreuzigung getragen haben soll, war mittlerweile in einer Vielzahl verschiedener Stoffe eingenäht und seine Authentizität mehr als umstritten. Während der Wallfahrt würde die Tunika in einem Glasschrein in der Mitte des Doms der Öffentlichkeit präsentiert. Auf dem Domfreihof hatte man ein großes Zelt aufgebaut, damit auch die Pilger, die im Kirchengebäude keinen Platz mehr finden würden, die Gottesdienste, die auf dem Außengelände auf Videoleinwänden übertragen werden sollten, verfolgen konnten.

Ferschweiler selbst war der ganze Trubel gleichgültig. Ihm graute vor den Menschenmassen, und er konnte sich noch gut an die letzte Wallfahrt im Jahr 1996 erinnern, als sich die Stadt in einer Art Belagerungszustand befunden hatte. Die Wallfahrt hatte damals rund siebenhunderttausend Pilger aus aller Welt nach Trier gebracht, und die zahlreichen Besucherströme hatten dafür gesorgt, dass es in der Stadt, wo das tägliche Verkehrschaos schon ohne Großveranstaltung jeden Autofahrer schier zur Verzweiflung trieb, gar kein Durchkommen mehr gab.

Ferschweiler betrat sein Büro. De Boer saß bereits hinter seinem Schreibtisch und las die Zeitung. Als er den Hauptkommissar eintreten hörte, hob er den Kopf und wünschte ihm gut gelaunt einen schönen Morgen. Ferschweiler bewunderte de Boer, der Schlaf oder Ruhepausen kaum zu brauchen schien.

Er blickte auf seinen Schreibtisch. Irgendjemand hatte ihm ein großes Blatt Papier auf die Tasten seines Telefons gelegt.

»Siehst du«, sagte Ferschweiler seufzend zu seinem Kollegen und hielt den handgeschriebenen Zettel in die Höhe. »Wie ich es vermutet habe, die Chefin verlangt nach uns.«

»Muss ich da mit?«, fragte de Boer, der keine Lust zu verspüren schien, an einer Sitzung teilzunehmen. »Ich könnte in der Zeit schon mal den Dicken in der Pathologie kontaktieren.«

»Tu das, Wim. Aber sei nett zu Quint«, sagte Ferschweiler, der bereits im Türrahmen stand. »Es ging ihm in letzter Zeit nicht so gut. Die Möllemann schaff ich auch allein. Und ruf bitte die Jungs in der KTU noch einmal an.«

***

Die Tür zum Büro seiner Vorgesetzten war nur angelehnt. Höflich, wie er war, klopfte Ferschweiler vernehmlich an, trat aber, als er kein »Herein« hörte, unaufgefordert ein.

Judith Möllemann war erst seit wenigen Monaten an der Mosel, und Ferschweiler hatte sich noch nicht so ganz an die neue Leiterin der Mordkommission gewöhnt. Ihr Vorgänger und er waren nicht besonders gut miteinander ausgekommen.

Ferschweiler war zunächst skeptisch gewesen, als er hörte, dass eine Frau in der Etage der Chefs Einzug halten würde. Zudem hatte er es genossen, dass die Stelle seines Vorgesetzten fast ein ganzes Jahr lang nicht besetzt werden konnte. Aber bisher war die Zusammenarbeit besser verlaufen, als er erwartet hatte. Möllemann hatte ihm weitgehend freie Hand gelassen und sich wenig in seine Ermittlungen eingemischt. Auch bestand sie nicht auf regelmäßigen schriftlichen Berichten, wie Feller es zu seiner Zeit stets hatte haben wollen. Denn Ferschweiler selbst war eher schreibfaul. Für ihn war es ein Segen, dass de Boer keine Probleme mit dem Schriftkram hatte.

Der große Raum, in den er eintrat, war nahezu leer. Möllemann hatte ihr Büro erst vor ein paar Tagen bezogen. Zuvor residierte sie provisorisch in einem anderen Raum neben dem Lieferanteneingang im Erdgeschoss.

Neugierig ließ Ferschweiler seinen Blick schweifen. Nur ein

Schreibtisch von imposantem Ausmaß stand vor dem Fenster, und an der Wand hing das vielleicht etwas zu groß gewählte, obligatorische Porträt des Ministerpräsidenten. Ansonsten gab es keine Möblierung. Keine Aktenschränke, Bücherregale, Sitzgarnituren. Lediglich ein weiteres Ausstattungsstück konnte Ferschweiler entdecken, identifizieren konnte er es nicht. Es war ein wirklich monumentaler Brocken einer glänzend schwarzen Substanz, die der Kommissar so noch nie gesehen hatte. Da niemand im Raum war, trat er näher und legte seine Rechte auf den Klotz. Mindestens ein Kubikmeter Volumen muss der wohl haben, dachte er, und irgendwie fühlt er sich warm an. Da vernahm er hinter sich eine Stimme.

»Wunderbares Material, oder?«, tönte es laut, wenn auch sehr weiblich im Tonfall. »Es ist meine einzige Erinnerung an meinen Vater.«

Ruckartig drehte sich Ferschweiler um und stand seiner Vorgesetzten gegenüber, die mit hochgekrempelten Ärmeln Creme in ihre Hände massierte. Judith Möllemann war eine eher zarte dunkelhaarige Frau, die Ferschweiler auf Mitte dreißig geschätzt hätte, doch er wusste, dass sie bereits Anfang vierzig war.

»Ein Andenken? An Ihren Vater?« Ferschweiler war überrascht. Andenken waren für den Kommissar immer klein gewesen, sodass man sie ins heimische Regal stellen oder im Portemonnaie verstecken konnte. Aber dieser Stein?

»Ist das Kohle?«, fragte er.

»Kohle, genau«, antwortete Möllemann. »Wenn Sie es genau wissen wollen: Esskohle. Sie stammt aus dem Flöz ›Finefrau‹ der Zeche Blumenthal in Marl. Dort hat mein Vater bis zu seinem Tod gearbeitet. Er lebte für die Kohle und kam durch sie um.«

»Er war Bergmann?«

»Nein, er war Prokurist.«

»Und dennoch kam er durch Kohle zu Tode?«

»Ja«, sagte Möllemann, die sich die Ärmel ihrer eleganten weißen Bluse herabfaltete und die Manschettenknöpfe schloss, »aber es war anders, als Sie jetzt vielleicht denken. Es passierte nicht auf der Zeche, sondern bei einer Feier anlässlich der Einweihung eines neuen Restaurants in Dorsten. Dort ging er immer gern Spargel essen, wenn Saison war. ›Adelheids Spargelhaus‹, eine Institution bei uns daheim, reichte ihm nicht. Er wollte immer Neues. Er war unser Trüffelschwein, was gute neue Restaurants betraf – und selten lag er daneben. Und dann entdeckte er dieses neue, piekfeine Ding in unserer Nachbarstadt. Die hatten die Esskohle über dem Eingang montiert, und das gefiel ihm besonders: *Ess-Kohle*!« Hier lachte die gut aussehende Dame. »Was für ein Wortspiel! Er fand es klasse. Ich musste erst lange darüber nachdenken. Aber die Pächter verstanden den Brocken nur als eine Reminiszenz an das alte Ruhrgebiet. Ansonsten war er sinnfrei. Nicht wie mein Vater dachte.«

Möllemann hatte mittlerweile ihren Blazer angezogen und hinter dem imposanten Schreibtisch Platz genommen.

»Nun ja«, sagte sie, als Ferschweiler auch nach zwanzig Sekunden nicht reagierte, »der Brocken ist aufgrund mangelnder Befestigung in der Stahlhalterung just in dem Moment herabgefallen, als mein Vater das Etablissement betreten wollte. Aber egal.«

Ferschweiler wusste nicht, was er entgegnen sollte, und er war froh, dass seine Chefin wieder das Wort ergriff.

»Entschuldigen Sie meine Sentimentalität.« Nun war Möllemann wieder Herrin der Lage und geschäftsmäßig. »Aber der Kohlebrocken ist so etwas wie meine Verbindung mit der Vergangenheit. Die einzige materielle, die ich noch habe. Alles andere habe ich weit hinter mir gelassen. Aber nun, mein Lieber, kommen wir auf die Ereignisse des gestrigen Abends zu sprechen. Ich bin, wie Sie wissen, in der letzten Nacht erst spät von einer Fortbildung in Den Haag zurückgekehrt und habe mir bisher nur ein grobes Bild machen können. Haben sich bereits neue Erkenntnisse ergeben?«

»Wir warten im Prinzip auf die Untersuchungsergebnisse aus Mainz und auf das Resultat der Obduktion. Erst dann können wir sicher sein, dass wir es tatsächlich mit einem Mord zu tun haben«, erläuterte Ferschweiler.

»Wir stehen unter enormem Druck, immerhin ist der Getötete nicht irgendwer. Der Polizeipräsident erwartet uns beide bereits in seinem Büro«, sagte Möllemann mit einem Blick auf ihre goldene Armbanduhr.

Mein Lieber. Ferschweiler war der Ausdruck nicht entgangen, und er fragte sich, wie er wohl gemeint war, denn im Tonfall seiner Vorgesetzten war für ihn keine Überheblichkeit oder Ironie auszumachen. Sie hatte sich bereits erhoben und war in Richtung Tür getreten. Ferschweiler folgte ihr, und gemeinsam gingen sie den langen Korridor entlang, an dessen Ende sich das Dienstzimmer des Polizeipräsidenten befand.

Resolut klopfte Möllemann an die schwere Tür, und sie betraten das großzügig bemessene Eckbüro.

Dr. Süß saß in einem ledernen Sessel hinter seinem großen Schreibtisch. In einem der drei Besuchersessel ihm gegenüber hatte bereits Oberstaatsanwalt Gernot Freiherr von und zu Caspers Platz genommen. Beide Männer erhoben sich, als Ferschweiler und Möllemann den Raum betraten.

Ferschweiler war beim Anblick des Staatsanwalts kurz zusammengezuckt, hatte er doch zu Caspers ein eher zwiespältiges Verhältnis. In einem zurückliegenden Fall hatte der Staatsanwalt ihn zwar unterstützt, aber in anderen Fällen hatte sich die Zusammenarbeit mit dem in Kollegenkreisen als arrogant geltenden Beamten als äußerst schwierig erwiesen.

Dr. Süß bat Ferschweiler und dessen Vorgesetzte, Platz zu nehmen. Der Staatsanwalt und er hatten bereits die Gründung einer Sonderkommission besprochen. Möllemann sollte deren Leitung übernehmen, weitere Beamte würden ihr zugeteilt werden. Die Ermittlung der Todesumstände des Baudezernenten hatte oberste Priorität.

»Heute Nachmittag müssen wir vor die Presse«, sagte Caspers. »Bis dahin brauchen wir erste belastbare Ergebnisse. Wie sieht Ihre weitere Vorgehensweise aus, Ferschweiler?«

Kurz referierte der Hauptkommissar den Stand der Ermittlungen. »Der Kollege de Boer und ich«, schloss er, »fahren zunächst zur Witwe des Verstorbenen. Ich nehme an, dass Dr. Quint bis heute Mittag erste Obduktionsergebnisse für uns vorliegen hat. Außerdem hat Wingertszahn-Lichtmeß die gefundene Tablettendose nach Mainz geschickt, und wir erhalten im Laufe des Vormittags Abzüge von dem Fotografen, den CT für den gestrigen Abend engagiert hatte. So sind wir vielleicht in der Lage, ein Bewegungsprofil von Jungbluth und einigen anderen Gästen zu erstellen.«

»Was wissen wir bisher über diese Frau, die angeblich bei Jungbluth stand, als er starb?«, fragte Dr. Süß.

»Leider noch nichts«, sagte Möllemann kopfschüttelnd. »Wir sind uns noch nicht einmal sicher, dass sie tatsächlich an seiner Seite war. Es gibt viele, teilweise sehr widersprüchliche Aussagen dazu. Aber die Befragungen der Gäste sind noch nicht abgeschlossen. Es waren immerhin fast zweihundert Personen geladen und auch anwesend.«

***

Der Stadtteil Olewig befand sich in einem Seitental der Mosel und war besonders für seine vielen Weingüter und die dazugehörigen Straußwirtschaften bekannt, was ihm schon früh in Anlehnung an den berühmten Vorort Wiens den Namen »Grinzing von Trier« eingebracht hatte.

Carl-Theodor Jungbluth und seine Frau Roswitha wohnten in dem oberhalb von Olewig gelegenen Wohngebiet Auf der Hill. De Boer bog von der Olewiger Straße rechts in die St.-Anna-Straße und folgte dem Straßenverlauf ein kurzes Stück den Berg hinauf, bevor er nach links in die Straße Auf der Hill fuhr, die der Siedlung ihren Namen gegeben hatte.

Nach wenigen Metern hielt er vor einem stattlichen Einfamilienhaus, dessen Baujahr Ferschweiler auf die frühen 1980er-Jahre schätzte. Davon zeugten die massige Eingangstür aus dunkler Eiche, der wuchtige Schornstein und die Mansardenfenster. Ferschweiler hatte diesem Baustil noch nie etwas abgewinnen können, aber das Anwesen passte in das Bild, das er sich von dem Baudezernenten gemacht hatte: spießig, protzig, unnahbar.

De Boer parkte den Wagen vor der Garageneinfahrt. Ein

gepflasterter Weg führte durch den gepflegten Vorgarten zur Haustür. Ferschweiler betätigte die Türklingel, doch niemand öffnete. Fragend blickte er de Boer an, der lediglich mit den Schultern zuckte. Ferschweiler läutete erneut. Noch immer tat sich nichts.

Er wollte gerade de Boer bitten, um das Haus herumzugehen, als endlich die Haustür von einer jüngeren Frau geöffnet wurde. Sie hatte ein asiatisches Aussehen und war ganz in Schwarz gekleidet. Lediglich ihre weiße, dezent mit Spitzen besetzte Schürze, die sie über ihrem Dienstbotenkleid trug, bildete einen Kontrast.

»Guten Tag, Sie wünschen bitte?«, fragte sie mit unüberhörbar asiatischem Akzent.

»Sugeng, kita kaya guneman nganggo Mrs Jungbluth?«, fragte de Boer sichtlich stolz auf sein Javanesisch.

Doch die junge Frau kicherte nur. »Es tut mir leid«, sagte sie. »Ich komme nicht aus Indonesien. Ich stamme von den Philippinen. Und ich spreche und verstehe sehr gut Deutsch.«

Nachdem sich die Kommissare vorgestellt und ausgewiesen hatten, bat sie Ferschweiler und den offenkundig peinlich berührten de Boer ins Haus.

»Bitte warten Sie hier, ich werde Frau Jungbluth informieren, dass Sie sie sprechen möchten. Aber Sie sollten wissen, dass es ihr nicht gut geht.«

Die Asiatin entschwand aus dem großzügigen Eingangsbereich des Hauses durch eine doppelflügelige Glastür, deren Milchglasscheiben in dunklen Holzsprossen eingefasst waren und einen Blick in das dahinterliegende Zimmer verhinderten.

»Hübsches Mädchen«, sagte de Boer, als er der jungen Hausangestellten hinterherblickte. »Sie erinnert mich an mein Kindermädchen, das ich als Kind in Jakarta hatte. Ich wusste gar nicht, dass man als Baudezernent so viel Geld verdient, dass man sich Hausangestellte leisten kann.«

»Ich habe keine Ahnung, Wim. Aber schlecht gelebt hat der Verstorbene sicherlich nicht, wenn ich mich hier so umschaue. Mein Geschmack ist das alles zwar nicht, viel zu dunkel und zu holzlastig, aber es sieht teuer aus. Was meinst du?« Ferschweiler deutete mit dem Kopf in Richtung einer wuchtigen Treppe, die aus dem Eingangsbereich des Hauses in die obere Etage führte.

Auf der rechten Seite des Flurs befand sich eine geräumige Wohnküche, deren Glastür offen stand, sodass Ferschweiler in den Raum hineinsehen konnte. Alles in der Küche wirkte so, als ob sie selten benutzt würde. Der Aufgang neben der Treppe war mit alten, aufwendig in Gold gerahmten Schwarz-Weiß-Fotografien gesäumt. Die Aufnahmen schienen eine Ahnengalerie zu bilden, zeigten aber wohl auch Kinderfotos der Jungbluths selbst.

In der oberen Etage mündete die Treppe in einer Art Galerie, von der weitere Türen in die Schlafzimmer führten, wie Ferschweiler vermutete. Unterhalb des Treppenaufgangs hing ein präparierter monumentaler Wildschweinkopf, dessen Zähne überaus bedrohlich wirkten.

»Ein erfolgreicher Waidmann …« Ferschweiler, der gerade gegenüber de Boer eine Bemerkung angesichts der offensichtlichen Jagdleidenschaft des Baudezernenten machen wollte, hielt mitten im Satz inne. Die Glastür öffnete sich wieder, und das Hausmädchen bat die Kommissare, ihr ins Wohnzimmer zu folgen. Frau Jungbluth würde sie dort erwarten.

Das Wohnzimmer unterschied sich nicht von dem bisher gesehenen Teil des Hauses, nur die Eichenmöbel waren noch dunkler. Ein vom Boden bis zur Decke reichendes Bücherregal, das gefüllt war mit Modellbaulokomotiven, -flugzeugen und anderen Fahrzeugen, bedeckte die rückseitige Wand des Raums nahezu komplett. Nur auf einem Regalboden standen eine Handvoll Bücher, alles Buchclubausgaben aus den 1970er-Jahren, wie Ferschweiler mit sicherem Blick feststellte. Vor der linken Wand stand eine ebenfalls aus Eiche gefertigte, mit dunklem Leder bezogene Sitzgarnitur, und auf der anderen Seite führte eine große Terrassentür in einen gepflegten Garten, von dem man einen wundervollen Blick über Olewig in die gegenüberliegenden Weinberge des Deutschherrenberges hatte.

Vor der geschlossenen Terrassentür saß in einem Ohrensessel, eine Teetasse in der Hand haltend, eine zarte blonde Frau, die Ferschweiler auf Mitte fünfzig schätzte. Um ihre Augen und ihren Mund herum hatten sich feine Fältchen gebildet. Ihre Augen waren gerötet, und ihr Gesicht wirkte etwas verquollen, doch man konnte erahnen, dass sie ehemals eine sehr aparte Erscheinung gewesen sein musste.

»Guten Tag, Frau Jungbluth. Mein Name ist Rudolph Ferschweiler, und das ist mein Kollege Wim de Boer«, stellte Ferschweiler sich selbst und seinen Kollegen vor. »Wir sind von der Mordkommission. Darf ich Ihnen mein aufrichtiges Beileid aussprechen? Es tut uns leid, dass wir Sie so früh am Tag und unter so bedauerlichen Umständen behelligen, aber Sie haben sicherlich Verständnis dafür, dass wir Ihnen noch einige Fragen stellen müssen.«

»Ja, sicher, bitte setzen Sie sich doch.« Roswitha Jungbluth, die einen dunkelgrünen Bademantel und rosafarbene Hausschuhe trug, zeigte auf die lederne Couch, auf der die Kommissare nebeneinander Platz nahmen.

»Wie geht es Ihnen?«, fragte Ferschweiler in mitfühlendem Ton.

»Es geht mir ganz gut. Mein Kopf brummt nur noch ein wenig von dem Beruhigungsmittel, das der Arzt mir gestern Abend gegeben hat.« Roswitha Jungbluth fasste sich an den Kopf und blickte die beiden Kommissare mit ausdruckslosen Augen an. Sie machte einen gefassten Eindruck – einen zu gefassten, befand Ferschweiler angesichts der Tatsache, dass ihr Mann gerade erst verstorben war.

»Sie sind von der Mordkommission, habe ich das richtig verstanden?«, fragte sie. »Gehen Sie also davon aus, dass mein Mann ermordet wurde?«

»Bitte haben Sie Verständnis«, antwortete Ferschweiler, »dass wir Ihnen zu diesem Zeitpunkt noch keine konkreten Angaben machen können, aber wir müssen alle Möglichkeiten in Betracht ziehen. Wir werden zunächst die weiteren Untersuchungsergebnisse abwarten müssen. Der Leichnam Ihres Mannes wird gerade obduziert.«

»Ach so. Wann kann er denn dann beerdigt werden?«

Nun war es de Boer, der sprach: »Das wird leider noch ein paar Tage dauern. Man wird Sie umgehend verständigen, wenn der Leichnam freigegeben wird.«

Roswitha Jungbluth nickte kurz. Dann schaute sie wie geistesabwesend auf das Regal mit dem Männerspielzeug.

»Wir würden Sie zunächst gern über Ihren Mann befragen, wenn es Ihnen recht ist«, sagte Ferschweiler.

»Ja, ja, bitte, nur zu. Fragen Sie«, erwiderte die Witwe und drehte dabei vorsichtig den Ohrensessel in Richtung der beiden Kommissare.

»Kam Ihnen am gestrigen Tag oder in den Tagen zuvor irgendetwas merkwürdig vor, Frau Jungbluth? Verhielt sich Ihr Mann anders als sonst?«, fragte de Boer.

»Nein, er war wie immer«, sagte Roswitha Jungbluth achselzuckend. »Ich habe ihn zwar in den letzten Tagen nur sehr selten zu Gesicht bekommen, aber auch das war im Grunde genommen nicht ungewöhnlich. Er hat ja eigentlich immer nur gearbeitet. Und wenn wichtige Projektabschlüsse anstanden, konnte er auch schon mal tagelang für mich von der Bildfläche verschwinden.«

»Und am gestrigen Abend?«, hakte de Boer nach.

»Gestern kam er gegen siebzehn Uhr nach Hause und hat sich umgezogen. Dann hat er mir das rote Kleid rausgelegt, das ich auf seiner Feier tragen sollte, hat mir gesagt, welche Schuhe ich anziehen sollte, und als ich fertig war, sind wir zu den Thermen am Viehmarkt aufgebrochen. Er wollte um neunzehn Uhr da sein, und das waren wir dann auch. Die Gäste waren für einundzwanzig Uhr geladen.«

De Boer zog bei ihren Worten die Augenbrauen hoch und sah Ferschweiler von der Seite an. Der erwiderte seinen Blick nur kurz, deutete aber an, dass er verstanden hatte.

»Das heißt, Sie wissen nicht, wie Ihr Mann seine Tage verbrachte?«

»Nein, er sprach nie mit mir über die Arbeit. Vieles von dem, was er tat, kannte ich nur aus dem ›Volksfreund‹. Er hatte da seine Prinzipien. Arbeit war für ihn Arbeit und Familie eben Familie.«

»Frau Jungbluth, Sie sagten gerade, dass Ihr Mann Ihnen gesagt habe, was Sie an seinem Geburtstag tragen sollten?«, sagte Ferschweiler in überraschtem Tonfall. Er konnte kaum glauben, was er gehört hatte.

»Ja«, Roswitha Jungbluth war völlig gefasst, wenn auch ihre Stimme etwas Verbittertes an sich hatte, »das hat er schon immer so gemacht. Zumindest wenn ich ihn bei geschäftlichen Anlässen begleitete, was allerdings denkbar selten vorkam.« Sie nestelte an ihrem Bademantel herum. »Er hat mir auch gesagt, wie ich mich zu schminken hatte, wie ich die Haare tragen sollte. Er hat eben gern alles unter Kontrolle gehabt. Und was hätte ich seinen Wünschen entgegensetzen sollen?«

De Boer machte sich in seinem kleinen Heft Notizen.

»Wie war die Stimmung Ihres Mannes, als er gestern nach Hause kam? War er gut gelaunt?«

»Er wirkte etwas gestresst. Der Tag schien hektisch gewesen zu sein, er hat jedoch nichts weiter erzählt. Wir hatten wenig Zeit. Aber er hatte mit der Post einen neuen Bausatz bekommen. Als er das Paket öffnete, strahlten seine Augen. Da hätte ich mich glatt erneut in ihn verlieben können.«

»Und bei der Feier?«, fragte de Boer irritiert. »Gab es dort besondere Vorkommnisse?« Er wurde offensichtlich nicht schlau aus den Schilderungen der Witwe.

Roswitha Jungbluth schwieg für einen Moment. Nachdenklich blickte sie von einem der Kommissare zum anderen. Dann antwortete sie: »Nun ja, eigentlich auch nicht. Als wir in die Viehmarktthermen kamen, hat er nach dem Rechten gesehen, ob der Caterer, dieser schmierige Franzose …«, sie schüttelte sich bei dem Gedanken an Auguste LePetit, »… auch alles gut organisiert hatte, ob die Tische ordentlich eingedeckt waren, solche Dinge eben. Dann haben wir gemeinsam die ersten Gäste begrüßt. Nach ein paar Minuten kam Dieter, der Oberbürgermeister, in Begleitung zweier Herren auf meinen Mann zu, und gemeinsam gingen sie kurz darauf mit ihm in einen Nebenraum – warum auch immer. Ich habe weiterhin die eintreffenden Gäste begrüßt.«

»Kannten Sie die beiden Herren?«, fragte Ferschweiler und sah kurz zu de Boer, der sich Notizen machte.

»Der Oberbürgermeister ist ein alter Freund der Familie, der andere Mann war Niels Baron. Aber den dritten Mann habe ich noch nie zuvor gesehen.« Roswitha Jungbluth schüttelte leicht den Kopf. Es schien, dass es ihr Schmerzen bereitete, diese Bewegung auszuführen. »Seinen Namen habe ich nicht verstanden. Nur dass er einen Doktortitel führte, daran kann ich mich vage erinnern.«

»Sagten Sie gerade Niels Baron?«

»Ja, genau, Niels Baron. Ebenfalls ein guter Freund meines Mannes.« Roswitha Jungbluth lachte verächtlich.

Ferschweiler war erstaunt, ließ sich jedoch nichts anmerken. Niels Baron war in Trier kein unbeschriebenes Blatt. Er hatte erst kürzlich eine spektakuläre Insolvenz mit einem seiner vielen Unternehmen erlitten, und es kursierten Gerüchte, er habe seine unternehmerische Tätigkeit ins Rotlichtgewerbe verlagert. Sie würden der Sache nachgehen müssen.

»Und was geschah, nachdem Ihr Mann mit den Herren im Nebenraum verschwunden war?«, fragte er weiter.

»Mein Mann kam nach ein paar Minuten mit Baron und dem dritten Mann aus dem Zimmer, in das sie sich zurückgezogen hatten. Da schien er gut gelaunt. Er hat sich einen Drink an der Bar geholt und sich anschließend mit den neu eingetroffenen Gästen unterhalten.«

»So als ob nichts vorgefallen wäre?«

»Ja, genau so. Wieso fragen Sie das eigentlich alles? Hat das etwa mit dem Tod meines Mannes zu tun?«

»Was passierte dann?«, fragte Ferschweiler, ohne auf ihre Frage einzugehen.

»Dann …« Roswitha Jungbluth hielt kurz inne, trocknete mit einem seidenen Taschentuch eine ihr über die Wange laufende Träne und strich sich eine Haarsträhne aus dem Gesicht.

Ferschweiler sah sie aufmunternd an.

Sie fuhr mit ihrer Erzählung fort: »Dann hat CT irgendwann seine Begrüßungsrede gehalten, viel zu pathetisch, wenn Sie mich fragen. Aber so war er nun mal. Und danach habe ich ihn nicht mehr wirklich zu Gesicht bekommen. Und wenn, dann nur von Weitem. Wir waren beide mit unseren Gästen beschäftigt. Wie das eben so ist als Gastgeber. Ich habe meinen Mann erst wieder gesehen, als er da auf dem Boden lag. Es war schrecklich.« Bei ihren letzten Worten hoben und senkten sich ihre Schultern, und sie wischte sich nun mehr als eine Träne aus dem Gesicht. Sie zog ein weiteres Stofftaschentuch aus einer aufgesetzten Tasche ihres Bademantels und schnäuzte sich geräuschvoll die Nase.

»Kurz bevor Ihr Mann starb, führte er eine heftige Diskussion mit Gotthilf Hanselmann, dem Theaterintendanten«, sagte Ferschweiler, als sich Roswitha Jungbluth wieder gefasst hatte. »Wissen Sie, worüber die beiden sprachen?«

»Ich sagte Ihnen doch gerade, Herr Kommissar, dass ich meinen Mann den restlichen Abend bis zu seinem Tod nur noch von Weitem gesehen habe. Ich habe keine Ahnung, worum es in dem Gespräch ging. Der Hanselmann und mein Mann mochten sich allerdings nicht besonders, obwohl sie regelmäßig Tennis miteinander spielten. Aber aus seiner Abneigung hat mein Mann nie ein Geheimnis gemacht, wie er sowieso sein Herz nie zu einer Mördergrube hat werden lassen.« Roswitha Jungbluth zuckte mit den Schultern.

»Wie meinen Sie das?«, hakte Ferschweiler nach.

»Mein Mann sagte immer, der Hanselmann, der soll mal anständige Stücke zeigen und nicht immer dieses moderne Zeug, mit dem keiner was anfangen kann und mit den ganzen Nackten, die da unmotiviert auf der Bühne herumspringen. Dann würden die Leute auch wieder gern ins Theater gehen, und von einer Krise der Spielstätte wäre keine Rede mehr. Diese Meinung hat er auch öffentlich kundgetan. Das fand der Gotthilf wohl nicht ganz so lustig.« Über Roswitha Jungbluths Gesicht huschte ein leichtes Lächeln.

»Der Streit zwischen den beiden scheint Sie zu amüsieren.« De Boer war das Lächeln nicht entgangen.

»Mein Mann hat über Gotthilf immer gelacht und Witze erzählt. Ich musste nur gerade daran denken.«

»Wie war das Verhältnis Ihres Mannes zu den anderen Mitgliedern des Stadtvorstands?«, wollte Ferschweiler wissen.

»Na ja, zu Frau Knöth hatte er auch kein gutes Verhältnis. Darüber hat ja die Tagespresse in schöner Regelmäßigkeit ausführlich berichtet. Es gab eben Überschneidungspunkte bei beiden Ämtern, und da hat es wohl öfters Differenzen gegeben.« Über Roswitha Jungbluths Gesicht huschte erneut ein Lächeln.

»Welche Art von Differenzen meinen Sie?«

»Es ging in letzter Zeit vor allem um die Sanierung des Theaters, um Grundschulen und Einkaufszentren. CT hat immer gesagt, die Knöth würde mit ihren Ideen noch die ganze Stadt in den Ruin treiben. Sie wäre völlig überfordert in ihrem Amt.«

»Sie mögen Frau Knöth wohl auch nicht besonders, oder irre ich mich?«

»Haben Sie die Frau gesehen? Die wollte Carl-Theodor aus seinem Amt drängen und hat gegen ihn intrigiert, wo es nur ging. Wie kann ich eine so unmögliche Person mögen?«

»Ihr Mann soll sich während der Feier auch mit Marie-Luise Hoppenstedt lautstark gestritten haben. Können Sie uns dazu etwas sagen?«, fragte Ferschweiler.

»Es würde mich nicht wundern, wenn dem so gewesen wäre.« Roswitha Jungbluth schwieg für einen Moment und schaute erneut auf die Regalwand mit den Modellbausätzen. Dann blickte sie Ferschweiler fest in die Augen. »Sie haben sicherlich auch bereits von den Gerüchten gehört, mein Mann habe vor einigen Jahren eine Affäre mit ihr gehabt. War ja auch beileibe nicht zu übersehen, diese damals gefochtene Schlammschlacht gegen Carl-Theodor. Die Zeitungen waren voll davon. Nun, zwar ist die Geschichte damals für meinen Mann gut ausgegangen, und er konnte sich in der Öffentlichkeit als moralischer Mensch mit Prinzipien darstellen, der so etwas niemals tun würde. Doch die Gerüchte stimmten. Sie hatten tatsächlich eine Beziehung miteinander. Es wurde sogar getuschelt, die Hoppenstedt hätte eine Fehlgeburt gehabt. CT hat darüber nie ein Wort verloren.«

Ferschweiler war erstaunt über die Offenheit, mit der Roswitha Jungbluth über die für sie sicherlich sehr schmerzhafte Erfahrung sprach.

»Es war eine schlimme Zeit für mich«, fuhr sie ungefragt fort. »Für Malu, also Marie-Luise, war es wohl die große Liebe, aber mein Mann hätte mich niemals verlassen.« Wieder vergoss sie einige Tränen. »Entschuldigen Sie meine Direktheit. Aber Sie hätten es sowieso früher oder später herausgefunden. Und da CT wohl ermordet wurde, sehe ich mich veranlasst, Ihnen gegenüber kein Blatt vor den Mund zu nehmen. Also fragen Sie bitte, was Sie meinen, fragen zu müssen.«

»Ihrem Mann werden noch weitere Affären nachgesagt«, sagte Ferschweiler sichtlich beeindruckt von dem Mut und der Freimütigkeit dieser sichtlich gedemütigten Frau.

»Es gab nicht einen Tag in unserer Ehe, an dem er mich nicht betrogen hätte. Sogar an unserem Hochzeitstag, an Weihnachten eh, an Ostern, ach, eigentlich immer.«

»Wenn dem so war, warum haben Sie sich dann nicht von Ihrem Mann getrennt? Warum sind Sie all die Jahre bei ihm geblieben?«, fragte Ferschweiler erstaunt.

»Warum wohl? Sie können Fragen stellen. Ts … Mein Mann hat bei unserer Hochzeit auf einem Ehevertrag bestanden. Im Falle einer Scheidung hätte ich nichts gehabt, ich wäre mittellos gewesen. Sie verstehen das sicher nicht. Ich stamme aus einer einfachen Familie aus dem Hunsrück. Haben Sie schon mal von Rapperath gehört?«, fragte sie.

Ferschweiler musste die Frage verneinen, und auch de Boer schüttelte den Kopf.

»Dachte ich es mir doch. Das liegt bei Morbach. Mein Vater war ein einfacher Waldarbeiter, meine Mutter Hausfrau, wir waren sieben Kinder. Für mich war diese Ehe ein sozialer Aufstieg, das können Sie mir glauben. Ich wollte nicht mehr dahin zurück, wo ich herkam.«

»Obwohl Sie einen solch hohen Preis dafür zahlen mussten?« Ferschweiler konnte die Frau nicht verstehen.

Roswitha Jungbluth nestelte nervös am Gürtel ihres Bademantels. Die Frage schien ihr unangenehm. Doch sie antwortete mit sicherer Stimme: »Kein Preis, Herr Kommissar, wirklich kein Preis war mir dafür zu hoch.« Wieder schaute sie auf die Modellautos. »Ach«, sagte sie dann, »es gibt doch Schlimmeres als unsere Ehe. Mein Mann war ja selten zu Hause. Letzten Endes haben wir nebeneinanderher gelebt. Ich habe mich mit der Situation arrangiert. Und er tat, was er so oder so getan hätte. Hätte ich eine Wahl gehabt, Herr Kommissar? Seien Sie ehrlich.«

Ferschweiler räusperte sich und ließ die Frage unbeantwortet.

»Hatte Ihr Mann Feinde?«, fragte er weiter.

»Feinde? Mein Mann hatte jede Menge Feinde. Große, kleine, echte und nur geschäftliche. Eine Liste seiner Freunde zu machen, ist einfacher, denn da gibt es nicht sehr viele Namen aufzuschreiben.« Roswitha Jungbluth lachte nun richtig. Es war das erste Mal, seit Ferschweiler und de Boer bei ihr waren.

Ferschweiler strich eine Haarsträhne, die sich aus seinem Zopf gelöst hatte, aus der Stirn. Nachdenklich blickte er Roswitha Jungbluth an. »Eine Sache lässt mir keine Ruhe. Sie sagten ganz zu Anfang unseres Gesprächs, dass Ihr Mann mit Niels Baron und einem weiteren Mann in diesem Nebenraum verschwand. In welchem Verhältnis stand Ihr Mann zu Baron?«

»Sie waren Partner, Freunde, was weiß ich?«

»Wie meinen Sie das?«, hakte Ferschweiler nach.

Roswitha Jungbluth blickte aus dem Fenster hinaus in den Garten, dann drehte sie den Kopf und sah Ferschweiler direkt in die Augen. »Niels Baron, Herr Ferschweiler, ist der Anfang allen Übels. Er ist eine hinterhältige Kreatur. Ich weiß nicht genau, welches Spiel er spielt oder spielte, aber seitdem dieser Mann in CTs Leben getreten ist, war er ein anderer.« Ihre Augen funkelten voller Hass.

Ferschweiler blickte kurz zu de Boer hinüber, um sich zu vergewissern, dass dieser alles notierte. Erleichtert stellte er fest, dass de Boer die Aufnahmefunktion seines Smartphones betätigt hatte. Dann fragte er: »Können Sie uns das genauer erläutern?«

»Carl-Theodor und Niels Baron haben sich vor ungefähr

zwei Jahren kennengelernt. Ich glaube, es war auf dem Golfplatz in Bekond. Er hat ihn dann kurz darauf zu einem Abendessen hier nach Hause eingeladen. Da habe ich Baron zum ersten Mal gesehen. Seither ging er bei uns ein und aus. Wenn er kam, verschwanden die beiden immer im Arbeitszimmer meines Mannes, und ich durfte sie nicht stören. Wenn Baron anrief, dann musste ich das Zimmer verlassen. Sie trafen sich aber auch regelmäßig in Barons Villa, die er irgendwo oben am Löllberg hat.«

»Wissen Sie, worum es bei diesen Treffen ging?«, fragte de Boer.

»Nein. Ich habe Carl-Theodor gefragt, was diese Heimlichtuerei sollte, aber das habe ich nur einmal gefragt und danach nie wieder. Daraufhin habe ich beschlossen, mich rauszuhalten.«

»Warum?« Ferschweiler blickte Roswitha Jungbluth gespannt an.

»Ich hatte es satt, immer rausgeschickt zu werden. Als Baron eines Tages anrief, habe ich darauf bestanden, den ›Tatort‹, der gerade im Fernsehen lief, zu Ende sehen zu können – es war nämlich Sonntagabend, müssen Sie wissen. Da hat CT mich an den Haaren aus dem Zimmer gezogen und in mein Schlafzimmer gesperrt.«

Roswitha Jungbluth wandte sich ab, ihre Schultern hoben und senkten sich. Die Erinnerung schien ihr sehr unangenehm zu sein. So hätte Ferschweiler den beliebten Politiker nicht eingeschätzt. Er sah de Boer von der Seite an, der Ähnliches zu denken schien. Er war gespannt, was sich hinter der Fassade des scheinbaren Biedermanns noch alles fand.

»Könnten wir uns wohl das Arbeitszimmer Ihres Mannes ansehen?«, fragte de Boer.

»Selbstverständlich«, sagte Roswitha Jungbluth. Langsam stand sie aus ihrem Sessel auf, schnürte ihren Bademantel enger zusammen und führte die beiden Kommissare in einen Raum, der sich gleich links neben dem Wohnzimmer befand.

In der Mitte des Zimmers stand ein großer Schreibtisch. An allen vier Wänden standen Regale, die von Aktenordnern, Modellbaufahrzeugen und Tausenden von fein säuberlich etikettierten und beschrifteten Kassetten überquollen. Lediglich ein winziges Fenster spendete Licht.

»Was sind das alles für Kassetten?«, wollte de Boer wissen.

»Ach die«, Roswitha Jungbluth tat völlig unbeteiligt, »die stammen aus den Diktiergeräten meines Mannes. Schon seit Jahrzehnten hatte er ständig eins bei sich, ließ es oft versteckt mitlaufen. Auf modernere Technik hat er nie umgestellt, der altbackene Selbstgerechte. Er hatte nämlich, müssen Sie wissen, die Angewohnheit, alles aufzuzeichnen. Selbst hier bei uns daheim beim abendlichen Essen oder Fernsehen, und nicht nur bei wichtigen Gesprächen im Rathaus oder anderswo, lief meistens ein Band. Er konnte es nicht leiden, wenn er seine Gesprächspartner im Nachhinein nicht mit dem Gesagten konfrontieren konnte. Musste er wohl aus seiner Kindheit haben, denn im Hause Jungbluth wurde viel gestritten. Auf diesem Wege hatte er jedenfalls so manchen Verhandlungserfolg erzielt. Er war eben ein Fuchs. Und weggeschmissen hat er nie eins dieser Bänder, man konnte ja nie wissen, waren seine Worte.« Dann drehte sie sich zu Ferschweiler. »Die ältesten müssen wohl aus den frühen 1980er-Jahren stammen.«

»Haben Sie jemals in eines der Bänder hineingehört?«, wollte Ferschweiler wissen, der immer noch fasziniert vor den penibel beschrifteten Kassettenschachteln stand.

»Wo denken Sie hin, Herr Ferschweiler?« Roswitha Jungbluth musste unwillkürlich lachen. »Ich habe Besseres zu tun, als mir dieses langweilige Politikergeschwätz anzuhören. Und was wir zu Hause sprachen, das weiß ich genau. Außerdem war es nie viel. Meistens wurde geschwiegen.«

De Boer, der sich inzwischen auf dem Schreibtisch des Baudezernenten umgesehen hatte, auf dem sich neben dem Monitor eines in die Jahre gekommenen Computers mehrere Ordner stapelten, blätterte in den Aktenordnern. Nach einer Weile hob er ein Blatt Papier in die Höhe, das er einem der Ordner entnommen hatte, und reichte es Jungbluth.

»Was hat es mit diesen Briefen hier auf sich?«, fragte de Boer.

»Das sind Briefe von Bürgern, die sich bei meinem Mann

beschwert haben. Ich sagte Ihnen ja, dass Carl-Theodor nichts wegwarf.«

»Dürfen wir den Ordner mitnehmen?«

»Natürlich.«

»Ich denke, dass wir fürs Erste keine weiteren Fragen haben, würden Sie aber bitten, sich zur Verfügung zu halten. Wir werden Ihnen noch zwei Mitarbeiter vorbeischicken, die die Kassetten einmal durchgehen und die des letzten Jahres vermutlich mitnehmen werden«, beendete Ferschweiler das Gespräch.

Roswitha Jungbluth betätigte eine kleine Glocke, die auf der Fensterbank gestanden hatte, und augenblicklich erschien die Hausangestellte im Zimmer.

»Ist recht«, sagte Roswitha Jungbluth zu Ferschweiler, und an ihre Hausangestellte gerichtet: »Salita, bringen Sie die beiden Herren bitte zur Tür.«

Ferschweiler und de Boer verabschiedeten sich und folgten der jungen Asiatin zur Eingangstür.

Auf der Straße angekommen, sagte de Boer: »Was meinst du, Rudi? Ich fand, dass Frau Jungbluth sehr beherrscht wirkte. Die Freimütigkeit, mit der sie über die Affären ihres Mannes sprach, war schon interessant.«

»Ja«, entgegnete Ferschweiler, während er in den Wagen stieg, »das war wirklich sehr bemerkenswert. Wenn du mich fragst, hätte sie durchaus auch ein Motiv für den Mord an ihrem Mann. Er hat sie jahrelang betrogen und gedemütigt. Sie hat es uns ja selbst gesagt, im Falle einer Scheidung hätte sie nichts bekommen.«

»Aber warum sollte Roswitha Jungbluth ihren Mann vor so vielen Menschen vergiften? Das hätte sie doch auch zu Hause tun können.«

Ferschweiler nickte zustimmend. »Da magst du auf den ersten Blick recht haben, aber ein besseres Alibi als zweihundert geladene Gäste auf einer Feier, die sahen, wie sie Freunde und Bekannte begrüßte und sich mit ihnen unterhielt, gibt es doch nicht. Wäre sie die Täterin und hätte die Tat zu Hause begangen, dann würde sie sofort als Hauptverdächtige dastehen. Aber so?«

»Da hast du einen Punkt, Rudi«, sagte de Boer und startete den Motor des Dienstwagens.

»Wir brauchen dringend die Ergebnisse von Wingertszahn-Lichtmeß. Mach da mal ein bisschen Druck.«

»Rudi, du weißt doch, dass bei Schorsch mit Druck gar nichts funktioniert.« De Boer lachte.

»Du hast recht, wir müssen geduldig sein.« Auch Ferschweiler musste lachen. Er kannte den langjährigen Mitarbeiter der KTU seit einer Ewigkeit. Er entsprach voll und ganz dem Klischee des muffeligen Trierers, der kein Wort zu viel sprach und sich durch nichts und niemanden aus der Ruhe bringen ließ. Aber auf seine Gewissenhaftigkeit bei der Arbeit konnte man sich immer voll und ganz verlassen.

»Ich werde diesen Niels Baron mal genauer unter die Lupe nehmen«, sagte de Boer. »Mal sehen, was unsere Datenbanken und unser Archiv so hergeben. Vielleicht bringt uns ja auch Jungbluths Kassettensammlung weiter.«

»Tu das, Wim.« Ferschweiler nickte zustimmend. »Ich frage mich, was Jungbluth mit jemandem wie Baron zu schaffen hatte: krumme Geschäfte oder mehr?«

»Wird erledigt. Und nun, wohin darf ich den Herrn Hauptkommissar chauffieren?« De Boer blickte Ferschweiler erwartungsvoll von der Seite an.

»Wir fahren zurück ins Präsidium.«

»Ich habe da übrigens noch was für dich«, sagte de Boer und reichte dem Kollegen kommentarlos die aktuelle Ausgabe des »Trierischen Volksfreunds«. Ferschweiler schlug die Zeitung auf, während de Boer den Dienstwagen durch die für diese Tageszeit ungewöhnlich leeren Straßen der Moselmetropole steuerte.

In großen Lettern wurde auf der Titelseite über die Geschehnisse des gestrigen Abends berichtet. Die Journalisten der örtlichen Tageszeitung übten sich bereits in den wildesten Spekulationen über das Ableben des Baudezernenten. Einer, der anwesend gewesen sein musste, hatte einige Fotos beigesteuert. Angewidert faltete Ferschweiler die Zeitung wieder zusammen und blickte durch das Seitenfenster.

Im Wagen war es stickig und heiß. Der Kommissar war froh, dass er sich für ein leichtes weißes Leinenhemd entschieden hatte, dessen Ärmel er hochgekrempelt hatte. De Boer hingegen trug wie immer Anzug und Krawatte. Die ungewöhnlich hohen Temperaturen schienen ihm nichts auszumachen. Sicherlich hing dies damit zusammen, dachte Ferschweiler, während er seinen Kollegen aus den Augenwinkeln beobachtete, dass de Boer in seiner Jugend viele Jahre in tropischen und subtropischen Ländern verbracht hatte, wo sein Vater als Bauingenieur tätig gewesen war. Das stets adrette Aussehen seines Assistenten hatte ihn am Anfang ihrer nunmehr etwas mehr als zwei Jahre währenden Zusammenarbeit zunächst irritiert, kleidete sich Ferschweiler doch meistens leger und bequem und trug am liebsten schwarze Jeans und weißes Oberhemd. Er hatte sich inzwischen daran gewöhnt, dass de Boer auf die meisten Menschen eher wie ein Banker eines luxemburgischen Finanzinstituts und weniger wie ein Polizist wirkte.

Woran Ferschweiler sich aber bisher noch immer nicht hatte gewöhnen können, war der Fahrstil des Kollegen, der die Straßen der Stadt gelegentlich mit dem Nürburgring zu verwechseln schien. De Boer schien die Fahrzeit von Olewig bis zum Polizeipräsidium in der Kürenzer Straße in Rekordzeit absolvieren zu wollen.

»Siebeneinhalb Minuten«, sagte er mit strahlenden Augen, als er mit quietschenden Bremsen den Wagen auf dem Parkplatz hinter dem Gebäude zum Stehen brachte.

»Das zählt nicht, Wim! Heute ist auf den Straßen nichts los«, entgegnete Ferschweiler, während er aus dem Fahrzeug stieg.

»Du gönnst mir aber auch gar nichts. Bist ein Spielverderber«, brummte de Boer.

»Sag mal, Wim, hast du eigentlich Quint heute Morgen erreicht, als ich bei Möllemann war?«

»Nein, hab ich nicht. Es hat keiner abgenommen. Soll ich es gleich noch einmal probieren?«

»Ach was. Etwas Gutes hat unser Umzug ja: Zur Pathologie haben wir es nun nicht mehr weit. Ich komme gleich ins Büro nach. Kannst schon mal die Kaffeemaschine anstellen.«

Tatsächlich musste Ferschweiler nur knapp achtzig Meter weit gehen, um das Gebäude der Gerichtsmedizin zu erreichen. Deren Tage in Trier waren gezählt. Man rechnete damit, dass mit dem Eintritt Dr. Quints ins Pensionsalter die Aufgaben von der Mosel nach Mainz, Koblenz oder Homburg an der Saar verlegt werden würden. Selbst die ehemals beleuchtete Beschriftung »PATHOLOGIE« an der zum Bahnhof weisenden Außenseite des Gebäudes hatte man mittlerweile demontiert. Trostlos war das, wie Ferschweiler fand. Wie sollte sich wohl jemand angesichts der schon ausgeführten Abwicklungsmaßnahmen fühlen, der fast sein gesamtes erfülltes Arbeitsleben in einem solchen Gebäude verbracht hatte?

Ohne lange auf eine Lücke im ansonsten extrem dicht flutenden Verkehr warten zu müssen, hatte Ferschweiler die Straße überquert und betätigte die Klingel am Eingang zu Quints heiligen Hallen. Doch niemand drückte auf den Türöffner. Wieder und wieder versuchte es der Kommissar. Schließlich nahm er sein Handy aus der Tasche und wählte Quints Nummer. Er ließ es lange klingeln, doch ohne Erfolg. Der Doc schien nicht da zu sein. Vielleicht hatte er einen anderen Termin und sich längst in Ferschweilers Büro gemeldet. Also nahm er den Weg zurück in die Kriminaldirektion und überraschte de Boer, der gerade erst die Kaffeemaschine befüllte.

»Schon wieder da? Das ging aber schnell.«

»Der Dicke ist nicht da. Hat wohl einen Termin oder so.«

In diesem Moment klopfte es kräftig an der Tür und herein kam, ohne auf eine Aufforderung zu warten, ein etwa fünfzigjähriger Mann mit schütterem Haar, markanter Nase und abgewetzter Outdoorjacke.

»Taach, die Herren«, grüßte er selbstsicher, wenn auch etwas verstohlen, in die Runde. »Na, Wim. Hast lange keine Kugel mehr bewegt, was? Siehst ganz schlapp aus.«

Ferschweiler, der sich hinter seinen Schreibtisch gesetzt hatte, schaute konsterniert. Wer war das jetzt?

»Darf ich vorstellen?«, sagte de Boer. »Das ist Thomas Koltes aus Ruwer, seines Zeichens Fotograf an der Hochschule Trier und gestern Abend der Mann mit der Kamera für unseren Verblichenen. Das dort hinter dem Tisch ist mein Kollege und Chef, Rudolph Ferschweiler.«

»Meister«, sagte Koltes knapp und tippte sich, einen militärischen Gruß andeutend, an die weitgehend kahle Stirn. »Ihr wolltet Proben meiner exzellenten Lichtbildnerei sehen? Hier sind sie.«

Mit großer Geste legte Koltes einen kleinen braunen Umschlag auf Ferschweilers Schreibtisch. »Darin findet ihr zwei verkappten Trachtenträger alle meine Fotos vom gestrigen Abend, sortiert nach Zeit sowie CT-Nähe. Die mit dem Baudezernenten am Anfang, die ohne ihn am Ende. Dazwischen wird es von ihm immer weniger. Dafür werden die Aufnahmen interessanter, wie ich finde.«

»Du hast dir echt die Mühe gemacht, alles noch für uns aufzubereiten? Super!« De Boer war, wie Ferschweiler feststellen musste, tatsächlich aus dem Häuschen. »Hättest du aber nicht machen müssen, mein Lieber.«

»Schon klar, Kollege. Hat aber Spaß gemacht.« Koltes war Ferschweiler eine Nummer zu cool.

»Wenn ihr noch was braucht, dann gebt Urkund, Amigos. Ihr wisst ja, wo ihr mich findet. Ich muss nun wieder an den Paulusplatz, der öffentliche Dienst ruft! Und ich Depp hab keinen Dienstgang beantragt, oje. Wenn die mich erwischen. Aber ihr verpfeift mich ja nicht, oder?« Winkend verließ Koltes den Raum.

»Komischer Typ, Wim. Was machst du mit dem regelmäßig? Kegeln?«

»Nein, Boule spielen. Aber nicht regelmäßig, sondern nur ab und zu. Er ist aber ganz okay. Halt ein wenig einsam. Wollen wir deinen Rechner benutzen, um die Bilder zu betrachten?«

»Können wir gern. Du kannst schon alles vorbereiten. Ich probiere es noch mal bei Quint.«

Doch auch diesmal hob der Gerichtsmediziner nicht ab. »Ich werde den Pedell anrufen und mit ihm gemeinsam drüben in der Pathologie nach dem Rechten sehen.« Ferschweiler war äußerst unruhig. »Wenn ich wieder da bin, kannst du mir ja wohl schon eine erste Auswahl der besten Schnappschüsse präsentieren, oder?«

»Wird gemacht, Rudi. Soll ich nicht lieber mitkommen?«

»Ach wo«, sagte Ferschweiler, »nur um den Dicken mit Knöpfen im Ohr, Wagners »Tannhäuser« voll aufgedreht, bei der Sektion zu sehen? Bleib du mal hier und mach unsere Arbeit.«

Dann war er zur Tür hinaus. Drei Minuten später stand er erneut vor der Tür der Pathologie und wartete auf den Hausmeister des Präsidiums. Als der nach weiteren fünf Minuten endlich kam und die Eingangstür öffnete, war Ferschweiler bereits die Treppe halb hoch, noch ehe der Pedell den Schlüssel hatte abziehen können.

In Quints Büroräumen herrschte unheimliche Stille. Zwar war alles wie immer, wenn der Doc bei der Arbeit war, gleißend hell erleuchtet, aber man hörte weder sein schweres Atmen noch seine Selbstgespräche.

»Quint!«, rief Ferschweiler, während er das Büro des Pathologen betrat. »Quint, bist du hier? Mein Dicker, wo bist du?« Keine Antwort. Der Gerichtsmediziner war weder in seinem Arbeitszimmer noch im Sektionsraum zu finden. Auch in den Kühlkammern gab es keine Spur von ihm …

***

De Boer hatte derweil die ersten beiden der insgesamt fünf Speicherkarten von Thomas Koltes auf Ferschweilers Rechner geladen und wollte sich deren Inhalt in der Diashow-Funktion des Betriebssystems anzeigen lassen. Er hatte sich einen Kaffee eingeschenkt und es sich im Sessel seines Chefs gemütlich gemacht. Doch gerade, als der erste Bildwechsel erfolgte, trat Judith Möllemann ohne anzuklopfen und ohne Begrüßung in das Büro der Kommissare.

»Wo ist Ferschweiler?«, wollte sie wissen.

»Bei Quint in der Pathologie«, antwortete de Boer, den Blick auf den Bildschirm gerichtet, auf dem bereits das zweite Bild schier Unglaubliches zeigte.

»Da«, sagte er, »sehen Sie: Das ist die asiatische Traumfrau, von der gestern Abend alle gesprochen haben!«

Möllemann trat um Ferschweilers Schreibtisch herum und blickte auf den Bildschirm. »Ich kann euch Männer nicht verstehen. Das dürre Gestell? Was findet ihr denn an so einer?«

»Chefin, darum geht es doch gar nicht. Sehen Sie die Männer, die sie begleiten?«

»Ja, und?«

»Kennen Sie keinen von denen?«

»Doch, der eine ist Dombrowski, unser toller OB.«

»Und sonst?«

Möllemann musste passen. »Nein, sonst kenne ich keinen.«

Auf dem Bildschirm wechselten die Fotos im Fünf-Sekunden-Takt und zeigten doch immer nur dieselben Personen, nur in anderen, zeitlich knapp aufeinanderfolgenden Situationen.

»Sie sind halt noch nicht lange genug in Trier. Der eine, der ohne Bart, ist Niels Baron. Ein windiger Geschäftsmann aus der Region. Macht vermutlich neuerdings in Prostitution, zumindest hört man das so von den Kollegen in der Mittagspause. Der andere, der mit der Brille, ist auch mir unbekannt. Er muss aber ein guter Bekannter von Baron sein. Sehen Sie, wie die beiden sich anschauen. Es gibt für mich keinen Zweifel, dass sie sich kennen.«

»Und welche Rolle spielt Dombrowski?«

»Das werden wir sehen. Ein Phantombild der schönen Unbekannten brauchen wir nun jedenfalls nicht mehr. Den Studi von gestern Abend können wir getrost wieder abbestellen. Denn nun können wir direkt auf die Suche nach ihr gehen.«

»Gute Arbeit, de Boer. Können Sie Ferschweiler ausrichten, dass ich ihn unbedingt sehen muss? Schnellstens, ja? Danke.«

Kurz hatte Möllemann de Boer noch jovial auf die Schulter geklopft, schon hatte sie das Büro wieder verlassen. De Boer wählte Ferschweilers Handynummer.

***

Wo sollte er noch nachsehen? Er hatte alles abgesucht in der ersten Etage des Baus der Gerichtsmedizin, jeden Winkel der Diensträume Quints durchstöbert, aber keinen Hinweis auf den Verbleib seines Freundes gefunden. Sie kannten sich schon eine halbe Ewigkeit. Gemeinsam hatten sie manch schwierige Fälle gemeistert, erst vor knapp zwei Jahren den einer jungen Frau, die durch einen anaphylaktischen Schock ins Jenseits befördert worden war. Es war fast das perfekte Verbrechen gewesen. Aber Quint und er hatten frühzeitig Lunte gerochen und den Fall letztendlich gelöst.

Das Läuten seines Handys riss Ferschweiler aus seinen Gedanken.

»Ach, de Boer, du bist's … Nein, ich habe Quint noch nicht gefunden … Ja, hab ich. Alles abgesucht … Auch die Toiletten … Die Toiletten? Stopp, nein, da war ich noch nicht. Bleib mal kurz dran.«

Schnell schritt Ferschweiler ans andere Ende des Flurs, wo sich die Aborte befanden. Die Tür der Damentoilette stand sperrangelweit offen, die des Herren-WCs war geschlossen, wenn auch nicht verriegelt. Zumindest zeigte das Schloss nicht den üblichen roten Balken. Beherzt griff Ferschweiler an die Klinke und drückte sie nach unten. Doch die Tür ließ sich keinen Millimeter bewegen.

»Scheiße, Wim«, entfuhr es ihm, »ich glaube, der Doc liegt bewusstlos auf dem Klo. Ich kann die Tür der Kabine keinen Spaltbreit öffnen. Schick bitte Hilfe, schnell. Wir müssen die Tür aus den Angeln heben, sonst kommen wir nicht rein.«

Wieder vergingen schier endlose Minuten bangen Wartens, bis der Hausmeister, der vorhin die Eingangstür zur Pathologie geöffnet hatte, gemeinsam mit zwei weiteren Männern in grauen Kitteln erschien und sich unverzüglich an der Toilettentür zu schaffen machte. De Boer war so geistesgegenwärtig gewesen, sofort einen Notarzt zu rufen, der im selben Moment eintraf. De Boer selbst hatte den Weg in die Pathologie genommen und stand nun neben Ferschweiler.

Die Techniker arbeiteten routiniert und schnell. Es dauerte

keine drei Minuten und das Türblatt konnte aus der Öffnung gehoben werden.

Ferschweiler blieb der Atem weg. Er fürchtete, sein Herz würde aufhören zu schlagen, als er ins Innere der Kabine blickte. Konnte wahr sein, was nicht wahr sein durfte? Dort lag, eingequetscht zwischen Wand und Klosettschüssel, Quint mit heruntergelassenen Hosen. Der Notarzt konnte nur noch seinen Tod feststellen.

Ferschweiler glaubte, das Bewusstsein zu verlieren. Krampfartig hielt er sich an de Boers Arm fest, der ihn mit seinem anderen stützte. Tränen traten ihm in die Augen. Laut hörte er sich »Neeeiiin« schreien.

»Er ist tot, Rudi«, vernahm er wie von Weitem de Boers Stimme. »Rudi, du kannst es nicht ändern. Du musst stark sein.«

»Warum?« Ferschweiler nahm kaum wahr, dass er sprach. »Warum er, warum jetzt?« Dann wurde ihm schwarz vor Augen.

***

Als er wieder zu sich kam, herrschte Hochbetrieb in den Räumen der Gerichtsmedizin. Er konnte also nicht lange ohne Bewusstsein gewesen sein. Irgendjemand hatte ihn mit zusammengefalteten Handtüchern als eine Art Kopfkissen auf einen der fahrbaren Chromnickelstahl-Rolltische gelegt, die in größerer Anzahl in Quints Diensträumen herumstanden und von denen die meisten bereits seit Längerem nicht mehr benutzt worden waren. De Boer saß neben ihm auf einem Drehhocker und beobachtete das Treiben.

»Da bist du ja wieder, Rudi«, sagte er mit vor Freude strahlenden Augen. »Ich hatte mir schon ernsthafte Sorgen gemacht.«

Wie von der Tarantel gestochen, sprang Ferschweiler von seiner Liege. »Warum habt ihr mich denn auf so ein Ding verfrachtet?«, wollte er wissen. »Habt ihr etwa geglaubt, ich wäre dem Dicken aus alter Freundschaft gleich hinterhergegangen?«

De Boer musste lachen. »Deinen Humor hast du jedenfalls

nicht verloren. Nein, haben wir nicht. Der Notarzt empfand die Bahre nur als praktikabelsten Ort, um deinen Kreislauf zu stabilisieren. Immerhin warst du knapp zwölf Minuten weg.«

»Oh Gott.« Ferschweiler strich sich die Haare aus der leicht schwitzigen Stirn. »Dass ich so auf ein Ereignis reagiere, mit dem ich eigentlich schon seit Jahren gerechnet habe. Quint war viel zu fett. Und er hatte einen Herzfehler. Er hat niemandem davon erzählt, aber ich wusste es. Und nun ist er tatsächlich einfach so umgefallen. Allerdings nicht beim Sezieren, wie er es sich immer gewünscht hat.«

»Mir hat er erzählt, er wolle lieber mit 'nem Stubbi in der Hand in seinem Gartenstuhl entschlafen, möglichst im Hochsommer«, sagte de Boer.

»Das war die eine Variante.« Ferschweiler wurde wieder traurig. »Die zweite war, im Dienst zu sterben. Und nun hat es ihn auf dem Lokus erwischt. Hätte ihm sicherlich auch gefallen, dem alten Boxenschösser.« Der Kommissar lächelte verhalten. »Quint hatte Sinn für kruden Humor und absonderliche Späße, musst du wissen. Er war kein Kind von Traurigkeit. Für jemanden, der jeden Tag mit den Toten lebt, kann der Tod kein Schrecken sein. Deshalb stand doch auch bei ihm dieser Spruch über dem Seziertisch an der Wand: *Ubi est mors victoria tua, ubi est mors stimulus tuus.*«

»Ja, ja: Tod, wo ist dein Stachel, Tod, wo ist dein Sieg. Ich mag ja diesen ganzen erbaulichen Sinnspruch-Quatsch nicht. Aber dein Wort in Gottes Ohr«, entgegnete de Boer, den es bei den Worten seines Kollegen sichtlich fröstelte. »Sie haben ihn übrigens schon abgeholt. Er kommt nach Mainz ins Uniklinikum, zur Obduktion.«

»Was für eine Ironie. Ich glaube, er wäre zufrieden.«

Ferschweiler gab de Boer die Hand, um ihm von seinem Hocker aufzuhelfen. »Komm, Wim. Wir kümmern uns wieder um CT. Hier können wir nichts mehr machen. Und ich brauche Ablenkung, sonst gehe ich ihm echt noch hinterher. Und ich glaube nicht, dass ihm das gefallen würde.«

Auf dem Weg zum Gebäudeausgang fragte Ferschweiler: »Hat der Doc die Obduktion nun noch zu Ende bringen können?«

De Boer blieb auf der Treppe stehen. »Ich weiß es ehrlich gesagt nicht«, sagte er. »Tut mir leid, aber darum habe ich mich in der letzten Stunde nun wirklich nicht gekümmert. Wie schnell du in deinen Alltag zurückfindest, Rudi. Ich finde das schon fast problematisch.«

»Warum?« Ferschweiler hatte sich bereits umgedreht und ging die Treppe wieder nach oben. »Weil ich bei den Lebenden weitermache, statt neben den Toten zu liegen?«

Wieder im Kühlraum angekommen, inspizierten sie die Fächer. In Fach A3 lag der Leichnam des Baudezernenten, gut verzettelt und mit der in Quints gestochen scharfer Handschrift auf einem Zettel am rechten großen Zeh notierten Bemerkung versehen, die inneren Organe sowie Proben von Blut, Urin, Mageninhalt, Mund- und Nasenschleimhaut seien am heutigen Tag ins rechtsmedizinische Institut im Universitätsklinikum nach Mainz gegangen.

»Aber hat er die Proben auch tatsächlich verschickt? Wim, schau bitte auf seinem Schreibtisch und in den Schränken im Sektionsraum nach. Ich werde die Poststelle anrufen.« Nicht auszudenken, was passieren würde, wenn die Proben unentdeckt mehrere Tage auf Quints Schreibtisch oder sonst wo in der Pathologie stehen würden. Eine Katastrophe! Der Fall wäre gerichtsmedizinisch quasi nicht existent, weil alles verdorben, verwest oder verschimmelt wäre. Dr. Süß würde ihnen den Kopf abreißen. Also hieß es suchen. Sie mussten die Proben finden.

In der Poststelle konnte Ferschweiler niemanden erreichen. Die Ansage des Anrufbeantworters verwies auf die Mittagspause bis dreizehn Uhr dreißig. Ferschweiler sah auf seine Armbanduhr. Noch fünfundzwanzig Minuten. So lange wollte er nicht warten. Auch de Boer hatte weder in den Kühlfächern noch in den drei Kühlschränken der Pathologie etwas finden können. Lediglich eine ganze Batterie an guten Saar-Rieslingen und Anisschnäpsen aus Frankreich hatte er entdeckt.

Plötzlich meldete sich Ferschweilers Handy.

»Verdammt, wo sind Sie, Ferschweiler?« Es war Möllemann. »Ich hatte Sie schon vor mehr als einer Stunde über Ihren holländischen Kollegen zu mir bestellen lassen. Es eilt, Herr Kollege. Wo stecken Sie?«

»Quint ist tot«, gab Ferschweiler zurück. Mehr konnte und wollte er zu seiner Verteidigung nicht sagen.

»Was? Unser Pathologe?« Für einen kurzen Moment war es still am anderen Ende der Leitung. »Was ist passiert?«

»Er ist einfach umgekippt. Beim Pinkeln. Der Notarzt sagt, es sei ein Herzschlag gewesen. Er war sofort tot.«

»Oh mein Gott. Wo sind Sie?«

»In der Pathologie. De Boer und ich suchen nach den Gewebeproben von Jungbluth, die Quint heute Morgen oder gestern Nacht noch entnommen hat. Wir wissen nicht, ob er sie schon verschickt hat. Wir machen uns Sorgen, dass sie vielleicht irgendwo herumstehen und für uns unbrauchbar werden könnten.«

»Gut«, sagte Möllemann sichtlich beunruhigt, »dann kommen Sie bitte sofort zu mir, wenn Sie die Proben gefunden haben.« Damit war die Verbindung beendet.

Ferschweiler überlegte, ob Quint die Proben vielleicht von einem privaten Paketdienst hatte abholen lassen, als de Boer rief: »Ich hab was!« Er stand in der Garderobe.

»Hier, in Quints Koffer sind einige versiegelte Metallbehälter mit Adressaufklebern des Mainzer Klinikums. Das müssen die Proben sein, die wir suchen.«

»Sind sie noch gekühlt?«, fragte Ferschweiler.

»Ich würde sagen, ein Stubbi in dieser Temperatur würdest du nicht verschmähen, Rudi. Eher wäre es dir zu kalt.«

»Gut, dann ab mit dem Gewebe zur weiteren Untersuchung. Wir bringen es am besten gemeinsam in die Poststelle und gehen dann schnell zu Möllemann. Sie hat offensichtlich Sehnsucht nach uns.«

»Nach dir«, sagte de Boer zu seinem Chef. »Aber ich komme gern mit.«

***

Lolita Knöth blickte aus dem Wohnzimmerfenster ihrer Drei-Zimmer-Wohnung, die sich im zweiten Stock eines Mehrfamilienhauses im hoch über dem Moseltal gelegenen Stadtteil Neu-Kürenz befand, und betrachtete die vorüberziehenden Wolken. In den Nachrichten waren für den Abend vereinzelt Wärmegewitter angekündigt worden, und Lolita hoffte sehnsüchtig auf etwas Abkühlung.

Seit nunmehr sieben Jahren lebte sie inzwischen in Trier, doch sie hatte sich noch immer nicht an die hiesigen klimatischen Gegebenheiten gewöhnen können. Ganz im Gegensatz zu ihrer brandenburgischen Heimat, in der zumindest in ihrer Erinnerung immer ein lauer Luftzug wehte, war es im Tal der Mosel, insbesondere in den Sommermonaten, heiß und stickig.

Während sie aus dem Fenster schaute, fragte sie sich, welcher Teufel sie am Morgen wohl geritten hatte, dass sie überhaupt ins Büro gefahren war. Schnell hatte sie ihr urpreußisches Pflichtgefühl in Verdacht. Denn sie fehlte nie. Keine Krankheit hatte sie bisher in ihrer Karriere als Politikerin von der Wahrnehmung ihrer Aufgaben abhalten können.

Je länger sie heute Morgen am Schreibtisch in ihrem Büro am Augustinerhof gesessen hatte, desto mehr hatte sie das Gefühl beschlichen, allmählich in den Räumen des Rathauses zu ersticken. Gleiches galt für ihr politisches Denken, das auf kommunaler Ebene an dieser Enge auch zugrunde zu gehen drohte. Wie verrückt waren alle um sie herum? Keiner war mehr bei Verstand. Wenn sie nicht handelte, wer sollte es sonst tun? Hatte sie nicht erst kürzlich diese schreckliche und vor allem unrentable Malschule in Trier-West abgewickelt und die völlig inkompetenten Mitarbeiter samt Chefin zum Friedhofsamt versetzt, wo sie hoffentlich keinen weiteren Schaden anrichten konnten? Und hatte sie nicht die nun freien Räumlichkeiten sodann äußerst lukrativ an einen Investor vermietet? Sie jedenfalls war nicht das erste Mal entschlossen gewesen und hatte in dieser Stadt etwas riskiert. Und dann, ganz plötzlich, hatte sie es heute einfach nicht mehr ausgehalten und hatte weggemusst. Sie wollte allein sein, um nachzudenken.

Lolita Knöth hatte sich schließlich entschuldigen und nach Hause fahren lassen. Der überraschte Gesichtsausdruck ihrer Sekretärin war ihr nicht entgangen, nachdem sie sie von ihrem Vorhaben, in den kommenden Tagen nicht wie üblich zum Dienst zu erscheinen, sondern daheim arbeiten zu wollen, unterrichtet hatte. Sie hatte ihr bereits zuvor von den dramatischen Ereignissen des Vorabends erzählt und ihre hohe emotionale Berührtheit wegen des Ablebens des Kollegen betont. Daraufhin hatte ihre Mitarbeiterin alle weiteren Termine für den Rest der Woche abgesagt.

Die Hoffnung, dass sie sich in ihren eigenen vier Wänden beruhigen und sicherer fühlen würde, war allerdings ein Trugschluss gewesen.

Nervös nestelte Knöth an ihrer Hochsteckfrisur herum, aus der sich eine Nadel gelöst hatte. Konzentrierte Bauchatmung hatte man ihr immer für solche Situationen empfohlen. Denn sie hatte sich in ihrer Vergangenheit bereits mehrfach professionell coachen lassen. Einmal ging es um ihr Auftreten, dann um ihre Art zu reden. Zudem hatte sie auch mehrere Seminare besucht, in denen sie ihre Entschlossenheit trainiert hatte.

Die Polizisten, die sie am gestrigen Abend in den Thermen vernommen hatten, hatten ihr mitgeteilt, dass man sicherlich noch einmal auf sie zurückkommen würde. Immerhin waren sie und Jungbluth Mitglieder des Stadtvorstands gewesen, Kollegen also, zumindest mehr oder weniger. Dass ihr beiderseitiges Verhältnis in letzter Zeit eher als belastet galt, war durch die Presse allgemein bekannt. Darauf würde man wohl noch zu sprechen kommen. Aber was, wenn die Polizei von ihren anderen Streitigkeiten mit CT erfuhr? Das wäre nicht auszudenken.

Lolita musste sich einfach wieder beruhigen und ihre Nerven in den Griff bekommen. Sie durfte sich nichts anmerken lassen, nichts. Oder würde sie gerade das verdächtig machen? Hatte sie nicht andererseits durch ihr beherztes Handeln ein großes Problem gelöst? Fragen über Fragen schwirrten ihr durch den Kopf. Und auf keine fand sie eine Lösung.

Selbst nach seinem Tod verfolgte sie dieses Schwein Jungbluth noch, dieser egozentrische Machtmensch. Sicher, der Anblick, als er sich an den Hals griff und dann vor ihren Augen zusammensackte, hatte sie kurzzeitig schockiert. Es war wie damals, als ihre Großmutter Hühner im Garten geschlachtet hatte. Was war das für ein emotionales Auf und Ab gewesen, damals wie am gestrigen Abend.

Dass CT tatsächlich bereits so kurze Zeit später schon vor den versammelten Gästen tot zusammenbrechen würde, damit hatte sie nicht gerechnet. Für einen Moment war sie völlig perplex gewesen. Überrascht, dass es so einfach ging. Als dann die Rettungssanitäter und kurz darauf die Polizei in den Thermen eintrafen, hatte sie sich allmählich wieder gefangen. Umso unverständlicher erschien ihr nun diese Unruhe, die seit dem Morgen von ihr Besitz ergriffen hatte. Was sollte ihr schon passieren? Sie hatte doch alles richtig gemacht.

In der Ferne, jenseits des Flusses, war aus der Eifel inzwischen ein leichtes Donnergrollen zu vernehmen. Lolita öffnete die Fenster ihrer Wohnung und genoss die aufkommende Brise. Alles würde bald vorbei sein, so wie ein schnell vorüberziehendes Gewitter, und dann würden neue Zeiten anbrechen. Für sie, für ihre Stadt, für alle.

***

Ferschweiler und de Boer begaben sich zum Büro ihrer Vorgesetzten. Ferschweiler klopfte an die Tür von Möllemann. Er war gespannt, was sie ihm so Wichtiges mitzuteilen hatte, dass es keinen Aufschub duldete.

»Mein Gott«, sagte Möllemann mit belegter Stimme, erhob sich von ihrem Stuhl und trat auf die Ermittler zu. »Wie geht es Ihnen? Es ist entsetzlich. Ich kannte Dr. Quint natürlich nicht so gut wie Sie, aber er wird mir immer unvergessen bleiben.«

Es erschien Ferschweiler, als wollte sie ihn in den Arm nehmen und hätte sich im letzten Moment dann doch besonnen. Damit hatte er nicht gerechnet, und der Gefühlsausbruch seiner Vorgesetzten war ihm schon fast ein wenig unangenehm.

»Danke«, sagte er verlegen. Es war das Einzige, was ihm einfiel.

»Brauchen Sie eine Pause? Wollen Sie nicht lieber nach Hause gehen?«, fragte Möllemann besorgt.

»Ich habe ihm das auch schon gesagt«, meinte de Boer vorwurfsvoll, »aber er hört einfach nicht auf mich.«

»Es geht schon«, entgegnete Ferschweiler mit einer abwehrenden Handbewegung. »Mein alter Freund Quint hätte gewollt, dass wir einfach unsere Arbeit machen.«

Tatsächlich fühlte er sich noch etwas wackelig auf den Beinen, aber das mussten die anderen ja nicht unbedingt wissen. Außerdem brauchte er die Ablenkung. Was sollte er zu Hause? Trübsal blasen? Damit wäre weder Quint noch sonst irgendjemandem gedient.

»Ganz wie Sie meinen. Es ist Ihre Entscheidung«, sagte Möllemann achselzuckend.

»Was gibt es denn so Dringendes?«, wollte Ferschweiler wissen.

»Ein gewisser Roman Rednez hat mehrfach versucht, Sie zu erreichen«, sagte die Kriminaldirektorin.

»Roman? Er ist ein alter Bekannter, der als Journalist beim SWR arbeitet.«

»Er sagte, er habe wichtige Informationen zum Fall Jungbluth. Aber er wollte mir partout nicht sagen, worum es geht, und nur mit Ihnen persönlich sprechen. Ich soll Sie aber an Ihre Abmachung erinnern.«

»Merkwürdig. Warum hat er mich nicht auf meinem Handy angerufen?«

»Das hat er wohl mehrfach versucht. Offensichtlich hat Ihr Mobiltelefon keinen Empfang.«

Ferschweiler zog sein Handy aus seiner Hosentasche und schaute auf das Display.

»Mist, der Akku ist schon wieder leer.«

»Hatte Quint die Obduktion des Leichnams schon vollständig abgeschlossen?«, wollte Möllemann wissen.

»Er hatte auf alle Fälle Gewebeproben entnommen. Sie sind auf dem Weg nach Mainz. Allerdings haben wir keinen Bericht gefunden.«

»Doch, Rudi«, warf de Boer ein, »das vergaß ich dir zu sagen. Quint hatte seinen Bericht auf sein Aufnahmegerät gesprochen. Sekunde …«

De Boer zog ein Diktiergerät aus der Jackentasche und betätigte die Abspieltaste. Deutlich war die Stimme des Rechtsmediziners zu vernehmen.

Ferschweiler zuckte unwillkürlich zusammen. Schlagartig wurde ihm bewusst, dass diese Stimme nie wieder zu ihm sprechen würde.

»Gott sei Dank«, sagte Möllemann und riss ihn aus seinen Gedanken. »Ich werde sofort mit dem Staatsanwalt sprechen. Ich hoffe, dass die Obduktion und die Untersuchungsergebnisse von Dr. Quint verwertbar sind.«

Als das Band geendet hatte, war es für einen Moment mucksmäuschenstill im Raum. De Boer war der Erste, der seine Worte wiederfand.

»Also wurde Jungbluth tatsächlich vergiftet. Unglaublich. Ich bin gespannt, was die Mitarbeiter der Rechtsmedizin in Mainz uns über das Gift sagen können.«

»Ich hoffe, dass wir nicht allzu lange auf die Ergebnisse warten müssen«, sagte Möllemann.

»Haben die Kollegen inzwischen die Aussagen der Gäste ausgewertet?«, fragte Ferschweiler, der sich ebenfalls wieder gesammelt hatte.

»Ja. Die meisten Aussagen decken sich weitestgehend. Keinem ist etwas Besonderes aufgefallen. CT sei wie immer gewesen, vielleicht ein wenig aufgekratzter als sonst. Einige Gäste empfanden seine Ansprache als zu aggressiv, andere hingegen hatten das Gesagte nur als Scherz verstanden.«

»Also alles in allem nichts, was uns wirklich weiterbringt«, fasste Ferschweiler zusammen.

»Richtig«, seufzte Möllemann. »Ich schlage vor, dass Sie zum Rathaus fahren. Der Staatsanwalt hat Sie dem OB bereits angekündigt.«

»Aha.« Ferschweiler zog die Augenbrauen zusammen. »Bekommen die Stadtoberen also eine Vorzugsbehandlung?«

»Ach, Ferschweiler, Sie wissen doch, wie das ist.«

»Komm, Rudi«, sagte de Boer und zog seinen Kollegen am Ärmel mit sich, ehe dieser noch etwas erwidern konnte.

***

Auf der Fahrt zum Rathaus warf Ferschweiler einen Blick auf einige Ausdrucke der Fotos, die de Boers Freund Thomas Koltes am Abend zuvor gemacht hatte.

»Hier«, sagte er und zeigte auf eines der Bilder. »Damit werden wir den OB konfrontieren.«

»Bin gespannt, was Dombrowski dazu zu sagen hat«, sagte de Boer.

Am Rathaus angekommen, betraten die Kommissare den Hauptsitz der Stadtverwaltung. Bis zum Beginn des 19. Jahrhunderts hatte das Gebäude als Kloster eines Augustiner-Ordens fungiert, der dem Platz seinen Namen gab. Von den mittelalterlichen Gebäuden war allerdings lediglich die Klosterkirche erhalten geblieben. Bei dem Rathaus selbst handelte es sich hingegen um einen barocken Bau aus dem frühen 18. Jahrhundert.

Das Treppensteigen zum Büro des Oberbürgermeisters im ersten Stock spürte Ferschweiler in den Gelenken. De Boer stand bereits vor der Tür zum Vorzimmer des Stadtoberhaupts, als Ferschweiler die Etage erreichte.

»Rudi«, sagte er, »willst du nicht doch mal in ein Fitnessstudio gehen? Du schnaufst ja schon nach einem Stockwerk wie der alte Quint nach derselben Strecke.«

»Vielleicht«, antwortete Ferschweiler und hielt sich die Seite.

»Entschuldige bitte. Das war unpassend.« De Boer, der seinen Fauxpas augenblicklich bemerkt hatte, machte ein betretendes Gesicht und biss sich auf die Lippen.

»Schon gut.« Der Vergleich mit Quint hatte gesessen. Doch Ferschweiler schob die traurigen Gedanken beiseite und versuchte, sich auf das kommende Gespräch zu konzentrieren. »Jetzt haben wir anderes zu tun. Also: Klopf schon.«

De Boer tat wie geheißen, und als aus dem Büro hinter der

grauen Tür ein fröhliches »Herein« erklang, öffnete er und ließ seinem Chef den Vortritt.

Der Raum, den sie betraten, war nicht besonders groß, aber sehr gut und äußerst geschmackvoll eingerichtet. Hier wirkte eine gebildete und ästhetisch sichere Frau, das spürte Ferschweiler sofort. Auch de Boer schien begeistert und ließ seinen Blick über die Vielzahl von einheitlich gerahmten druckgrafischen Blättern an den Wänden streifen. Inmitten dieser kleinen Kunstausstellung saß hinter einem nur aus einer Glasplatte und einigen schwarz lackierten Stahlrohren bestehenden Schreibtisch, auf dessen Oberfläche ein sichtlich organisiertes Chaos herrschte, die Sekretärin des Oberbürgermeisters.

»Guten Tag, meine Herren«, sagte sie im Aufstehen. »Mein Name ist Jacqueline Roscheid. Ich leite das Büro von Dr. Dombrowski. Was kann ich für Sie tun?«

Grazil und mit ausgesprochen gut gesetzten Bewegungen reichte sie erst Ferschweiler, dann de Boer die Hand, der sich, so stellte Ferschweiler mit einem Blick zur Seite fest, in diesem Büro selbst in seinem gut sitzenden dunklen Anzug gegenüber dieser Frau schäbig vorzukommen schien.

»Ja, guten Tag«, erwiderte Ferschweiler. »Ich bin Hauptkommissar Ferschweiler von der Mordkommission, das ist mein Kollege de Boer. Wir hatten telefoniert.«

»Ja, ich weiß. Ich kenne Sie bereits.« Ferschweiler war verblüfft.

»Ich habe schon viel von Ihnen gehört und gelesen.«

Nun war er sogar sprachlos.

Die Frau in ihrem eleganten Etuikleid – der Kommissar schätzte sie auf Mitte dreißig – hatte seine Überraschung bemerkt und fügte erklärend hinzu: »Ich war vergangenes Jahr Teilnehmerin im Kurs von Doris Egger, als Sie an der Kunstakademie ermittelt haben. Und ich war ehrlich gesagt begeistert, wie Sie da nicht nur kompetent und schnell den Fall gelöst, sondern auch noch nebenbei mit dem ganzen Schlendrian dort aufgeräumt haben.«

Aus ihren graublauen Augen funkelte Jacqueline Roscheid

Ferschweiler an, genoss es augenscheinlich für einen Moment, dass er unsicher wurde und ihn eine gewisse emotionale Unruhe ergriff, und sagte dann: »Dr. Dombrowski ist noch in einer Besprechung. Der Heilige Rock, wenn Sie verstehen. Aber er wird sicherlich in Kürze Zeit für Sie haben, meine Herren. Darf ich Ihnen derweil einen Kaffee anbieten?«

De Boer, der sich mit den an der Wand präsentierten Radierungen beschäftigt hatte, sah Jacqueline Roscheid an und bejahte die Frage, allerdings nicht ohne ungläubig nachzufragen, ob die Arbeiten hier im Raum tatsächlich alle von ihr stammen würden.

Auch Ferschweiler hatte nichts gegen einen Filterkaffee mit Milch, und so saßen sie keine zwei Minuten später vor dem Schreibtisch der Büroleiterin und nippten an ihren Kaffeetassen mit texanischen Motiven.

»Die Grafiken sind wirklich alle von mir. Radierung ist meine Passion«, griff Roscheid de Boers Frage auf. »Die Kaffeetassen hat der Chef aus Fort Worth mitgebracht«, erklärte sie weiter, während sie behände die gerade hereingekommene städtische Hauspost sortierte. »Egal, wo Dr. Dombrowski hinfährt, immer bringt er etwas fürs Büro mit. Keinen Kitsch, nicht dass Sie mich missverstehen. Stets nützliche Dinge. Neulich etwa war er in Spanien. Und da hat er mir so ein geräuchertes Paprikapulver mitgebracht … einfach wunderbar.«

De Boer nickte wissend.

Doch Ferschweiler verstand nicht alles. »Er macht Ihnen Geschenke?«, wollte er wissen. »Haben Sie eine Beziehung miteinander?«

»Nein«, sagte Jacqueline Roscheid und strich sich fast unmerklich über ihr lockiges schwarzes Haar, das an einigen wenigen Stellen schon silbrige Fäden eingewoben zu haben schien. »Haben wir nicht. Ich bin solo, Herr Kommissar.«

Der Blick, den sie Ferschweiler zuwarf, sorgte dafür, dass sich de Boer an seinem Kaffeekeks verschluckte.

»Aber Dieter, ich meine Dr. Dombrowski, versteht es, die Partnerschaften unserer Stadt auch im Detail zu leben und zu präsentieren«, fuhr sie fort. »Aber Sie werden das ja gleich selbst in seinem Büro sehen.«

Ferschweiler schwieg eine Weile, genauso wie de Boer, der seinen Blick wieder auf die Kunst an den Wänden gerichtet hatte. Ferschweiler hingegen bewegten andere Gedanken.

Dann wurde die Tür zum Büro des Oberbürgermeisters geöffnet, und Dombrowski trat gemeinsam mit einem Mann im Gewand eines Geistlichen in den Vorraum und verabschiedete sich wortreich.

»Ah, meine Herren«, begrüßte er die beiden Kommissare, nachdem der Mann das Büro verlassen hatte. »Staatsanwalt Caspers hat Sie mir bereits angekündigt. Mir ist zwar noch immer nicht ganz klar, wie ich Ihnen weiterhelfen kann, aber bitte kommen Sie doch herein.«

Zu Jacqueline Roscheid gewandt sagte er: »Jacqueline, ich sehe, Sie haben die Herrschaften bereits bestens umsorgt. Wenn Sie mir bitte auch einen Kaffee bringen könnten?«

»Selbstverständlich«, entgegnete die Büroleiterin und erhob sich mit den gleichen geschmeidigen Bewegungen wie zuvor, um ihrem Chef einen Kaffee zuzubereiten.

Ferschweiler war der Blick, den Dombrowski seiner Mitarbeiterin zugeworfen hatte, nicht entgangen, und er fragte sich, ob sich zwischen den beiden nicht doch mehr abspielte. Es wäre ja schließlich nicht das erste Mal, dass ein Chef eine Affäre mit seiner Sekretärin hatte.

Dieter Dombrowski zeigte in sein Büro und bat Ferschweiler und de Boer hinein.

An der Stirnseite des Raums, hinter Dombrowskis Schreibtisch, hing ein großformatiges Gemälde, dessen abstrakte Farbgebung Ferschweiler irgendwie bekannt vorkam. Er meinte, ein ähnliches Werk schon einmal gesehen zu haben, nur fiel ihm beim besten Willen nicht mehr ein, wo.

An den übrigen Wänden hingen mehrere gerahmte Urkunden, aber auch Fotografien, die das Stadtoberhaupt bei wichtigen Anlässen zu zeigen schienen.

In einer rechts an der Wand stehenden Vitrine stach Ferschweiler die Vielzahl der darin befindlichen Souvenirs ins Auge. Sie erinnerten ihn unweigerlich an die typischen Urlaubsmitbringsel, wie er sie auch von seiner Mutter kannte, als diese noch rüstig war und regelmäßig Busreisen unternahm. Neben einer Miniaturausgabe des Eiffelturms befanden sich eine Glitzerkugel mit einer Abbildung des Matterhorns sowie eine Minireplik des Schiefen Turms von Pisa. Sogar eine als Flamencotänzerin gekleidete Barbiepuppe und mehrere mit unterschiedlichen Motiven bedruckte Espressotassen standen ordentlich nebeneinander aufgereiht auf den Glaseinsätzen der Vitrine. Ferschweiler konnte kaum glauben, dass der Oberbürgermeister derlei Kitsch tatsächlich aufbewahrte.

Die zahlreichen Fenster sorgten für angenehme Lichtverhältnisse, hatten jedoch den Nachteil, dass es aufgrund der sommerlichen Temperaturen sehr warm im Zimmer war. Ferschweiler stand bereits der Schweiß auf der Stirn, und er wunderte sich erneut über de Boer, der noch immer ein Sakko trug. Er selbst hätte die Ärmel seines Hemdes schon längst aufgerollt, hatte jedoch das Gefühl, dass es in diesem Rahmen unpassend war.

Dombrowski zeigte auf die beiden Besucherstühle, die vor seinem Schreibtisch standen, und bat die Kommissare, Platz zu nehmen.

»Nun, meine Herren, womit kann ich Ihnen also heute dienen?«, fragte er.

In Dombrowskis Tonfall lag zwar noch immer derselbe leicht überhebliche Unterton wie bei Ferschweilers erster Begegnung mit dem OB am Vorabend, doch wirkte dieser nun deutlich entspannter.

»Herr Oberbürgermeister, verzeihen Sie bitte, dass wir Sie erneut behelligen müssen«, begann Ferschweiler das Gespräch. »Die ersten rechtsmedizinischen Untersuchungsergebnisse liegen uns inzwischen vor, und sie haben unsere Vermutungen bestätigt. Herr Jungbluth wurde vergiftet.«

»Oh mein Gott, ich kann es kaum glauben«, sagte Dombrowski sichtlich betroffen.

»Wir versuchen, uns ein Bild von Carl-Theodor Jungbluth

zu machen. Was für ein Mensch war er? Wer könnte ein Motiv für seine Ermordung gehabt haben?«

Bevor Dombrowski etwas erwidern konnte, klopfte es leise an der Tür, und Jacqueline Roscheid betrat den Raum. In der rechten Hand hielt sie ein Tablett, auf dem eine Kaffeetasse stand, die sie vor Dombrowski auf den Tisch stellte. Dabei warf sie Ferschweiler erneut einen vielsagenden Blick zu.

Dombrowski wartete, bis sie den Raum wieder verlassen hatte, bevor er antwortete. »Wie ich Ihnen gestern Abend bereits sagte, hatten CT und ich nicht nur in beruflicher Hinsicht viel miteinander zu tun. Wir waren auch sehr gut befreundet. Ich kann mir beim besten Willen nicht vorstellen, warum man ihn ermordet hat.«

»Wie uns seine Frau mitteilte, hatte Herr Jungbluth viele Feinde«, sagte de Boer.

»Feinde? Als Politiker hat man Gegner, aber doch keine Feinde. Neid und Missgunst gehören zu diesem Geschäft dazu.« Dombrowski schüttelte den Kopf. Bedächtig rührte er mit dem Löffel in seiner Kaffeetasse. »Aber dass ihn deshalb jemand umbringen würde? Das ist ja lächerlich.«

»Die Planung des Einkaufszentrums hat Jungbluth in der Stadt sicherlich nicht gerade viele Freunde gemacht. Das zeigen doch schon die zahlreichen Leserbriefe im ›Trierischen Volksfreund‹«, stellte Ferschweiler fest.

Dombrowski nahm einen Schluck aus seiner Kaffeetasse. Vorsichtig stellte er sie wieder ab und strich nachdenklich mit seinem rechten Zeigefinger über den Tassenrand.

»Das Einkaufszentrum ist in der Tat ein heikles Thema. Ein solch ambitioniertes Projekt hat selbstverständlich nicht nur Befürworter. Wir sind uns im Stadtvorstand zunächst auch nicht alle einig gewesen. Eine Stadt wie Trier mit ihrer grenznahen Lage profitiert natürlich ungemein von den ungezählten Einkaufstouristen. Sie stellen einen wesentlichen, nicht zu unterschätzenden Motor für unsere Wirtschaft dar. Aber ich kann natürlich auch die Ängste der einheimischen Unternehmer verstehen, die befürchten, die Innenstadt könne durch ein solches Einkaufszentrum an Attraktivität verlieren. CT war ein vehementer Fürsprecher für das Center und hat mich letztlich mit seinen Argumenten überzeugt. Es erscheint mir dennoch mehr als abwegig, dass ihn wegen des Einkaufszentrums jemand hätte umbringen wollen.«

»Er ist mit seinen Plänen aber doch vielen Menschen auf die Füße getreten«, warf de Boer ein.

»Sicherlich«, entgegnete Dombrowski und sah de Boer mit herablassendem Blick an, »aber so ist das nun mal in der Politik. Man kann es nicht allen recht machen. Wo gehobelt wird, da fallen Späne.«

»Was hat es mit Jungbluths Plänen bezüglich eines Theaterneubaus auf sich, die, so stand es zumindest in der Zeitung, schon weit vorangeschritten waren und nun gänzlich unter den Tisch fallen?«, hakte de Boer unbeeindruckt nach.

»Ja, ja«, winkte Dombrowski ab. »Gotthilf Hanselmann und sein Theater. Der wollte schon immer einen Neubau anstelle einer Instandsetzung. Erklären Sie doch mal dem kleinen Bürger, warum sich eine Stadt wie Trier ein Dreispartenhaus leisten muss und dass er dafür bezahlen soll. Hierfür hat Hanselmann nämlich weder Verständnis noch eine Antwort. Kultur ist ja schön und gut, aber sie muss auch finanzierbar sein. Bei hundertvierunddreißig Euro Zuschuss auf jede Theaterkarte – jede einzelne, Herr Ferschweiler …«, Dombrowski hob den Zeigefinger, »muss man sich schon rechtfertigen. Meinen Sie nicht auch?«

Ferschweiler wurde sich einmal mehr bewusst, dass die Politik nichts anderes war als ein großes Haifischbecken.

»Es heißt, Jungbluth habe Pläne gehabt, Sie bei der nächsten Oberbürgermeisterwahl als Stadtoberhaupt zu beerben.«

»So, sagt man das?«, entgegnete Dombrowski ungerührt. Das fast unmerkliche Zucken seiner Augenbrauen war Ferschweiler jedoch nicht entgangen.

»Worauf wollen Sie hinaus?«, fragte Dombrowski, nachdem er erneut in aller Seelenruhe einen Schluck Kaffee getrunken hatte.

»Wir stellen nur fest und versuchen uns, wie eingangs erwähnt, ein umfassendes Bild von Jungbluth zu machen.«

»Passen Sie mal auf, Herr Kommissar«, sagte Dombrowski mit leicht erhobener Stimme und deutete mit dem Zeigefinger seiner rechten Hand beinahe drohend auf Ferschweiler. »Sie können versuchen, CT in den Dreck zu ziehen, versuchen, ihn als ehrgeizigen Emporkömmling zu diskreditieren, doch das wird Ihnen nicht gelingen. Carl-Theodor Jungbluth war ein durch und durch integrer Politiker, dem es immer nur um das Wohl seiner Stadt und ihrer Bürger ging.«

»Es besteht kein Grund zur Sorge«, sagte Ferschweiler ruhig, doch innerlich brodelte es in ihm. »Niemand möchte Herrn Jungbluth in Verruf bringen.«

Da war wieder dieses aufbrausende Element in Dombrowskis Verhalten, das Ferschweiler bereits am Vorabend bemerkt hatte. Offenbar fiel es dem Oberbürgermeister schwer, seine Gefühle unter Kontrolle zu behalten.

Auch Dombrowski schien sich seiner Überreaktion bewusst zu werden, denn er sagte in deutlich ruhigerem Tonfall: »Sie müssen verzeihen. Mir geht das alles sehr nah. Wir waren sehr gute Freunde. Wir kannten uns bereits seit der Schulzeit, und nun das.« Dombrowski schluckte.

»Es tut mir leid«, sagte Ferschweiler. Er wusste nicht, was er sonst hätte sagen sollen.

Dombrowski schnäuzte sich mit einem bestickten Stofftaschentuch die Nase.

Ferschweiler bezweifelte, dass nun der geeignete Moment dafür gekommen war, Dombrowski mit den Fotografien von Thomas Koltes zu konfrontieren, aber sie brauchten Antworten.

»Eine Frage hätte ich noch«, sagte er und zog eines der Fotos aus dem braunen Kuvert, das er aus seiner Jackentasche genommen hatte. Er zeigte auf ein Bild. »Das hier sind Fotos, die am gestrigen Abend aufgenommen wurden. Dieses hier zeigt Sie, Jungbluth sowie zwei Männer und eine Frau. Können Sie uns bitte sagen, um wen es sich dabei handelt?«

Dombrowski betrachtete eingehend die Fotografie.

»Das hier ist Niels Baron«, sagte er und zeigte auf eine Person, die links neben Jungbluth stand. »Und dies hier ist Dr. Merseburger, ein Geschäftspartner Barons. Fragen Sie mich nicht nach dem Vornamen. Ich hatte am Nachmittag einen Termin mit beiden Herren hier im Haus und habe sie Carl-Theodor am Abend vorgestellt. Die Dame im Hintergrund kenne ich nicht.«

»Wann wurde dieses Foto aufgenommen?«, fragte de Boer.

»Das muss zu Beginn der Feierlichkeiten gewesen sein, so gegen neunzehn Uhr dreißig. Wir waren die ersten Gäste. CT hat sich mit den Herren in einen Nebenraum zurückgezogen, um mit ihnen ungestört sprechen zu können. Ich hatte Durst und bin an die Bar gegangen.«

»Und die Frau kennen Sie wirklich nicht?«, insistierte de Boer.

»Wenn ich es Ihnen doch sage!«, empörte sich Dombrowski.

»Was können Sie uns über Dr. Merseburger erzählen?«, wollte Ferschweiler wissen.

»Wie ich bereits erwähnte«, entgegnete Dombrowski achselzuckend, »ist er ein Geschäftspartner von Baron. Merseburger arbeitet für einen arabischen Immobilienfonds, der auf den Bau von Einkaufszentren weltweit spezialisiert ist. Er hat mir sein Konzept vorgestellt. Wie Sie wissen, sind wir, was den Bau des Einkaufszentrums anbelangt, gerade in der Planungsphase und für konzeptionelle Vorschläge daher noch völlig offen.«

»Können Sie uns sagen, worum es bei dem Gespräch zwischen Herrn Jungbluth und den beiden Herren ging?«, fragte Ferschweiler.

Dombrowski streckte seinen Rücken, dann beugte er sich vor, legte seine Arme auf den Schreibtisch und faltete die Hände wie zum Gebet. Er räusperte sich. »Nun, ich nehme an, dass es ebenfalls um das Einkaufszentrum ging.«

Ferschweiler war sich sicher, dass Dombrowski mehr über die Angelegenheit wusste, als er zu sagen bereit war. Er überlegte kurz, wie er weiter vorgehen sollte, doch de Boer kam ihm mit der nächsten Frage zuvor.

»Niels Baron ist ja, wie soll man sagen …«, de Boer unterbrach sich kurz, es schien, als würde er seine Worte abwägen, »gewissermaßen eine schillernde Gestalt.«

»Wie meinen Sie das?«, fragte Dombrowski und hob eine Augenbraue.

»Es ist doch kein Geheimnis, dass Herr Baron vor nicht allzu langer Zeit mit einem seiner Unternehmen Insolvenz anmelden musste. Und nun taucht er wie der Phoenix aus der Asche als Unternehmensberater auf. Gleichzeitig kursieren Gerüchte, er habe sich im Rotlichtgewerbe etabliert.«

»Davon ist mir nichts bekannt«, entgegnete Dombrowski.

»Aber über die Insolvenz müssen Sie doch informiert sein. Immerhin hat der ›Volksfreund‹ ausführlich darüber berichtet.« De Boer ließ nicht locker.

»Worauf wollen Sie eigentlich hinaus, Herr de Boer? Merkwürdiger Name übrigens«, sagte Dombrowski spöttisch.

»Der Name ist holländisch.« De Boer ließ sich nicht provozieren. »Ich will auf gar nichts hinaus. Ich wundere mich nur.«

»Herr Baron hat sich mir als Unternehmensberater vorgestellt. Er machte auf mich einen äußerst seriösen Eindruck. Von irgendwelchen Insolvenzen ist mir nichts bekannt. Sind Sie nun zufrieden?« Dombrowski warf de Boer einen finsteren Blick zu.

»Ich muss sagen, dass ich doch darüber verwundert bin, Herr Dombrowski«, sagte Ferschweiler, »dass Sie Herrn Baron nicht besser kennen. CT und Sie waren doch angeblich sehr gute Freunde, denn Baron hat seit circa zwei Jahren regelmäßig im Hause Jungbluth verkehrt.«

Dombrowski zögerte, bevor er antwortete. »Kann sein, dass ich ihn das eine oder andere Mal bei einer privaten Feierlichkeit bei CT gesehen habe, aber das war auch schon alles. Von Kennen kann keine Rede sein.«

»Und Herrn Merseburger kannten Sie vorher auch nicht?«, fragte der Kommissar.

»Nein, wie ich Ihnen bereits sagte, habe ich ihn erst am gestrigen Nachmittag kennengelernt.«

Ferschweiler war frustriert. So kamen Sie bei dem Politiker einfach nicht weiter. Er hatte das Gefühl, dass der Mann log und wesentlich mehr über Merseburger und Baron wusste, als er zugab. Das sagte ihm sein Instinkt. Es war wohl das Beste, das Gespräch zu beenden. Er gab de Boer ein Zeichen, es fürs Erste dabei zu belassen.

»Herr Oberbürgermeister, vielen Dank, dass Sie sich die Zeit genommen haben, unsere Fragen zu beantworten«, sagte er und erhob sich. Bevor Dombrowski etwas erwidern konnte, fügte er hinzu: »Bitte bemühen Sie sich nicht, wir finden allein hinaus.«

Im Vorzimmer saß Jacqueline Roscheid und tippte behände an ihrem Computer. Als sie der beiden Polizisten gewahr wurde, unterbrach sie ihre Tätigkeit, lächelte beide an und ließ ihren Blick schließlich auf Ferschweiler ruhen.

»Kann ich Ihnen noch irgendwie behilflich sein, meine Herren?«, fragte sie.

»Ja, in der Tat, das könnten Sie«, entgegnete Ferschweiler. »Sie sind doch bestimmt über viele Dinge, die hier im Rathaus geschehen, bestens informiert, oder irre ich mich?«

Jacqueline Roscheid lächelte vielsagend. »Es kommt ganz darauf an, welche Dinge Sie meinen.«

»Nun, wie war zum Beispiel das Verhältnis Ihres Chefs zum Baudezernenten Jungbluth?«

»Wie meinen Sie das? Privat oder beruflich?«

»Beides.«

»Sie haben sich eigentlich sehr gut verstanden, sowohl beruflich als auch privat.« Noch immer sah sie nur Ferschweiler an und würdigte den neben ihm stehenden de Boer keines Blickes.

»Aber auch die besten Freunde streiten sich einmal, oder?«

Jacqueline Roscheid hielt für einen Moment inne, ehe sie antwortete. »Ja, natürlich. Das kommt doch selbst in den besten Ehen vor.« Sie lachte.

»Und worüber haben sich Herr Dombrowski und Herr Jungbluth gestritten?«, fragte Ferschweiler.

Jacqueline Roscheid blickte zur verschlossenen Doppeltür, hinter der sich das Büro ihres Vorgesetzten befand.

»Vielleicht könnten wir woanders darüber sprechen?«, fragte sie unsicher.

»Selbstverständlich. Wann und wo?«, fragte Ferschweiler.

Sie sah auf ihre Armbanduhr. »Sagen wir in einer Dreiviertelstunde im ›Astarix‹?«

Ferschweiler sah zu de Boer, der zustimmend nickte.

»Einverstanden. Eine Frage hätte ich noch. Wo finden wir das Büro von Herrn Schlechtriemen, dem Mitarbeiter von Herrn Jungbluth?«

»Das befindet sich den Flur nach links entlang, ganz am Ende auf der rechten Seite.«

***

Die Tür zum Büro von Heribert Schlechtriemen war nur angelehnt. Aus dem Zimmer drangen die Geräusche eines Reißwolfs. De Boer klopfte an der Tür und trat ohne eine Antwort abzuwarten in den Raum. Ferschweiler folgte ihm auf dem Fuße.

Heribert Schlechtriemens Arbeitsplatz maß etwa drei mal vier Meter. Das an der Stirnseite befindliche Fenster zeigte zum Innenhof des Rathauses, was zwar den Lichteinfall einschränkte, aber auch dafür sorgte, dass es im Zimmer kühler war als im Büro des Oberbürgermeisters. Zu beiden Seiten des Raums standen uralte Regale mit Eichenfurnier, die vom Boden bis zur Decke mit Akten gefüllt waren. Lediglich auf der rechten Seite war zwischen zwei Regalen eine Lücke an der Wand belassen worden, in der die unvermeidliche Porträtaufnahme des Ministerpräsidenten hing. Darunter vermoderte ein Gummibaum. Vor dem Fenster befand sich ein Schreibtisch, ebenfalls eichenfurniert, vor dem zwei einfache Klappstühle aus Stahlrohr standen.

Heribert Schlechtriemen stand neben dem Schreibtisch und schob Papiere durch den Reißwolf, die er einem vor ihm liegenden Aktenordner entnahm.

»Was tun Sie da?«, fragte de Boer und trat forsch an den Schreibtisch heran.

Heribert Schlechtriemen fuhr erschrocken zurück.

»Was … was wollen Sie hier?«, stotterte er. Er schien das Klopfen der beiden Kommissare nicht bemerkt zu haben.

»Guten Tag, ich bin Rudolph Ferschweiler, Mordkommission, und das ist mein Kollege de Boer«, stellte Ferschweiler sich und seinen Kollegen vor. »Darf ich fragen, was Sie hier gerade machen?«

»Ich entsorge ein paar alte Unterlagen. Ist das verboten?«, entgegnete Schlechtriemen, der sich wieder gefangen zu haben schien.

»Es kommt darauf an, welche Unterlagen Sie entsorgen. Sie sind doch sicher darüber informiert, dass wir im Mordfall Carl-Theodor Jungbluth ermitteln. Unsere Kollegen müssten noch hier sein, um möglichen Spuren und Hinweisen im Büro Ihres Vorgesetzten nachzugehen.«

»Äh ja, sicher«, sagte Schlechtriemen. »Ihre Kollegen sind noch drüben. Das Büro von Herrn Jungbluth liegt auf der anderen Seite des Ganges.«

»Darf ich mal sehen?«, fragte de Boer, beugte sich über den Ordner und blätterte einige Papiere durch.

»Was sind das für Unterlagen?«, wollte Ferschweiler wissen.

»Och, das sind nur alte Baupläne, Genehmigungsverfahren. Olles Zeug«, winkte Schlechtriemen ab.

»Den Eindruck habe ich aber nicht«, wandte de Boer ein. »Hier, Rudi, da geht es um den Verkauf des Sitzes der ehemaligen französischen Militärpolizei in der Zurmaiener Straße.«

»Das ist noch sehr aktuell, Herr Schlechtriemen«, sagte Ferschweiler und sah ihm direkt in die Augen. »Gibt es da keine Aufbewahrungspflichten?«

»Das sind nur meine Kopien, Herr Kommissar«, entgegnete Schlechtriemen. »Die Originalpläne werden selbstverständlich aufbewahrt.« Er zeigte auf die Regale. »Schauen Sie sich doch mal an, wie voll das hier alles ist. Hin und wieder packt es mich, und dann muss ich aufräumen. Außerdem wusste ich heute nicht, was ich sonst hätte tun können.« Er seufzte und fügte, für Ferschweilers Geschmack etwas zu theatralisch, hinzu: »Es ist alles so schrecklich. Ich weiß gar nicht, wie es nun weitergehen soll. Aber bitte, nehmen Sie doch Platz.«

Schlechtriemen ließ sich in seinen Schreibtischstuhl fallen und zeigte auf zwei Besucherstühle. Er wartete, bis sich die beiden Polizisten gesetzt hatten, und fragte: »Was kann ich für Sie tun?«

»Wir würden gern mit Ihnen über Ihren Vorgesetzten sprechen«, sagte de Boer.

»Ich habe Ihren Kollegen doch schon gestern Abend alles gesagt.«

»Sicher, aber es haben sich noch einige Fragen ergeben«, sagte de Boer.

Ferschweiler nahm erneut das Foto, das Jungbluth gemeinsam mit dem Oberbürgermeister, Niels Baron, Dr. Merseburger und der unbekannten Frau zeigte, aus dem Kuvert und reichte es Schlechtriemen. Nachdem dieser es eingehend betrachtet hatte, antwortete er auf die Frage Ferschweilers, ob ihm die Personen bekannt seien, dass er lediglich den Oberbürgermeister und Jungbluth erkenne und ihm die übrigen Personen gänzlich unbekannt seien.

Ferschweiler glaubte ihm kein Wort.

»Und die Frau hier?«, fragte er. »Kennen Sie die?«

Auch diese Frage verneinte Schlechtriemen.

»Ihr Chef hatte gestern Abend ein Treffen mit diesen Herren«, sagte Ferschweiler und zeigte auf die Fotografie. »Es handelt sich um einen gewissen Dr. Merseburger und Niels Baron. Sie sind doch ein sehr enger Mitarbeiter Jungbluths gewesen. Hat er Sie nicht über seine Termine in Kenntnis gesetzt?«

Schlechtriemen lachte auf. »Ich habe zwar Herrn Jungbluth zugearbeitet und bin womöglich über vieles informiert gewesen, aber Herr Jungbluth hat mir nicht alle seine Verabredungen mitgeteilt. Schon gar nicht, wenn sie privater Natur waren.«

»Wie kommen Sie darauf, dass es ein privater Termin war?«, wollte de Boer wissen.

»Na ja, ich nehme es an. Immerhin hat er die Herren bei seiner Geburtstagsfeier getroffen.« Schlechtriemen entfernte einen Fussel vom Ärmel seines mausgrauen Sakkos.

»In welchem Verhältnis stand Ihr Chef zu Niels Baron?«

»Das kann ich Ihnen nicht sagen«, entgegnete Schlechtriemen schulterzuckend. Er strich sich über den Scheitel und blickte aufmerksam von de Boer zu Ferschweiler. »Da ich Herrn Baron nicht kenne, weiß ich natürlich auch nicht, in welchem Verhältnis er zu Herrn Jungbluth stand.«

»Herr Schlechtriemen, Sie wollen mir doch nicht allen Ernstes weismachen, dass Sie Niels Baron nicht kennen«, sagte Ferschweiler, dessen Geduldsfaden allmählich zu reißen drohte. Er fragte sich, ob es wohl im Rathaus einen einzigen Menschen gab, dem man nicht alles aus der Nase ziehen musste.

De Boer ergriff das Wort und konfrontierte Schlechtriemen mit den Aussagen Roswitha Jungbluths, doch er beharrte auf seiner Aussage, dass ihm Baron gänzlich unbekannt sei.

Ferschweiler hatte genug. »Herr Schlechtriemen, mir reicht's. Sie lügen uns offensichtlich an. Seien Sie bitte morgen um Punkt neun Uhr im Präsidium. Wir müssen Ihre Aussage dort zu Protokoll nehmen.«

Schlechtriemen schluckte, für einen Moment erwiderte er nichts, dann sagte er kleinlaut: »Ganz wie Sie wünschen.«

Wieder im Flur, atmete Ferschweiler tief durch. Was war das nur für ein Tag, und was war das nur für ein Fall? Er war gespannt, was Jacqueline Roscheid ihnen noch mitzuteilen hatte.

»Ich gehe jetzt ins ›Astarix‹«, sagte er mit einem Blick auf die Uhr. »Ich schlage vor, dass du in der Zwischenzeit mit den Jungs von der Spurensicherung sprichst. Hoffentlich konnten sie in Jungbluths Büro etwas Brauchbares finden. Und erkundige dich bitte noch auf der Poststelle, bei den Hausmeistern sowie in der Kantine nach CT, dem OB und deren Verhältnis.«

»Soso, Rudi, du gehst also allein ins ›Astarix‹«, sagte de Boer und grinste seinen Kollegen vielsagend an. »Ich habe schon verstanden, mein Lieber. Geh du nur zu dieser holden Schönen, während ich mich mit Wingertszahn-Lichtmeß amüsieren werde und deine Liste abarbeite.«

Ferschweiler schüttelte den Kopf und winkte lachend ab. Aber ganz unrecht hatte de Boer nicht. Er war tatsächlich froh, dass er sich nicht den Launen des Leiters der Spurensicherung aussetzen musste. Nach der nächtlichen Untersuchung des Tatorts in den Viehmarktthermen, die bis in die frühen Morgenstunden angedauert hatte und die aufgrund der durch das dort vorhandene offene Mauerwerk und der damit einhergehenden Staubbildung der Alptraum eines jeden Spurenermittlers sein musste, mochte sich Ferschweiler kaum vorstellen, wie die Stimmung von Wingertszahn-Lichtmeß wohl aussah.

***

Das »Astarix« war eine typische Studentenkneipe, die mit günstigen Speisen und Getränken um ihre eher zahlungsschwache Klientel warb. Die Spezialitäten des Hauses waren Aufläufe und Pizza. Das Lokal lag in unmittelbarer Nähe des Rathauses, gleich hinter dem Theater, und war über einen Fußweg zu erreichen, der den Augustinerhof mit der Antonius- und der Jüdemerstraße verband.

An der Außenfront der Gaststätte standen mehrere Tische, die heute zum größten Teil unbesetzt waren. Das Stammpublikum sowie die Mitarbeiter des Theaters, die auch hier verkehrten, würden erst am frühen Abend erscheinen. Ferschweiler war als junger Polizist des Öfteren hier gewesen, da ihn die günstigen Preise anlockten, doch hatte er sich unter der alternativen, intellektuellen Kundschaft, die die Mehrzahl der Gäste ausmachte, nie sonderlich wohlgefühlt. Nur die Pizza, die war ihm in guter Erinnerung geblieben.

Jacqueline Roscheid saß bereits an einem der Tische in der Sonne, ein schmales Glas vor sich, und erwartete Ferschweiler. Als dieser an sie herantrat, sah Roscheid ihn interessiert an. Ihre Augen leuchteten.

»Hier lässt es sich besser über manche Dinge sprechen«, sagte sie und zwinkerte ihm zu. »Nehmen Sie auch einen Prosecco?«

Ferschweiler bestellte, nachdem er der Sekretärin gegenüber Platz genommen hatte, bei der am Tisch vorbeikommenden Bedienung ein Mineralwasser. Roscheid schien enttäuscht.

»Verzeihen Sie bitte, dass Sie auf mich warten mussten. Ich danke Ihnen, dass Sie sich die Zeit nehmen, noch einmal mit mir zu sprechen«, entschuldigte sich Ferschweiler und grinste verlegen. Er spürte dieselbe Unruhe wie bei ihrer letzten Begegnung.

»Herr Dombrowski hat einen Termin bei der Aufsichts- und Dienstleistungsdirektion im Kurfürstlichen Palais. Da konnte ich kurz weg. Außerdem hatte ich noch keine Mittagspause. Allerdings habe ich nicht viel Zeit«, sagte sie bedauernd. Ihr Blick ruhte auf ihm.

Ferschweiler trank einen Schluck Wasser und musterte Jacqueline Roscheid verstohlen aus den Augenwinkeln. Sie hatte eine besondere Ausstrahlung, deren sie sich durchaus bewusst war. Es war schon eine Weile her, dass eine Frau so offensiv mit ihm geflirtet hatte. Und die letzte, die es getan hatte, saß heute in der JVA Zweibrücken. Er musste an Rosi denken und bekam sogleich ein schlechtes Gewissen. Er versuchte, sich nicht von Roscheids Erscheinung ablenken zu lassen, und war gespannt auf das, was sie ihm zu berichten hatte.

»Sie sagten vorhin, dass Dombrowski und Jungbluth sehr gute Freunde waren, aber dass sie durchaus auch miteinander stritten.«

Jacqueline Roscheid blickte sich um. »Herr Ferschweiler, das, was ich Ihnen hier erzähle, bleibt doch unter uns, nicht wahr?«

Sie sprach so leise, dass Ferschweiler sich weit zu ihr hinüberbeugen musste, um sie zu verstehen. Um ein Haar hätte er sie dabei mit dem Kopf an ihrer Schulter berührt.

»Das kann ich Ihnen leider nicht versprechen. Wenn es für den Fall relevant ist, benötigen wir eine offizielle Aussage von Ihnen, die natürlich protokolliert werden muss.«

Sie seufzte und dachte einen Moment nach. »Also gut, vielleicht ist es ja auch gar nicht so wichtig.«

»Das werden wir sehen«, sagte Ferschweiler in sanftem Tonfall. »Also, worüber haben sich Ihr Chef und Jungbluth in letzter Zeit gestritten?«

»Ich muss zunächst sagen, dass sich die beiden in den meisten beruflichen Belangen einig waren. Es gab kaum Differenzen, weder beim Masterplan Trier-West noch beim Verkauf der Konversionsflächen in Trier-Nord.«

Jacqueline Roscheid unterbrach sich, um einen Schluck von

ihrem Schaumwein zu nehmen. Dann fuhr sie fort: »Aber das Einkaufszentrum war von Anfang an ein heikles Thema. Da flogen regelrecht die Fetzen.«

»Können Sie das näher beschreiben?«, wollte Ferschweiler wissen und lächelte ihr aufmunternd zu.

»Nicht dass Sie denken, es sei meine Angewohnheit, an der Tür zu lauschen«, sagte Jacqueline Roscheid und zwinkerte ihm zu. »Aber letzte Woche haben sich die beiden so lauthals gestritten, dass ich es sogar durch die verschlossene Doppeltür hören konnte.«

»Und worum ging es bei dem Streit?«

»Der Chef, also Dombrowski, hat immer wieder gesagt, dass die Pläne schwachsinnig wären.«

»Die Pläne?«, hakte Ferschweiler nach.

Jacqueline Roscheid nickte. »Es ging um die Bebauungspläne für das Areal, auf dem das Einkaufszentrum gebaut werden soll.«

»Was hat Dombrowski noch gesagt?«

»Ich habe leider nicht alles verstanden. Zwischendurch läutete mehrfach das Telefon. Ich weiß noch, dass sich der OB fürchterlich aufgeregt hat. Jungbluth hat dann zurückgeschrien. Ich glaube, er sagte, dass er alles unter Kontrolle habe und Dieter sich nicht so anstellen solle. Nach dem Gespräch kam Jungbluth mit hochrotem Kopf aus dem Büro heraus und knallte die Tür, sodass ich dachte, sie würde aus den Angeln fliegen. Dieter ist dann den Rest des Tages nicht mehr ansprechbar gewesen.« Jacqueline Roscheid seufzte.

»Und das war das erste Mal, dass sie so miteinander stritten?«

»Zumindest im Büro, ja. Es war für mich eine merkwürdige Situation. Ich wusste nicht, was ich sagen sollte, also habe ich so getan, als sei nichts gewesen.« Sie lächelte Ferschweiler erneut an und legte eine Hand auf seinen Arm. »Bitte, sagen Sie meinem Chef nicht, dass Sie das von mir haben.«

Ferschweiler nahm ihre Hand und legte sie auf den Tisch zurück. Ihre Annäherungsversuche begannen ihn zunehmend zu irritieren. Er fragte sich, was sie damit bezweckte. Er zog das Foto, das Thomas Koltes vom Baudezernenten und seinen Begleitern gemacht hatte, aus dem Kuvert und reichte es Jacqueline Roscheid.

»Frau Roscheid, kennen Sie die Herren und die Dame, die hier neben Ihrem Chef und Jungbluth zu sehen sind?«

»Nein. Tut mir leid. Die kenne ich nicht.«

Ferschweiler war überrascht, ließ es sich jedoch nicht anmerken. Er zeigte auf Niels Baron und fragte noch einmal.

»Herr Dombrowski hat ausgesagt, dass er am gestrigen Nachmittag einen Termin mit den beiden Herren hatte. Da müssten Sie die Herrschaften doch gesehen haben.«

»Gestern Nachmittag, sagen Sie? Da war ich gar nicht im Büro. Ich hatte frei. Dieter hatte mir eine Kosmetikbehandlung in der ›Parfümerie Edith Lücke‹ geschenkt.«

Ferschweiler überlegte kurz, ob er ihr sagen sollte, dass sie diese doch gar nicht brauchte, entschied dann aber, es lieber für sich zu behalten.

Stattdessen fragte er: »Kommt es öfters vor, dass er Ihnen derartige Geschenke macht?«

»Neuerdings, ja. Er sagte, es sei als Entschädigung für meine vielen Überstunden gedacht. Das ist doch wirklich nett von ihm, finden Sie nicht?« Jacqueline Roscheid nahm einen weiteren Schluck aus ihrem Glas.

»Ja, sicher«, entgegnete Ferschweiler. Da kam ihm ein Gedanke. »Hat Sie jemand an Ihrem Arbeitsplatz während Ihrer Abwesenheit vertreten?«

»Für gewöhnlich vertritt mich eine Kollegin, wenn ich anderweitige Termine habe oder einmal krank bin. Das Telefon soll eigentlich immer besetzt sein, immerhin handelt es sich um das Vorzimmer des Oberbürgermeisters. Aber neuerdings scheint es dem Chef nicht mehr so wichtig zu sein«, sagte sie schulterzuckend.

Ferschweiler stutzte. »Wie meinen Sie das?«

»Vor zwei Monaten hat er mir einen Friseurtermin geschenkt. Und letzten Monat eine Thai-Massage. Aber bei keinem dieser Termine sollte mich jemand vertreten. Im Gegenteil: Er hat es ausdrücklich abgelehnt.«

»Ach, das ist ja interessant.«

»Ja, es hat mich auch gewundert. Aber er ist ja mein Vorgesetzter und wird schon seine Gründe dafür gehabt haben.« Jacqueline Roscheid spielte mit ihrem inzwischen geleerten Sektglas.

»Wissen Sie noch, wann genau Sie diese Termine hatten?«

»Ja, natürlich. Warten Sie«, sagte Roscheid und entnahm ihrer Handtasche, die sie über die Stuhllehne gehängt hatte, ein Smartphone. »Hier habe ich es doch schon. Der erste Termin war schon im Januar, genauer gesagt am 15., da war ich zur Maniküre. Am 16. Februar war es die Pediküre, tja, und Friseur und Massage erwähnte ich bereits. Friseur am 17. März, Thai-Massage am 30. März.«

Ferschweiler hatte alle Termine in seinem kleinen Notizbüchlein notiert.

»Vielen Dank, Frau Roscheid. Sie haben uns sehr geholfen«, bedankte er sich. Aus einem für ihn unverständlichen Grund reichte er ihr seine Visitenkarte und fügte hinzu: »Wenn Ihnen noch etwas einfallen sollte, können Sie mich jederzeit anrufen.«

»Jederzeit?«, fragte Roscheid und blickte ihm tief in die Augen.

Ferschweiler gab der Kellnerin ein Zeichen, bezahlte sein Getränk und verabschiedete sich von Jacqueline Roscheid.

Als er wieder auf dem Augustinerhof ankam, winkte de Boer ihm schon von Weitem zu.

»Du musst unbedingt noch einmal mit mir in die Spülküche kommen«, sagte er. »Du glaubst gar nicht, was ich dort erfahren habe.«

***

Jutta Sprave stand vor einer vollautomatischen Spülmaschine, wie man sie in Gastronomiebetrieben verwendet, und hantierte mit einem großen hellblauen Plastikkorb, in den kopfüber Weingläser gestellt waren. Um sie herum waberten Schwaden von warmem Wasserdampf, die der Spülküche im Untergeschoss des Rathauses den Charakter eines finnischen Dampfbads verliehen.

De Boer klopfte an die Tür, nachdem er bemerkt hatte, dass die Servicemitarbeiterin der Stadtverwaltung in ihrem blau-weißen Kittel ihr Eintreten nicht gehört hatte.

»Ach, Sie sind's noch mal«, sagte Sprave erfreut, als sie die beiden Kommissare wahrnahm, und blickte de Boer direkt an. »Haben Sie noch etwas vergessen? Oder möchten Sie noch etwas essen?«

»Nein, Frau Sprave. Aber ich dachte, Sie sollten meinem Chef, Hauptkommissar Ferschweiler, noch einmal erzählen, was Sie mir vorhin berichtet haben. Ich denke, es ist besser, wenn er es direkt von Ihnen erfährt.«

»Na, wenn Sie meinen.« Jutta Sprave war mit ihren knapp sechzig Jahren und einer Figur, die Ferschweilers Viezfreunde im »Standhaften Legionär« nur despektierlich als quadratisch bezeichnen würden, noch sehr beweglich. Schnell schloss sie den Deckel der Maschine, strich sich ihre Hände an ihrer Schürze mit der stilisierten Porta Nigra als Stickapplikation ab und bat die beiden Polizisten, an der großen Anrichte, die mitten im Raum stand, Platz zu nehmen. Ein üppiger Strauß roter Rosen stand auf dem Tisch, und Ferschweiler musste unwillkürlich daran denken, dass es Zeit war, auch Rosi baldmöglichst wieder etwas mitzubringen.

»Was soll ich noch einmal erzählen, Herr de Boer?«, fragte sie unsicher. »Ich habe Ihnen doch schon mit so vielen kleinen Geschichten aus der Verwaltung die Zeit gestohlen.«

De Boer schüttelte sacht den Kopf. »Nein, im Gegenteil. Sie haben mir enorm weitergeholfen. Bitte wiederholen Sie Ihren Bericht über die Sitzungen im Büro von Herrn Schlechtriemen, zu denen Sie Frikadellen und Champagner, manchmal auch Viez bringen mussten.«

Ferschweiler wurde neugierig. Welche Sitzungen?

»Nun schäme ich mich irgendwie, Herr de Boer. Ich bin doch kein Klatschweib, nee, wirklich nicht.«

De Boer legte seine Hand auf den Unterarm von Jutta Sprave, die verstohlen an der Applikation auf ihrer Schürze nestelte. »Na los, Frau Sprave«, sagte er, »geben Sie sich einen Ruck.«

»Ich musste bei meiner Einstellung unterschreiben, dass ich im Rathaus gehörte Dinge nicht nach draußen weitergebe.«

Ferschweiler wurde allmählich ungeduldig. »Frau Sprave«, sagte er ruhig, aber bestimmt, »da haben Sie natürlich völlig recht. Nur so kann es überhaupt funktionieren. Sie haben doch meinem Kollegen bereits alles erzählt. Also haben Sie doch die Grenze bereits übertreten. Und zudem sind Sie vielleicht eine wichtige Zeugin in einem Mordfall.«

»Ich? Wirklich?« Jutta Sprave schien leicht panisch zu werden. »Sie werden mich doch jetzt nicht beim Oberbürgermeister oder in der Personalabteilung anschwärzen, oder?«

»Frau Sprave.« Ferschweiler war es allmählich leid. »Ich versichere Ihnen absolute Diskretion. Nur tun Sie mir bitte einen Gefallen und legen Sie los. Wir ermitteln in einem Mordfall und haben diesbezüglich noch anderes zu tun.«

De Boer hatte noch immer seine Hand auf dem Arm der Kaltmamsell und nickte ihr aufmunternd zu.

»Nun gut«, sagte Sprave nach einigen Momenten. »Also ...« Wieder entstand eine Pause, die Ferschweiler sehr theatralisch vorkam. Jutta Sprave genoss es offensichtlich, im Mittelpunkt zu stehen. »Ich bin ja hier im Rathaus dafür verantwortlich, bei den Ratssitzungen, den Treffen der Dezernenten sowie den übrigen wichtigen Terminen wie Empfängen oder Besprechungen für Getränke und kleinere Häppchen zu sorgen. Das mache ich nun schon seit zwanzig Jahren. Und nie gab es Beschwerden. Denn ich bin gelernte Hotelfachfrau, müssen Sie wissen.«

Ferschweiler hörte gespannt zu, während de Boer Jutta Sprave ermutigend zunickte.

»Gefragt sind hier im Rathaus in letzter Zeit, seit sie den Augustinerkeller, in dem man sich auch selbst mal etwas warm machen konnte, aus hygienischen Gründen geschlossen haben, besonders Frikadellen. Die mache ich übrigens daheim selbst. Vom Metzger oder aus der Packung kommt mir nix auf die Platte. Früher, ja früher, da mochten die Mitglieder des Stadtrats lieber Wiener Würstchen und Hähnchenschenkel mit Papiermanschette, aber heute –«

»Frau Sprave«, unterbrach Ferschweiler den Redefluss der Servicekraft, »kommen Sie bitte zur Sache.« Ihm war es egal, dass er sich für seine Ungeduld beleidigte Blicke zuzog.

»Also gut. In den letzten Wochen musste ich an manchen Mittwochnachmittagen in das Büro von Herrn Schlechtriemen kommen. Sie kennen es?« Jutta Sprave zog ein angeekeltes Gesicht. »Es ist so eine kleine verstaubte Kammer voll alter Akten und ohne Licht. Schrecklich. Ich könnte da nicht arbeiten.«

»Frau Sprave, bitte.« Ferschweiler war kurz davor, zu gehen. De Boer schaute peinlich berührt zur Decke.

»Wie dem auch sei. Ich musste dort immer mittwochs mindestens zwölf Frikadellen, sechs Brötchen, echten Dijon-Senf von Fallot und drei Flaschen Champagner sowie eine Flasche Mineralwasser für den einzigen trockenen Alkoholiker hinbringen.«

»Und? Wer nahm an diesen rustikalen Völlereien teil?«

»Na hören Sie mal! Meine Frikadellen sind nicht rustikal. Es sind französische, also *Haute Cuisine*. Das Rezept habe ich nämlich von Auguste LePetit höchstpersönlich! Den kennen Sie doch, oder?«

»Frau Sprave, wen haben Sie mit Ihren Köstlichkeiten beliefert?«

Die Kaltmamsell blickte Ferschweiler herausfordernd in die Augen.

»Ihr Mitarbeiter ist viel netter als Sie.«

»Frau Sprave.«

»Anwesend waren in diesem stickigen Loch immer der OB, der Baudezernent sowie Schlechtriemen.«

»Nur die drei?«

»Na, nun lassen Sie mich doch mal ausreden.« Gekränkt schaute Sprave Ferschweiler an. »Dazu kamen jedes Mal noch so ein geschniegelter Mann mit kurzen dunkelblonden Haaren sowie die Kulturdezernentin, Frau Dr. Knöth.«

»Wissen Sie, über was geredet wurde?«

»Nicht immer genau, nein. Dafür war ich ja stets auch nur zu kurz da. Denn sobald es interessant zu werden begann, schickte mich der OB oder Jungbluth hinaus. Er würde mich schon rufen, wenn er mich benötige. Ich sollte mich zur Verfügung halten, in der Nähe. Aber nach dem, was ich beim Nachschenken der Gläser und beim Verteilen der Frikadellen gesehen und gehört habe, ging es um Unsittliches.«

»Um was? Habe ich richtig verstanden: um Unsittliches?«

»Ja.« Nun wurde Jutta Sprave ungehalten. »Um Nutten, Bordelle und so schrecklich ekelige Dinge, wie eigentlich nur Männer sie besprechen können – und die Knöth ist ja eigentlich auch ein Mann, so wie die immer aussieht und redet. Ich bin gut katholisch erzogen und will mit so was nix zu tun haben.«

»Aber Sie sind sich sicher, dass diese Herren und Frau Knöth an allen diesen Sitzungen beteiligt waren?« Ferschweiler kramte in der Innentasche seines Sakkos.

»Ja.«

»Kennen Sie diesen Mann hier auf dem Foto?« Ferschweiler legte das Foto mit dem Oberbürgermeister, Merseburger und Baron vor Jutta Sprave auf die Anrichte.

»Ja«, sagte sie und zeigte auf Niels Baron, »das ist der Mann, der bei den Sitzungen anwesend war. Er hat jedem anderen der Anwesenden zu Beginn immer einen prallen Umschlag zugeschoben.«

»Waren die Umschläge adressiert?«

»Meinen Sie, ob da Namen draufstanden?«

Ferschweiler nickte.

»Nein, hab ich zumindest nicht gesehen. Ich bin ja diskret bei meiner Arbeit. Aber sie waren offensichtlich gut gefüllt. Zumindest sah es nicht danach aus, als ob nur eine Glückwunschkarte darin gewesen wäre.«

»Und das hat er ungeniert vor Ihren Augen gemacht?« Ferschweiler konnte nicht glauben, dass jemand so unvorsichtig handeln konnte.

»Ja, hat er. Oder glauben Sie mir etwa nicht?« Jutta Sprave schaute beleidigt und verschränkte ihre Arme abwehrend vor der Brust. »Für die ist doch jemand wie ich wie Luft, quasi nicht existent. Halten sich doch für etwas Besseres.«

Nun stand de Boer auf und gab Ferschweiler ein Zeichen. »Frau Sprave«, sagte er, »Sie haben uns sehr geholfen.«

Auch Ferschweiler war zufrieden und reichte Jutta Sprave die Hand.

»Wollen Sie noch eine Frikadelle mitnehmen?«, fragte die Kaltmamsell zum Abschied. »Waren heute nicht alle da bei der Ratssitzung, vor allem nicht die von der FDP. Die langen sonst immer am meisten zu.«

Kaum hatten sie die Tür der Küche hinter sich geschlossen und einige Meter auf dem Flur zurückgelegt, sagte Ferschweiler: »Du glaubst der Sprave doch nicht alles bis ins Kleinste, oder?«

»Warum denn nicht?«, antwortete de Boer, als sie den Treppenaufgang zum Erdgeschoss erreichten. »Es klingt doch alles ganz logisch. Die Treffen an ungewöhnlichem, nicht zu erwartendem Ort, die Anwesenden, das Bestechungsgeld.«

»Ja«, entgegnete Ferschweiler. »Aber warum sollte Baron denn Umschläge verteilen? Und das noch vor den Augen einer unbeteiligten Zeugin?«

De Boer stutzte. »Du hast recht«, sagte er. »So stümperhaft würde er sich nicht verhalten. Dafür ist er nach allem, was wir wissen, viel zu gerissen. Wir werden die Sprave also auf ihre Glaubwürdigkeit hin überprüfen müssen. Hinterher ist sie doch nur eine Klatschbase und erfindet ihre Geschichten oder wesentliche Teile davon. Wäre ja nicht das erste Mal. Soll ich das übernehmen?«

Mittlerweile hatten die beiden Polizisten das Rathaus verlassen und standen unter den großen Kastanien des Augustinerhofs. Wegen der großen Hitze begannen sie augenblicklich zu schwitzen.

»Tu das«, sagte Ferschweiler, blickte auf das schräg gegenüberliegende Theater und versuchte, sich die ersten Schweißperlen von der Stirn zu tupfen. »Am besten redest du jetzt gleich mit den Damen im Bürgerbüro. Die kennen die Sprave sicherlich auch. Von denen dürfte eigentlich keine in den Fall verstrickt sein. Bei den Sekretärinnen weiß man ja nie, wie eng sie mit ihrem Chef sind und ob sie ihn nicht vielleicht schützen wollen.« Während er das sagte, zwinkerte Ferschweiler de Boer komplizenhaft zu. »Und bitte doch die Kollegen, die CTs Büro untersuchen, mal bei Schlechtriemen vorbeizuschauen und die von ihm geschredderten Papiere sicherzustellen.«

»Letzteres habe ich längst veranlasst«, entgegnete de Boer.

»Perfekt«, sagte Ferschweiler anerkennend. »Dann werde ich die Zeit nutzen, um bei unserem werten Theaterintendanten vorzusprechen. Vielleicht ist er ja schon anwesend.«

***

Für eine Klimatisierung hatte das städtische Theater wohl kein Geld mehr. Gerade noch hatte Ferschweiler die Tür zum Bühneneingang wie die rettende Öffnung zu einem kühlen Raum sehnlichst erwartet, doch nun, da er sie erreicht und geöffnet hatte, war er mehr als enttäuscht. Er hatte den Eindruck, dass es innerhalb des großen Gebäudes genauso heiß war wie draußen auf dem Augustinerhof. Es schien, als ob hier – wie in manch öffentlichem Gebäude der Stadt im Frühjahr – noch die Heizung lief. Ferschweiler war sich nicht sicher, doch der Schweiß trat ihm augenblicklich auf die Stirn.

»Sie wünschen?«, hörte er, beschäftigt mit seinem großen Stofftaschentuch, eine weibliche Stimme elektronisch verzerrt auf seiner linken Seite. Erst jetzt nahm er die Pförtnerloge wahr, hinter deren Glasscheibe eine dunkelhaarige Frau unbestimmten Alters von ihrer Illustrierten missmutig zu ihm hochschaute.

»Äh, Hauptkommissar Ferschweiler von der Kripo, guten Tag«, entgegnete er und steckte das Tuch schnell in die Tasche seines Sakkos. Sofort war der Schweiß wieder da. »Ich wollte zu Herrn Hanselmann. Ist der vielleicht da?«

»Haben Sie einen Termin mit dem Intendanten?«, schnarrte es knackend zurück.

»Nein, nicht direkt.«

»Also keinen.« Die Frau nahm den Hörer von einem alten roten Wählscheibentelefon, wählte eine zweistellige Nummer und wartete. Ferschweiler nutzte die Zeit, um sich erneut mit seinem Taschentuch zu beschäftigen.

»Hallo, hier ist Margot. Ist der Chef zu sprechen? … Hier ist nämlich ein Herr von der Polizei, der ihn dringend sprechen möchte, aber keinen Termin hat …«

Ferschweiler machte eine entschuldigende Geste.

»Ja? Dann schicke ich ihn zu dir rüber. Danke.« Die Frau legte auf und zeigte mit ausgestrecktem Arm in Richtung des dunklen Flurs, der sich an den Bühneneingang anschloss.

»Dort drüben, dritte Tür auf der rechten Seite. Herr Hanselmann ist noch im Bühnenraum, aber er kommt gleich. Seine Sekretärin gibt ihm Bescheid.«

Noch bevor Ferschweiler anklopfen konnte, wurde die Tür zum Vorzimmer des Intendanten von innen aufgerissen, und eine hellblonde, modisch gekleidete Frau unbestimmten Alters lächelte dem Kommissar entgegen.

»Sie sehen so aus, als ob Sie einen Kaffee gebrauchen könnten«, warf sie ihm entgegen. »Und Sie nehmen ihn bestimmt rehbraun ohne Zucker.«

Ferschweiler war perplex. »Woher wissen Sie das?«, fragte er sichtlich verunsichert.

»Das sehe ich Ihnen an der Nasenspitze an«, kam es postwendend zur Antwort. »Sie können gern schon im Büro von Herrn Hanselmann Platz nehmen. Er wird in wenigen Minuten bei Ihnen sein.« Die Art und Weise, wie die Dame das »Er« betonte, hinterließ bei Ferschweiler den Eindruck, dass im Theater absolut hierarchisch regiert wurde. Er war auf Hanselmann gespannt.

Dessen Büro machte zumindest auf den ersten Blick keinen schlechten Eindruck. Auf der einen Seite, den Fenstern gegenüber, befand sich eine geschlossene Schrankwand aus hellem Holz, auf deren Türen die Plakate der laufenden Spielzeit klebten. Ferschweiler hatte keines der Stücke gesehen. Bis auf eines, »Die Zauberflöte«, kannte er auch kein einziges.

Die Hände in seinen Hosentaschen, sah er sich weiter um. Auf dem großen weiß lackierten Lochblech, das fast die ganze Wand hinter dem Schreibtisch des Theatermannes einnahm, waren neben Postkarten aus aller Welt und kleineren oder größeren Notizzetteln auch einige Zeitungsartikel mit Magneten befestigt. Ferschweilers Blick wanderte entspannt über das Gewirr an Papieren und blieb an einem Ausschnitt hängen. Neugierig trat er näher.

»Guten Tag, der Herr«, hörte er plötzlich hinter sich eine Stimme und fuhr wie ertappt herum. »Wie war noch Ihr werter Name? Meine Sekretärin hatte ihn nicht ganz verstanden.«

»Ferschweiler«, antwortete der Kommissar, der sich schnell wieder gefasst hatte, »Rudolph Ferschweiler, Kripo Trier, Mordkommission. Ich bin wegen Carl-Theodor Jungbluth hier.«

»Oje, ein schlimmer Fall.« Hanselmann zog sich sein bordeauxrotes Cord-Sakko aus, hängte es über seinen Schreibtischstuhl und legte seinen weißen Schal auf einen Stapel städtischer Papiere. »Wir waren gerade in der Diskussion über die Zukunft des Theaters einen guten Schritt weitergekommen. Und nun das. Es ist eine Katastrophe, wirklich. Nun wird wohl alles wieder auf null gestellt. Ein Witz.«

Hanselmann war wieder hinter seinem Schreibtisch hervorgetreten und wies mit ausgestreckter Hand in Richtung eines langen Besprechungstisches vor den Fenstern, deren Außenbeschattung sich langsam senkte.

»Nehmen Sie doch Platz, Herr Kommissar, bitte«, sagte er. »Ihr Kaffee wird gleich kommen.«

»Darf ich Ihnen eine eher indiskrete Frage stellen, Herr Hanselmann?«

»Nur zu. Wir sind ja unter uns.«

Der Intendant hatte sich lässig in einen der Besprechungsstühle gesetzt und putzte mit einem Zipfel seines Hemdes seine Halbbrille, die ihm an einem schwarzen Band vor der Brust hing.

»Dort, auf dem Zeitungsfoto, das sind doch Sie und dieser Herr aus Schweinfurt, der hier in Trier dieses Einkaufszentrum bauen wollte, aber mit seinem Vorschlag gescheitert ist. Kennen Sie den näher?«

»Sie haben einen guten Blick, mein Lieber.« Hanselmann

war sichtlich beeindruckt. »Gerade erst hier im Dämmerlicht meines Büros angekommen, und schon haben Sie alles gecheckt und sogar einen Mann wiedererkannt, der heute, acht Jahre, nachdem das Foto aufgenommen wurde, völlig anders aussieht. Sicherlich vierzig Kilo hat er seitdem abgenommen. Respekt, Herr Kommissar. Aber um Ihre Frage zu beantworten: Ja, ich kenne ihn. Wir waren einmal sehr gute Freunde, kannten uns aus Schultagen. Als ich noch am Theater im westfälischen Hagen gearbeitet habe, hatten wir auch einmal eine große gemeinsame Geschäftsidee. Aber …«, Hanselmann machte eine abwertende Handbewegung, »es ist nichts daraus geworden.«

»Stammt das Foto aus dieser Hagener Zeit?«

»Ja, aber es müsste eigentlich auch draufstehen, wann genau …« Hanselmann war aufgestanden und hatte das Foto von der Pinnwand genommen.

»Worum ging es damals? Worum ging es bei dieser großen Idee, von der Sie sprachen?«

»Ach.« Hanselmann las einige Notizen auf der Rückseite der Aufnahme. »Das sind doch alles alte Kamellen. Wir hatten damals in Hagen eine ähnliche Situation wie heute hier in Trier. Kein Geld in der Kasse und enormen Spardruck. Und händeringend suchten alle nach dem Heiligen Gral, der Möglichkeit, aus der Misere herauszukommen und wenn möglich noch eine goldene Nase zu ernten.«

Es klopfte, und Hanselmanns Sekretärin brachte den Kaffee für Ferschweiler.

»Rehbraun«, säuselte sie, als sie an dem Kommissar vorbeiging. Hanselmann schwieg, bis sie das Büro wieder verlassen hatte.

»Ich verstehe noch immer nicht«, sagte Ferschweiler und nahm die Tasse in seine Hand.

»In Hagen hing, wie hier in Trier, das Theater komplett am Tropf des städtischen Haushalts«, erklärte Hanselmann. »Es wurde damals dort genau wie heute hier stark subventioniert. Kein Theater kann sich allein finanziell tragen, verstehen Sie, Herr Kommissar? Das ist utopisch. Dafür ist der Aufwand bei den allermeisten Produktionen zu hoch und der verantwortbare

Eintrittspreis zu niedrig. Aber erhöht man die Preise, geht ein Aufschrei durch die Bevölkerung: Bildung muss bezahlbar sein. Damit haben ja alle auch recht. Aber ich sitze nun mal zwischen den Stühlen. Ich muss die Bildung anbieten, muss sie bezahlen, darf aber dafür nichts nehmen. Verstehen Sie? Eine klassische Zwickmühle, Sie mögen doch Brettspiele, oder?«

Ferschweiler hatte seinen Kaffee mittlerweile fast ausgetrunken. Er war, zu seinem deutlichen Missvergnügen, nur lauwarm gewesen.

»Und alle in der Stadt fordern genau das, heute an der Mosel wie damals an der Volme: Sie fordern die Quadratur des Kreises. Unmöglich!« Hanselmann hatte die Arme energisch ausgebreitet und gestikulierte wild. »Dann kam mein alter Freund Torsten mit seiner Idee einer Public-private-Partnership. Und die Idee traf ins Schwarze!«

»Was schlug er denn vor, Ihr alter Freund?«, fragte Ferschweiler neugierig. »Hat er auch einen Familiennamen?«

»Er heißt Bach, Torsten Bach. Er wollte ein neues, großes, so dort noch nie da gewesenes Einkaufszentrum in Hagen errichten, die ›Volme-Arkaden‹, eine Mischung aus Konsumtempel und Freizeitvergnügen. Und in einen Teil des Gebäudekomplexes sollte das städtische Theater einziehen. Der Theaterbau wäre somit, ebenso wie seine Betriebskosten, ich meine die Kosten für Energie, Sicherheit und den ganzen Kram, über das neue Zentrum abgedeckt gewesen. Die Kosten für das Ensemble hätte die Stadt gut weiterhin tragen können, ohne Verluste und ohne neue Schulden.«

»Klingt doch gut«, sagte Ferschweiler.

»Ja, klar.« Hanselmann war offensichtlich in seinem Element. »Klingt gut. Aber die städtischen Bedenkenträger haben alles wieder kaputtgeredet. Mit der Folge, dass keine ›Volme-Arkaden‹ gebaut wurden und das Theater Hagen heute kein eigenes Ensemble mehr hat. Das möchte ich hier in Trier vermeiden.«

»Sie hatten hier also Ähnliches vor wie damals in Hagen?«

»Ja, genau. Sogar Torsten war wieder im Boot. Sie müssen wissen, dass er heute Miteigentümer eines internationalen

Planungsbüros ist, das sich auf die Errichtung genau der eben beschriebenen Einkaufszentren spezialisiert hat. Es wäre für Trier ein Glücksfall gewesen. Aber nun …«, hier machte Hanselmann eine Pause, »aber nun ist CT tot, und ich weiß nicht, wie es weitergehen soll.«

Ferschweiler hatte sich an den Besprechungstisch gesetzt, vor dem nur einen Moment zuvor auch Hanselmann wieder Platz genommen hatte.

»Welche Rolle spielte Herr Jungbluth in diesem Projekt?«, fragte Ferschweiler mit naivem Tonfall.

»Lesen Sie etwa keine Zeitung?« Hanselmann wurde plötzlich unwirsch. »Als Bau- und Wirtschaftsdezernent lief doch alles über seinen Schreibtisch. Er war derjenige, der die Entscheidungen traf. Er hatte die Zügel in der Hand. Der Stadtrat, ach, der machte letztendlich immer das, was CT wollte. Erst wurde zwar immer viel palavert, und die Kolumnen der Zeitungen waren voll von Kommentaren und Leserbriefen. Aber am Ende zählten die Meinung und der Wille von CT. Er hatte da immer seine Wege. So oder so.«

»Und damit konnten Sie leben, Herr Hanselmann?«

»Was heißt ›leben‹? Ich musste, ja.« Der Intendant hatte seine Hände zusammengefaltet vor sich auf die Tischplatte gelegt. »Zudem waren wir seit Jahren Freunde, CT und ich. Wir spielten im selben Verein Tennis, fuhren gemeinsam mit unseren Frauen auf manch aufregende Reise. Wir verstanden uns wirklich.« Hanselmann stockte.

»Aber?«, fragte Ferschweiler.

»Nichts aber. Wir waren das, was man ein gutes Team nennt. Wissen Sie …« Hanselmann hatte sich wieder erhoben und stand nun mit in den Hosentaschen vergrabenen Händen am Fenster seines Büros und blickte auf den Parkplatz des Augustinerhofs. »Wir spielten beim Tennis im Doppel. Und da waren wir wirklich gut. Also, warum nicht auch im richtigen Leben, außerhalb des Courts?«

»Sie machen einen eher unzufriedenen Eindruck, Herr Hanselmann. Ihnen geht der Tod Ihres Freundes sehr nahe, oder?«

Ferschweiler setzte noch nach: »Beruflich, meine ich. Privat erlaube ich mir kein Urteil.«

Der Intendant wandte den Kopf zu Ferschweiler.

»Ja«, sagte er. »In Jungbluth verliere ich meinen wichtigsten Verbündeten im Kampf um den Erhalt des Theaters. Sie können ja mal recherchieren, wie es um die Mimen hier in Trier steht. Und Sie werden sehen: Es sieht düster aus, sehr düster sogar. CT hat die Idee mit der Public-private-Partnership stets vorbehaltlos unterstützt und gegen alle Widerstände da drüben im Rathaus vorangetrieben. Allerdings nur hinter den Kulissen. Vor der Hand hat er immer die Konkurrenz unterstützt. Alles Taktik, hat er gesagt. Ich habe ihm geglaubt, denn er war ja ein ausgekochtes politisches Schlitzohr. Uns ging es um Trier. Um was auch sonst? Er hatte ja ansonsten alles. Er wollte im kommenden Jahr unbedingt OB werden. Da konnte er sich vorher keine Heuschrecken wie diesen Merseburger erlauben. Glauben Sie also nicht alles, was Sie so über ihn hören. Er hatte einen Plan. Und an seinem Geburtstag wollte er vor versammelter Prominenz endlich dazu Stellung beziehen, offen und ehrlich, und den Vorschlag von Merseburger & Co verwerfen. Das wäre dann die Stunde unseres Alternativentwurfs gewesen. Aber leider kam es nicht dazu.« Wieder blickte der Intendant aus dem Fenster auf den Augustinerhof. »Was nun werden soll, weiß ich nicht. Aber ich denke, die Geschichte wiederholt sich. Wir werden hier in Trier alles verlieren. Das Theater geht den Bach runter, wie damals in Hagen. Und ich, ich bin dort wie hier live dabei. Was für eine Scheiße.«

Hanselmann stand auf und sah aus dem Fenster. Ferschweiler erhob sich ebenfalls und stellte sich neben den Intendanten.

»Haben Sie noch Fragen?«, wollte Hanselmann wissen. »Wenn nicht, entschuldigen Sie mich bitte. Ich habe noch zu tun.« Wie geistesabwesend gab er Ferschweiler die Hand.

»Da wäre noch etwas, Herr Hanselmann: Sie haben sich gestern heftig mit Ihrem Freund gestritten. Worum ging es?«

Hanselmann schaute den Kommissar überrascht an.

»Was?«, sagte er. »Ach, ich wollte von CT endlich die Zusage, dass meine Intendanz verlängert würde. Aber er sagte, ich solle mich an die Regeln halten. Ich bin ein impulsiver Mensch, Herr Kommissar. Mir brennen schon mal die Sicherungen durch.« Ohne eine Reaktion abzuwarten, fügte Hanselmann hinzu: »Nun entschuldigen Sie mich bitte. Ein Termin wartet.«

Und weg war der Intendant. Sowohl sein Sakko als auch seinen Schal hatte er zurückgelassen.

Ferschweiler selbst blieb noch einen Moment vor dem Fenster stehen und blickte auf das Rathaus.

***

De Boer wartete im Auto. Der Motor lief, sodass die Klimaanlage bereits für eine angenehme Kühle im Inneren des Fonds gesorgt hatte.

Noch bevor Ferschweiler beim Einsteigen darauf reagieren konnte, sagte de Boer: »In Indonesien haben wir die Wagen immer bei laufendem Motor vorgekühlt. Die paar Tropfen Diesel machen die Umwelt auch nicht mehr kaputt. Die von deinem Schweiß aber meine Polster schmutzig und das Klima hier im Inneren olfaktorisch unangenehm.«

Ferschweiler, dem aktiver Umweltschutz eher suspekt war, wunderte sich über de Boers präventive Maßnahme, entgegnete aber nichts.

»Was haben deine Gespräche im Bürgerbüro ergeben?«, fragte er, als er saß.

»Du hattest recht. Die Sprave ist im Rathaus als gnadenlose Aufschneiderin bekannt, die sich mit ihren Geschichten wichtigmachen will. Das haben übereinstimmend alle Damen geantwortet, die ich zu ihr befragt habe. Zwei Mitarbeiterinnen meinten sogar, Sprave und Schlechtriemen hätten mehr als ein gutes Verhältnis gehabt.«

»Haben Sie Beweise geliefert?« Ferschweiler genoss es, wie die Kühle im Fond ihm regelrecht den Schweiß von der Stirn fraß.

»Nun ja, die eine hatte auf ihrem Handy Fotos der letzten Betriebsfeier, bei der Sprave und Schlechtriemen, du würdest sagen: intim getanzt haben. Und die andere sagte, Schlechtriemen habe ihr in letzter Zeit immer Blumen und andere Kleinigkeiten mitgebracht. Täglich! Erinnerst du dich an den Strauß Rosen in der Spülküche?«

»Wen wundert's? Die meisten Beziehungen entstehen am Arbeitsplatz.« Ferschweiler wollte lustig sein, doch de Boer schaute ihn entgeistert an.

»Damit ist die Sprave als Zeugin wohl kompromittiert, Rudi, oder?«

»Wohl wahr. Zumindest vorerst. Sonst noch was?«

»Ja, ihr Auto.«

»Was ist damit?«

»Eine der Damen berichtet, dass Frau Sprave seit einigen Wochen einen Wagen fahre, den sie sich von ihrem Gehalt her eigentlich nicht leisten könne.«

»Was ist es für ein Modell?«

»Ich habe es bei der Zulassungsstelle überprüft. Frau Sprave, die allein lebt, nie verheiratet war, nicht aus wohlhabenden Verhältnissen stammt und keine nennenswerten Verwandten hat, fährt einen nagelneuen Golf plus, den sie zudem nicht finanziert, sondern bei Abholung bar bezahlt hat.«

»Das ist wirklich ungewöhnlich; tut heute doch eigentlich keiner mehr. Woher hast du die Information, Wim?« Ferschweiler gab seinem Kollegen einen Wink, den Wagen zu starten und Richtung Präsidium zu fahren. De Boer tat wie geheißen.

»Ich habe alle VW-Händler in Trier angerufen, und schon beim zweiten bin ich fündig geworden.«

»Wir werden uns also bald diesen Schlechtriemen noch einmal vornehmen müssen. Macht eher einen unschuldigen Eindruck, der Mann. Wirkt wie ein trockener Beamter. Aber es scheint etwas Schimmerndes um ihn zu sein, etwas, das wir noch nicht fassen können, vielleicht noch nicht einmal ahnen.«

»Und bei dir Rudi? Was gab es im Theater?«

»Erzähle ich dir gleich, wenn die Chefin dabei ist. Die hat sicherlich auch schon Sehnsucht nach uns. Gib Gas, Wim. Wir haben zu tun.«

Behände wie selten fischte Ferschweiler sein Mobiltelefon aus der Sakkotasche und rief, während de Boer den Wagen auf die Südallee steuerte, bei Möllemann an, um sie zu einem Gesprächstermin zu bitten. Keine acht Minuten später erreichten sie die Dienststelle und gingen sofort ins Büro der Kriminalrätin.

»Gut, dass Sie kommen«, begrüßte sie Möllemann, ohne hinter ihrem Schreibtisch aufzustehen. »Hier ist seit circa zwei Stunden die Hölle los. Die Presse bombardiert uns mit Anfragen, der Präsident sitzt mir im Nacken und will schnelle Erfolge, und die Generaldirektion Kulturelles Erbe dringt darauf, dass wir die Thermen am Viehmarkt bald wieder freigeben. Sie hätten dort Veranstaltungen. Haben Sie wenigstens Ergebnisse, meine Herren?«

»Dürfen wir uns setzen, Chefin?«, fragte Ferschweiler und nahm Platz, ohne die Genehmigung abzuwarten. »Gibt es Kaffee? Wir sind ziemlich platt.«

»Das klingt nach getaner Arbeit.« Die Kriminalrätin war aufgestanden und hatte die Jacke ihres Hosenanzugs angezogen. »Bitte, schießen Sie los. Ich will alles wissen.«

»Kaffee?«, fragte Ferschweiler mit gespielt trockenem Mund.

»Schon klar. Ich bestell welchen. Aber fangen Sie endlich an.«

»Also«, de Boer wollte gerade loslegen, als Möllemanns Handy klingelte.

»Sie entschuldigen. Es ist Dr. Süß.«

Sie nahm das Gespräch entgegen und wurde still.

»Okay«, sagte sie, »ich komme.«

Ferschweiler und de Boer blickten sie fragend an.

»Der OB hat kurzfristig einen Gesprächstermin mit Vertretern der Aufsichts- und Dienstleistungsdirektion wegen Jungbluths Tod angesetzt. Es geht wohl um die Weiterführung von Projekten, die noch nicht in trockenen Tüchern waren, aber für die Stadt so wichtig sind, dass nun keine Verzögerung entstehen darf. Und da wir hier in Trier eh von der Gnade der ADD abhängen, was den städtischen Haushalt betrifft, ist die Stadtspitze jetzt schnell dabei.«

Die Kommissare nickten.

»Haben wir bereits Verwertbares?«

De Boer ergriff das Wort. »Wir haben einige Ansätze und eine ganze Reihe von Ungereimtheiten, die Verdachtsmomente schüren. Aber Konkretes haben wir noch nicht. Wir müssen noch weitere Gespräche führen und in unterschiedliche Richtungen ermitteln. Fest steht nur, dass Jungbluth tatsächlich ermordet worden ist. Das hat Dr. Quint noch vor seinem Tod unmissverständlich feststellen können.«

»Was machen wir bloß ohne Quint? Es ist eine Tragödie«, sagte Möllemann.

»Er hat bis zum Schluss gute Arbeit geleistet.« Ferschweilers Stimme klang belegt. Eine Träne stand ihm deutlich sichtbar im Winkel seines linken Auges. »Gehen Sie ruhig zum Präsidenten«, sagte er gefasst. »Wir sprechen morgen früh miteinander und bringen Sie dann auf den neuesten Stand.«

Während die Kriminalrätin das Büro verließ, fügte Ferschweiler an de Boer gewandt hinzu: »Wim, versuch, so viel wie möglich über Merseburger und Niels Baron herauszufinden. Wir brauchen morgen eine belastbare, gut recherchierte Grundlage, wenn wir Baron aufsuchen.«

De Boer nickte. »Geht klar«, sagte er mit ironischem Unterton. »Ich hab wie immer nichts anderes vor.«

»Na also.« Ferschweiler schien nichts verstanden zu haben. »Jetzt bring mich schnell nach Trier-West. Und gib mir unterwegs die Möglichkeit, einen Strauß bunter Frühlingsblumen beim Lambert zu besorgen. Heute will ich Rosi eine Freude machen.«

»Gibt es etwas zu feiern?«, fragte de Boer neugierig.

»Nein«, sagte Ferschweiler lächelnd, »einfach nur so.«

***

Kurze Zeit später hockte Ferschweiler mit einem Stubbi in der Hand missmutig am Tresen des »Standhaften Legionärs« und beobachtete aus den Augenwinkeln heraus, wie Rosi einem ihrer Stammgäste eine Porz Viez und eine Portion Dibbelabbes an den

Tisch brachte. Rosi trug eine Bluse, die neu zu sein schien, denn Ferschweiler hatte sie zuvor noch nie an ihr gesehen.

Er fand, dass sie heute ausgesprochen gut aussah. Der Geruch von gebratenen Kartoffeln, Speck und Zwiebeln stieg ihm in die Nase. Unter normalen Umständen hätte er Rosi ebenfalls um eine Portion gebeten. Doch an diesem Tag, an dem Quint gestorben war, hatte er einfach keinen Appetit.

Immer wieder musste er daran denken, wie sein alter Freund auf den kalten Fliesen gelegen hatte. Es war ein entsetzlicher Anblick gewesen. Nur wenige Tage zuvor hatten sie sich in Quints Stammlokal, der »Agritiusschänke« in Gartenfeld, auf ein Bier getroffen, und er hatte ihm von seinen Plänen für den Ruhestand berichtet. Nun war all das vorbei.

Das Läuten seines Mobiltelefons riss Ferschweiler aus seinen Gedanken. Am Apparat war Möllemann. Ferschweiler spürte unvermittelt einen Kloß in der Magengegend. Ihr Anruf versprach nichts Gutes. Zwei Tote innerhalb von nicht einmal vierundzwanzig Stunden waren auch für ihn zu viel. Er atmete tief durch und nahm das Gespräch entgegen.

»Guten Abend, Ferschweiler. Es tut mir leid, dass ich Sie an Ihrem Feierabend stören muss.«

»Kein Problem, was gibt's?«, fragte Ferschweiler.

»Heribert Schlechtriemen ist mit Jungbluths Wagen verunglückt, als er ihn aus der Tiefgarage abgeholt hat, wo er seit der Geburtstagsfeier stand. Wie es scheint, wurden die Bremsleitungen manipuliert.«

»Was?« Ferschweiler war nun hellwach.

»Es gibt keinerlei Bremsspuren am Unglücksort. De Boer und die KTU sind schon zur Stelle und erwarten uns. Ich komme Sie in etwa zehn Minuten abholen, wenn Ihnen das recht ist.«

»Äh, das wäre prima.« Konnte es sein, dass seine Stimme zitterte. Als er aufgelegt hatte, sah er sich Rosi gegenüber, die ihn aufmerksam musterte.

»Musst du wieder los?«

»Ja, tut mir leid.« Kurz schilderte er ihr, was vorgefallen war.

»Ach Rudi, wir sehen uns gar nicht mehr.« Rosi schüttelte den

Kopf, und Ferschweiler sah die Enttäuschung in ihren Augen. »Immer hast du nur deine Mordfälle im Kopf. Und über Quint hast du mit mir auch noch nicht gesprochen.«

Sie hatte recht, doch er sah sich außerstande, über Quint und seine Gefühle zu reden.

»Rosi, sei mir nicht böse, aber so ist nun mal mein Job. Über den Dicken sprechen wir morgen Abend, versprochen.«

»Ganz wie du meinst. Ich finde nur, dass man seine Gefühle nicht verdrängen sollte.«

Ferschweiler seufzte, gab ihr einen Kuss auf die Wange und verabschiedete sich.

Möllemann hatte ihren Dienstwagen in einer Parkbucht vor dem »Standhaften Legionär« abgestellt und wartete bereits auf ihn, den Ellbogen lässig auf den Rahmen des geöffneten Seitenfensters gelehnt. Ferschweiler wurde noch immer nicht richtig schlau aus ihr. War sie wirklich so selbstsicher, wie sie nach außen zu wirken schien, oder war alles nur Fassade?

»Guten Abend«, begrüßte sie ihn. »Steigen Sie ein, Rudolph.«

Ferschweiler tat wie ihm befohlen. Es gelang ihm gerade noch, ihr kurz zur Begrüßung zuzunicken, denn kaum dass er sich angeschnallt hatte, beschleunigte seine Vorgesetzte den Wagen, und das Fahrzeug schoss aus dem Parkplatz auf die Aachener Straße. Er war sich sicher, dass Wim seine wahre Freude am Fahrstil der Kriminalrätin gehabt hätte.

Es dauerte nur wenige Minuten, bis sie die Kaiserthermen erreicht hatten. Dort bogen sie rechts in die Olewiger Straße ein und folgten dem Straßenverlauf. Es hatte sich bereits ein nicht unerheblicher Rückstau gebildet, denn die Kollegen der Verkehrspolizei hatten die Unfallstelle weiträumig abgesperrt. Die Olewiger Straße war eine von lediglich zwei Hauptverkehrsstraßen, die die Höhenstadtteile Triers mit der im Moseltal gelegenen Innenstadt verbanden. Sobald es die geringsten Hindernisse im Verkehrsfluss in einer der beiden Straßen gab, sei es beispielsweise durch einen Unfall oder eine Baustelle, war das Verkehrschaos vorprogrammiert. Möllemann schaltete das Blaulicht ein und bahnte sich mit dem Wagen einen Weg vorbei an der Fahrzeugkolonne.

Am Unfallort angelangt, bot sich den beiden Beamten ein großes Durcheinander. Auf der rechten Straßenseite in rund hundert Metern Entfernung sah Ferschweiler den grauen Mercedes-Benz-Oldtimer im Straßengraben liegen. Das Fahrzeug schien sich überschlagen zu haben, denn das Dach war vollständig eingedrückt und auf der Straße lagen Glassplitter und Metallteile. Der Ampelmast an der Kreuzung war verbogen. Überall flackerte Blaulicht. Die Feuerwehr und ein Krankenwagen waren noch vor Ort.

Wim de Boer und die Kollegen der KTU standen, in weiße Overalls gekleidet, am Unfallfahrzeug. Als de Boer Ferschweiler und seine Vorgesetzte erblickte, kam er umgehend auf sie zu.

»Schlechtriemen fuhr heute gegen neunzehn Uhr dreißig mit dem alten Benz seines Chefs Richtung Olewig. Zeugen sagen aus, dass plötzlich eine Katze auf die Straße gelaufen sei. Schlechtriemen hat wohl versucht, ihr auszuweichen, und dabei die Kontrolle über den Wagen verloren. Über die Schwere der Verletzungen lässt sich derzeit noch nichts sagen. Der Notarzt sagte allerdings, dass es nicht gut aussehe.«

»Was hat es mit den Bremsleitungen auf sich?«, fragte Möllemann. Ferschweiler blickte auf die Straße. Es waren tatsächlich keinerlei Bremsspuren zu sehen, lediglich leichter Reifenabrieb, der von Schlechtriemens Ausweichmanövern zu stammen schien.

»Wir werden den Wagen genauer unter die Lupe nehmen. Aber allem Anschein nach wurden die Bremsschläuche gekappt. Durch die Bremsmanöver versagten die Bremsen dann komplett.«

»Und der Wagen stand seit der Geburtstagsfeier in der Tiefgarage?«, wollte Möllemann wissen.

»Ja, ich habe vorhin mit den Stadtwerken telefoniert. Er wurde seit gestern Abend nicht mehr bewegt«, sagte de Boer.

»Es stellt sich also die Frage, wann an dem Wagen manipuliert wurde. Wurde er schon vor der Feier fahruntüchtig gemacht, oder geschah dies erst später?«, sagte Möllemann nachdenklich.

Nach einer kurzen Pause fuhr sie fort: »Vielleicht helfen uns die Überwachungskameras im Parkhaus weiter. De Boer, besorgen Sie uns bitte die Aufzeichnungen.«

»Ich kümmere mich umgehend darum«, erwiderte dieser.

Ferschweiler schüttelte den Kopf. »Ich verstehe das nicht. CT wird vergiftet, und gleichzeitig bastelt jemand an seinem Wagen herum?«

»Für mich ergibt das Ganze ebenfalls keinen Sinn«, meinte de Boer. »Es sei denn, jemand wollte ganz sichergehen. Falls die Vergiftung schiefgegangen wäre, sollte ihn ein Unfall ins Jenseits befördern.«

»Kann sein, Wim, kann aber auch nicht sein. Vielleicht haben wir es ganz einfach mit mehreren Tätern zu tun. Nach allem, was wir bisher über Jungbluth in Erfahrung gebracht haben, würde mich das nicht wundern«, stellte Ferschweiler fest.

»Was halten Sie davon, wenn wir der Witwe Jungbluths spontan einen Besuch abstatten?«, fragte Möllemann und sah Ferschweiler an. »Ich würde gern erfahren, wie es kommt, dass Schlechtriemen mit dem Wagen ihres Mannes unterwegs war. Ich schlage vor, dass der Kollege de Boer hier weitermacht. Einverstanden?«

De Boer und Ferschweiler nickten einvernehmlich.

***

Ferschweiler und Möllemann gingen gemeinsam zum Dienstwagen zurück und fuhren die knapp fünfhundert Meter den Berg hinauf bis zum Wohnhaus von Roswitha Jungbluth.

Ferschweiler klingelte an der Haustür, und diesmal wurde umgehend geöffnet. Es war Roswitha Jungbluth selbst, die in der Tür erschien. Sie hatte den Bademantel abgelegt und trug ein rosa geblümtes Sommerkleid, ihre Füße steckten in farblich passenden Ballerinas, was ihrer Erscheinung etwas Mädchenhaftes gab, wie Ferschweiler fand. Sie war dezent geschminkt und wirkte, anders als bei seinem morgendlichen Besuch mit de Boer, frisch und ausgeruht.

»Oh, Herr Ferschweiler«, begrüßte sie den Kommissar und seine Vorgesetzte.

Sie machte auf Ferschweiler einen überraschten Eindruck, ganz so, als habe sie jemand anderen erwartet, nur nicht die beiden Polizisten. Nach kurzem Zögern schien sie sich jedoch schnell wieder zu fassen und bat die Kommissare ins Haus.

Ferschweiler und Möllemann folgten ihr in das Wohnzimmer. Dem Kommissar entging der Blick seiner Vorgesetzten nicht, die abschätzig die Einrichtung musterte. Sie schien ganz und gar nicht ihrem Geschmack zu entsprechen, wie er anhand ihrer herabhängenden Mundwinkel belustigt feststellte.

»Bitte, nehmen Sie doch Platz«, sagte Roswitha Jungbluth und zeigte auf die lederne Couchgarnitur. Sie selbst ließ sich in einen Sessel fallen.

»Verzeihen Sie bitte, dass wir Sie heute nochmals stören müssen. Darf ich vorstellen, Kriminalrätin Judith Möllemann«, sagte Ferschweiler und zeigte auf seine Vorgesetzte.

»Ich habe leider nicht viel Zeit. Ich war gerade auf dem Sprung. Was kann ich für Sie tun?« Roswitha Jungbluth wirkte plötzlich nervös und zupfte am Saum ihres Kleides.

»Heribert Schlechtriemen ist vor einer Dreiviertelstunde mit dem Wagen Ihres Mannes verunglückt«, sagte Möllemann in nüchternem Tonfall.

Entsetzen machte sich im Gesicht von Roswitha Jungbluth breit. Sie sah von Ferschweiler zu Möllemann.

»Was sagen Sie da?«, fragte sie mit zittriger Stimme und umklammerte die Lehne des Ledersessels.

Ferschweiler war überrascht, wie sehr die Nachricht die Witwe Jungbluths zu treffen schien, ließ sich jedoch nichts anmerken.

»Wieso war Herr Schlechtriemen mit dem Wagen Ihres verstorbenen Mannes unterwegs?«, hakte Möllemann nach.

»Was ist mit Heribert? Ist er verletzt?«, fragte Roswitha Jungbluth, ohne auf die Frage der Kriminalrätin einzugehen.

»Es tut mir sehr leid, aber über die Schwere der Verletzungen können wir Ihnen noch nichts sagen«, sagte Ferschweiler.

»Oh mein Gott.« Roswitha Jungbluths Augen füllten sich mit Tränen. »Ich will zu ihm.«

Sie erhob sich und machte Anstalten, den Raum zu verlassen.

»Frau Jungbluth, bitte, wir haben noch ein paar Fragen an Sie. Setzen Sie sich. Es dauert nicht lange. Danach können Sie sofort ins Brüderkrankenhaus fahren«, sagte Möllemann mit einer Stimme, die keinen Widerspruch zu dulden schien.

Widerwillig setzte sich Roswitha Jungbluth wieder in ihren Sessel. Sie sah blass und müde aus. Ferschweiler fragte sich, was seine Vorgesetzte mit ihrer ruppigen Art Roswitha Jungbluth gegenüber beabsichtigte. Sie war bisher weder eine Verdächtige im Mordfall ihres Mannes, noch gab es Anhaltspunkte dafür, dass sie den Wagen manipuliert hatte. Zudem wäre sie selbst in Gefahr gewesen, wenn der Mercedes schon vor der Feier defekt gewesen wäre.

»Ich verstehe das alles nicht. Was wollen Sie denn von mir wissen?«, fragte die Witwe.

»Bitte beantworten Sie die Frage meiner Vorgesetzten. Warum war Heribert Schlechtriemen mit dem Wagen Ihres Mannes unterwegs?«, fragte Ferschweiler in ruhigem Tonfall, um dem Gespräch die Spannung zu nehmen.

»Ich hatte Herrn Schlechtriemen gebeten, den Wagen abzuholen, damit die Stadtwerke ihn nicht abschleppen lassen, da mein Mann quer über zwei Mutter-Kind-Parkplätze geparkt hatte«, sagte Roswitha Jungbluth.

Dann wiederholte sie ihre Aussage vom Vormittag, wonach sie gemeinsam mit ihrem Mann zur Feier gefahren war. Am Wagen habe es, soweit sie es beurteilen konnte, keinerlei Defekte gegeben. Zwar sei ihr Mann gefahren, aber wenn etwas nicht in Ordnung gewesen wäre, hätte er es ihr bestimmt mitgeteilt. Sie hatte keinerlei Erklärung für die Manipulation des Fahrzeugs und auch keine Vermutung hinsichtlich des Täters.

»Frau Jungbluth, in welchem Verhältnis stehen Sie zu Heribert Schlechtriemen?«, wollte Möllemann schließlich wissen.

»Wie meinen Sie das?«, fragte Roswitha Jungbluth in leicht gereiztem Ton.

»Ich meine es so, wie ich die Frage gestellt habe.«

»Heribert Schlechtriemen ist ein enger Mitarbeiter meines Mannes und ein sehr guter Freund.«

»Nur ein guter Freund?« In Möllemanns Stimme lag ein sarkastischer Unterton.

Roswitha Jungbluths dunkelgrüne Augen verfinsterten sich. »Ja, nur ein guter Freund, den ich nun im Krankenhaus besuchen möchte. Im Übrigen habe ich noch immer Kopfschmerzen. Wenn Sie mich nun also entschuldigen würden? Ich brauche dringend Ruhe.«

Sie blickte hinaus in den Garten, und es erschien Ferschweiler, als würde sie mühsam ihre Tränen unterdrücken. Er hatte das untrügliche Gefühl, dass Heribert Schlechtriemen für Roswitha Jungbluth mehr war als nur ein guter Freund. Warum reagierte sie sonst so aggressiv auf die Fragen seiner Vorgesetzten? Und warum war sie jetzt so viel emotionaler als bei ihrem Gespräch am Vormittag?

»Frau Jungbluth, als wir heute Morgen hier waren, waren Sie mir und meinem Kollegen gegenüber sehr offen. Seien Sie es jetzt bitte auch.«

»Was wollen Sie von mir? Ich habe Ihnen alles gesagt, was ich weiß.« Roswitha Jungbluth schlug ihre Beine übereinander und sah die beiden Polizisten herausfordernd an.

»Gestern Abend verstirbt Ihr Mann unter bisher noch nicht geklärten Umständen. Keine vierundzwanzig Stunden später verunglückt der engste Mitarbeiter Ihres Mannes in dessen Wagen. Das ist doch alles sehr ungewöhnlich, finden Sie nicht?«

»Was hat das mit meiner Beziehung zu Herrn Schlechtriemen zu tun?«

»Sie sehen doch sicher ein«, sagte Ferschweiler und sah Roswitha Jungbluth dabei fest in die Augen, »dass wir uns ein genaues Bild verschaffen müssen. Uns interessiert insbesondere die Frage, ob der Anschlag ebenfalls Ihrem Mann oder doch Heribert Schlechtriemen galt. Also beantworten Sie nun bitte die Frage. In welchem Verhältnis stehen Sie zu ihm?«

Roswitha Jungbluth seufzte. »Also gut. CT ist tot. Da ist es jetzt sowieso egal. Heribert Schlechtriemen und ich haben schon seit Längerem eine Beziehung miteinander.«

Ferschweiler warf Möllemann einen kurzen Blick zu.

»Wusste Ihr Mann davon?«, fragte Ferschweiler.

»Oh Gott, nein.« Roswitha Jungbluth schüttelte heftig ihren Kopf.

»Sind Sie sicher?«, insistierte Ferschweiler.

»Ja. Absolut«, sagte Roswitha Jungbluth mit fester Stimme. »Wenn er es gewusst hätte, dann wäre er nicht ruhig geblieben. Er war nicht gut darin, etwas stillschweigend zu akzeptieren.«

»Sie wissen, dass Sie damit ein Motiv für den Mord an Ihrem Mann hätten?«, fragte Möllemann.

»Ich?« Roswitha Jungbluth sah die Kommissare mit entsetztem Gesichtsausdruck an. »Sie denken, dass ich meinen Mann umgebracht habe? Das ist ja absurd. Warum hätte ich das tun sollen?«

»Nun, Sie sagten heute Morgen doch selbst, dass Sie im Falle einer Scheidung nichts bekommen hätten«, entgegnete Ferschweiler. »Sie hatten eine Affäre. Da liegt die Vermutung nahe, dass Sie freie Bahn für Ihren Liebhaber haben wollten.«

»Das ist ja lächerlich.« Roswitha Jungbluths Blick war nun voller Wut. Mit erhobenem Zeigefinger, den sie – wie ein Dirigent seinen Taktstock – durch die Luft schwang, fuhr sie fort: »Was fällt Ihnen ein, mir so etwas zu unterstellen? Mein Mann ist tot. Auch wenn Sie sich das nicht vorstellen können, so habe ich ihn trotz allem geliebt. Und nun liegt Heribert im Krankenhaus, und ich weiß nicht mal, ob er lebt oder ob er auch tot ist.«

Dann erhob sie sich, stellte sich mit vor der Brust verschränkten Armen vor die Terrassentür und blickte erneut hinaus in den Garten.

»Sie liebten Ihren Mann und hatten gleichzeitig eine Beziehung zu einem anderen?« Die Kriminalrätin wirkte irritiert.

»Na und? Was ist so Besonderes daran?« Roswitha Jungbluth drehte sich schwungvoll zu Möllemann um und sah sie mit verächtlichem Blick an. »In welchem Jahrhundert leben Sie eigentlich? Ich hätte Sie für aufgeschlossener gehalten, so wie

Sie daherkommen, so jungenhaft und jugendlich. Aber eigentlich sind Sie wohl eine Spießerin.«

Möllemann schwieg betreten. Roswitha Jungbluth hatte anscheinend einen wunden Punkt getroffen.

»Man kann auch zwei Männer lieben«, fuhr sie fort. »Mein Mann hat es mir nicht immer leicht gemacht. Aber er hat auch für mich gesorgt. Er hat mich aus meinem Elend befreit und mir dieses Leben ermöglicht. Dafür war ich ihm unendlich dankbar. Und dafür war ich bereit, so manche Schattenseite an ihm zu ertragen.«

»Ist Ihre Beziehung zu Heribert Schlechtriemen also nur eine Affäre?«, fragte Ferschweiler.

Roswitha Jungbluth seufzte. »Heribert ist mein Freund, mein Vertrauter, mein Liebhaber. Aber ich hätte meinen Mann seinetwegen nie verlassen.«

»Weiß Herr Schlechtriemen das?«

»Wir haben noch nicht darüber gesprochen. Heribert ist ja auch erst seit ein paar Monaten geschieden.« Roswitha Jungbluth winkte ab. »Wie hätte denn unsere Zukunft aussehen sollen? Heribert hätte doch nicht weiter für meinen Mann arbeiten können. Wovon hätten wir leben sollen?«

»Da haben wir noch ein Motiv«, stellte Möllemann fest, die ihre Sprache wiedergefunden hatte.

»Schon wieder so ein Quatsch.« Roswitha Jungbluth blickte böse. »Wie oft soll ich es Ihnen noch sagen: Ich habe meinen Mann nicht umgebracht. Und wenn Sie sonst keine weiteren Fragen haben, würde ich Sie bitten, jetzt zu gehen. Sonst rufe ich meinen Anwalt an.«

Möllemann sah zu Ferschweiler, der ihr mit einem leichten Kopfschütteln zu verstehen gab, dass sie es dabei belassen sollte.

»Wir haben fürs Erste keine weiteren Fragen mehr, aber bitte halten Sie sich zu unserer Verfügung. Wir finden allein hinaus.«

Die beiden Polizisten erhoben sich und ließen Roswitha Jungbluth allein zurück, die nun in ihrem Sessel zusammensank und sich gänzlich ihren Tränen hingab.

Vor dem Haus drehte sich Möllemann zu Ferschweiler. Sie

knöpfte sich die Manschettenknöpfe ihrer Bluse auf und schob die Ärmel bis zu den Ellbogen hoch.

»Was halten Sie davon, dass unsere Witwe und Schlechtriemen eine Affäre haben, Rudi?«, fragte sie ihn. »Ich darf Sie doch Rudi nennen, oder?«

Ferschweiler war überrascht, da die Kriminalrätin ihn ohnehin manchmal beim Vornamen nannte.

»Beide, Roswitha Jungbluth und Schlechtriemen, hätten ein Motiv für die Ermordung CTs gehabt. Aber die Sache mit dem Wagen passt da einfach nicht hinein. Ich bin gespannt, ob die Spurensicherung etwas am Fahrzeug findet. Dann wissen wir mehr. Schlechtriemen werden wir uns noch genauer ansehen müssen.«

Möllemann nickte zustimmend. »Das denke ich auch. Noch ein Verdächtiger. Mein Magen knurrt. Ich habe den ganzen Tag noch nichts gegessen. Was halten Sie davon, wenn wir beim Essen über die Jungbluths sprechen?«

Ferschweiler war perplex. Doch auch er spürte seinen Magen, und ihm fiel auf, dass er bis auf ein Brötchen am Morgen nichts weiter zu sich genommen hatte.

»Worauf haben Sie Appetit?«, fragte er.

»Das kommt ganz darauf an.«

Irgendetwas an Möllemann machte ihn nervös. War es ihr leicht zynischer Tonfall, oder war es der Blick, den sie ihm zugeworfen hatte? Er schüttelte innerlich den Kopf. Sicher bildete er sich alles nur ein. Was sprach schon dagegen, mit einer Kollegin essen zu gehen?

Fieberhaft überlegte er, was er ihr vorschlagen konnte. Rosis Küche war sicherlich noch geöffnet, doch er hielt es für unpassend, dort mit seiner Vorgesetzten zu erscheinen. Eine andere moselfränkische Gaststube, wie er sie bevorzugte, kam nicht in Frage. Da war er sich sicher. Wohin sollte er sie ausführen, wenn er auch selbst etwas essen wollte?

Italienisch schied für ihn aus; er hasste Pasta und konnte mit Olivenöl so gar nichts anfangen. Griechisch mochte er gern, aber vielleicht war Möllemann Vegetarierin. Mit Sicherheit allerdings mochte sie – wie die meisten Frauen – keine Fleischberge auf dem Teller, wie Ferschweiler sie liebte, sodass sein Lieblingsgrieche, die Taverne »Poseidon«, auch ausfiel. Die Weinstube »Kesselstadt« war ihm genauso wie das »Weinhaus« zu vornehm und die »Schlemmereule« zusätzlich noch zu teuer.

Blieb also nur noch der Chinese, wohin der Polizeisportverein vor knapp zwei Jahren seine Ehrenmitglieder, zu denen Ferschweiler aufgrund seiner dreißigjährigen Mitgliedschaft zählte, eingeladen hatte. Der hatte Ferschweiler gefallen, weil es am Büfett Bratkartoffeln mit Speck und Zwiebeln gab und er sich beim sogenannten mongolischen Grill einfach nur ein bisschen – oder auch ein bisschen mehr – Schweinefleisch ohne irgendeinen asiatischen Schnickschnack braten lassen konnte. Gemeinsam mit der ganz passablen roten Soße und den schlichten grünen Bohnen konnte er sich ein Gericht nach seinem Geschmack zusammenstellen, ohne dass er beim Essen selbst daran erinnert wurde, eigentlich beim Chinesen zu sein.

Für Möllemann durfte es sicher internationaler zugehen. Sie war ja eine junge Frau mit deutlich anderen Schwerpunkten als er. Schließlich hatte sie eine ganze Zeit in den echten Metropolen der Republik, in Köln und dem Ruhrgebiet, verbracht. Er war sich sicher, dass es ihr beim Chinesen gefallen würde.

»Wohin fahren wir?«, fragte sie ihn, nachdem sie wieder in ihrem Dienstwagen Platz genommen hatten.

»Wir fahren zum Verteilerkreis in Trier-Nord«, sagte Ferschweiler, lehnte sich im Sitz des Autos zurück und schloss für einen Moment die Augen. Er spürte, wie die Anspannung des Tages allmählich von ihm abfiel.

Schweigend steuerte Möllemann den Wagen durch die Straßen.

Das Verkehrschaos, das zuvor in der Olewiger Straße herrschte, hatte sich inzwischen gelichtet, nachdem eine Fahrbahn der Straße durch die Polizei wieder für den Verkehr freigegeben worden war. Der Unfallort war nach wie vor abgesperrt, da einige Kollegen der KTU noch immer mit dem Sichern von Spuren beschäftigt waren. Jungbluths Oldtimer war jedoch bereits auf einen Abschleppwagen gehievt worden, der abfahrbereit auf dem Seitenstreifen stand.

»Ich werde kurz de Boer anrufen. Vielleicht gibt es ja bereits neue Erkenntnisse«, sagte Ferschweiler in die Stille hinein und zog sein Mobiltelefon aus der Gesäßtasche.

»Gute Idee.« Möllemann blickte konzentriert auf den abendlichen Verkehr.

Ferschweiler wählte die Nummer seines Kollegen, der sofort abhob. Er berichtete ihm kurz vom Gespräch mit Roswitha Jungbluth und bat ihn, weitere Informationen über Schlechtriemen in Erfahrung zu bringen. De Boer wiederum hatte bereits mit dem Krankenhauspersonal gesprochen. Die Verletzungen Schlechtriemens waren nicht so lebensbedrohlich wie befürchtet. Er hatte eine schwere Gehirnerschütterung, mehrere Rippenfrakturen und einen komplizierten Bruch des rechten Handgelenks sowie Prellungen an Knie und Hüfte erlitten. De Boer würde am nächsten Morgen die Bänder der Überwachungskameras der Tiefgarage ausgehändigt bekommen.

»Danke, Wim, dann mach jetzt Feierabend für heute. Wir sehen uns morgen früh.«

»Außer dass es Schlechtriemen nicht so schlecht geht, keine neuen Erkenntnisse?«, fragte Möllemann.

»Wir müssen den Kollegen Zeit geben.«

»Ja, ich weiß, ich bin nur so ungeduldig. Dabei sind seit Jungbluths Tod gerade einmal vierundzwanzig Stunden vergangen«, sagte sie seufzend. »Ich bin gespannt, wohin Sie mich heute Abend entführen. Allzu viele gute Restaurants habe ich in Trier noch nicht entdeckt, und diese Moselküche ist mir nicht geheuer.«

Ferschweiler musste schlucken. Gut, dass Rosi das nicht gehört hatte.

»Also …«, versuchte er, sich zu erklären, »ich dachte, Sie mögen es international. Vielleicht auch leichte Küche mit viel Gemüse und so.«

Judith Möllemann schaute ihn von der Seite an.

»Ja, Rudi, das mag ich tatsächlich.«

»Dann fahren Sie hier bitte ab.« Ferschweiler zeigte auf die lange Ausfahrtspur neben dem »Hela«-Baumarkt. »Und dann nehmen Sie bitte die vierte Ausfahrt im Kreisel.«

Möllemann tat wie ihr geheißen und verließ den Kreisverkehr an der angegebenen Stelle. Einsam standen auf dem Grün des Kreisels die blau lackierten Stahlhirsche des Jahres, in dem Luxemburg gemeinsam mit der Großregion europäische Kulturhauptstadt war, und schienen mit dumpfem Röhren zu grüßen.

»Dort drüben ist es.« Ferschweiler deutete auf ein Gebäude, das aussah wie ein Parkhaus und gänzlich mit Neonreklame bedeckt war.

»Dort?« Möllemann war offensichtlich irritiert. »Aber das ist doch eine gigantische Spielhalle?«

Ferschweiler schaute seiner Kollegin überrascht in die Augen. »Nein, nicht die Spielhalle. Unten in dem Gebäude ist ein chinesisches Restaurant. Wenn Sie mich fragen, das beste der Stadt.«

Woher Ferschweiler die Kraft nahm, so hemmungslos zu übertreiben, wusste er selbst nicht. Aber gelogen hatte er nicht. Er kannte schließlich in Trier nur den einen Chinesen – also konnte er ihr beim besten Willen keinen anderen, vielleicht besseren, benennen.

»Na, dann wollen wir mal. Ich habe einen mordsmäßigen Hunger«, sagte Möllemann und stieg aus dem Wagen. Auch Ferschweiler hatte sich abgeschnallt und die Tür geöffnet.

»Sie mögen doch hoffentlich asiatisch?«, fragte er verlegen.

»Chinesisch manchmal, wenn es gut ist. Aber ich mag die japanische Küche.«

Ferschweiler war ausgestiegen und um das Auto herumgegangen.

»Dann lassen Sie uns hineingehen. So jung kommen wir nicht mehr zusammen, wie meine Großmutter immer zu sagen pflegte.«

Ferschweiler gab sich betont lässig. Inständig hoffte er, dass der Chinese auch Japanisches auf seiner Karte stehen hatte.

Kaum hatte er den rechten Flügel der Eingangstür unter der Plastikimitation eines chinesischen Tempeltors geöffnet, als er seinen Entschluss, seine Chefin hierher einzuladen, bereute. Geradezu ohrenbetäubender Lärm schlug ihnen aus dem Inneren des bahnhofshallengroßen Restaurants entgegen, an dessen Decke, wie in einigen Stationen der Moskauer U-Bahn, monströse Kronleuchter hingen. Bei seinem ersten Besuch war ihm das Lokal gar nicht so groß vorgekommen.

Mehrere Kinder mit Basecaps und karierten Hemden tollten laut schreiend durch die Gänge zwischen den Tischen. Zusätzliche Deckenfluter tauchten den Raum in eine ungemütliche Helligkeit. Das gleißende Licht reflektierte vom blanken Steinfußboden mit den für Trier typischen Platten und fand ein Pendant in den überall aufgestellten, von innen neonhell beleuchteten Aquarien mit lethargisch darin herumdümpelnden Zierfischen.

Möllemanns Blick sprach Bände. Mit offenem Mund schaute sie sich um. Sie setzten sich neben eines der Aquarien, möglichst weit weg von den anderen Gästen. Kaum dass sie Platz genommen hatten, trat eine Bedienung an ihren Tisch. Sie entschieden sich für das *All-you-can-eat*-Büfett, und Möllemann bestellte ein alkoholfreies Weizenbier. Ferschweiler bevorzugte ein Stubbi.

»Hier soll es einen sehr guten mongolischen Grill geben«, begann der Kommissar das Gespräch.

»Ah ja.« Möllemann lächelte Ferschweiler an. »Man fühlt sich hier ein wenig wie in einer Bahnhofshalle, aber wenn das Essen gut ist, dann ist mir das egal.«

Der Kommissar seufzte erleichtert. Die letzten Worte hatte er allerdings durch den Lärm der erneut vorbeiziehenden Kinder kaum verstanden. Ferschweiler hätte es auch nicht gewundert, wenn just im nächsten Moment der Regionalexpress nach Koblenz direkt neben ihrem Tisch vorbeigerattert wäre. Ihm war das Ganze peinlich, sehr sogar. Es war eine dumme Idee von ihm gewesen, Möllemann ausgerechnet hierherzuführen.

Gemeinsam stellten sie sich am Büfett an. Möllemann lud sich eine große Portion Hühnchen in süßsaurer Soße auf den Teller, Ferschweiler ließ sich am mongolischen Grill Rindfleisch und Gemüse in der von ihm so geschätzten roten Soße zubereiten.

Während er dem Koch zusah, schweifte sein Blick durch das Restaurant. An den großen Tischen schienen überwiegend Familien zu sitzen, die die Vorteile des Büfetts zu schätzen wussten. Es gab einen festen Preis, und jeder konnte so viel essen, wie er wollte. Lediglich in der hintersten Ecke des Restaurants saßen an einem runden Tisch vier in dunkle Anzüge gekleidete Herren, die so gar nicht zu den anderen Gästen zu passen schienen. Ferschweiler hatte den Eindruck, dass es sich um Geschäftsleute handelte. Er überlegte, ob sich die Männer ebenso mit der Wahl des Restaurants vertan hatten wie er selbst, denn für ein Geschäftsessen schien ihm hier nicht die richtige Atmosphäre zu herrschen.

Endlich war sein Gericht fertig, und der Koch reichte ihm den Teller über den Tresen. Ferschweiler ging wieder zum Tisch zurück. Aus den Augenwinkeln heraus wurde er auf eine Frau aufmerksam, die sich am Nachtisch-Büfett an frischen Früchten bediente. Sie kam ihm bekannt vor, er war sich jedoch nicht sicher, da er sie nur von der Seite sehen konnte. Sie war schlank, groß gewachsen und hatte lange dunkelbraune, fast schwarze Haare. Konnte es sein? Nein. Er schüttelte den Kopf. Er musste sich geirrt haben.

Er setzte sich Möllemann gegenüber, die mit dem Essen auf ihn gewartet hatte.

»Guten Appetit«, sagte sie und schob sich ein großes Stück Hühnchen in den Mund.

»Danke. Ihnen auch«, entgegnete Ferschweiler. »Haben Sie die Asiatin gesehen?«

Möllemann lachte. »Rudi, hier sind eine ganze Menge Asiatinnen, alle Bedienungen beispielsweise. Welche meinen Sie?«, fragte sie und sah ihn amüsiert an.

»Ich meine die, die gerade am Nachtisch-Büfett stand. Sie war für eine Asiatin sehr groß. Ich habe sie zwar nur von der Seite gesehen, aber sie kam mir sehr bekannt vor.«

»Denken Sie etwa an unsere schöne Unbekannte?«, fragte Möllemann.

»Ja, aber ich bin mir eben nicht sicher.«

Die Kriminalrätin blickte sich im Restaurant um. »Ich kann sie nicht sehen. Aber vielleicht sitzt sie ja im hinteren Teil des Restaurants. Ich wollte mir sowieso noch eine weitere Portion holen, dann schaue ich mich mal um.«

Möllemann stand auf, nahm ihren bereits geleerten Teller und ging erneut zum Büfett. Dabei ließ sie unauffällig ihren Blick durch das Restaurant gleiten.

Ferschweiler versuchte, sich das Aussehen der schönen Unbekannten in Erinnerung zu rufen. Die Frau hatte durchaus Ähnlichkeit mit der Dame auf den Fotos, die der Fotograf der Hochschule während der Feier von ihr gemacht hatte. Aber er konnte sich auch irren. Er musste sie unbedingt von vorn sehen.

Gedankenverloren schob er sich einen Bissen seines gegrillten Rindfleischs in den Mund und bereute es augenblicklich. Offenbar hatte er sich bei der Wahl der Soße vertan, denn sie war so scharf, dass es ihm die Tränen in die Augen trieb. Er nahm einen tiefen Schluck aus seinem Stubbi, um das Feuer in seiner Kehle zu löschen.

»Haben Sie sie gesehen?«, fragte Ferschweiler hüstelnd, als Möllemann sich wieder gesetzt hatte.

»In der hintersten Ecke steht ein Tisch, an dem vier Männer und eine Frau mit langen dunklen Haaren sitzen. Die Frau saß leider mit dem Rücken zu mir. Aber die Haarfarbe und die Größe stimmen mit der Beschreibung der Asiatin überein. Mensch, Ferschweiler, das wäre ja ein Zufall«, raunzte sie ihm aufgeregt zu.

»Allerdings«, entgegnete Ferschweiler. »Wir dürfen sie nicht aus den Augen verlieren.«

»Ich hatte den Eindruck, dass die Gesellschaft mit dem Essen fertig war und nur noch auf die Bedienung wartete, um zu bezahlen. Wenn sie das Restaurant verlassen, müssen sie hier an uns vorbei.«

»Also gut, warten wir ab«, sagte Ferschweiler, dem noch immer der Hals brannte. Er hätte sich liebend gern noch ein weiteres Stubbi bestellt, doch er wollte sich gegenüber seiner Chefin keine Blöße geben.

Möllemann spielte lustlos mit der Gabel in ihrem Essen. »Ich bekomme vor lauter Aufregung keinen Bissen mehr herunter.«

»Es tut mir leid, dass es Ihnen hier nicht geschmeckt hat.«

»Ach was. Machen Sie sich mal keine Gedanken. Für jemanden wie mich, für den Currywurst-Schranke der Inbegriff der *Haute Cuisine* ist, ist alles andere eine Köstlichkeit. Obwohl ich für eine gute Currywurst alles stehen und liegen lassen würde. Aber das haben die Trierer ja nicht so gut drauf.«

Ferschweiler musste lachen und nickte zustimmend. »Da haben Sie allerdings recht. Diesbezüglich gibt es noch Nachholbedarf.«

»Da, sie brechen auf«, sagte Möllemann plötzlich und griff nach seinem Arm.

Ferschweiler spürte den sanften Druck ihrer Hand. Da er mit dem Rücken zum Gang saß, drehte er sich vorsichtig um.

Tatsächlich, die Gesellschaft schien das Restaurant zu verlassen. Zwei der Männer, der eine groß gewachsen und blond, der andere etwas kleiner und braunhaarig, bewegten sich bereits in Richtung Ausgang. Ihnen folgte ein dritter, der einen dunklen Maßanzug trug und einen überaus gepflegten Eindruck machte. An der Ausgangstür des Restaurants blieben alle drei stehen und warteten auf die Frau und den vierten Mann, bei dem sie sich eingehakt hatte. Er war kahlköpfig und übergewichtig und sein dunkler Anzug schlecht geschnitten. Die Frau hingegen trug ein elegantes dunkelblaues Kleid, das ihre schlanke Figur umschmeichelte und dessen Dekolleté die Form ihrer Brust betonte. Bei ihrem Anblick verstand Ferschweiler den Notarzt und dessen Glanz in den Augen, als er von der Frau gesprochen hatte.

»Haben Sie auch den Mann erkannt«, fragte Möllemann und riss ihn aus seinen Gedanken, »der als Vorletztes hinausging, vor dem dicklichen Glatzkopf mit der Frau im Arm?«

Ferschweiler musste sich eingestehen, dass er nur auf die Asiatin geachtet hatte, und ärgerte sich über sich selbst und sein unprofessionelles Verhalten.

»Nein, leider nicht, mir ist nur aufgefallen, dass sein Anzug besser saß als die der anderen Männer.«

»Sie hatten wohl nur Augen für die Frau?«, sagte Möllemann. Sie hatte ihn ertappt.

»Das war Niels Baron. Ganz sicher. De Boer hat ihn mir heute Vormittag auf den Fotos seines Freundes gezeigt.«

»Kommen Sie, wir müssen hinterher«, sagte Ferschweiler und legte einen Fünfzig-Euro-Schein neben die noch gefüllten Teller.

Sie eilten Richtung Ausgangstür und folgten den fünf Personen unauffällig. Vor dem Restaurant war von der Gesellschaft nichts mehr zu sehen.

»Kommen Sie«, sagte Möllemann und zog Ferschweiler am Arm mit sich, »sie sind bestimmt zum Parkplatz.«

Die Beamten gingen nach links und bewegten sich vorsichtig an der Fassade des Restaurants entlang. Am Ende der Häuserwand angekommen, konnten sie gerade noch sehen, wie drei der Männer eine schwarze Luxuslimousine bestiegen. Die schöne Unbekannte und Niels Baron hingegen nahmen einen anderen schwarzen Geländewagen. Beide Fahrzeuge verließen den Parkplatz in unterschiedlicher Richtung.

»Ich habe die Kennzeichnen notiert«, sagte Ferschweiler. »Sollen wir der Frau folgen?«

»Wir haben nichts gegen sie in der Hand«, sagte Möllemann und stemmte ihre Hände in die Hüften.

»Gut, dann überprüfen wir die Kennzeichen. Auf alle Fälle wissen wir nun, dass genau diese Frau gemeinsam mit Niels Baron zu Jungbluths Geburtstagsfeier erschienen ist.«

»Diesen Herrn Baron werden wir morgen früh genauer unter die Lupe nehmen«, sagte Möllemann und ging zu ihrem Dienstwagen.

»Kommen Sie, Rudi. Kann ich Sie noch irgendwohin fahren?«

»Nur nach Hause. Alles Weitere wird sich morgen finden«, sagte Ferschweiler und stieg in den Wagen.

Möllemann startete den Motor, doch anstatt loszufahren, drehte sie sich zu ihrem Kollegen.

»Warum haben Sie mich eigentlich in diesen Abfütterungsbetrieb geführt, Rudi?«, fragte sie lachend.

Ferschweiler druckste herum. Am liebsten wäre er im Boden versunken. Aber es half nichts, er musste antworten.

»Es waren die Bratkartoffeln.«

»Bratkartoffeln?«, fragte Möllemann verdutzt. »Was denn für Bratkartoffeln?«

»Nun ja. Hier gibt es auf dem Büfett Bratkartoffeln. Und ich liebe die doch so.«

»Oje, Rudi.« Möllemann musste nun herzhaft lachen.

Ferschweiler war erleichtert und lachte ebenfalls über sich selbst. Die Kriminalrätin wischte sich eine Träne aus dem Gesicht. Dann wurde sie wieder ernst.

»Dieser Niels Baron lässt mir keine Ruhe. Rufen Sie doch mal im Büro an und bitten Sie die Nachtschicht, alles über den Mann in Erfahrung zu bringen, was die Datenbanken hergeben«, sagte sie und fuhr los.

DREI

Als Ferschweiler am nächsten Morgen das Büro betrat, saß de Boer bereits hinter dem Monitor seines Computers und starrte auf den Bildschirm. Im Raum war es wie an den Tagen zuvor drückend und heiß. Ferschweiler öffnete als Erstes die beiden Fensterflügel und ließ frische morgendliche Luft in den Raum strömen.

»Merkst du nicht, wie stickig es hier ist?«, entfuhr es ihm, während er die beiden obersten Knöpfe seines Hemdes öffnete und sich an seinen Schreibtisch setzte.

»Ich wünsche dir ebenfalls einen guten Morgen«, entgegnete de Boer, der nur kurz den Kopf hob, um sogleich wieder konzentriert auf seinen Monitor zu blicken.

»Entschuldige«, sagte Ferschweiler und sah zu seinem Assistenten hinüber. »Diese Hitze ist einfach nichts für mich. Hoffentlich gibt es bald ein Gewitter, das mal für ordentliche Abkühlung sorgt. Was machst du da eigentlich?«

»Ich mache das, worum Möllemann und du mich gestern Abend gebeten hattet. Ich habe versucht, möglichst alles über Niels Baron zu recherchieren. Die Kollegen von der Nachtschicht haben übrigens die Fahrzeughalter ermittelt. Der Geländewagen ist auf eine Firma namens NBtel GmbH zugelassen. Bei dem anderen Wagen handelt es sich um einen Leihwagen. Wir haben den Vermieter bereits kontaktiert und müssten jeden Moment erfahren, wer ihn ausgeliehen hat.«

»NBtel GmbH? NB klingt doch ganz nach Niels Baron. Das wird die Chefin auch interessieren. Meinst du, dass sie schon da ist?«

»Das müsstest du doch viel besser wissen, Rudi«, sagte de Boer grinsend.

»Sehr amüsant, Wim«, sagte Ferschweiler. »Sie hat mich lediglich zu Hause abgesetzt. Was du schon wieder denkst!«

»Schon gut«, sagte de Boer und hob abwehrend die Hände.

Doch ehe er weitersprechen konnte, klopfte es an der Tür, und Möllemann betrat den Raum.

De Boer verstummte augenblicklich.

»Guten Morgen, die Herren«, begrüßte sie die beiden Kommissare. »Ich hatte gehofft, Rudi, dass Sie schon im Hause sind.«

Ferschweiler meinte, einen leicht spöttischen Unterton bemerkt zu haben. Ob sie darauf anspielte, dass er für gewöhnlich etwas später ins Büro kam als sie und de Boer? Ferschweiler sah zu seinem Kollegen, der mühsam ein Lachen unterdrückte.

»Ich wollte hören, ob Sie schon etwas über Niels Baron herausgefunden haben«, fragte Möllemann. Sie sah zu Ferschweiler.

»Ich nicht«, sagte er kopfschüttelnd, »aber der Kollege de Boer wollte mir gerade berichten.«

»Wunderbar.«

De Boer senkte den Kopf und blätterte in seinen Unterlagen. »Also, ich habe die Akte, die mehrere Ordner einnimmt, zusammengefasst. Soll ich referieren?«

Ferschweiler schaute zu Möllemann, die de Boer aufmunternd zunickte.

»Baron hat nach dem Abitur zunächst dem Wunsch seines Vaters entsprochen und an der Universität Trier Betriebswirtschaftslehre studiert, aber schon nach wenigen Semestern gemerkt, dass sich Geld leichter und schneller verdienen ließ als über den Umweg Hochschule. Also brach er zum Entsetzen seines Vaters das Studium ab. Sein Vater hat sich bis zum heutigen Tag nicht von dieser Enttäuschung erholt und spricht seither kein Wort mehr mit seinem Sohn. Ich habe vorhin mit ihm telefoniert. Er hat in Schweich einen gut gehenden Schrotthandel, den der Sohn eines Tages übernehmen sollte. Die Mutter ist vor zwei Jahren bei einem Verkehrsunfall tödlich verunglückt. Baron hatte früh die Möglichkeiten des aufstrebenden Mobilfunkmarktes erkannt.

Als durch die Bundesnetzagentur im Jahr 2000 die UMTS-Lizenzen versteigert wurden, zögerte er nicht lange und witterte seine Chance. Er kaufte sich einen schicken Anzug, mietete sich eine Luxuslimousine und fuhr bei mehreren Banken in Luxemburg vor, um sich Geld zu leihen. Es war anscheinend sehr einfach gewesen. Die Banker ließen sich von seiner Erscheinung und seinem Auftreten blenden und stellten ihm nur allzu bereitwillig die erforderlichen Mittel zur Verfügung. Und so gründete er eine Firma, die im großen Stil Handyverträge und Mobiltelefone vermittelte. In den ersten Jahren florierte das Geschäft, indem er die Konkurrenz mit unschlagbar günstigen Tarifen unterbot. Die billigen Angebote für den Verbraucher hatten jedoch zur Folge, dass er bei jedem Vertrag draufzahlte. Das konnte natürlich nicht lange gut gehen. Die erste Insolvenz stand an. Das war 2003.«

»Eigentlich war er ja für die damalige Zeit sehr innovativ«, unterbrach Möllemann de Boer.

»Die Idee war an sich nicht schlecht, aber die Umsetzung sehr dilettantisch. Vielleicht hätte er doch besser sein Studium beendet«, sagte Ferschweiler.

De Boer zuckte lediglich mit den Schultern und fuhr fort: »Von dieser Niederlage ließ sich Baron jedoch nicht lange abschrecken, sondern gründete alsbald ein neues Unternehmen. Diesmal versuchte er sich im Hörfunk- und Fernsehbereich und beantragte bei der Landeszentrale für Medien und Kommunikation eine Sendelizenz, die man ihm durch sein eloquentes Auftreten gern überließ. Doch auch mit dieser Unternehmung hatte er keinen Erfolg. Der Fernsehsender konnte nur über Kabel empfangen werden. Die Konkurrenz beim Hörfunk war durch die großen überregionalen Programme einfach zu groß, und so blieben die Werbekunden aus. Die nächste Insolvenz stand an. Bis dahin war für die Finanzbehörden übrigens alles in Ordnung. Es gab den Anfangsverdacht der Insolvenzverschleppung, der jedoch nicht erhärtet werden konnte. Danach wurde es ruhiger, und Baron verschwand in der Versenkung. Seit rund zwei Jahren ist er nun wieder aufgetaucht.«

»Weiß man, wo er sich bis dahin aufgehalten hat?«, fragte Ferschweiler.

»Genaue Informationen gibt es nicht. Gerüchten zufolge soll er in Frankreich gewesen sein, in Lothringen. Mehr war leider so schnell nicht in Erfahrung zu bringen.«

»Es wird wirklich Zeit, dass Sie sich diesen liebenswerten Herrn einmal näher anschauen«, sagte Möllemann.

***

»Ich könnte ausflippen.« De Boer schlug mit seinen beiden Handflächen auf das Lenkrad. »Immer diese Verkehrsautisten hier in Trier. In keiner anderen Stadt der Welt wird so mäßig Auto gefahren wie hier.«

Ferschweiler, der schweigend neben seinem Kollegen gesessen und sich in die Akte zu Niels Baron vertieft hatte, blickte fragend auf.

»Was ist denn?«

»Ach, da vorn wendet wieder so ein Eifelyeti oder Moselochse in aller Seelenruhe mitten auf dem Alleenring. Und alle seine motorisierten Verwandten klatschen Beifall, anstatt zu hupen, und winken ihm zu, sobald er in wenigstens zehn Zügen sein Manöver beendet hat. Darunter tut man es hier nicht. Es ist zum Aus-der-Haut-Fahren.«

»Ach, komm. Nun reg dich doch nicht auf. Gleich geht es doch schon rechts zum Brüderkrankenhaus. Bald hast du es geschafft.«

»Dein Wort in Gottes Ohr. Denn sobald wir den Alleenring verlassen haben, geht das Drama am Parkhaus los.«

Ferschweiler verstand erst, was sein Kollege meinte, nachdem sie vor der Einfahrt des Krankenhausparkhauses knapp zehn Minuten gestanden hatten, da es im Inneren der Garage direkt hinter der Schranke einen lautstarken Konflikt zwischen einem ausparkenden und einem einparkenden Kunden gegeben hatte.

»So ist es immer«, sagte de Boer mit vor Verzweiflung leiser Stimme. »Entweder haben sie alle Zeit der Welt und tolerieren alles, oder sie gönnen sich nicht ein paar Zentimeter Raum und schreien sich wegen Nichtigkeiten an. Seit ich hier in Trier arbeite, verliere ich zunehmend die Lust am Autofahren.«

»Könnte das passieren?«, witzelte Ferschweiler beim Aussteigen. »Vielleicht solltest du, genau wie ich, ganz darauf verzichten.«

»Warum fährst du eigentlich nicht, Rudi?«, fragte de Boer, nachdem sie das Parkhaus über einen der angebauten Treppentürme verlassen hatten und sich der wie immer von Rauchern mit oder ohne Rollstuhl belagerten Drehtür am Eingang näherten.

»Das ist eine lange Geschichte. Vielleicht erzähle ich sie dir einmal bei Rosi, wenn wir diesen Fall hier geschafft haben. Erinnere mich bitte daran.«

An der Information erkundigte sich Ferschweiler beim diensthabenden Pförtner nach Heribert Schlechtriemens Zimmer, und kurze Zeit später befanden sie sich bereits auf dem Flur der Unfallchirurgie.

Schlechtriemen hatte Glück gehabt. Zumindest sagte das sein behandelnder Arzt, mit dem die beiden Polizisten sprechen konnten, bevor sie zum Unfallopfer gingen. Sie sollten sich bei seinem Anblick nicht wundern. Es sehe schlimmer aus, als es tatsächlich sei. Bis auf einige unschöne Narben dürfte – so die Meinung des Arztes – der Patient wieder komplett genesen.

Im Zimmer selbst war es dunkel. Jemand hatte die Innenjalousie geschlossen und die Klimaanlage angesichts der Außentemperaturen auf angenehme achtzehn Grad gestellt, sodass es sich in dem Raum mehr als aushalten ließ.

Schlechtriemen lag allein in dem Raum. Das zweite Bett war mit Folie abgedeckt und in eine Ecke geschoben. Zwei Besucherstühle standen einladend bereit, so, als ob jemand die Kommissare erwartet hätte. Auf der Fensterbank und auf dem Nachttischchen zählte Ferschweiler insgesamt acht verschiedene Blumensträuße, von denen seiner Meinung nach keiner weniger als dreißig Euro gekostet hatte. Mit Geschmack zusammengestellt war aber lediglich einer. Von wem er wohl war?

Schlechtriemen selbst war von Kopf bis Fuß bandagiert. Seine Beine und sein Unterleib lagen in einer Gipsschale, seinen rechten Arm konnte er wohl bewegen, während der linke fixiert war. Um den Kopf hatte er einen Verband, der lediglich seine Augen, die Nasenlöcher und den Mund frei ließ. Seinen Hals zierte eine stattliche, mit mehreren Schrauben bewehrte Halskrause aus Hartplastik. Zudem wurde ihm offensichtlich Sauerstoff durch die Nase zugeführt. Drei Schläuche verbanden seinen Körper zusätzlich mit computergesteuerten Medikamentenpumpen. Ob Schlechtriemen sie überhaupt hören konnte, bei all dem Mull über den Ohren?

»Guten Tag, Herr Schlechtriemen«, begann Ferschweiler die Befragung. »Dürfen wir Ihnen ein paar Fragen zu Ihrem gestrigen Unfall stellen?«

Schlechtriemen nickte, zumindest interpretierte Ferschweiler eine leichte Bewegung des Patienten so.

»Vielleicht sollten wir mit ihm Zeichen vereinbaren?«, flüsterte de Boer Ferschweiler für Schlechtriemen nicht hörbar ins Ohr. »Nicht dass wir jetzt einen Fehler machen und hinterher alles umsonst war.«

Ferschweiler stimmte mit einem Kopfnicken zu.

»Herr Schlechtriemen«, hob er an, »vielleicht heben Sie kurz Ihren rechten Arm, wenn Sie auf eine Frage mit Ja antworten wollen, und schieben ihn auf der Bettdecke hin und her, wenn Sie etwas verneinen möchten. Okay?«

»Warum sollen wir das denn machen?«, hörte Ferschweiler es aus dem Mullverband zwar leise, aber doch gut verständlich sprechen. »Ich hab doch nichts mit den Stimmbändern.«

De Boer musste lachen. »Na dann, Rudi. Verfahren wir doch klassisch. Passt eh besser zu uns.« Und zu Schlechtriemen gewandt sagte er: »Warum haben Sie eigentlich CTs Wagen aus der Tiefgarage bei den Thermen geholt? Wäre das nicht vielmehr eine Sache für Frau Jungbluth gewesen?«

Ferschweiler versuchte, durch den Schlitz des Kopfverbands Schlechtriemens Augen zu erkennen. Doch er hatte kein Glück.

»Ja, eigentlich schon«, tönte es aus dem Mullverband. »Aber ich wollte Frau Jungbluth diesen Gang ersparen. Sie hätte sowieso Probleme mit dem Wagen gehabt.«

»Wieso?«, wollte de Boer wissen. »Es ist doch ein ganz normaler, wenn auch alter Mercedes.«

»Ja, aber CT hat sie nie fahren lassen. Sie hatte keine Erfahrungen mehr im Führen eines Kraftfahrzeugs, seit sie ihren Führerschein in den 1970er-Jahren gemacht hatte.«

»Dann war das also eine gute Tat von Ihnen?« De Boer strich sich übers Kinn und nickte anerkennend, wenn auch mit einem Anflug leiser Ironie.

»Warum sind Sie so ironisch?«, wollte Schlechtriemen wissen.

»Mal ehrlich, Herr Schlechtriemen: CT ist umgebracht worden.«

»Ist das sicher?«

»Allerdings.«

»Oh mein Gott.«

»Und Sie holen seinen Wagen am Tag nach der Tat aus der Tiefgarage direkt neben dem Tatort ab und verunglücken prompt damit. Unsere Techniker haben festgestellt, dass der Wagen manipuliert wurde.«

»Aber …«

»Da fragen wir uns natürlich: Galt der Anschlag Ihnen oder CT? Da CT ja bereits am Abend zuvor getötet wurde: warum einen zweiten Anschlag planen? Ist ja irgendwie überflüssig, oder?«

»Sie meinen also, der Anschlag galt tatsächlich mir?«

Ferschweiler meinte beobachten zu können, wie ein leichter Schauer über den bandagierten Körper Schlechtriemens lief.

»Aber warum?«

»Um das zu erfahren, sind wir hier, Herr Schlechtriemen. Könnte es vielleicht etwas mit Ihrem Posten im Rathaus und Ihrer Beziehung zu Carl-Theodor Jungbluth und seinen Projekten zu tun haben? Oder mit den Akten, die Sie gestern geschreddert haben?«

»Ich habe mir nie etwas zuschulden kommen lassen, bin ein integrer städtischer Beamter. Da können Sie alle fragen.«

»Alle haben wir noch nicht befragt, aber schon einige. Und da sind die Aussagen nicht so eindeutig.«

»Wie meinen Sie das? Im Rathaus bin ich vielleicht nicht

der Freund von jedem. Aber Respekt, Respekt haben mir alle entgegengebracht.«

»Zurück zur Sache, Herr Schlechtriemen. Warum haben Sie den Wagen geholt? Wollten Sie etwas verbergen?«

»Nein«, Schlechtriemen bewegte sich, soweit es ihm möglich war, unruhig auf dem Bett, »ich wollte tatsächlich nur helfen.«

»In welcher Beziehung stehen Sie zu Frau Jungbluth?«

»Sie war die Frau meines Chefs.«

»War sie nicht mehr für Sie?«, hakte Ferschweiler nach, der die knappe Antwort seines Gegenübers merkwürdig fand.

»Glauben Sie, wir hätten eine Affäre?«

»So in etwa, ja.« Ferschweiler kratzte sich die Innenfläche seiner rechten Hand. »Und wenn das so ist, würde es Ihre Ritterlichkeit sofort erklären und wir müssten uns fragen, wie Sie tatsächlich zu CT standen.«

»Wir waren nur Freunde.«

»Frau Jungbluth und Sie? Da haben wir aber anderes gehört.«

»Von wem?«

»Und auch, dass Sie insgesamt kein Kostverächter sind.«

»Nun hören Sie aber auf. Wollen Sie mich beleidigen?«

»Um Gottes willen, Herr Schlechtriemen«, sagte de Boer und zog sein Smartphone aus der Jackentasche, auf das ihm eine Mitarbeiterin des Rathauses mittlerweile das Foto von Schlechtriemen und Jutta Sprave per E-Mail geschickt hatte. Er hielt das Display mit dem geöffneten Bild vor Schlechtriemens Gesicht. »Schauen Sie mal hier. Sind das nicht Sie mit eindeutigen Absichten?«

Schlechtriemen verstummte. Jegliche Aggression, jeglicher Widerstandsgeist, der ihn kurz zuvor noch durchdrungen hatte, war vollständig aus seinem Körper gewichen.

»Okay«, sagte er leise. »Okay. Ich bin ein Schürzenjäger. Was soll ich machen? Ich bin mittlerweile in einem Alter, in dem man sich als Mann nicht mehr gefragt fühlt. Kennen Sie das nicht?« Er blickte Ferschweiler an, der den Kopf schüttelte. »Also lasse ich nur wenige Gelegenheiten aus, um zu flirten. Und wenn es manchmal mehr wird, warum nicht? Jutta Sprave war aber nur eine Sache für eine Nacht.«

»Sie schicken ihr seitdem immer noch Blumen.«

»Ich? Nein! Wir haben seit der einen Nacht nicht mal mehr zehn Worte außer den obligatorischen Grußformeln miteinander gewechselt.«

De Boer schaute Ferschweiler an. »Sie haben Frau Sprave doch immer in Ihrem Büro geduldet, wenn dort Ihre Treffen mit dem OB, CT und Niels Baron stattgefunden haben, oder?«

»Was sollte ich denn tun?« Es durchzuckte Schlechtriemen regelrecht. »CT wollte doch, dass alle gut zu essen und zu trinken hatten, wenn über seine Projekte und Ambitionen gesprochen wurde. Er selbst trank ja nur Wasser. Aber er wusste, dass er schneller ans Ziel kam, wenn die anderen alle einen kleinen Schwips hatten. Daher war ihm das immer recht. Zum Servieren im Rathaus haben wir nur Jutta Sprave und noch eine andere Kraft, die CT aber als nicht vertrauenswürdig einstufte.«

»Wurden denn geheime Dinge auf diesen Treffen besprochen?«

»Darauf muss ich nicht antworten.«

»Brauchen Sie auch nicht, Herr Schlechtriemen, Frau Sprave hat das schon übernommen.« Ferschweiler bluffte unverfroren.

»Sie hat was?«

»Ausgepackt. Und just zu diesem Zeitpunkt sitzt sie im Präsidium und gibt alles zu Protokoll. Es sieht nicht gut aus, Herr Schlechtriemen.«

Auf dem Bett gab es wieder Bewegung. Hätte Schlechtriemen gekonnt, wie er wollte, er hätte sich sicherlich zur Wand gedreht oder wäre aufgestanden.

»Scheiße«, hörte Ferschweiler ihn kaum verständlich flüstern.

»Wie viel hat Frau Sprave denn für ihre Verschwiegenheit bekommen?«, hakte er nach. »Und wer hat es ihr gezahlt?«

»Das, meine Herren«, Schlechtriemen schien seine Sicherheit schnell wiedergefunden zu haben, »das fragen Sie Frau Sprave doch am besten selbst. Und nun entschuldigen Sie mich, bitte. Ich muss mich erholen.« Deutlich sichtbar für alle drückte er auf den Rufknopf in seiner rechten Hand, sodass wenige Augenblicke später eine Schwester den Raum betrat und die beiden Polizisten bat, den Patienten allein zu lassen.

»Soll ich Ihnen zu Ihrer eigenen Sicherheit einen Beamten vor die Zimmertür stellen lassen und Personenschutz beantragen?«, fragte Ferschweiler. Er wusste genau, was er tat. »Schließlich ist ja offensichtlich ein Mordanschlag auf Sie verübt worden. Da der Täter keinen Erfolg hatte, wird er es vielleicht wieder versuchen.«

»J… ja«, stotterte Schlechtriemen, der erneut völlig aus der Fassung geraten war, »das wäre vielleicht gut.«

»Okay, ich werde versuchen, das zu veranlassen. Aber haben Sie denn wirklich keinerlei Vorstellung, wer Ihnen nach dem Leben trachten könnte, so kurz, nachdem CT zu Tode gekommen ist?« Ferschweiler blickte gespannt auf Schlechtriemen. »Denn wenn wir Sie effektiv schützen sollen, sind wir auf Ihre Hilfe angewiesen.«

Er bekam keine Antwort. Schlechtriemen schien eingeschlafen zu sein. Die Krankenschwester drängte. Das Verhör war beendet.

An der roten Ampel auf dem Alleenring direkt neben der Porta Nigra brach de Boer das Schweigen, das zwischen ihm und Ferschweiler geherrscht hatte, seit sie das Brüderkrankenhaus verlassen hatten.

»Warum hast du ihn emotional so unter Druck gesetzt, Rudi? Wir wissen nichts von Frau Sprave, und darüber, ob es wirklich ein Anschlag auf Schlechtriemen war, haben wir noch keine Kenntnis. Wir können nicht einmal mit Sicherheit sagen, ob er überhaupt etwas mit dem Mord an CT zu tun hat.«

»Ich gehe nicht davon aus, dass es ein Anschlag auf ihn war«, antwortete Ferschweiler. »Und eigentlich auch nicht davon, dass er in den Mord verwickelt ist. Aber du hast gesehen, wie er reagiert hat. Er hat Angst. Also muss es in seinen Beziehungen dort im Rathaus nicht nur mit Geld und guten Worten, sondern auch härter zur Sache gegangen sein. Hast du bemerkt, wie schnell er zugegeben hat, dass die Sprave Geld bekommen hat?

Die Sitzungen mit Baron und Co hat es somit tatsächlich gegeben. So unglaubwürdig ist die Sprave also nicht. Wir sind doch einen guten Schritt weitergekommen in diesem Sumpf, oder? Wir könnten jetzt eigentlich noch einmal zum Rathaus fahren und die Sprave mit unseren neuen Ergebnissen konfrontieren. Es würde mich nämlich interessieren, warum sie so offenherzig mit uns redet und …«, in diesem Moment schaltete die Ampel auf Grün, und de Boer gab Gas, »wer ihr die Blumen schenkt.«

Auf dem Augustinerhof war diesmal nirgendwo ein Parkplatz zu finden gewesen, sodass de Boer den Wagen einfach auf einem für Behinderte abgestellt hatte. Frau Sprave war wie immer in ihrer Küche im Keller.

»Ach, die Herren von der Kriminalpolizei wieder einmal. Haben Ihnen meine Frikadellen so gut geschmeckt?«

»Nein, Frau Sprave«, sagte de Boer, »eigentlich bin ich Vegetarier. Aber wenn ich Sie nach Ihren Zutaten für die Klopse fragen würde, würden Sie dann auch so lügen wie gestern?«

Jutta Sprave wurde bleich. »Gestern?«

»Ja«, übernahm Ferschweiler das Gespräch. »Gestern sagten Sie uns, Sie könnten sich nicht vorstellen, was in den Umschlägen gewesen sei, die bei den verschiedenen Treffen in Schlechtriemens Büro in Ihrer Anwesenheit den Besitzer wechselten. Bleiben Sie heute auch bei dieser Aussage?«

Jutta Sprave setzte sich an den Büfetttisch. »Ja«, sagte sie nach einigem Überlegen, »das tue ich.«

»Aber Sie könnten uns, wenn Sie nur wollten, schon sagen, ob Geld oder Glückwunschkarten in den Umschlägen waren, die Sie persönlich bei diesen Gelegenheiten bekommen haben, oder?«

Nun stand der Köchin das Entsetzen ins Gesicht geschrieben. »Woher wissen Sie …«, stammelte sie.

»Das tut nichts zur Sache, Frau Sprave. Also: wie viel?«

Die Kaltmamsell fing an zu weinen. »Jeweils eintausend Euro«, sagte sie schluchzend. »Das ist verdammt viel Geld für mich.«

»Man muss aber auch nicht unbedingt einen nagelneuen Golf

fahren, wenn man es sich nicht leisten kann, oder?« De Boer schien wirklich entrüstet zu sein.

»Natürlich nicht. Aber was wollen Sie denn sonst für ein Auto kaufen, wenn Sie etwas Gutes wollen? Ich nehme ja auch nur Fleisch von deutschen Metzgern für meine Frikadellen. Noch nicht einmal solches von den Schängelschen käme mir in die Küche, auch wenn das manchmal billiger wäre. Qualität ist mir eben wichtig.«

»Und wer schickte Ihnen die Blumen?« De Boer blieb dran. »Und sagen Sie uns nun nicht, dass es Heribert Schlechtriemen war. Das wissen wir mittlerweile besser.«

Jutta Sprave begann hemmungslos zu weinen. Die Tränen liefen ihr in Strömen über die Wangen und verwandelten ihr nur spärlich aufgetragenes Make-up in ein Schlachtfeld.

»Nein«, ihre Stimme ging fast im anhaltenden Schluchzen verloren, »es war nicht Heribert. Obwohl ich es mir gewünscht hätte. Ich war so verliebt in ihn. Er war für mich ein spätes Glück. Aber er hat mich nur benutzt und mich fallen gelassen wie eine heiße Kartoffel, als ich nicht das im Bett machen wollte, was er gern gehabt hätte. Danach hat er mich gemieden, war eiskalt. Blumen waren nicht seine Sprache.«

»Von wem also sind die Blumen?«

Die Melodie, die urplötzlich die entstandene Stille in der Rathausküche durchdrang, war die von de Boers Handy.

»Ja, de Boer am Apparat … Frank! … Du hast was schon fast am Haken? … Mensch, danke, dass du angerufen hast. Ich bin in einer Minute bei dir!«

De Boer steckte sein Handy ein und lief aus dem Raum. »Ich muss schnell raus«, sagte er. »Sie wollen unseren Wagen abschleppen. Ist angeblich falsch geparkt.«

»Ich komm nach!«, rief ihm Ferschweiler hinterher. Dann blickte er Jutta Sprave tief in die Augen.

»Also?«, fragte er. »Von wem sind die Blumen?«

***

»Wie kommt es eigentlich«, wollte Ferschweiler wissen, als sie wieder gemeinsam im Auto saßen und sich auf den Weg zu Niels Baron machten, »dass du selbst die Fahrer der Abschleppwagen hier in Trier schon kennst?«

»Tja«, antwortete de Boer lachend, »das sind die einzigen Nichtkollegen, die man unbedingt kennen sollte, wenn man bei der Polizei arbeitet und auf Autos steht.«

De Boer steuerte den Wagen durch die Kaiserstraße in Richtung Moselufer. Gedankenverloren starrte Ferschweiler durch die Windschutzscheibe. Er war gespannt, wie Niels Baron auf ihren Besuch reagieren würde. Nach allem, was sie bisher über ihn in Erfahrung gebracht hatten, schien der Geschäftsmann mit allen Wassern gewaschen zu sein.

Am Moselufer angekommen, bog de Boer nach links auf das St.-Barbara-Ufer ab und folgte dem Straßenverlauf in südwestlicher Richtung. Kurz hinter dem Stadtausgangsschild, auf halber Strecke zwischen Trier und dem sechs Kilometer südlich der Stadt gelegenen Konz, befand sich das Hotel »Estricher Hof«. Hier bog de Boer von der Bundesstraße ab, um sofort nach rechts in die Straße Am Löllberg zu gelangen, die etwa anderthalb Kilometer steil bergan führte, um an ihrem Ende in einem Feldweg zu münden. So viel wusste Ferschweiler aus dem Studium des Stadtplans kurz vor der Abfahrt. Vor ihnen mühte sich eine junge Frau auf einem Fahrrad mit Kinderanhänger den Berg hinauf.

»Mein Gott«, entfuhr es Ferschweiler beim Anblick der vor ihnen liegenden Steigung, »hier möchte ich nun wirklich nicht mit dem Drahtesel hinauffahren müssen.«

»Da hast du recht«, entgegnete de Boer, schaltete in den zweiten Gang zurück und steuerte den Wagen langsam an der in Schweiß gebadeten Radfahrerin vorbei, aus deren Anhänger der Kopf eines schwarzen Labradors lugte. »Und das für einen faulen Köter. Die Leute sind verrückt.«

Die Häuser befanden sich überwiegend auf der rechten Straßenseite. Mehrere jeweils hinter hohen Mauern und Hecken verborgene Villen reihten sich wie die Perlen einer kostbaren Kette aneinander.

»Hier wohnt man bestimmt ziemlich idyllisch«, sagte de Boer sichtlich begeistert und deutete auf den Wald und die Wiesen, die links der Straße bis an die Wohnbebauung heranreichten.

»Mag sein, aber hier sagen sich doch die Wildschweine Gute Nacht«, erwiderte Ferschweiler kopfschüttelnd. Er konnte de Boers Euphorie nicht teilen. »Es gibt keine Busanbindung, keine Möglichkeit, zu Fuß irgendwohin zu gelangen, ohne einen langen und beschwerlichen Weg auf sich nehmen zu müssen. Hier kann nur leben, wer gern Auto fährt und dem es nichts ausmacht, es für jede noch so geringfügige Erledigung zu tun. Wo nehmen die Leute hier abends ein Stubbi?«

»Ach Rudi, für dich gibt es eh nur Trier-West«, lachte de Boer.

»Mag sein«, sagte Ferschweiler. »Es lebt sich einfach gut dort. Die Innenstadt ist zu Fuß erreichbar, der Fluss ist in der Nähe, und wenn du nette Gesellschaft suchst …«

»Wir sind da«, unterbrach ihn de Boer. Er brachte den Wagen vor einem großen schmiedeeisernen Tor zum Stehen, dessen beide Flügel jeweils stilisierte, ineinander verschlungene Rosenzweige darstellten und den Blick auf ein großzügiges Anwesen freigaben. »Das dürfte das Haus von Niels Baron sein.«

»Haus ist gut«, sagte Ferschweiler.

De Boer stieg aus dem Wagen und drückte auf die Klingel, die sich links neben der Toreinfahrt befand. Ferschweiler beobachtete, wie er seinen Dienstausweis aus seiner Anzugjacke fingerte und ihn vor eine Videokamera hielt, die direkt über dem Klingelschild installiert war.

Nachdem de Boer sich wieder in den Wagen gesetzt hatte, steuerte er den Passat durch das per Fernsteuerung sich öffnende Tor und folgte einem etwa zwanzig Meter langen Kiesweg. Ferschweiler staunte über die Größe des Grundstücks, die er von der Straße aus betrachtet nicht vermutet hätte. Zur Linken neben der Einfahrt befand sich eine große Garage, in der sicherlich vier Fahrzeuge Platz finden konnten. Davor stand ein schwarzer Geländewagen. De Boer parkte den Dienstwagen direkt daneben.

»Also dann«, sagte Ferschweiler. »Ich bin gespannt, was uns hier erwartet.«

Gemeinsam gingen die beiden Polizisten zum Eingang der Villa, die sich in der Mitte des Grundstücks befand. Wie Ferschweiler von de Boer wusste, hatte Baron das Anwesen erst vor knapp einem Jahr von einem wohlhabenden Trierer Unternehmer erworben, der es vorgezogen hatte, seinen Altersruhesitz aus Bequemlichkeitsgründen in die Innenstadt zu verlegen.

Das Gebäude war in den späten 1980er-Jahren errichtet worden. Das Auffälligste am Haus war ein turmähnlicher Anbau an der linken Seite, dessen oberstes Geschoss vollständig verglast war. Was es von dort oben aus wohl zu sehen gab, fragte er sich. Auf der gegenüberliegenden Seite des Flusses befand sich nur das Trierer Industriegebiet, unter anderem mit der Fertigungsanlage und den Hochlagern eines großen, Zigaretten produzierenden Unternehmens sowie denen eines national bekannten Sektherstellers. Kein Anblick, der den Bau eines solchen Ausgucks gerechtfertigt hätte, befand Ferschweiler.

In der Haustür, einer großen doppelflügeligen Tür aus Eichenholz, stand, flankiert von zwei Rhodesian Ridgebacks, Niels Baron und erwartete die Kommissare. Nicht dass Ferschweiler Angst vor Hunden gehabt hätte. Doch beim Anblick dieser beiden bedrohlich wirkenden Tiere wurde es ihm dennoch mulmig zumute.

»Guten Morgen, meine Herren«, begrüßte Baron ihn und de Boer in jovialem Tonfall. »Wenn Sie bitte eintreten mögen. Ich bringe nur schnell die Hunde weg. Higgins, Magnum, kommt!«

Ferschweiler konnte sich des Eindrucks nicht erwehren, dass Baron sie bereits erwartet und mit den beiden Hunden hatte einschüchtern wollen.

Im Haus fanden sie sich in einer weitläufigen Diele wieder. Niels Baron zeigte auf eine Tür, die in einen eleganten Salon führte, und bat die Polizisten, es sich gemütlich zu machen. Er selbst ging, gefolgt von den gehorsamen Hunden, nach rechts in ein weiteres angrenzendes Zimmer.

Ferschweiler und de Boer betraten das Wohnzimmer, in dessen Mitte, alle Blicke auf sich ziehend, ein großer Kachelofen stand. Der Ofen schien eine Hinterlassenschaft des vorherigen Hausbesitzers zu sein, denn er wollte so ganz und gar nicht zur übrigen Einrichtung des Raums passen.

Links des Ofens stand ein großer massiver Esstisch aus Eiche, an dem zehn Personen Platz fanden. An der Wand gegenüber befand sich eine Anrichte, auf der einige gerahmte Schwarz-Weiß-Fotografien arrangiert waren. Die Möblierung des Raums komplettierten eine große Wohnlandschaft aus weißem Leder mit einem passenden Couchtisch sowie ein Bücherregal, ebenfalls aus Eiche.

Eine doppelflügelige Terrassentür gab den Blick auf den großzügig angelegten Garten frei. Ferschweiler konnte einen Außenpool erkennen, um den herum mehrere Liegen standen. Zwei leicht bekleidete junge Frauen rekelten sich in der Sonne des späteren Vormittags. Ferschweiler hob eine Augenbraue und blickte zu de Boer, der seine Sonnenbrille abgenommen hatte, doch ehe er etwas sagen konnte, betrat Niels Baron den Raum.

Baron hatte dichtes dunkelblondes, kurz geschnittenes Haar, in dem sich vereinzelt erste graue Fäden zeigten. Er war schlank, schien jedoch dazu zu neigen, anzusetzen, denn unter seinem zartrosafarbenen Poloshirt zeichnete sich eine leichte Wölbung ab. Auf seinem Shirt prangte das Logo eines amerikanischen Edel-Herstellers, der sogar Ferschweiler als äußerst trendig und kostspielig bekannt war. Rosi hatte ihm erst kürzlich bei einem Schaufensterbummel durch die Innenstadt davon vorgeschwärmt. Dazu trug Baron eine weiße Jeanshose und hellblaue Sneakers.

Um seine wässrig blauen Augen hatten sich bereits erste Falten gebildet. Er machte auf Ferschweiler insgesamt einen eher verlebten Eindruck, doch hätte man ihn gefragt, woran er dies festmachte, hätte er die Frage nicht auf Anhieb beantworten können. Es schien ihm außerdem, als wolle Baron bewusst jugendlich und jungenhaft wirken, ganz so, als sträube er sich gegen das Altern.

»Herr Baron, ich bin Hauptkommissar Ferschweiler von der

Mordkommission. Aber ich nehme an, dass mein Kollege Wim de Boer uns draußen am Tor bereits vorgestellt hat.«

»Ja, das hat er in der Tat. Bitte entschuldigen Sie die Sicherheitsvorkehrungen. Aber bei der abgeschiedenen Lage hier kann man nicht vorsichtig genug sein. Bitte, setzen Sie sich doch«, sagte Baron in freundlichem Tonfall. »Das meiste an Sicherheitstechnik habe ich aber vom Vorbesitzer übernommen. Und der hatte fast schon Paranoia.«

Ferschweiler und de Boer nahmen am Esstisch Platz. Niels Baron setzte sich ihnen gegenüber. Er lehnte sich entspannt in seinem Lehnstuhl zurück und schlug die Beine übereinander.

»Was führt Sie zu mir?«, fragte Baron und sah dabei lächelnd zwischen Ferschweiler und de Boer hin und her.

»Wir ermitteln im Todesfall Carl-Theodor Jungbluth«, entgegnete Ferschweiler.

»Eine schreckliche Sache. Und was hat die Mordkommission damit zu tun?«

»Herr Jungbluth ist ermordet worden«, sagte Ferschweiler. »Wir befragen daher alle Gäste, die am Abend der Geburtstagsfeier in den Viehmarktthermen anwesend waren.«

»Ermordet? Das ist ja schrecklich. Aber wie kann ich Ihnen da weiterhelfen?«, fragte Baron.

»Sie waren doch ebenfalls auf der Feier«, stellte Ferschweiler fest.

»Ja, das ist richtig. Herr Dombrowski, der Oberbürgermeister, hatte mich mitgenommen. Ich habe jedoch nur kurz mit dem Gastgeber angestoßen und bin nach etwa einer Stunde wieder gegangen«, sagte Baron.

Das Wort Oberbürgermeister hatte er besonders betont.

Ferschweiler hob interessiert die Augenbrauen. Baron hatte ihm soeben ungefragt ein Alibi für die Tatzeit gegeben.

»Wann genau war das?«, fragte er.

»Hm, da muss ich nachdenken.« Baron rieb sich theatralisch das Kinn. »Ich schätze, es wird so gegen zwanzig Uhr gewesen sein. Ich hatte um zwanzig Uhr dreißig noch einen weiteren Termin mit einigen Mitarbeitern der Generaldirektion Kulturelles Erbe im Landesmuseum und wollte keinesfalls zu spät erscheinen. Außerdem langweilen mich solche Feierlichkeiten immer ein wenig.«

»Ist Ihnen an dem Abend irgendetwas Ungewöhnliches aufgefallen? Wie hat sich Herr Jungbluth Ihnen gegenüber verhalten? Jedes noch so unbedeutend erscheinende Detail könnte für uns von Interesse sein«, sagte Ferschweiler so beiläufig wie möglich.

»Ich weiß nicht, was Sie meinen.« Baron zuckte mit den Schultern. »Jungbluth wirkte gut gelaunt. Es war ja schließlich auch sein Geburtstag. Nein, etwas Ungewöhnliches ist mir nicht aufgefallen«, sagte Baron und schüttelte den Kopf. »Tut mir leid, dass ich Ihnen diesbezüglich nicht weiterhelfen kann.«

»In welchem Verhältnis standen Sie zu Carl-Theodor Jungbluth?«, wollte Ferschweiler noch wissen.

»In gar keinem«, sagte Baron lachend. »Nein, im Ernst. Ich kannte Herrn Jungbluth. Immerhin war er ja der Bau- und Wirtschaftsdezernent dieser Stadt.« Er wippte mit den Fußspitzen.

»Stimmt es denn nicht, dass Sie miteinander befreundet waren?«, fragte de Boer, der bisher geschwiegen, sich aber eifrig Notizen gemacht hatte.

»Ich glaube …«, sagte Baron, schwieg dann jedoch für einen Moment und kratzte sich an der Stirn, bevor er fortfuhr, »wir hatten uns im Zuge eines Bauvorhabens kennengelernt. Herr Jungbluth hatte in seiner Funktion als Baudezernent natürlich auch mit Genehmigungsverfahren zu tun. Als Freundschaft würde ich unser Verhältnis allerdings nicht bezeichnen. Aber ich weiß natürlich nicht, wie Sie Freundschaft definieren.«

»Immerhin hat Herr Jungbluth Sie zu seiner Geburtstagsfeier eingeladen«, stellte de Boer fest.

»Herr Jungbluth hatte mich tatsächlich gebeten, noch zu bleiben. Aber glauben Sie allen Ernstes, dass er an diesem Abend nur Freunde geladen hatte? Mein Lieber«, entgegnete Baron in spöttischem Tonfall, »da täuschen Sie sich aber gewaltig. Ich wage zu bezweifeln, dass überhaupt wirkliche Freunde anwesend waren. Die meisten waren doch nur irgendwelche Speichellecker, wie sie allenthalben bei solchen Festivitäten auftreten. Das war auch einer der Gründe, warum ich die Feier so früh wieder verlassen habe.«

»Es gibt Zeugen, die etwas ganz anderes behaupten. Nämlich, dass Sie und Jungbluth sehr wohl miteinander bekannt waren, und zwar wesentlich enger, als Sie uns hier glauben machen wollen.« Ferschweiler hatte die Hände auf den Tisch gelegt und sah Baron fest in die Augen.

»Worauf wollen Sie eigentlich hinaus?« Sein Gegenüber schien sich nicht so schnell aus der Ruhe bringen zu lassen.

Ferschweiler blickte kurz zu de Boer und vergewisserte sich, dass dieser alles in seinem Notizheft festhielt. Er musste allmählich zum wesentlichen Punkt kommen, doch er spürte, dass es schwierig werden würde, von Baron die Wahrheit zu erfahren. Dazu machte dieser einen zu abgeklärten Eindruck, und Ferschweiler war sich sicher, dass er nicht zum ersten Mal Polizisten gegenübersaß.

»Wir haben Zeugen, die aussagen, dass Sie sogar regelmäßig im Hause Jungbluth verkehrten und dass Jungbluth gleichfalls regelmäßig Gast hier in Ihrem Haus war.«

»Nun, wenn Ihre Zeugen das so sagen, dann wird es wohl stimmen«, erwiderte Baron spöttisch. »Ich vermute, dass es sich bei besagtem Zeugen um Roswitha Jungbluth handelt.«

»Worum ging es bei Ihren Treffen?«, fragte Ferschweiler, ohne auf Barons Kommentar einzugehen.

»Ich muss Sie beide leider enttäuschen. Sie sind da einer Falschaussage aufgesessen.«

Ferschweiler und de Boer sahen einander an.

»Wie meinen Sie das?«, hakte Ferschweiler nach.

»Sie haben Jungbluths Ehefrau allem Anschein nach schon kennengelernt?«, fragte Baron süffisant.

Da weder Ferschweiler noch de Boer etwas erwiderten, fuhr Baron fort: »Roswitha Jungbluth hat Ihnen gegenüber sicher nicht erwähnt, dass sie manisch-depressiv ist und sich schon mehrfach in stationäre Behandlung begeben musste.«

Ferschweiler war perplex. Er wusste nicht, was er sagen sollte.

»Dachte ich es mir doch«, sagte Baron und grinste über das ganze Gesicht.

»Was wollen Sie uns damit sagen?«, fragte de Boer.

»Dass natürlich nichts von dem, was Ihnen Frau Jungbluth über Ihren Mann und mich erzählt halt, der Wahrheit entspricht«, sagte Baron in einem Tonfall, als würde er mit einem kleinen Kind sprechen. »Die Dame hat eine blühende Phantasie, das ist alles«, fügte er hinzu.

Ferschweiler glaubte kein Wort von dem, was Baron über Roswitha Jungbluth behauptet hatte. Auf ihn hatte sie nicht den Eindruck gemacht, als leide sie an einer psychischen Erkrankung. Ob dem so war, mussten sie allerdings noch in Erfahrung bringen.

»Ich finde es sehr interessant, Herr Baron«, sagte de Boer, der seinem Gegenüber ebenfalls kein Wort zu glauben schien, »dass Sie einerseits behaupten, Jungbluth nur flüchtig gekannt zu haben, andererseits sogar über die Erkrankungen seiner Frau bestens informiert zu sein scheinen.«

Baron bedachte die beiden Kommissare mit einem herablassenden Gesichtsausdruck. »Lesen Sie denn keine Zeitung oder das Internet, meine Herren? Das weiß doch jeder in Trier.«

Ferschweiler war von Barons überheblicher Art genervt, ließ sich jedoch nichts anmerken.

»Können Sie uns nähere Angaben zu der asiatisch aussehenden Frau machen, mit der Sie die Viehmarktthermen betreten haben?«, fragte er. »Wir würden die Dame gern sprechen.«

»Eine Asiatin, sagen Sie?«, fragte Baron und blickte von Ferschweiler zu de Boer. »Also, da müssen Sie sich täuschen. Ich kenne keine Asiatin und auch keine, die so aussieht. Ich stehe nur auf Europäerinnen, grundsätzlich.«

»Herr Baron, bitte beantworten Sie unsere Fragen«, sagte de Boer in scharfem Tonfall. Dann zeigte er auf das Foto, das Ferschweiler aus der Brusttasche seines Hemdes entnommen hatte. »Wer ist die Frau, mit der Sie sich hier so angeregt unterhalten?«

»Ich muss doch sehr bitten. Sie sind hier in meinem Haus. Ich hätte Sie nicht hereinlassen müssen. Was stellen Sie mir für Fragen?«

Ferschweiler hatte Barons Getue allmählich satt. Am liebsten hätte er ihn aufs Präsidium bringen lassen, doch mit welcher Begrundung?

»Herr Baron, bitte beantworten Sie einfach die Frage meines Kollegen. Sie wurden dabei gesehen, wie Sie mit der Dame und diesem Mann, sein Name ist Michael Merseburger, aber das wissen Sie ja sicher, in den Viehmarktthermen erschienen. Es wäre also wunderbar, wenn Sie diese Spielchen sein lassen könnten, denn umso schneller sind Sie uns wieder los.«

»Nun gut, ich komme selbstverständlich meinen Bürgerpflichten nach, auch wenn ich nicht ganz verstehe, wieso Sie mir die ganzen Fragen stellen. Die Dame heißt Irina«, sagte Baron.

»Irina, und weiter?«

»Irina Lebedeva. Sie stammt aus Sibirien, daher das asiatische Aussehen.« Ein Lächeln lag auf Barons Gesicht.

»Warum haben Sie uns das nicht gleich gesagt?«, fragte de Boer.

»Es war mir unangenehm«, seufzte Baron etwas zu theatralisch, wie Ferschweiler fand. »Herr Jungbluth ist tot, und da möchte man ja nicht seinen Ruf beflecken. Sie wissen schon.«

»Ich verstehe nicht ganz. Können Sie das bitte genauer erklären.«

»Frau Lebedeva war mein Geburtstagsgeschenk für Jungbluth.«

Ferschweiler blieb für einen Moment die Spucke weg. »Sie war sein Geburtstagsgeschenk? Kommt es öfter vor, dass Sie Frauen zum Präsent für Freunde oder in diesem Fall, wie Sie sagten, Geschäftspartner machen?«

»Hin und wieder. Die Vorlieben von Herrn Jungbluth waren mir nicht unbekannt.«

»Entschuldigen Sie, Herr Baron, dass ich Sie unterbreche, aber stand in der Zeitung oder im Internet auch etwas über Jungbluths Vorlieben, was Frauen anbelangt?«

»Mein lieber Herr Ferschweiler, führen Sie denn keine Männergespräche? Der eine steht eben auf Blondinen, der andere auf Asiatinnen, andere auf Dicke oder Dünne. Das ist doch nichts Ungewöhnliches.« Baron lächelte provokant.

»Wir würden gern mit Frau Lebedeva sprechen. Wo befindet sich die Dame jetzt?«

»Das weiß ich nicht. Sie hat die Stadt meines Wissens inzwischen verlassen«, entgegnete Baron.

»Können Sie uns bitte sagen, wie wir Sie erreichen können?«, hakte Ferschweiler nach.

»Sie wissen doch, wie das bei diesen Damen funktioniert. Diese Woche sind sie in Trier tätig, nächste Woche in Fulda, Limburg oder Eichstätt.«

»Also gut, wir können dieses Gespräch auch auf dem Präsidium zu Ende führen«, sagte Ferschweiler drohend.

»Hören Sie, ich habe wirklich keine Ahnung. Ich habe die Telefonnummer in der Zeitung gefunden. Da gibt es doch immer Kleinanzeigen von Sexarbeiterinnen. Ich habe sie angerufen, wir haben den Termin vereinbart, ich habe gezahlt. Fertig. Was ist schon dabei?«

»Da ist nichts dabei. Können Sie uns bitte die Telefonnummer geben?«

»Warten Sie.« Baron erhob sich und ging zu einer Kommode, öffnete die oberste Schublade und entnahm dieser eine Visitenkarte, die er Ferschweiler reichte.

»Die hat sie mir gegeben. Falls sie mal wieder in der Stadt sei, könne ich sie jederzeit anrufen.«

Ferschweiler sah auf die Karte. Dort stand »Irina Lebedeva, 70 D, A & O und mehr« sowie eine Telefonnummer. Er verstand die Abkürzungen nicht und reichte die Karte an de Boer weiter, der nur kurz einen Blick darauf warf und sie in die Innentasche seiner Anzugjacke steckte.

»Alles sehr schön, was Sie uns hier erzählen, Herr Baron«, sagte Ferschweiler. »Wie kommt es nur, dass ich Sie und Irina Lebedeva gestern Abend im Restaurant ›China City‹ gesehen habe?«

Baron stutzte für einen kurzen Moment. Er nestelte am Saum seines Shirts, und es schien Ferschweiler, dass er zum ersten Mal während ihres Gesprächs nervös wurde.

»Im ›China City‹? Es tut mir leid. Sie müssen sich irren. Ein Restaurant mit diesem Namen kenne ich nicht«, sagte Baron.

Ferschweiler griff erneut in die Brusttasche seines Hemdes, zog ein weiteres Foto heraus und zeigte es Baron.

»Nun, das sind doch Sie, wenn ich mich nicht irre«, sagte er in betont ruhigem Tonfall. »Und diese Frau hier ist eindeutig Irina Lebedeva. Das werden Sie mir wohl bestätigen können.« Ferschweiler legte beide Fotos nebeneinander und schob sie in Barons Richtung über den Tisch.

Dieser musterte die beiden Bilder eingehend.

»Es gibt da eine gewisse Ähnlichkeit zwischen den beiden Frauen. Aber das hier«, sagte Baron und zeigte auf das Foto, das Judith Möllemann am Vorabend unauffällig mit ihrem Smartphone aufgenommen hatte, »das ist Kim Jinjoo, eine gute Freundin. Sie ist halb Deutsche, halb Südkoreanerin. Mit ihr war ich gestern tatsächlich asiatisch essen. Aber hieß das Lokal wirklich ›China City‹? Ich meine mich an ›Saigon‹ erinnern zu können …«

Ferschweiler sah ungläubig zu de Boer. Sollte er sich tatsächlich dermaßen geirrt haben? De Boer schüttelte nur leicht den Kopf. Er schien kein Wort von dem zu glauben, was Baron ihnen erzählte.

Ferschweiler überlegte. Sie hatten keinen Beweis dafür, dass die Frau, die er gesehen hatte, wirklich Irina Lebedeva und nicht diese vermeintliche Freundin war. Auf diese Art und Weise würden sie bei Niels Baron nicht weiterkommen.

»Gehen wir noch einmal zur Geburtstagsfeier von Carl-Theodor Jungbluth zurück. Sie sagten eingangs, dass der Oberbürgermeister Sie mitgenommen habe. Das hat er uns inzwischen bestätigt. Was mich interessiert ist, worum es bei Ihrem Gespräch mit CT ging?«

Baron sah auf seine Hände, die er wie zum Gebet gefaltet hatte, und knackte mit den Knöcheln. Ferschweiler konnte dieses Geräusch nicht ausstehen.

Nach einem kurzen Moment des Schweigens sagte Baron: »Ich nehme an, dass Ihnen der OB auch erzählt hat, dass es bei unserem Termin am Nachmittag um die Erschließung des Areals hinter dem ehemaligen ›Ramada‹-Hotel ging. Dort soll ein Einkaufszentrum entstehen.«

»Das hat er«, entgegnete Ferschweiler. »Warum das Gespräch mit Jungbluth an seinem Geburtstag?«

»Wie ich Ihnen bereits sagte, hatte ich ein Präsent für Herrn Jungbluth.« Baron lächelte breit.

»Das war alles? Sie wollten ihm nur ein Geburtstagsgeschenk überreichen?«

»Ja, das sagte ich Ihnen doch gerade.«

»Ging es nicht vielmehr auch um das Einkaufszentrum? Oder warum hat Sie Herr Merseburger begleitet?«

»Herr Merseburger ist Projektentwickler. Er hat dem OB seine Pläne für die Erschließung des Einkaufszentrums vorgestellt.«

»In welcher Beziehung stehen Sie selbst zu Herrn Merseburger?«

Baron zögerte für einen Moment, ehe er antwortete. »Herr Merseburger und ich sind alte Freunde.«

»Sind Sie nicht eher Geschäftspartner? Und hat Merseburger Sie nicht gebeten, ihm dabei behilflich zu sein, den lukrativen Auftrag für den Bau des Einkaufszentrums zu erlangen?« Ferschweiler pokerte hoch, denn er hatte bisher keinerlei Beweise für seine Anschuldigungen.

Barons Augen verfinsterten sich. »Ich weiß wirklich nicht, worauf Sie hinauswollen.«

»Herr Baron, wir wissen von Ihren ›kleinen‹ Gesprächsrunden im Rathaus bei Frikadellen und Sekt. Und wir wissen auch von den Umschlägen, die dabei die Runde machten.« Ferschweiler war nun richtig in Fahrt.

»Was soll das? Ich weiß nicht, wovon Sie sprechen.«

»Sie leugnen also, dass Sie regelmäßig im Rathaus im Büro von Heribert Schlechtriemen verkehrten, wo Sie mit zwei Dezernenten sowie dem OB zusammentrafen?«

Baron legte seine Hände auf den Tisch und sah Ferschweiler an. »Ich habe nicht den blassesten Schimmer, wovon Sie sprechen. Wenn das alles ist und Sie nichts anderes haben als diese infamen Unterstellungen, dann würde ich Sie jetzt bitten, mein Haus zu verlassen.«

»Wir haben mehrere Zeugen, die diese ›infamen Unterstellungen‹, wie Sie sie nennen, bestätigen. Das sind sehr schwerwiegende Anschuldigungen. Es geht hier um den Verdacht der Bestechung und Korruption. Ich muss Sie bitten, in der Stadt zu bleiben und sich für weitere Aussagen zur Verfügung zu halten.«

Barons Augen funkelten. »Nichts lieber als das«, presste er hervor.

Ferschweiler und de Boer verabschiedeten sich und verließen das Anwesen.

»Was hältst du von dem Kerl?«, fragte Ferschweiler und sah zu de Boer, der schweigend den Wagen am Moselufer entlang zurück in die Stadt steuerte.

»Er ist ziemlich ausgebufft. Er hat nur das zugegeben, was wir ihm hundertprozentig nachweisen konnten, und für alles andere hatte er schon eine Antwort parat.«

»Sein arrogantes Gehabe ging mir zusehends auf die Nerven. Der Kerl hat mehr Dreck am Stecken, als wir beide ahnen, davon bin ich überzeugt. Ist dir aufgefallen, dass er uns ziemlich schnell ein Alibi geliefert hat?«, fragte Ferschweiler.

»Ja, allerdings. Ein interessanter Punkt, nicht wahr?«

Ferschweiler zog sein Mobiltelefon aus der Hosentasche. »Ich rufe die Chefin an, sie soll es umgehend überprüfen lassen. Außerdem werde ich sie bitten, alles über Irina Lebedeva in Erfahrung bringen zu lassen.«

De Boer nickte zustimmend.

Nachdem Ferschweiler das Gespräch beendet hatte, fragte sein Kollege: »Was sagt die Chefin dazu, dass es sich bei der Frau, die ihr gestern gesehen habt, nicht um die schöne Unbekannte handeln soll?«

»Sie ist sich, genau wie wir, ziemlich sicher, dass es sich um ein und dieselbe Person handelt. Baron muss lügen. Aber sie meinte, dass sie sicherheitshalber einen Techniker bitten werde, die Bilder zu überprüfen. Dann werden wir weitersehen. Sie wird umgehend mit dem Staatsanwalt sprechen. Wir sollen ins Präsidium kommen.«

»Schon unterwegs«, sagte de Boer und beschleunigte den Wagen.

Den Rest des Weges verbrachten die Kommissare schweigend.

***

Niels Baron sah den beiden Polizisten hinterher, als sie sein Anwesen verließen. Gedankenverloren kraulte er den Kopf eines seiner Hunde, die er inzwischen wieder aus ihrem vorübergehenden Gefängnis befreit hatte.

»Komm, mein Junge«, sagte er und ging zurück ins Haus, wo ihn Paulina, seine aktuelle Freundin, mit einem Glas Champagner erwartete. Sie trug lediglich ein knapp ihre rasierte Scham bedeckendes Höschen. Ihre nackten Brüste wippten verführerisch, als sie ihm das Glas reichte.

»Was wollten die beiden ollen Bullen von dir, Liebster?«, fragte sie.

Baron nahm das Glas entgegen, nippte daran und gab ihr einen Kuss. »Nichts, was dich interessieren müsste, meine Süße. Geh raus an den Pool. Ich komme auch gleich, muss nur noch kurz telefonieren.« Er verabschiedete sie mit einem Klaps auf ihren Hintern.

»Ist gut«, flötete Paulina und ging durch das Wohnzimmer nach draußen.

Baron blickte ihr hinterher. Er seufzte. Das Vergnügen musste noch warten. Er betrat sein Arbeitszimmer, setzte sich in den ledernen Bürostuhl hinter seinem Schreibtisch, nahm sein Telefon und wählte die Nummer seines Mitarbeiters Pitt Vogel.

»Niels hier«, sagte er, nachdem Vogel das Gespräch angenommen hatte.

»Was gibt's?«

»Pass auf, zwei Typen von der Mordkommission waren gerade bei mir.«

»Bestimmt dieser Ferschweiler und sein Assistent.«

»Du kennst die beiden?«

»Klar. Was wollten die von dir? Gibt es Probleme?«

»Allerdings. Sie haben mich nach Irina gefragt, und sie haben uns gestern zusammen mit den Russen im ›China City‹ gesehen.«

»Scheiße.«

»Du sagst es. Irina muss verschwinden. Allerdings noch nicht sofort. Nimm sie in Gewahrsam und gönn dir noch etwas Vergnügen. Dann aber muss sie weg. Sorg dafür, dass sie nicht mehr mit der Polizei wird reden können. Sie weiß zu viel. Verstehst du mich?«

»Wird gemacht. Hast du eine bestimmte Vorstellung?«

»Mach, was dir Spaß macht. Aber sag mir Bescheid, wenn es erledigt ist.«

»Wird gemacht, Boss«, sagte Vogel und beendete das Gespräch.

Baron nahm einen Schluck aus seinem Champagnerglas. Er beließ das Getränk für einen Moment in seinem Mund und spürte, wie die Bläschen auf seiner Zunge prickelten – ein Gefühl, das er liebte.

***

Als Ferschweiler und de Boer ihr Büro betraten, blinkte bereits eine kleine rote Leuchte an Ferschweilers Telefon, die ihm signalisierte, dass er mehrere Anrufe verpasst hatte. Erschöpft ließ sich der Kommissar in seinen Schreibtischsessel fallen und überprüfte die Anrufliste. Er seufzte.

»Was gibt's?«, fragte de Boer besorgt.

»Ich dachte gerade, dass wir vielleicht Zeit hätten, um rüber in die Kantine zu fahren und dort etwas zu essen. Vielleicht hat LePetit ja wieder gezaubert. Aber wenn ich mir die Anrufliste ansehe, können wir das abschreiben.«

»Hier«, sagte de Boer und stellte eine mit dampfendem Kaffee gefüllte Tasse auf den Tisch seines Vorgesetzten.

»Danke«, sagte Ferschweiler und nahm einen Schluck. »Kannst du Gedanken lesen?«

»Du siehst müde und abgespannt aus. Ist alles in Ordnung mit dir?« De Boer, der noch immer vor Ferschweilers Schreibtisch stand, bedachte den Kollegen mit einem kritischen Gesichtsausdruck.

Doch Ferschweiler winkte ab. »Ja, ja, alles gut. Kein Grund zur Sorge.«

De Boer schien nicht überzeugt, das konnte Ferschweiler erkennen.

»Ich sehe gerade, dass Wingertszahn-Lichtmeß angerufen hat. Kannst du das nicht übernehmen?«, fragte Ferschweiler, froh über die Ablenkung. Er konnte sich denken, worauf de Boer hinauswollte, doch es war ihm im Moment einfach nicht möglich, über Quint zu sprechen. Das Beste war, wenn er sich einfach auf die Arbeit konzentrierte.

»Alles klar. Ich rufe ihn an«, sagte de Boer und ging zu seinem Arbeitsplatz zurück.

Ferschweiler war erleichtert, dass sein Kollege nicht weiter insistierte. Er atmete tief durch und wählte die Nummer von Möllemann.

Während er wartete, dass sie das Gespräch entgegennahm, beobachtete er, wie de Boer mit ernstem Gesichtsausdruck mit Wingertszahn-Lichtmeß sprach. Er war gespannt, was es zu berichten gab.

Es dauerte eine Weile, bis seine Vorgesetzte sich meldete. Sie bat die Kommissare, in einer Viertelstunde im Büro des Staatsanwalts zu erscheinen.

Ferschweiler wartete darauf, dass de Boer sein Gespräch beendet hatte.

»Es ging um die Fingerabdrücke an der Pillendose. Die Kollegen der KTU haben noch einmal alle Spuren ausgewertet und einen Treffer gelandet.«

»Das sagst du mir erst jetzt?« Ferschweiler schüttelte vorwurfsvoll den Kopf.

»Entschuldige. Aber du hast doch bis eben selbst telefoniert.«

»Tut mir leid. War nicht so gemeint. Also, von wem stammt die Dose?«

»Du wirst es nicht glauben. Einer der Fingerabdrücke stammt von Marie-Luise Hoppenstedt.«

»Der Vorsitzenden dieser Werbegemeinschaft Trierer Einzelhändler?«, fragte Ferschweiler überrascht.

»Richtig, genau die.«

»Dieser Fall wird immer unübersichtlicher«, sagte Ferschweiler. Er sah auf seine Armbanduhr. »Zu der Gravur auf der Dose noch nichts Neues?«

»Nein«, antwortete de Boer. »Nichts, da müssen wir noch warten.«

»Schade, aber wohl nicht zu ändern.« Ferschweiler war unzufrieden. »Um die Hoppenstedt werden wir uns später kümmern müssen. Die Chefs erwarten uns.«

Ferschweiler und de Boer hatten in aller Eile die Unterlagen für die Besprechung zusammengestellt. Nun klopfte Ferschweiler an die Tür des Büros des Oberstaatsanwalts, in dem neben Möllemann auch Dr. Süß sie bereits erwartete.

Als sie das geräumige Büro betraten, erhob sich Caspers, begrüßte die beiden Kommissare und bat sie, an einem Besprechungstisch Platz zu nehmen. Caspers trug wie immer einen klassisch geschnittenen dunkelgrauen Anzug, ein weißes Hemd sowie eine in dunkelgrauen Farben dezent gemusterte Krawatte. Bei näherer Betrachtung fiel Ferschweiler auf, dass er erst kürzlich seinen Kinnbart abrasiert haben musste. Auch schien der Staatsanwalt einige Kilo an Gewicht verloren zu haben, wodurch er deutlich verjüngt erschien.

Der Jurist wirkte aufgeräumt und überaus gut gelaunt, von seinem sonst an den Tag gelegten arroganten Verhalten seinen Polizeibeamten gegenüber fehlte heute jede Spur. Ferschweiler nahm sich vor, dennoch auf der Hut zu sein, denn bei Caspers konnte man nie wissen, in welche Richtung seine Stimmung umschlug.

»Nun, meine Herren, wie ich von Frau Möllemann höre, sind Sie im Fall Jungbluth ein gutes Stück vorangekommen. Kann ich Ihnen eine Tasse Kaffee bringen lassen?«

Ferschweiler sah verdutzt zu de Boer, der seinen irritierten Blick erwiderte. Was war da los? Ein Getränk hatte Caspers ihnen noch nie offeriert. Ferschweiler nahm, ebenso wie die übrigen Anwesenden, das Angebot dankend an, woraufhin Caspers umgehend seine Sekretärin bat, Kaffee zu servieren.

»Also gut«, sagte er, als seine Mitarbeiterin den Raum verlassen hatte, »dann erzählen Sie uns mal, was Sie inzwischen in Erfahrung bringen konnten.«

Ferschweiler räusperte sich und erläuterte den bisherigen Stand der Ermittlungen. Den für ihn schmerzlichen Fund des Rechtsmediziners sparte er in seinem Bericht aus, sondern verwies lediglich auf die Ergebnisse der Obduktion des Leichnams von Carl-Theodor Jungbluth. Dann fasste er die Gespräche mit dem Oberbürgermeister, dessen Sekretärin, Heribert Schlechtriemen und dem Theaterintendanten zusammen.

Schließlich schilderte er de Boers Begegnung mit Jutta Sprave und deren Aussage bezüglich der mutmaßlichen Schmiergeldzahlungen von Niels Baron an den Stadtvorstand. Sodann referierte er den Unfall Schlechtriemens sowie die Gespräche mit der Witwe des Mordopfers. Als er erzählte, dass er und Möllemann Niels Baron in Begleitung einer Asiatin im Restaurant »China City« gesehen hatten, bemerkte Ferschweiler, wie Caspers kurz die Augenbrauen hob. Zuletzt berichtete er ausführlich von ihrem Besuch bei Niels Baron, dessen mögliche Verstrickungen in die Planungen des Einkaufszentrums sowie über den angeblich von CT favorisierten, bisher jedoch abgelehnten Gegenvorschlag von Hanselmann und Bach.

»Nach derzeitigem Stand unserer Erkenntnisse verdichtet sich vieles auf Niels Baron«, schloss Ferschweiler seinen Bericht. »Er hatte ein Motiv, denn Jungbluth schien seinen Plänen bezüglich des Baus des Einkaufszentrums plötzlich im Weg zu stehen.«

Im Raum herrschte Schweigen. Die Anwesenden schienen die umfangreichen Schilderungen Ferschweilers verdauen zu müssen.

»Es gibt also mögliche Verwicklungen in diesem Fall, die bis in die höchste kommunalpolitische Ebene reichen«, stellte Dr. Süß fest. »Was sich bisher lediglich als Mordfall erwiesen hat, scheint sich zusehends zu einem Wirtschafts- und Politskandal zu entwickeln. Auch wenn Sie die Zeugenaussage von Jutta Sprave noch weiter überprüfen müssen, so lassen die bisherigen Erkenntnisse den Schluss zu, dass Sie in ein Wespennest gestochen haben. Ich bitte Sie daher alle um größte Verschwiegenheit. Kein Gespräch mit der Presse, zumindest, was die politische Seite des Falls angeht! Wenn das hier zu früh an die Öffentlichkeit gelangt, dann haben wir einen riesigen Skandal. Das ist Ihnen doch allen klar?«

Alle nickten zustimmend, doch niemand sagte etwas.

Möllemann war die Erste, die sprach. »Das Dumme ist nur, dass Niels Baron für die Tatzeit tatsächlich ein Alibi hat. Er war um zwanzig Uhr dreißig bei einer Riesling-Verkostung im Landesmuseum. Es gibt mehrere Zeugen, die bestätigen, dass er die Veranstaltung erst gegen Mitternacht wieder verlassen hat. Aber da war Jungbluth bereits tot.«

»Dass er ein Alibi für die Tatzeit hat, besagt meiner Meinung nach nicht, dass er nicht dennoch etwas mit dem Mord an CT zu tun haben könnte«, wandte de Boer ein.

»Konnten Sie etwas über Irina Lebedeva in Erfahrung bringen? Sie könnte CT doch im Auftrag Barons vergiftet haben«, sagte Ferschweiler.

Möllemann zuckte mit den Schultern. »Bisher leider nichts. Ich habe nach unserem Telefonat umgehend den Kollegen Klettenheimer gebeten, die Handynummer, die Ihnen Baron gegeben hat, zu überprüfen. Es handelt sich allerdings um die Nummer einer Prepaidkarte, die nicht zurückverfolgt werden kann.«

»Hat Klettenheimer auch die Fotos gecheckt?«, wollte de Boer wissen.

»Ja«, sagte Möllemann und sah lächelnd zu Ferschweiler. »Wir haben uns beide nicht geirrt. Baron hat Sie angelogen. Bei Kim Jinjoo und Irina Lebedeva handelt es sich zu neunundneunzig Komma neun Prozent um ein und dieselbe Person.«

»Habe ich es doch gewusst!«, entfuhr es Ferschweiler.

»Wie wollen Sie weiter vorgehen?«, fragte Caspers an Möllemann gewandt.

»Wir müssen versuchen, noch mehr über Niels Baron in Erfahrung zu bringen. Was sind seine Motive für sein Engagement beim Bau des Einkaufszentrums? Wieso dieses Interesse? Wie passt Michael Merseburger ins Bild? Über Merseburger wissen wir bisher noch so gut wie gar nichts, außer dem, was allgemein zugänglich über ihn im Internet oder in den Zeitungen stand. Und in welcher Beziehung stand Niels Baron wirklich zu CT?«

»Wir sollten uns neben Jutta Sprave auch die Aussage von Roswitha Jungbluth genauer ansehen. Baron sagte ja, sie sei manisch-depressiv. Somit wäre die Glaubwürdigkeit ihrer Aussage in Frage gestellt«, sagte Ferschweiler.

»Was ist mit Marie-Luise Hoppenstedt?«, fragte de Boer, der bisher wenig gesagt hatte.

»Was soll mit ihr sein?«, erkundigte sich Dr. Süß.

»Tut mir leid«, sagte Ferschweiler schuldbewusst und erklärte dem Polizeipräsidenten, dass es Wingertszahn-Lichtmeß gelungen war, die Fingerabdrücke an der auf der Damentoilette gefundenen Pillendose eindeutig Marie-Luise Hoppenstedt zuzuordnen.

»Das ist ja unfassbar«, sagte Dr. Süß. »Marie-Luise Hoppenstedt ist eine angesehene Geschäftsfrau.« Er schüttelte ungläubig den Kopf. »Auch das noch.«

»Man sagt, sie habe Ambitionen, sich bei der nächsten Wahl des Oberbürgermeisters ebenfalls um das Amt zu bemühen«, warf de Boer ein. »Vielleicht wollte sie ja einen unliebsamen Mitbewerber aus dem Weg räumen.«

»Passen Sie auf, was Sie da sagen, junger Kollege«, herrschte Süß ihn an.

»Sie sollten sich die Dame einmal genauer ansehen«, unterbrach Caspers den Polizeipräsidenten und rieb sich nachdenklich die Stirn. »Wir haben gegen Niels Baron bisher nur die Aussage von dieser Jutta Sprave. Wenn wir ihn vorladen wollen, brauchen wir weitere stichhaltige Beweise. Wir sollten die Finanzbehörden kontaktieren und den finanziellen Hintergrund von Jungbluth und Baron überprüfen. Sicher lassen sich noch weitere seiner Aktivitäten dokumentieren und belastbares Material sammeln, egal, was es ist. Den OB lassen wir erst mal außen vor. Außerdem werde ich mich mit den Kollegen für Sittlichkeitsdelikte und Wirtschaftskriminalität in Verbindung setzen. Schließlich fiel hier in der Runde schon der Begriff ›Rotlicht‹. Vielleicht existieren dort bereits Akten über Baron.«

»Wäre es nicht ratsam, doch endlich eine Sonderkommission zu bilden?«, fragte Dr. Süß, der sich augenscheinlich wieder beruhigt hatte.

»Ich weiß nicht«, meinte Caspers kopfschüttelnd. »Sie sagten doch selbst, wenn dies alles an die Öffentlichkeit gelangt, haben wir einen Riesenskandal. Solange wir noch nichts hundertprozentig beweisen können, halte ich es für sinnvoller, alles auf kleiner Flamme zu kochen. Oder wie sehen Sie das, Ferschweiler?«

Der Kommissar, der einen Schluck Kaffee getrunken hatte, stellte die Tasse vor sich ab und strich sich eine Strähne aus der Stirn, die sich aus seinem Zopf gelöst hatte. Nachdenklich sagte er: »Ich stimme dem Staatsanwalt zu. Je kleiner das Team, desto besser. Wir könnten den Informationsfluss doch irgendwann gar nicht mehr kontrollieren.«

»Ich finde, Ferschweiler hat recht«, sagte Möllemann.

Auch de Boer nickte.

»Dann sind wir uns also einig«, schloss Caspers. »Ich stelle die Kontakte zu den Kollegen her. Behalten Sie den Verdacht der Schmiergeldzahlungen und die möglichen Verwicklungen des Oberbürgermeisters zunächst einmal für sich, wenn Sie mit den Kollegen sprechen. Ich brauche Ihren schriftlichen Bericht bis morgen früh, Ferschweiler. Also dann, an die Arbeit.«

Ferschweiler, de Boer und Möllemann verließen gemeinsam das Büro des Staatsanwalts. Auf dem Gang blieb die Kriminalrätin stehen.

»Ich schlage vor«, sagte sie, »dass ich den Bericht für den Staatsanwalt schreibe. In der Zwischenzeit kann Klettenheimer den finanziellen Background von Baron und Jungbluth durchleuchten. Und Sie beide kümmern sich um diese Hoppenstedt.«

»Danke. Ich hasse diesen Papierkram«, sagte Ferschweiler erleichtert.

»Ich weiß, deshalb biete ich es Ihnen ja an. Caspers und Dr. Süß müssen morgen früh wieder vor die Presse. Es wäre nicht schlecht, wenn beide dann etwas in der Hand hätten.«

Ferschweiler seufzte. »Na dann. Wir werden uns bemühen.«

»Da fällt mir noch etwas ein«, sagte Möllemann im Gehen. »Wurden inzwischen die Aussagen aller Geburtstagsgäste überprüft?«

»Wenn ich das richtig sehe«, sagte Ferschweiler und blätterte in seinen Unterlagen, die er in der Hand hielt, »fehlt uns nur noch die Aussage von Lolita Knöth. Uns liegen Zeugenaussagen vor, dass auch sie während des Empfangs einen heftigen Streit mit Jungbluth hatte. Allerdings konnte sie bisher noch nicht dazu gehört werden. Als die Kollegen sie gestern in ihrem Büro im Rathaus sprechen wollten, hieß es, sie habe sich krankgemeldet. In ihrer Wohnung auf dem Petrisberg konnte sie bisher noch nicht angetroffen werden. Ans Telefon geht sie ebenfalls nicht.«

»Wie meinen Sie das?«, wollte Möllemann wissen. »Ist die Dame etwa verreist, oder wird sie gar vermisst?«

»Wir hatten zwar alle Gäste gebeten, sich zu unserer Verfügung zu halten, aber man kann sich dessen ja nie sicher sein«, entgegnete Ferschweiler schulterzuckend. »Soweit wir wissen, hat sie keine näheren Angehörigen hier in Trier, und wie uns ihre Sekretärin mitteilte, auch kaum Freunde.«

»Sie meinen, dass es wohl niemandem auffiele, wenn sie ein paar Tage lang nicht auftauchen würde?« Möllemann runzelte die Stirn.

»Doch, doch«, sagte Ferschweiler. »Auffallen würde es schon, schließlich ist die Zeitung ja jeden Tag voll von ihr. Aber ob man sie tatsächlich vermissen würde?«

Möllemann schmunzelte. Dann wandte sie sich zu einem Fenster und verschränkte die Arme hinter ihrem Rücken. Nach einem kurzen Augenblick drehte sie sich zu Ferschweiler und sagte: »Bleiben Sie an der Sache dran. Es handelt sich hier immerhin um die Stellvertreterin unseres Opfers. Ich hoffe, dass ihr nicht auch etwas zugestoßen ist. Schicken Sie die Kollegen am besten noch mal los. Sie sollen sich bei den Nachbarn erkundigen – und vielleicht wissen ihre Mitarbeiter ja doch, wo sie sein könnte.«

»Wird gemacht«, sagte Ferschweiler. »De Boer und ich werden uns derweil mit Marie-Luise Hoppenstedt befassen.«

»Wunderbar. Haben Sie eigentlich inzwischen Nachricht von Ihrem Freund Roman Rednez?«, wollte Möllemann noch wissen.

»Nein, leider noch nicht. Aber wir hatten vor einiger Zeit vereinbart, dass er mir eine Nachricht über seinen Gartennachbarn zukommen lassen würde, wenn ich nichts von ihm höre.«

»Also dann«, sagte Möllemann und ging zu ihrem Büro.

***

Das von Marie-Luise Hoppenstedt geführte Schuhgeschäft war in Trier und der Region dafür bekannt, dass man hier auch Schuhe erwerben konnte, die es sonst nur in Düsseldorf, Berlin oder Paris zu finden gab. Insbesondere die gut betuchten Kunden aus dem nahe gelegenen Luxemburg wussten die exklusive Auswahl zu schätzen. Sie waren auch ein wesentlicher Grund für den wirtschaftlichen Erfolg des Betriebes.

Ferschweiler hatte schon oft mit Rosi vor den Schaufenstern des Geschäfts gestanden, wo sie ihm jedes Mal von den neuesten Modellen vorgeschwärmt hatte, die sie sich gern gekauft hätte, aber nicht leisten konnte. Zumeist handelte es sich um hochhackige Pumps in den ausgefallensten Designs zu Preisen, die Ferschweiler nicht mal in seinen kühnsten Träumen für ein Paar Schuhe ausgegeben hätte. In denen, die Rosi ihm zeigte, hätte sie seiner Meinung nach sowieso nicht gehen können, sondern sich bestenfalls die Beine gebrochen. Doch hütete er sich davor, ihr das zu sagen.

Als Ferschweiler und de Boer das Schuhgeschäft betraten, ertönte eine leise Glocke. Ferschweiler war sprachlos. Ein solch beeindruckendes Interieur hatte er noch nie in einem Schuhladen gesehen. Das Mobiliar wirkte edel und luxuriös, genau wie die zu verkaufende Ware. In der Mitte des Raums befanden sich mehrere lederne Sitzgelegenheiten zum Anprobieren der Schuhe. De Boer stieß Ferschweiler mit dem Ellbogen in die Seite und zeigte auf ein Paar Pumps mit mindestens zehn Zentimeter hohen Absätzen.

»Schau, Rudi, die haben hier sogar Schuhe von Christian Louboutin!«

»Jetzt sag mir nicht, dass du dich auch noch mit Damenschuhen auskennst«, sagte Ferschweiler kopfschüttelnd.

De Boer wollte etwas entgegnen, aber in diesem Moment trat eine adrett gekleidete Verkäuferin mittleren Alters an die beiden Kommissare heran und begrüßte sie. De Boer zeigte ihr seinen Ausweis und bat darum, mit Marie-Luise Hoppenstedt sprechen zu dürfen.

»Frau Hoppenstedt ist oben in der zweiten Etage in unserer Herrenabteilung. Wir haben gerade eine neue Lieferung Budapester bekommen«, sagte die Verkäuferin und zeigte in Richtung einer ausladenden Treppe, die sich im hinteren Bereich des Geschäfts befand.

Ferschweiler und de Boer stiegen die Stufen hinauf. Auch hier herrschte dasselbe exklusive Interieur. Im Gegensatz zur Damenabteilung war das Licht jedoch gedämpfter und erinnerte Ferschweiler an die Ausstattung britischer Salons, wie er sie sich vorstellte. Der Verkaufsraum hatte in etwa die gleiche Größe wie der untere, die Wände waren in einem tiefen Bordeauxrot gestrichen, und auch hier standen dunkle Holzregale an den Wänden, in denen die unterschiedlichsten Herrenschuhe präsentiert wurden. Bodenlange Spiegel mit schweren silberfarbenen Rahmen schmückten alle Ecken des Raums.

Ferschweiler blickte verstohlen zu de Boer und konnte dessen Augen leuchten sehen. Er musste sich wie im Paradies vorkommen, da war sich Ferschweiler sicher.

In der linken hinteren Ecke stand Marie-Luise Hoppenstedt und hielt ein Paar schwarze Herrenschuhe in der Hand. Sie schien in ein Gespräch mit zwei ihrer Mitarbeiter vertieft zu sein. Sie hatte mittellange dunkelbraune Haare, die sie zu einem Zopf zusammengebunden hatte, was ihrem Aussehen eine gewisse Strenge verlieh. Sie trug ein dunkelblaues Kostüm, eine hellblaue Bluse und farblich passende, hochhackige Schuhe. Sie war sehr schlank, und Ferschweiler wusste, dass sie sechsundvierzig Jahre alt war.

»Herr Müller, sehen Sie diese Striemen hier im Leder?«, herrschte sie den Mann zu ihrer Rechten an. »Schicken Sie die Schuhe unverzüglich zurück.«

»Ja, Frau Hoppenstedt, wird sofort erledigt.«

Ferschweiler hüstelte vernehmlich, um auf sich aufmerksam zu machen. »Entschuldigen Sie bitte, Frau Hoppenstedt?«

»Ja, das bin ich. Was kann ich für Sie tun?«

Ferschweiler erläuterte den Grund ihres Besuches.

»Bitte, meine Herren, gehen wir am besten in mein Büro.« Marie-Luise Hoppenstedt schritt vor den beiden Kommissaren auf die linke Seite des Verkaufsraums zu. Erst jetzt sah Ferschweiler, dass sich dort eine im selben Farbton wie die Wände verkleidete Tür befand, die zu einem dahinterliegenden Treppenhaus führte, in das sie Hoppenstedt geleitete.

»Das war früher der Bedienstetengang«, erläuterte Hoppenstedt, als sie die Treppen hinaufstiegen. »Wie Sie sicherlich wissen, hat meine Familie das Haus nach dem Krieg vollständig umbauen lassen. Mein Büro und die Räume der Verwaltung befinden sich oben unter dem Dach.«

»Ich habe schon davon gehört«, sagte Ferschweiler schwer atmend. Er hatte Mühe, den sportlich schnellen Schritten Hoppenstedts zu folgen.

»Der ganze Gebäudekomplex war früher einmal ein reines Wohngebäude und wurde erst in späteren Jahren zu einem Geschäftshaus umfunktioniert. Da sind wir«, sagte Hoppenstedt, als sie das Dachgeschoss erreicht hatten. Sie zeigte auf eine große Glastür, die sich am Ende eines langen Flurs befand. »Dort ist mein Büro.«

Ferschweiler war überrascht. Während in den Verkaufsräumen warme, dunkle Farben und gedämpftes Licht vorherrschten, wirkte die Atmosphäre an Hoppenstedts Arbeitsplatz eher nüchtern, fast schon unterkühlt. Die Wände waren weiß gestrichen, einzig ein großformatiges Gemälde an der rechten Wand sorgte für etwas Farbe. Über die ganze Breite des Raums verlief ein bodentiefes Fensterband, durch das man vermutlich einen phantastischen Blick auf den Dom hatte, wären die Jalousien nicht herabgelassen gewesen, wie Ferschweiler bedauernd feststellte. Passend zur kühlen Atmosphäre des Raums sorgte die Klimaanlage, die auf Hochtouren zu laufen schien, für die entsprechenden Temperaturen.

»Bitte, meine Herren, nehmen Sie Platz«, sagte Hoppenstedt und zeigte auf zwei weiße Lederstühle, die vor einem gläsernen Schreibtisch standen. Sie selbst setzte sich hinter dem Tisch auf einen ebenfalls weißen Schreibtischstuhl und stützte ihre Arme auf die Stuhllehnen. Mit übereinandergeschlagenen Beinen blickte sie die Kommissare erwartungsvoll an.

»Wie bereits erwähnt, sind wir hier, um mit Ihnen über den Tod von Carl-Theodor Jungbluth zu sprechen«, begann Ferschweiler das Gespräch. »Sie waren am fraglichen Abend in den Viehmarktthermen anwesend?«

»Ja, es war schrecklich. Aber ich habe Gott sei Dank nicht mitbekommen, wie er starb.«

»Wo hielten Sie sich zum Zeitpunkt seines Todes, also zwischen zweiundzwanzig Uhr und zweiundzwanzig Uhr dreißig, auf?«, fragte de Boer.

Hoppenstedt zögerte einen Moment, ehe sie sprach. »Ich glaube, da war ich im hinteren Bereich und habe mit dem Juwelier Peter Pfähler gesprochen.«

»Wie gut kannten Sie Herrn Jungbluth?«, fragte Ferschweiler.

»Ich kannte Carl-Theodor, oder besser CT, schon sehr lange. Wie Sie wissen, bin ich nicht nur die Geschäftsführerin unseres Familienbetriebes, sondern auch Vorsitzende des ›City-Rings‹. In dieser Position vertrete ich die Interessen von mehr als achtzig Einzelhändlern der Stadt. Da gab es natürlich viele Berührungspunkte.«

»Gab es neben diesen dienstlichen ›Berührungspunkten‹ auch private Kontakte zu Herrn Jungbluth?«, hakte de Boer nach.

Ferschweiler ahnte, worauf er hinauswollte.

»Wenn Sie ein gemischtes Doppel bei einem Wohltätigkeitstennisturnier als Privatkontakt bezeichnen, ja, dann hatte ich auch privaten Kontakt. Aber wenn Sie meinen, dass wir uns zum Abendessen zu Hause trafen, dann muss ich die Frage verneinen.« Hoppenstedt war inzwischen näher an den Tisch herangerückt und hatte ihre Hände vor sich zusammengefaltet auf die Tischplatte gelegt. Kühl blickte sie die Kommissare an.

»Ich meinte eher Letzteres. Sie haben sich also nie privat getroffen?« De Boer ließ nicht locker.

»Nein, das sagte ich bereits. Warum fragen Sie danach?«

»Nun, Roswitha Jungbluth hat uns da etwas anderes berichtet. Sie sagte aus, dass Sie und Jungbluth vor einigen Jahren eine sehr intensive Beziehung hatten.«

»Meine Herren«, Hoppenstedt musste lachen, »ich bitte Sie. CT hatte viele Affären, aber sicherlich keine mit mir. Alles war damals nur Gerede, auch die Sache mit der Fehlgeburt. Man wollte uns diskreditieren. Sie müssen wissen, dass ich lesbisch bin. Ich hatte nur noch kein Coming-out wie so manch andere in den letzten Jahren. Trier war mir dafür bisher immer ein bisschen zu konservativ – oder ich war zu ängstlich.« Sie lachte erneut auf. »Aber Sie haben recht: Vielleicht sollte ich das bald mal ändern. Meine in Luxemburg lebende langjährige Lebensgefährtin ist auch der Meinung, dass ich langsam öffentlich zu meiner sexuellen Orientierung stehen sollte.« Sie blickte Ferschweiler direkt in die Augen und wurde wieder ernst. »Aber was hat das ganze Gewäsch von damals eigentlich mit CTs Tod zu tun?«

»Nun ja, Herr Jungbluth ist keines natürlichen Todes gestorben. Wir ermitteln daher in alle Richtungen.«

Hoppenstedt zog für einen kurzen Augenblick die Augenbrauen zusammen.

»Wenn Sie schon nach Affären fragen, dann fragen Sie doch mal Roswitha Jungbluth selbst. Sie ist sicherlich die Letzte, die über den Tod ihres Mannes trauert.«

»Das haben wir bereits«, entgegnete Ferschweiler trocken.

Hoppenstedt wirkte konsterniert.

De Boer blickte von seinen Notizen auf. »Was hielten Sie von den Plänen des Baudezernenten, ein neues Einkaufszentrum im Bereich der Europahalle zu bauen?«

»Ich bin und war der Auffassung, dass die Stadt kein weiteres Einkaufszentrum benötigt«, sagte Hoppenstedt sehr bestimmt und nickte mit dem Kopf.

»Wussten Sie, dass die Pläne diesbezüglich bereits sehr weit gediehen waren?«

»Ja, das hatte ich erfahren«, antwortete Hoppenstedt abschätzig.

»Ich habe den Eindruck, dass Sie diese Pläne sehr missbilligen. Stimmt es, dass Sie auf der Geburtstagsfeier deshalb einen lautstarken Streit mit Herrn Jungbluth hatten?«

Die Geschäftsfrau wirkte überrascht. »Wir hatten keinen Streit, wir haben lediglich unsere unterschiedlichen Positionen diskutiert.«

»Nun, da behaupten einige Zeugen aber etwas anderes«, sagte de Boer. Und in ruhigem, fast beiläufigem Tonfall fuhr er fort: »Wie eine Diskussion soll es nicht ausgesehen haben, ganz im Gegenteil. Sie sollen sich regelrecht angeschrien und Jungbluth gedroht haben.«

»Mein Lieber«, sagte Hoppenstedt herablassend. »Sehe ich aus wie jemand, der es nötig hätte, herumzuschreien? Die Musik war sehr laut, da musste man eben etwas lauter sprechen, um sich verständlich zu machen.«

»Aber die Pläne von Herrn Jungbluth können Ihnen ja nicht gefallen haben.«

»CT wollte die Innenstadt als reines Einkaufsparadies verstanden wissen. Dabei übersah er, dass es gerade die Diversität des Angebotes ist, die den besonderen Reiz ausmacht. Schauen Sie sich doch einmal die ›Moselarkaden‹ an. Sie finden dort nur Filialen großer Ketten. Aber es sind doch auch die altangestammten Traditionshäuser, wie das meiner Familie, die der Stadt ihr besonderes Flair geben. Doch dafür hatte CT keinen Sinn. Er sah immer nur das Geld, das schnelle Geld. Langfristig haben diese ganzen Einkaufszentren keine Chance.« Hoppenstedts Augen funkelten.

»Entschuldigen Sie«, unterbrach de Boer ihren Redefluss, »aber hat es sich nicht gezeigt, dass der Einzelhandel durch die ›Moselarkaden‹ sogar profitiert hat?«

»Ich bestreite die positiven wirtschaftlichen Effekte der ›Moselarkaden‹ auch gar nicht. Aber meinen Sie wirklich, dass die Stadt ein weiteres Einkaufszentrum benötigt? Schauen Sie sich doch mal die Beispiele in anderen Städten an. Leerstände allenthalben, horrende Mieten, die sich kein Einzelhändler mehr leisten kann. Die Folge ist eine zunehmende Verödung der Innenstädte. Es spielt doch schon keine Rolle mehr, in welcher Stadt Sie sich gerade befinden. Alles ist austauschbar, nur Franchiseunternehmen und Filialisten großer Einzelhandelsketten von H&M bis Douglas.« Hoppenstedt hatte sich in Rage geredet, und ihre Wangen glühten vor Erregung.

»Wussten Sie, dass es noch weitere Investoren gab, die ein Interesse an der Umsetzung eines Einkaufszentrums hatten?«, fragte Ferschweiler.

»Meinen Sie etwa die Pläne von Hanselmann und seinem Freund Bach? Ja, davon hatte ich ebenfalls gehört.«

»Was halten Sie von seinen Plänen eines Theaterneubaus?«

»Wie Sie sicherlich wissen«, sagte Hoppenstedt, die sich wieder gefangen zu haben schien, »bin ich sehr kulturaffin. Meine Familie und ich spenden regelmäßig für kulturelle Institutionen und Veranstaltungen in der Stadt. Aber der Hanselmann ist einfach nur größenwahnsinnig.«

Hoppenstedt schüttelte den Kopf.

De Boer griff in die Tasche seines Sakkos und zog ein Foto hervor.

»Erkennen Sie das Döschen wieder, das hier zu sehen ist?«, fragte er und schob das Foto über den Tisch.

»Nein, was ist das?«

»Unsere Kollegen von der Spurensicherung haben diese Dose am Montagabend auf der Damentoilette der Viehmarktthermen aus dem Müll gezogen.«

»Ja und?«

»Es wurden Ihre Fingerabdrücke darauf gefunden. Sind Sie sicher, dass Sie die Dose nicht erkennen? Vielleicht kommt Ihnen die Gravur ja sogar bekannt vor?«

Hoppenstedt strich sich über den Saum ihrer Bluse.

»Ach, jetzt erinnere ich mich wieder«, sagte sie nach einem kurzen Moment. »Die Dose lag auf der Ablage beim Waschbecken. Es war ekelig, so als wenn Junkies anwesend gewesen wären. Da habe ich mir nichts weiter dabei gedacht und sie einfach weggeworfen.«

Ferschweiler wusste nicht, was er entgegnen sollte, und beschloss, das Verhör zu beenden. »Frau Hoppenstedt, vielen Dank für das Gespräch. Wir finden allein hinaus.«

»Sie hat uns nicht einmal etwas zu trinken angeboten«, sagte de Boer, als sie das Gebäude verließen.

»Wir haben nichts gegen sie in der Hand. Dass ihre Fingerabdrücke auf der Dose sind, beweist rein gar nichts. Mach doch mal bei den Kollegen in Mainz etwas Druck, Wim. Wir müssen zumindest wissen, ob das Gift in der Dose aufbewahrt wurde.«

»Ich kümmere mich umgehend darum, denn wir haben auch noch keine Nachrichten wegen der Gewebeproben«, sagte de Boer.

Ferschweiler nickte. Dann sagte er nachdenklich: »Neben Baron haben wir nun mit Hoppenstedt eine weitere Person, die über ein Indiz mit der Tat in Verbindung stehen könnte.«

»Kommst du mit in die Kantine, einen Happen essen?«, fragte de Boer. »LePetit hat bestimmt wieder ein phantastisches Ragout im Angebot.«

»Geh du nur, ich gehe ins Präsidium zurück«, entgegnete Ferschweiler.

»Ganz wie du meinst«, sagte de Boer und verabschiedete sich schulterzuckend von seinem Vorgesetzten.

***

Erschöpft ließ sich de Boer eine Stunde später in seinen Bürostuhl fallen. Ferschweiler hob den Kopf.

»Was ist los, Wim?«

»Ach, sei froh, dass du nicht mit in die Cafeteria gegangen bist.«

»Wieso? Hat sich Auguste diesmal etwa keine Mühe gegeben?«

»Tja, leider kann ich dir diese Frage nicht beantworten. Denn es gab gar kein Essen.«

»Kein Essen?«, fragte Ferschweiler verblüfft.

»LePetit, der Meisterkoch, ist seit gestern nicht zur Arbeit erschienen, und das übrige Personal hat keinen Plan«, winkte de Boer ab. »Ich bin dann entnervt ins Fast-Food-Restaurant im ›Alleencenter‹ in der Ostallee gegangen.«

»Dass Auguste nicht zur Arbeit erscheint, ist merkwürdig«, bemerkte Ferschweiler nachdenklich. »Das passt gar nicht zu ihm. Vielleicht ist er ja krank? Oder der Tod von CT hat ihn so mitgenommen?«

De Boer zuckte mit den Schultern. »Genau das habe ich seine Mitarbeiterinnen auch gefragt, aber sie wussten es nicht. Offenbar konnte man LePetit weder über Festnetz noch per Mobiltelefon erreichen.«

»Hoffentlich ist ihm nichts passiert«, sagte Ferschweiler. Er überlegte, ob er selbst versuchen sollte, LePetit anzurufen, als ihn das Läuten seines Telefons aus seinen Gedanken riss. Der Kommissar nahm das Gespräch genervt entgegen.

Am Apparat war Klaus Ternes, der vor nicht allzu langer Zeit von der Abteilung für Drogendelikte zur Polizeiinspektion Innenstadt gewechselt hatte. Ferschweiler hatte ihn bei einem zurückliegenden gemeinsamen Fall kennen- und schätzen gelernt.

»Hallo Rudi«, sagte Ternes, den Ferschweilers unüberhörbare Übellaunigkeit nicht zu stören schien.

»Hallo Klaus«, sagte Ferschweiler. »Wie geht es dir? Hast du etwa Hinweise für uns?«

»Ich habe leider keine guten Neuigkeiten. Lolita Knöth wurde vor knapp zwei Stunden bewusstlos in ihrer Wohnung aufgefunden.«

»Das gibt es doch nicht«, sagte Ferschweiler. Er ließ sich in seinen Stuhl zurückfallen. »Was ist passiert?«

»Dr. Knöths Putzfrau, die zufällig am Haus ihrer Chefin vorbeikam, hatte sich gewundert, dass die Rollläden trotz der Hitze nicht herabgelassen und die Fenster sperrangelweit geöffnet waren. Da sie immer den Schlüssel zur Wohnung bei sich trägt, dachte sie sich, dass es ja nicht schaden könne, einmal nach dem Rechten zu sehen. Und da hat sie sie dann gefunden. Sie lag auf dem Bett in ihrem Schlafzimmer.«

»Und?« Ferschweiler war beunruhigt.

»Es sieht ganz nach einem Suizidversuch aus.«

»Selbstmord? Warum denn nur?« Ferschweiler konnte es nicht fassen. Zwar hatte er Lolita Knöth nicht persönlich gekannt, aber nach allem, was er aus der Tagespresse über sie erfahren hatte, hielt er sie für eine selbstbewusste und willensstarke Frau. Aber man sah eben nie, was in einem Menschen wirklich vor sich ging.

»Ich glaube, dass wir die Mörderin von Jungbluth gefunden haben«, fuhr Ternes fort.

Ferschweiler beugte sich vor. »Wie meinst du das?«

»Gerade war einer der Sanitäter, die Dr. Knöth ins Klinikum ›Mutterhaus der Borromäerinnen‹ transportiert haben, hier bei mir auf der Wache. Die Kulturdezernentin ist während der Fahrt ins Krankenhaus wohl noch einmal kurz zu sich gekommen. Sie hat ihm etwas ins Ohr geflüstert, was dem Mann keine Ruhe ließ.«

»Was hat sie ihm gesagt?«, wollte Ferschweiler wissen.

»Warte, ich zitiere aus dem Protokoll.«

Ferschweiler hörte es rascheln; offensichtlich blätterte Ternes in seinen Unterlagen.

»Sie sagte wörtlich zu dem Sanitäter: ›Es tut mir so leid. Vergeben Sie mir, bitte. Ich habe ihn getötet. Er sollte doch nur leiden, nicht sterben.‹«

»Unglaublich.«

»Nicht wahr? So einfach kann es manchmal sein. Ich schicke dir das Protokoll umgehend zu.«

»Das ist gut, Kollege, danke«, sagte Ferschweiler und beendete das Gespräch.

Kaum dass er aufgelegt hatte, wählte er die Nummer von Möllemann, um sie über die neuesten Geschehnisse zu informieren.

»Die Chefin will, dass Knöths Wohnung durchsucht wird. Vielleicht findet sich ja etwas, das auf ihre Tat und ihre Motive Rückschlüsse zuließe. Kannst du da jemanden hinschicken? Vielleicht zusammen mit Wingertszahn-Lichtmeß. Möllemann hat ja recht: Man kann nie wissen.«

Ferschweiler verabschiedete sich von de Boer, der noch einen Archivgang zu einigen bislang ungeklärten Details plante, und fuhr mit dem Bus nach Trier-West. Er brauchte heute einfach einen früheren Feierabend.

VIER

Die Kleingartenanlage Im Steinsweg lag am unteren Hang des Markusberges als nordwestlicher Abschluss von Trier-West. Über ihr, weit oben auf den roten Sandsteinfelsen, die das Moseltal bei Trier landschaftlich prägten, thronte die Mariensäule, die nachts oftmals beleuchtet wurde, sich manchmal aber auch in Dunkel hüllte.

Ferschweiler hatte, obwohl selbst aus Trier-West stammend, lange nicht verstanden, nach welchem System die Muttergottes oben auf den Klippen angestrahlt wurde. Erst vor Kurzem hatte ihm Rosi die Lösung des ihn so lange beschäftigenden Rätsels beiläufig präsentiert, als sie darüber nachdachte, was sie ihrer Freundin Karin zum fünfzigsten Geburtstag schenken könnte.

»Was würdest du davon halten«, hatte sie gesagt, »wenn wir Karin an ihrem Ehrentag mit der Beleuchtung der Mariensäule überraschen würden?«

Ferschweiler war verdutzt gewesen.

»Die Beleuchtung? Aber die Mariensäule wird doch eigentlich immer beleuchtet.«

»Nein«, hatte Rosi entgegnet. »Eigentlich nie. Nur wenn die Illumination gebucht wird, dann lässt das Bistum das Denkmal anstrahlen. Man bekommt sogar eine Urkunde darüber. Wenn keine Buchung vorliegt, bleibt sie dunkel.«

Ferschweiler war schlagartig einiges klar geworden. Keine kirchlichen Gedenk- oder Trauertage bestimmten die Beleuchtungssituation auf dem Markusberg. Vielmehr regierte auch hier nur der schnöde Mammon. Es ging gar nicht um die Präsenz der Muttergottes als Schutzpatronin der Stadt, sondern nur ums Geld. Ferschweiler wunderte sich wirklich, wie weit es mit der Kirche gekommen war. Aber gut.

Heute Morgen war er gar nicht erst in den Büros der Mordkommission erschienen, sondern gleich in seinem Stadtteil geblieben. Nachdem er im »Standhaften Legionär« einen starken

Kaffee aus Rosis mittlerweile wieder repariertem Vollautomaten genommen und ein Wurstbrot gegessen hatte, war er zur Kleingartenanlage gegangen.

Das Wetter war auch wieder ungewöhnlich heiß, fast hochsommerlich, und Ferschweiler dachte darüber nach, ob das ganze Gerede vom Klimawandel nicht vielleicht doch seine Richtigkeit hatte. Erst heute hatte er im ›Trierischen Volksfreund‹ gelesen, dass die Winzer an der Mosel bald Shiraz anbauen würden, eine Rebsorte, die er nur aus den Regalen von Lidl kannte und die wohl aus Australien stammte.

Der Zugang zur Schrebergartenanlage lag etwas versteckt in einer Sackgasse. Gut, dass de Boer ihn heute nicht gefahren hatte. Er hätte seinen Wagen nirgendwo parken können. Offenbar verzichteten die meisten der Laubenpieper hier auf eine Anfahrt mit dem Auto, wenn sie überhaupt eines besaßen. Nur ein alter, zerbeulter silbergrauer Opel Ascona stand auf dem lehmigen Bereich, der als Parkplatz diente.

Das halbhohe Gittertor am Eingang hatte schon bessere Tage erlebt. Sein Anstrich bestand zu fast hundert Prozent aus reiner Bleimennige, die heute zur Rosthemmung eigentlich nicht mehr verwendet wurde.

Das Tor knarrte, als Ferschweiler es öffnete. Der Weg dahinter war unkrautfrei, frisch geharkt und sauber. Hier schien wirklich Ordnung zu herrschen. Er fragte den erstbesten Bewohner der Anlage, dem er begegnete, nach der Hütte von Sepp Wintrich. Wortlos wies der Mann auf die erste Parzelle direkt neben dem Eingang. Ferschweiler dankte, ging zurück und betätigte die neben dem offen stehenden Gartentor angebrachte Funkklingel, auf deren verschmutztem Klingelschild nichts Leserliches mehr zu entdecken war.

Er wartete einige Sekunden, ohne dass etwas geschah. Dann klingelte er erneut.

Nach weiteren zehn Sekunden erschien in der Tür der Datscha ein dicker Mann, Ferschweiler hätte ihn auf Mitte bis Ende sechzig geschätzt, in einem durchgewetzten hellgrünen Jogginganzug. Seine mit löchrigen Tennissocken bekleideten

Füße steckten in ausgetretenen Badeschlappen, wie sie auch der Polizeisportverein verwendete.

»Wollen Sie zu mir?«, hörte er den Mann benommen lallen.

»Wenn Sie Sepp Wintrich sind, dann ja«, entgegnete Ferschweiler und betrat die durch Gemüsebeete erstaunlich ordentlich gegliederte Parzelle.

Der alte Mann war bereits wieder in seiner Hütte verschwunden. Ferschweiler trat bedächtig näher. Er war noch nie ein Freund der Gartenarbeit gewesen. Wie auch, hatte doch seine Mutter gemeinsam mit ihm und seinem Bruder immer nur in Etagenwohnungen gelebt, die manchmal über einen Balkon, niemals aber über ein eigenes Stückchen Garten verfügten. Wenn er rausgewollt hatte, war er mit seinen Kumpels immer in den Palastgarten zwischen dem Kurfürstlichen Palais und den Kaiserthermen gegangen, wo sie so manche Party geschmissen hatten. Aber einen eigenen Garten? Und dann noch nicht einmal in unmittelbarer Nähe zur eigenen Wohnung? Nein, für Ferschweiler wäre das nichts gewesen.

Wintrich hingegen hatte sich hier gut eingerichtet. Eine Satellitenschüssel prangte auf dem leicht geneigten Flachdach seiner Hütte; unterhalb der Dachrinne war die Box für den Telefonanschluss zu erkennen. Es gab fließendes Wasser sowie einen eigenen Abort mit einem herzförmigen Guck- beziehungsweise Lüftungsloch in der Tür.

Ferschweiler trat in den dunklen Innenraum. Er hörte Wintrich sagen: »Na, dann kommen Sie mal herein in die gute Stube, wer immer Sie auch sind. Ich bekomme eigentlich nie Besuch.«

Der Kommissar stand in der Hütte und war überrascht. Von außen wirkte sie proper und geräumig. In ihrem Inneren aber war sie vollgestellt, wie es voller nicht mehr hätte funktionieren können. Wintrich war offensichtlich beherrscht vom *Horror Vacui*. Nichts war nicht belegt mit irgendwelchen Kisten, Altpapierstapeln, Gläsern oder Tüten. Keine Stelle, die auch nur einen Blick auf die dahinter befindliche Wand freigegeben hätte.

Und inmitten dieser Ansammlung von Dingen, die die Welt außerhalb dieser vier Wände offensichtlich nicht mehr brauchte, saß auf einem kleinen Campingstuhl neben einem hölzernen Tisch Sepp Wintrich und hielt sich an einer halb geleerten Flasche Bier fest. Den mit der Satellitenschüssel verbundenen Fernseher konnte Ferschweiler indes nicht entdecken.

»Ich bin Hauptkommissar Ferschweiler von der Mordkommission«, begann er das Gespräch, nachdem sich seine Augen kurz an die im Inneren der Hütte herrschende Dunkelheit gewöhnt hatten. »Darf ich Ihnen ein paar Fragen stellen, Herr Wintrich?« Er wusste, seinen Ausweis brauchte er hier gar nicht erst zu zeigen.

»Aber klar doch.« Wintrich musste husten. »Kommen Sie herein und stellen Sie Ihre Fragen. Ich weiß aber nicht, ob ich sie werde beantworten können.« Das die letzten Worte begleitende Lachen des Mannes ging in einem heftigen Hustenanfall unter.

»Ich habe Ihren Namen und Ihre Adresse von Roman Rednez erhalten. Kennen Sie den?« Ferschweiler wollte langsam beginnen.

»Ja, natürlich kenne ich den Roman. Wir sind Nachbarn und so etwas wie Freunde.« Wintrich wirkte melancholisch, wenn Ferschweiler sein Verhalten, obwohl er ihn nicht kannte, richtig einschätzte.

»Ich habe vor vierundzwanzig Stunden eine Nachricht von Roman Rednez erhalten. Wir hatten vereinbart, dass ich, wenn ich bis heute Morgen um sieben Uhr nichts von ihm hören würde, bei Ihnen vorbeikommen sollte.«

Ferschweiler beobachtete sein Gegenüber sehr genau.

Doch Wintrich blieb absolut gelassen und nahm erst einmal einen tiefen Zug aus der damit vollständig geleerten Bierflasche. Dann stand er auf. Ferschweilers Blick blieb auf der Lendengegend des Alten hängen, wo sich unterhalb des Hosenstoffes eine mächtige Beule abzeichnete.

»Ja«, sagte Wintrich, der den Blick des Kommissars bemerkt hatte, »ich habe seit nunmehr sieben Jahren einen Hodenbruch. Und ein guter Teil meines Bauchfells und meines Darms ist mittlerweile durch die Öffnung im Zwerchfell gerutscht.«

Wintrich machte mit vor Schmerz verzerrtem Gesicht zwei

schleppende Schritte nach vorn. »Bevor Sie fragen, ich habe Angst vor der Operation. Ich kann die Vorstellung, dass sich meinem Körper ein Messer nähert und in ihn eindringt, nicht ertragen. Schmerzen hingegen machen mir nicht so viel aus.«

Dann ging er humpelnd an Ferschweiler vorbei, verließ unter plötzlich einsetzendem lauten Ächzen und Stöhnen den Schrebergarten und trat watschelnd auf den Parkplatz vor dem Eingang der Anlage. In seiner Hand hielt er noch immer die leere Bierflasche.

Ferschweiler dachte, der Alte würde nun Richtung Stadt gehen, doch Wintrich holte einen Schlüssel aus der Tasche, öffnete den Kofferraum des dort abgestellten alten Opel Asconas und tauschte im Kofferraum die leere gegen eine volle Flasche. Zudem nahm er einen großen braunen Briefumschlag aus dem Auto. Dann kam er im Schneckentempo zurück in seine Hütte.

»Es bleibt einem ja nicht viel, Herr Kommissar, wenn Sie wie ich auf Hartz IV sind«, sagte er erschöpft. Schwerfällig ließ er sich wieder auf seinem Campingstuhl nieder, dessen Gelenke unter ihm quietschten.

»Aber ich will mich nicht beklagen. Mir geht es eigentlich ganz gut. Hab meine Ruhe und mein Bier – zumindest bisher.«

»Kennen Sie Rednez wirklich gut?«, wollte Ferschweiler wissen.

»Nein, wir sind bloß Nachbarn. Ab und zu leeren wir mal ein Stubbi zusammen. Aber ich habe seit Jahren schon keine echten Kontakte mehr. Ich lebe hier ganz für mich allein. Will es auch nicht anders.«

Wintrich hatte die mitgebrachte Flasche geöffnet und nahm nun einen tiefen Zug aus ihrem Hals.

»Seit wann leben Sie eigentlich hier, Herr Wintrich? Länger schon als Rednez?«

»Viel länger, Herr Kommissar. Der ist doch erst vor ein paar Jahren in die Datscha eingezogen. Vorher hatte der bestimmt 'n schickes Haus oder 'ne Etagenwohnung. Aber seine Frau hat ihn über Nacht auf die Straße gesetzt. Hatte wohl 'nen anderen oder so.« Wieder nahm Wintrich einen tiefen Zug aus der Flasche. »Wissen Sie, wo sich Rednez aufhält? Ist ihm etwas zugestoßen?«, fragte er dann.

»Nein«, antwortete Ferschweiler, »sonst wäre ich ja nicht hier. Haben Sie eine Vermutung?«

»Wo er ist?« Wintrich schüttelte heftig mit dem Kopf. »Nee, keinen blassen Schimmer. Er ist schon seit Tagen nicht mehr aufgetaucht. Er hat mir aber in der letzten Woche diese Tüte gegeben …«, Wintrich hob den Umschlag in die Luft, den er aus seinem Auto mitgebracht und der bislang vor ihm auf dem Tisch gelegen hatte, »und mir gesagt, ich solle sie Ihnen geben, wenn Sie hier auftauchen würden.« Er reichte Ferschweiler das Kuvert. »Also, in Gottes Namen, nehmen Sie's. Hoffentlich ist dem Rednez nichts Schlimmes passiert.«

»Das hoffe ich auch, Herr Wintrich. Aber sagen Sie: Gab es in den letzten Tagen irgendwelche Auffälligkeiten?«

»Auffälligkeiten gibt es hier immer, kleine und große, wichtige und unwichtige. So kam der Briefträger gestern etwa erst um elf und nicht wie sonst schon um zehn Uhr fünfundvierzig. Oder die Rathaus-Zeitung steckte erst heute statt wie üblich einen Tag vorher in meinem Briefkasten.«

»Ich meine Ereignisse, die Sie beunruhigt haben, die anders waren.« Ferschweiler versuchte, ruhig zu bleiben. Vielleicht hatte ja jemand Wintrich eingeschüchtert.

Die Augen des Mannes begannen zu flattern. Auch sein Körper wurde durch ein leichtes Zittern erschüttert.

»Herr Wintrich, bitte. Möglicherweise geht es um das Leben Ihres Nachbarn.«

»Gestern«, hob Wintrich schließlich an, »nein, vorgestern Abend waren da zwei Männer bei Rednez an der Hütte, brutale Typen, so mit Lederjacken und so. Die sind in seine Datscha eingebrochen und haben alles durchwühlt. Als sie nichts gefunden haben, da haben sie … das sollten Sie sich selbst ansehen, Herr Kommissar. Es war unerträglich. Diese Schreie. Ich könnte jetzt noch wahnsinnig werden.«

Ächzend war Wintrich wieder aufgestanden und wies mit seiner großen schwieligen Hand durch die geöffnete Tür seiner

Hütte auf die gegenüberliegende Behausung des vermissten Journalisten. »Gehen Sie mal rüber und schauen Sie sich die Sauerei an, die diese Scheißkerle hinterlassen haben. Ich hatte Angst, nachdem die brutalen Typen mit ihren Schlägervisagen hier waren. Zumal sie mich gesehen hatten. Der eine hat sogar mit einer Pistole auf mich gezielt und so getan, als ob er abdrücken würde. Ich habe daraufhin gestern niemandem die Tür geöffnet. Selbst die Caritas konnte das Mittagessen aus dem ›Café Bär‹ wieder mitnehmen – und das, obwohl es Hackbraten mit Kaabes gab. Nee, solchen Kerlen möchte ich nicht noch einmal begegnen.«

»Könnten Sie die Männer beschreiben? Wenn ja, wäre ich Ihnen sehr dankbar, wenn Sie sich morgen auf dem Präsidium unsere Karteien anschauen würden. Ginge das?«

Während Ferschweiler sprach, hatte er aus seiner Jackentasche eine Visitenkarte genommen und sie Wintrich in die Hand gedrückt. Als dieser nickte, fuhr er fort: »Dann werde ich mir jetzt einen Überblick vor Ort verschaffen. Bis morgen, Herr Wintrich. Am besten kommen Sie so gegen elf Uhr.« Er nahm sich den Umschlag und wandte sich zum Gehen, als ihm noch eine letzte Frage einfiel.

»Ach, sagen Sie: Hat Rednez irgendwann in den letzten Tagen Besuch von einer Frau bekommen?«

Wintrich zögerte keinen Moment. »Sie meinen diese schöne Asiatin? Klar, die war zwei Tage vor seinem Verschwinden da. Muss für ihn ein Fest gewesen sein, so beschwingt, wie der am nächsten Morgen aus seiner Hütte getreten ist. Aber, Herr Kommissar, ich sag Ihnen, ich hätte die Dame auch nicht von der Bettkante geschubst, selbst in meinem Alter nicht.«

Ferschweiler verließ mit einem leise gesprochenen Gruß die Datscha und wandte sich der gegenüberliegenden Hütte zu. Aus den Augenwinkeln konnte er noch sehen, wie Wintrich die Bierflasche wieder ansetzte und seinen Kopf dabei gierig in den Nacken warf.

***

Nachdenklich erreichte Ferschweiler nach dem Besuch in der Schrebergartenanlage das Präsidium. Als er sein Büro betrat, erwartete de Boer ihn bereits mit einer Tasse Kaffee in den Händen.

»Der Pförtner hat angerufen«, sagte er ungefragt zu seiner Rechtfertigung. »Du würdest schlecht aussehen, hat er gesagt. Bestimmt fehle dir ein Kaffee.«

»Ach?« Ferschweiler wusste nicht, wovon de Boer sprach. »Nein«, sagte er, »mir geht es gut. Ich mache mir nur Sorgen um meinen Freund Roman Rednez, den Journalisten.«

»Hast du Neuigkeiten von ihm?« De Boer übergab die Kaffeetasse an den erschöpften Ferschweiler und nahm dessen Mantel entgegen.

»Nein, er ist verschwunden. Ich war gerade in seiner Hütte in der Kleingartenanlage Im Steinsweg. Dort wohnt er gemeinsam mit seinen drei Katzen. Und stell dir vor, an der Tür seiner Hütte hat jemand eine der Katzen gekreuzigt. Es war grauenhaft.«

»Was? Gekreuzigt? Mit Nägeln?« De Boer konnte es nicht glauben. »Bei lebendigem Leibe?«

»Ja. Der unmittelbare Nachbar, mit dem ich heute geredet habe, war daheim, als es geschah. Er sprach von Schreien, die man sich nicht ausmalen könne. Herzzerreißend. Er sei sofort aus seiner Laube heraus, um nachzusehen, was dort los war. Aber als er das Duo sah, das sich an Rednez' Haus zu schaffen gemacht hatte, hat er sich lieber versteckt.«

»Kann er die Männer beschreiben?«

»Ja, sagt er. Ich habe ihn für morgen früh aufs Präsidium bestellt, damit wir Phantomzeichnungen anfertigen lassen können beziehungsweise er sich erst einmal unsere Kartei anschaut. Hoffentlich kommt er. Sicher bin ich mir nicht.«

»Und die Katze?«

»Der war nicht mehr zu helfen. Als ich heute Morgen da war, hing der Balg immer noch an der Tür.«

»Was Menschen so alles tun, wie grausam sie sein können – selbst gegen unschuldige Wesen wie eine Katze!« De Boer hatte sich fassungslos setzen müssen. »Aber sag«, er fand schnell wieder in seine Form zurück, »was wolltest du eigentlich von Rednez?«

»Ich hatte keine Ahnung, was er für mich hatte. Er sagte nur, ich solle zu diesem Wintrich gehen. In den letzten Jahren hat mir Roman öfters Hinweise gegeben oder Material zugespielt, das sich hinterher als belastend herausstellte. Auch in diesem Fall hatte er etwas für mich. Er konnte es mir nur nicht persönlich geben. Warum, kann ich dir nicht sagen. Es ist ein dicker Umschlag mit vielen Kopien, einer kleinen Kladde und einer DVD. Wintrich hatte sie in Verwahrung und zwischen seinen Klamotten im Auto versteckt. Er war mir gegenüber anfänglich sehr misstrauisch. Rednez scheint nicht viele Freunde zu haben.«

»Glaube ich gern.« De Boer war aufgestanden und vor Ferschweilers Schreibtisch getreten. »Jemand, dessen Katze gekreuzigt wurde, scheint wirklich keine Freunde zu haben.« Vor seinem Chef lag der große wattierte Umschlag, den er auf seinem Tisch abgelegt hatte. »Darf ich sehen?«

»Nur zu«, sagte Ferschweiler. »Ich habe nur einen kurzen Blick hineingeworfen. Mach ihn auf.«

Die nächsten knapp neunzig Minuten verbrachten die beiden Polizisten damit, die Unterlagen von Roman Rednez durchzusehen. Die Papiere hatten alle mit Bauarbeiten an der Tiefgarage Viehmarkt zu tun. Der Journalist hatte an alles gedacht. Er hatte in den letzten Monaten jede kleinste Veränderung in der Tiefgarage beobachtet und akkurat in einer kleinen Kladde verzeichnet. Hier stand minutiös, wann welche Firma welche Materialien in die Anlage geliefert hatte, wie viele Mitarbeiter daran beteiligt waren und wann die Männer das Parkhaus wieder verlassen hatten. Zudem hatte Rednez die Veränderungen im Bild dokumentiert. Dazu hatte er eine Datenbank angelegt, die de Boer Ferschweiler auf dem Laptop zeigte, nachdem er sie von der beiliegenden DVD geladen hatte. Auch hier ließen sich die Veränderungen an der Parkgarage in der Abfolge von Fotografien en détail verfolgen. Man sah, wie innerhalb von nur einer Stunde – die Datums- und Uhrzeitangaben in den

Ecken der Fotos machten dies deutlich – Arbeiten an einem Lastenaufzug vorgenommen worden waren, der die gesicherten Räume der am Viehmarkt liegenden Sparkasse mit dem zweiten Untergeschoss des Parkhauses verband und hauptsächlich von den Bankmitarbeitern sowie für Werttransporte genutzt wurde.

Danach waren über diesen Aufzug Unmengen an Baumaterialien und in Kisten und kleine Container verpackte Dinge verschoben worden. Wohin, war Ferschweiler zuerst unklar, doch konnte de Boer schnell telefonisch klären, dass es in den letzten Monaten keine Umbauten in der Sparkasse gegeben hatte. Die Materialien waren also nicht für die Bank bestimmt gewesen. Es musste sich demnach um Tätigkeiten im Parkhaus selbst gehandelt haben.

De Boer hatte den zuständigen Mitarbeiter in der Bauabteilung der Sparkasse geistesgegenwärtig um einen Plan des Bankgebäudes am Viehmarktplatz samt Platzumbauten und Parkhaus gebeten. Die Bauzeichnungen lagen keine Viertelstunde später via E-Mail als PDF-Datei vor.

Die Firmen, die am Viehmarkt arbeiteten, kamen alle, das hatte Ferschweiler sofort anhand der Schriftzüge auf der Kleidung der Beschäftigten erfasst, aus dem Ausland. Die meisten stammten wohl aus Südosteuropa, so war seine Vermutung, nicht eine aus der Großregion war darunter.

Nur die beiden immer wieder auf den Bildern auftauchenden Poliere blieben dieselben. Sie trugen auch andere Monturen. Wer das war, wusste bislang niemand. Rednez hatte dazu nichts notiert. Allerdings ließen die strenge Organisation der Abläufe und die große Umsicht, mit der die Vorarbeiter den Fortgang der Tätigkeiten begleiteten, darauf schließen, dass sie in die hinter den Aktivitäten stehenden Absichten zumindest teilweise eingeweiht waren. Beim Betrachten der Baumaßnahmen wurde schnell klar, dass hier eine Geheimaktion in aller Öffentlichkeit ausgeführt wurde.

»Ganz schön dreist«, sagte Ferschweiler. »Die tun so, als ob es offizielle Baustellen der Stadtwerke wären.«

»Ja«, pflichtete de Boer ihm bei, »gerissen. Sie haben alles ordnungsgemäß abgesperrt, sich sogar von der Aufsicht in der Pförtnerloge des Parkhauses die Arbeiten quittieren lassen – schau, Rednez hat tatsächlich Fotos dieser Quittungen. Sie sind trotz des Lärms und des stets großen Auflaufs zu keinem Zeitpunkt aufgefallen. Vielleicht deckt jemand in den höheren Etagen der Stadtwerke die Aktion und hat alle Beschwerden, die es gegeben haben mag, abgefangen und ins Leere geleitet.«

»Könntest du recherchieren, wie die Wege bei den Stadtwerken sind, wer eine solche Baumaßnahme bewilligen muss, wer sie kontrolliert, ob die Leute in den Pförtnerlogen vor Ort im Vorfeld davon erfahren, dass solche Arbeiten anstehen, und vielleicht auch, ob etwas davon auf den Überwachungsvideos des Parkhauses zu sehen ist?«

»Mach ich gern, Rudi. Auf Letzteres kann ich dir aber schon jetzt eine Antwort geben: nein. Denn die Kamera, die diesen Winkel im zweiten Untergeschoss aufnehmen soll, ist seit Wochen defekt. Ich hatte es bereits überprüft, als es um die Überwachung der Anlage in der Nacht des Mordes an CT ging. Damals waren drei Kameras kaputt. Zwei am Tiefgarageneingang zu den Thermen und diese eine hier. Nun weiß ich auch, dass das kein Zufall sein kann.«

»Seit wann genau ist die Kamera defekt, weißt du das?« Ferschweiler blätterte in den Unterlagen von Rednez einige Seiten zurück.

»Ja, Moment, ich kann es dir sagen.« De Boer konsultierte seinen kleinen Notizblock. »Sie fiel erstmals am 28. März aus, wurde dann am 29. März wieder repariert, um direkt zwei Tage später wieder kaputtzugehen.«

»Interessant.« Ferschweiler lächelte wissend. »Genau am 28. März verzeichnet Rednez erste Aktivitäten in der Tiefgarage. Der Lastenaufzug wurde an diesem Tag manipuliert. Und am 31. März begann laut seinen Aufzeichnungen die Anlieferung der Materialien. Was war dann mit der Kamera?«

»Repariert wurde sie erneut am 1. April, war aber am 2. schon wieder defekt. Und das blieb sie bis zum Morgen des 17. Das war der Tag nach CTs Geburtstagsfeier.«

»Na, sieh mal an, wenn das kein Zufall ist.«

»Nein, das ist es nicht. Schau«, sagte de Boer mit Blick auf die Baupläne der Tiefgarage, die er auf dem Bildschirm seines Computers aufgerufen hatte, »es gibt nicht nur zwei, sondern vier unterirdische Parkdecks. Lediglich zwei sind ausgebaut und öffentlich zugänglich. Vielleicht dienten die Arbeiten ja der Erschließung der beiden anderen Ebenen, und der Anschlag auf Jungbluth steht damit in Zusammenhang. Zumindest liegt dies doch nahe, oder?«

»Durchaus.« De Boer kratzte sich am Kopf. »Aber in welchem? Schreibt Rednez etwas darüber, warum die beiden Etagen der Garage plötzlich ausgebaut wurden? Und von wem? Dass es die Stadtwerke nicht waren, um den Verkehr zu kanalisieren und den zur Heilig-Rock-Wallfahrt erwarteten Pilgern zusätzlichen Parkraum zu bieten, ist ja wohl klar. Das hätten wir bestimmt im ›Volksfreund‹ gelesen.«

Ferschweiler blätterte in den Unterlagen des Reporters.

»Nein«, sagte er nach einer Weile kopfschüttelnd, »dazu schreibt er nichts. Ich denke, wir sollten uns die Anlage einmal gemeinsam ansehen, um Klarheit zu bekommen. Wir müssen Rednez dringend finden.« Ferschweiler war aufgestanden. »Ich kenne ihn«, sagte er, »wenn er uns seine Rechercheergebnisse auf diesem Wege zur Verfügung stellt, dann musste er vermutlich abtauchen und sich verstecken. Wir müssen handeln, zu seiner Sicherheit. Denn mit wem er es zu tun bekommen haben muss, zeigen ja die beiden Schläger, die seine Katze getötet haben.«

»Gut, ich informiere die Chefin. Brauchen wir Unterstützung?«

»Erst einmal nicht. Ich denke, wir schaffen das auch allein, Wim. Aber gib bitte noch jemandem den Auftrag, zu ermitteln, wer damals alles am Bau der Parkgarage beteiligt war. Vielleicht kommen wir so weiter.«

***

Möllemann hatte auf Verstärkung bestanden.

Ferschweiler und de Boer waren gemeinsam mit sieben weiteren Kollegen neben der Europahalle eingetroffen und warteten auf ihre Chefin, die von einem Termin in Bitburg zu ihnen stoßen wollte.

»Kollegen«, sagte Ferschweiler, »wir wissen nicht, was uns im dritten Untergeschoss der Tiefgarage erwarten wird. Wir haben ehrlich gesagt keinen blassen Schimmer. Wir wissen nur, dass es nichts ist, was das Licht nicht zu scheuen braucht. Also seid bitte vorsichtig.«

Prüfend blickte er in die Runde seiner Kollegen, die alle Zivil trugen. »Habt ihr eure beschusshemmenden Westen an?« De Boer brauchte er erst gar nicht zu fragen. Er trug seine eigentlich für den Einsatz vorgeschriebene weichballistische Schutzweste aus Gründen des Komforts nie. Ferschweiler selbst zwickte sie auch immer. Zudem trug er grundsätzlich keine Schusswaffe, auch heute nicht.

»Wie gehen wir vor?«, fragte Klaus Binsfeld.

»Plan ist, dass de Boer und ich erst einmal durch den Fahrzeugaufzug in die dritte Ebene hinuntergehen und uns umsehen. Ihr bleibt vorerst als Reserve hier. Sollten wir euch brauchen, geben wir euch via Handy Bescheid. Die Funkverbindung ist gewährleistet – zumindest im zweiten Untergeschoss. Je nachdem, was wir vorfinden, holen wir euch direkt nach oder fordern weitere Verstärkung an. Okay?«

Alle Männer nickten.

»Warten wir noch auf die Chefin?«, wollte de Boer wissen.

»Nein, wir fangen an. Also: Binsfeld, du, Harald und Belles, ihr sichert die Zufahrt zur Tiefgarage beim Pförtner auf Level 1. Vergesst nicht, dass man auch über die Parkanlage Europahalle in die Viehmarktgarage kommt. Bohr, nimm dir Roth mit und schaut nach den Treppenabgängen. Und du, Melchisedech, du bleibst mit Diederichs hier. Ihr wartet auf die Chefin, gebt ihr die nötigen Infos und informiert uns über ihre weiteren Entscheidungen.« Energisch blickte Ferschweiler in die Runde. »Alles klar, Kollegen?«

Er nahm ein allgemeines Nicken wahr. »Also los«, sagte er, und die Männer verteilten sich über den Platz.

Ferschweiler und de Boer nutzten die relativ zentral auf dem Viehmarktplatz gelegene Treppenanlage, um in die Tiefgarage zu gelangen. Ohne Verzögerung kamen sie dort an. Schnell und als ob er wüsste, wonach er suchen musste, schaute sich de Boer die Umgebung des Tors an.

»Hab ich es mir doch gedacht. Das System ist gut gewählt«, sagte de Boer. »Es basiert vermutlich auf *Near Field Communication.*«

Ferschweiler verstand nichts. »Was ist denn das?«, wollte er wissen.

»Mensch, Rudi. Du könntest dich ruhig einmal mit den neuen Technologien beschäftigen.« De Boer zwinkerte seinem Chef zu. »Die Vorteile von NFC gegenüber QR-Codes liegen vor allem darin, dass sich Informationen austauschen oder erweitern lassen, ohne den NFC-Tag zu ändern.«

»Ich verstehe immer noch nichts, Wim.«

»In größeren Städten gibt es das zum Beispiel für den Erwerb von Bus- oder U-Bahn-Fahrscheinen. Du hältst dein Handy vor einen Sensor, für dessen Sensibilisierung du dir zuvor eine App aus dem Web geladen hast.«

»Moment, Moment.« Ferschweiler kam nicht mit. »Eine was?«

»Also gut, Rudi.« De Boer war es mittlerweile gewöhnt, Ferschweiler in Sachen Technik Hilfestellung geben zu müssen. »Wir haben noch nicht geklärt, wie man überhaupt in die unteren Etagen der Garage kommt. Und vor allem, wer dort hineinkommen darf. Denn für einen normalen Nutzer hätte ja ein Schlüssel gereicht. Aber von einem solchen gehen wir nicht aus, oder?«

Ferschweiler schüttelte den Kopf. »Nee, das stinkt doch alles.«

»Eben.« De Boer war in seinem Element. »Wenn wir also davon ausgehen, dass andere als die Betreiber in die tiefen, geheimen Ebenen des Parkhauses gelangen sollen, dann stellt sich mir die Frage, wie die betreffenden Personen sich Zugang verschaffen. Durch Schlüssel geht das nicht. Das normale Parkticket dürfte da auch nicht helfen. Also muss es eine Art Zugangsmechanismus geben, der flexibel ist, sich schnell und einfach variieren lässt und relativ gut von außen zu bekommen ist. Genau das sind Apps, die man sich im Internet – teilweise kostenfrei, teilweise kostenpflichtig – herunterladen kann.«

»Wenn ich dich richtig verstehe«, Ferschweiler rieb sich das Kinn, »dann gehst du davon aus, dass jemand im Internet den Zugang zu den Tiefebenen hier am Viehmarkt anbietet und gegen Geld die entsprechenden Codes vermittelt.«

»In etwa so, ja. Ich denke, dass du dir auf irgendeiner Internetseite eine vermutlich kostenpflichtige App herunterladen kannst, die dir hier in der Garage den Fahrstuhl öffnet. Wahrscheinlich ist diese App so zugeschnitten, dass du nur einmal zu einer bestimmten Zeit hereinkommst. Danach, so nehme ich an, wird der Code ungültig, und du musst erneut blechen. Wichtig ist, dass die Kontaktaufnahme nur in einem geringen Abstand von circa zehn bis fünfzig Zentimetern zwischen Sender und Empfänger stattfinden kann. Du musst also wirklich vor Ort sein. Du verifizierst dich quasi wie mit deiner EC-Karte und deiner PIN am Geldautomaten. Schlüssel-Schloss-Prinzip – das kennst du doch, Rudi, oder?«

»Ja, verstehe. Telebanking hab ich schon mal gemacht. Aber wo ist dieses virtuelle Schloss, Wim? Ich kann nichts erkennen?«

»Ich auch nicht«, antwortete der Boer. »Hast du die Kladde von Rednez dabei?«

»Ja, Moment.« Ferschweiler kramte in den Innentaschen seiner Jacke. »Hier«, sagte er und zog das kleine Notizbuch hervor. De Boer blätterte suchend darin herum. »Was suchst du?«, wollte Ferschweiler wissen.

»Ach, ich meine mich erinnern zu können, auf einer Seite eine Webadresse gelesen zu haben. Irgend so ein kryptisches Zeug mit Zahlen und Buchstaben.«

Ferschweiler musste lachen. »Ich hab nur die Adresse mit der Wallfahrt gelesen. Steht direkt vorn auf dem Innendeckel. Fand ich kurios.«

De Boer blätterte zurück und lachte Ferschweiler ins Gesicht. »Bingo, Rudi. Das könnte uns weiterbringen: www.spassuntermheilgenrock.com – so eine Adresse spricht ja für sich.«

Sofort hatte de Boer sein Smartphone aus der Tasche gezogen und tippte die Adresse ein.

»Hab ich es mir doch gedacht«, sagte er nach wenigen Sekunden und zeigte Ferschweiler das Display, auf dem sich die gesuchte Website bereits vollständig aufgebaut hatte. »Es ist ein Erotikangebot. Exklusiver Sex, der keine Wünsche offenlässt. Und ›keine‹ ist speziell hervorgehoben.«

»Okay.« Ferschweiler war nicht wirklich überrascht. Er wusste schließlich zur Genüge, dass sich immer dort, wo Großereignisse bevorstanden, auch im Rotlichtmilieu vermehrte Aktivitäten bemerken ließen. »Hast du schon einen Hinweis darauf gefunden, wie man Zutritt zum unterirdischen Paradies bekommen kann?«

»Sekunde, ich muss mir erst einen Überblick verschaffen. Gib mir fünf Minuten.«

In diesem Moment näherte sich mit abgeblendeten Scheinwerfern langsam ein schwerer Geländewagen mit Luxemburger Kennzeichen und hielt in unmittelbarer Nähe des Fahrstuhls an. Die beiden Polizisten waren schon einige Zeit zuvor in die Deckung eines Pfeilers getreten, da de Boer dort besseren Empfang hatte. Nun war Ferschweiler gespannt, was der Fahrer des Wagens tun würde.

Leise sirrend fuhr die Scheibe der Fahrertür herunter. Dann hielt der Fahrer sein Smartphone mit weit ausgestrecktem Arm in Richtung des Tors, doch nichts geschah. Ferschweiler hörte es im Inneren des Wagens fluchen. Dann öffnete sich die Fahrzeugtür, und der Fahrer stieg aus. Seine in sichtbar teure Textilien gekleidete Gestalt trat vor den Aufzug und fuhr mit dem Telefon suchend in geringem Abstand über die weiß gestrichenen Betonpfeiler, zwischen denen es eingepasst war.

Plötzlich machte es »Piep«, und das Tor begann sich leise zu öffnen.

»Hast du gesehen?«, sagte Ferschweiler. »Der Kontakt muss

links neben dem Tor in circa hundertvierzig Zentimeter Höhe liegen.«

»Okay«, fuhr de Boer fort. »Ich hab die App samt Zugangscode heruntergeladen. Ich musste meine Kreditkartendetails angeben, damit es funktioniert. Wehe, wenn die Chefin sich querstellt, mir das Geld zurückzuerstatten.«

»Wird sie schon nicht, ist ja nicht die Welt«, antwortete Ferschweiler, der beobachtete, wie der Mann wieder in seinen Wagen stieg und in den Fahrstuhl fuhr. Die Öffnung hatte sich mittlerweile wieder geschlossen; in der Tiefgarage deutete nichts mehr darauf hin, dass hier jemand in eine andere Ebene gewechselt hatte.

»Nicht die Welt?« De Boer wurde ungehalten. »Tausend Euro sind eine ganze Menge Schotter, oder?«

Ferschweiler pfiff durch die zusammengekniffenen Lippen. »Das ist allerdings eine ordentliche Stange Geld. Dafür muss das, was einem dort unten geboten wird, aber wirklich exklusiven Charakter haben.«

»Auf diese Weise wird dafür Sorge getragen, dass sich nur eine zahlungskräftige Klientel einloggt. Ich bin gleich wieder da«, sagte de Boer, der sich bereits zum Gehen abgewendet hatte.

»Was hast du vor?«, fragte Ferschweiler verdutzt.

»Wir brauchen einen Wagen, um nach unten zu kommen. Fußgänger und Radfahrer haben – so die Website – keinen Zutritt. Wenn du dir den Kontakt an der Decke vor der Zufahrt anschaust«, de Boer wies auf einen kleinen Kasten vor dem Tor, an dem nun wieder ein rotes Licht leuchtete, »dann weißt du auch, dass das kontrolliert wird.«

***

In den Aufzug waren sie nun hineingekommen. Es war kinderleicht gewesen, jetzt, da sie wussten, wie es funktionierte. Aber als sie den Fahrstuhl wieder verlassen hatten, standen sie vor einem zweiten verschlossenen Tor.

»Müssen wir nun die ganze Prozedur noch einmal wiederholen?«, wollte Ferschweiler wissen. »Und wie kommen die Kollegen nach?«

»Ich denke, das zweite Tor geht auf, wenn der Aufzug sich wieder vollständig geschlossen hat. Es wird so eine Art Sicherheitsschleuse sein, damit sich keine ungebetenen Gäste einschleichen können, so wie wir welche sind.«

»Verstehe.« Doch Ferschweiler war nervös. »Hast du vorhin eigentlich einen oder zwei Gäste angemeldet?«, wollte er wissen.

»Zwei«, entgegnete de Boer und zwinkerte seinem Kollegen zu. »Sollst ja auch deinen Spaß haben.«

»Und die Kollegen?«

»Keine Ahnung. Ist das jetzt wichtig? Schreib ihnen doch eine SMS.«

Ferschweiler schwieg und beobachtete, wie sich das untere Tor öffnete, nachdem sich der Lastenaufzug geschlossen hatte. Zuvor war es allerdings für einen kurzen Moment gleißend hell geworden, und es schien, als ob jemand von vorn in ihren Wagen geleuchtet hätte.

De Boer fuhr an und folgte der elektronischen Beschilderung, die ihm mitteilte, dass er seinen Wagen in einer der freien Parkbuchten mit den Namen »Eucharius«, »Wehr« oder »von Orsbeck« abstellen solle. Der Weg dorthin war mit grünen Leuchtpfeilen markiert.

Ferschweiler blickte erstaunt aus dem Fenster des Wagens. Sie befanden sich tatsächlich unterhalb des Viehmarkts, mitten im Zentrum seiner Stadt, und doch im größten Bordell, das er jemals gesehen hatte. Die Parkboxen für die Kunden waren pietätlos, wie Ferschweiler befand, nach den Trierer Bischöfen der Vergangenheit benannt. Das sollte offenbar ein antiklerikaler Scherz sein, mit denen man derzeit an vielen unpassenden Stellen konfrontiert wurde. War wohl dem Zeitgeist geschuldet. Klassisch hingegen waren die dezenten roten Laternen, die in diesem unterirdischen Freudenhaus überall leuchteten. Ebenfalls klassisch waren auch die Türen und großen Fenster mit den darin posierenden Damen, die den Kommissar stark an einen lange zurückliegenden Besuch in Amsterdam erinnerten.

»Wir haben zwei Stunden Zeit, um uns zu vergnügen, Rudi. Danach müssen wir raus oder nachzahlen.«

»Wie? Zwei Stunden und dann nachzahlen? Das ist ja wie im Stadtbad. Haben, äh, hätten wir denn freie Auswahl? Könnten wir machen, was wir wollen? Wie am Büfett beim Chinesen?«

»Wenn das Angebot frei ist, nach dem dich verlangt, dann ja. Spezielle Dienstleistungen, so empfiehlt die Website, solle man aber besser vorab reservieren. Gegen einen kleinen Aufpreis, versteht sich. Ansonsten kannst du machen und nutzen, was du willst. Nur Getränke sind extra zu zahlen.«

Ferschweiler war sich sicher: Dieses vermeintliche Flatrate-Paradies in der Tiefe war eigentlich die Hölle, es war Sodom und Gomorrha in einem. Und das mitten in der ältesten Stadt Deutschlands, direkt neben einer der wichtigsten Reliquien der Christenheit und gebaut und betrieben parallel zu dessen Verehrung während der Wallfahrt, quasi in deren Schatten.

»Ich will das hier gar nicht weiter sehen, Wim. Es ekelt mich an, ehrlich gesagt. Das ist eher etwas für die Kollegen von der Sitte, denen wir nachher Bescheid geben werden. Rednez finden wir hier sicherlich nicht. Wir sollten uns noch weiter in die Tiefe begeben und schauen, was sich im vierten Untergeschoss bietet.«

De Boer parkte den Wagen, und sie stiegen aus. Sofort nahm Ferschweiler wahr, dass es nicht wie sonst in einem Parkhaus roch, sondern frisch nach Blumen duftete. Leise, geschmackvolle Musik erfüllte die Luft. Das Licht war sehr angenehm. Hätte de Boer ihn noch einmal gefragt, ob er sich an diesem Ort tatsächlich ekelte, hätte er dies nicht mehr überzeugend bejahen können.

De Boer fasste Ferschweiler am Arm und zog ihn in Richtung der Abfahrt, die er auf der anderen Seite des Tiefgaragengeschosses vermutete – genau gegenüber dem Lastenaufzug, mit dem sie gekommen waren. Um nicht aufzufallen, blickte der Holländer an verschiedenen Stellen scheinbar interessiert in die dezent erleuchteten Fenster der einzelnen Boxen. Ferschweiler konnte es nicht glauben. Sie waren im Dienst, Rednez in vielleicht höchster Gefahr, und de Boer dachte nur an seinen Spaß. Doch er hatte sich getäuscht.

»Dort«, sagte de Boer plötzlich, »dort hinter dem schweren Vorhang muss die Abfahrt zur vierten Ebene sein. Komm schnell, Rudi. Sonst bemerkt uns noch jemand.« Dass er mit seiner Befürchtung richtiglag, sah Ferschweiler spätestens ein, als er einem stiernackigen Mann in Security-Jacke gegenüberstand.

»Taach, die Herren«, grüßte er scheinbar freundlich. »Kann ich Ihnen behilflich sein?«

»Och«, stammelte de Boer, »wir verschaffen uns erst einmal einen Eindruck vom Angebot. Ist ja echt vielfältig.«

»Klar, alles da«, sagte der Schrank. »Auf was habt ihr denn Bock? Wollt ihr es gemeinsam machen? Mit einer oder mit zwei Ladys? Oder steht ihr eher auf was mit Transsexuellen? Wir haben seit drei Tagen auch eine echte Analakrobatin da. Die wird euch gefallen. Bringt euch gemeinsam in ihrem Anus zum Höhepunkt. Darf ich euch hinbringen?«

Ferschweiler wurde schlecht.

»Nein, danke. Vielleicht nachher«, sagte de Boer. »Mein Freund muss erst einmal austreten. Gibt es hier eine Toilette?«

Der Mann vom Sicherheitsdienst musterte de Boer von oben bis unten. Dann zeigte er hinter sich in Richtung des Vorhangs. »Vor dem Stoff rechts sind die stillen Örtchen. Aber denkt dran: Ihr habt nur zwei Stunden. Verplempert die nicht auf dem Klo. Ich muss jetzt«, sagte er mit einem kehligen Lachen, »Kundschaft.« Er ließ Ferschweiler und de Boer stehen und ging in Richtung Fahrstuhl, der sich sofort öffnete.

»Das ist noch mal gut gegangen.« Ferschweiler ging es schlagartig besser. »Komm schnell, wir haben nur diese eine Chance.«

***

Langsam ging Ferschweiler die Abfahrt in die vierte Ebene der Tiefgarage hinab. Dicht hinter sich wusste er de Boer, der seine Dienstwaffe gezogen und entsichert hatte. Sie wollten nicht auf Möllemann hören, die einige Etagen weiter oben wartete. Sie war inzwischen eingetroffen und hatte ihnen zuvor telefonisch ausdrücklich untersagt, ohne Unterstützung in die Parkgarage am Viehmarkt hinabzusteigen.

Doch Ferschweiler zog es förmlich weiter in die dunkle Tiefe, dorthin, wo er Rednez vermutete. Schließlich war er sein Freund und zudem ein alter Informant. Konnte er ihn so einfach im Stich lassen und diese vielleicht entscheidenden Minuten verstreichen lassen?

Ferschweiler bereute in diesem Moment, dass er keine Waffe bei sich trug. Allerdings hatte er sich bisher in schwierigen Lagen stets auf seine verbale Überzeugungskraft verlassen können. Darauf wollte er auch diesmal setzen.

Im vierten Tiefgeschoss war es weniger dunkel, als Ferschweiler gedacht hatte. Neonröhren, die an manchen Stellen an der Decke hingen, tauchten den riesigen Raum, der für vierhundert Fahrzeuge geplant und errichtet worden war, in ein unheimliches graues Licht. Teilweise flackerten einzelne Röhren gespenstisch. Kein Vergleich mit der plüschig anmutenden Wohlfühlatmosphäre ein Parkdeck höher.

Deckung gab es kaum. Hier und da standen Paletten mit Ziegelsteinen auf dem nur unvollständig fertiggestellten Betonfußboden; stellenweise lagen Reste von Plastikfolien herum, und in circa fünfzehn Metern Entfernung von der Einmündung der Abfahrt auf das Parkdeck stand ein mittelgroßes gold lackiertes Zelt, wie man es in anderen Farben von Jahrmärkten her kannte, und glänzte matt in der staubigen Atmosphäre, knapp zwölf Meter unter der Oberfläche des Viehmarkts. Ansonsten schien der Raum leer zu sein.

Das Zelt hatte keine Fenster, wie de Boer versicherte, der mehrmals vorsichtig um die Ecke der Abfahrt gespäht hatte. Er vermutete keine Gefahr und gab Ferschweiler ein Zeichen, ihm langsam zu folgen.

Geduckt und mit leisen, trippelnden Schritten betraten die Polizisten den Raum und strebten zur ersten der beladenen Paletten, die knapp vier Meter von ihnen entfernt, auf etwa einem Drittel des Wegs zum Zelt, abgestellt war.

Alles war ruhig, nichts regte sich. Mit Zeichen machte de Boer Ferschweiler deutlich, dass dieser sich hinter die Palette kauern sollte, während er selbst näher an das Zelt heranzukommen versuchte. Ferschweiler war mulmig zumute. Er hatte ein ungutes Gefühl bei dieser Aktion. Am liebsten hätte er de Boer zurückgehalten. Doch der war bereits weiter nach vorn geschlichen.

Plötzlich tauchten Scheinwerfer die Etage in gleißende Helligkeit. Es wurde taghell auf dem Parkdeck, und wie aus dem Nichts tauchte aus einer Ecke des Raums ein kleiner Pick-up auf, der mit röhrendem Motor und aufgeblendeten Scheinwerfern auf de Boer zuraste. Gerade noch konnte sich der Holländer zur Seite werfen. Doch es war zu spät. Aus dem Fenster der Beifahrertür streckte jemand einen Revolver und schoss zweimal auf den am Boden liegenden Polizisten. Ein gequälter Aufschrei war zu hören, Ferschweiler meinte auch knackende Geräusche wahrzunehmen. Dann war nur noch das schwere Tuckern des Motors im Leerlauf zu hören.

Langsam öffnete sich die Beifahrertür. Ein Mann stieg aus, die Waffe lässig mit einer Hand neben sich haltend. Voller Verachtung spuckte er auf den sich windenden de Boer und legte wieder an. Erneut krachte ein Schuss durch die weite Halle, gefolgt von zwei weiteren.

Ferschweiler traute sich nicht, erneut aus seiner Deckung zu blicken. Er hörte ein lautes Stöhnen. Ein metallischer Gegenstand fiel auf den Beton. Danach war ein Geräusch zu vernehmen, als würde ein Sack Kartoffeln von einem Wagen fallen.

»Guter Schuss, was?« Neben ihm tauchte Möllemann auf, die ihre Pistole professionell in beiden Händen hielt. »Um ein Haar hätte dieser Urmensch de Boer tatsächlich den Garaus gemacht.«

»Ist die Verstärkung etwa schon da?«, fragte Ferschweiler ungläubig.

»Nein«, kam prompt die Antwort, »ich bin nur die Vorhut. Aber ich konnte Sie doch nicht allein lassen, Sie und Ihren unvorsichtigen und viel zu risikobereiten holländischen Kollegen.«

»Na, dann haben Sie uns ja wohl den Arsch gerettet, was?«, sagte Ferschweiler.

»Sieht ganz danach aus, mein Lieber.«

Plötzlich hörten sie, wie der Reißverschluss am Eingang des Zelts auf der ihnen nicht einsehbaren Seite geöffnet wurde.

»Da sind noch mehr«, flüsterte Möllemann. »Oh mein Gott.«

»Max?«, hörten sie jemanden rufen. »Max, wo bist du?«

Ferschweiler vernahm ein Geräusch, das wie das Durchladen eines halb automatischen Gewehrs klang. »Max?« Die Rufe kamen näher. »Marcel, hast du Max gesehen?«

Dann war plötzlich Stille.

»Max ist hin«, sagte einer der Männer. »Aber der andere hier, der lebt noch. Soll ich ihn allemachen?«

»Nein«, hörte Ferschweiler die andere Stimme sagen, »wer weiß, wer das ist? Vielleicht können wir den noch gebrauchen. Sag Kevin und Denis Bescheid, dass sie ihn einpacken und fortschaffen. Aber schnell. Der wird nicht allein gekommen sein.«

»Alles klar.«

Eine Sirene ertönte. Rotes Licht wie von einem rotierenden Blinklicht flackerte an den nackten Betonwänden.

»Scheiße, oben gibt es Probleme. Die Bullen!«, schrie ein Mann mit deutlich südosteuropäischem Akzent.

»Oder die Belgier«, antwortete eine andere, raue Männerstimme, »die alten Drecksäue.«

»Egal«, erwiderte der Erste, dessen Gestalt nun schemenhaft in der staubigen Atmosphäre zu erkennen war. »Schick mir Claude, schnell. Wir müssen die Etagen sichern. Wenn Pitt erfährt, dass wir hier richtig Trouble haben, dann bekommen wir ein Problem.«

Ferschweiler trat der Schweiß auf die Stirn. Was, wenn die offensichtlich schwer bewaffneten Männer nun anfangen würden, die Etage abzusuchen? Auch Möllemann atmete schwerer. Doch sie verharrte absolut ruhig und lauschte in den Raum hinter der Palette, den sie beide nicht einsehen konnten. Sie mussten sich wohl oder übel auf ihr Gehör verlassen.

»Marcel«, hörten sie jemand sagen, »mach den Aufzug oben

zu. Riegel ihn ab, mach ihn unpassierbar. Höchste Sicherheitsstufe. Du weißt, was ich meine. Schick die Jungs hoch, damit sie die Eindringlinge, wer immer das auch sei, eliminieren. Alle.«

Ferschweiler wurde übel. Er kannte den Eingang des Lastenaufzugs im zweiten Untergeschoss schon seit Längerem. Wenn er mit Rosi in die Stadt fuhr, parkten sie immer in dessen Nähe. Es gab für ihn nichts Unauffälligeres als dieses Tor. Als er das erste Mal in der zweiten Etage der Tiefgarage gewesen war, hatte er es eigentlich überhaupt nicht wahrgenommen, sondern es nur für eine der vielen Türen des unterirdischen Parkhauses gehalten, die in privat genutzte Räume führten. Wenn dieser Eingang jetzt verschlossen wurde und niemand mehr oben war, der dem SEK sagen konnte, wie man in die Tiefe gelangte, dann wären sie hier verloren.

Sachte tippte er Möllemann an die Schulter.

»Wir müssen hoch«, flüsterte er ihr ins Ohr. »Wenn die erst den Fahrstuhl blockieren, findet uns von den Kollegen hier niemand mehr, dann sind wir vollständig auf uns allein gestellt.«

Möllemann begriff sofort. Zwar war sich Ferschweiler sicher, dass sie nicht genau verstanden hatte, was er meinte, aber sie erkannte die Brisanz der Situation und nickte ihm zu.

»Soll ich sie ablenken? Und Sie rennen los und versuchen Ihr Glück?«

Ferschweiler spürte, dass seine Knie sich selbst im Sitzen wie Butter anfühlten.

»Ich soll laufen? Und Sie? Wollen Sie mir etwa Deckung geben? Und dann? Das wäre wie Selbstmord.«

»Haben wir eine andere Chance?«

Ferschweiler schwieg betreten. »Wohl nicht«, sagte er. »Nur wäre es mir lieber, Sie liefen und ich gäbe Ihnen Feuerschutz.«

»Können Sie denn noch schießen?«, fragte Möllemann flüsternd mit einem trotz der Situation leicht spöttischen Unterton, den Ferschweiler angesichts der Anspannung völlig unpassend fand.

»Vielleicht treffe ich nicht immer ins Schwarze, aber zur Ablenkung dürfte es reichen«, entgegnete er pikiert.

»Gut«, wisperte seine Vorgesetzte. »Dann nehmen Sie die Pistole.« Nachdem sie ihm die Waffe übergeben hatte, fügte sie hinzu: »Also auf drei: eins … zwei …«

»Da vorn, hinter dem Haufen Steine, hab ich Stimmen gehört«, durchbrach plötzlich ein Rufen die eingetretene Stille. »Da sitzen noch welche. Claude? Kümmerst du dich darum?«

Ohne auch nur eine Sekunde Verzögerung bellte plötzlich eine halb automatische Waffe, und Splitter stieben in wildem Flug von den vor Ferschweiler und Möllemann aufgestapelten Steinen.

»Scheiße, die machen Ernst.« Möllemann nahm Ferschweiler die Waffe wieder aus der Hand. »Planänderung«, sagte sie. »Ich schieße, Sie laufen. Und zwar jetzt: drei!«

Sie warf sich rechts neben der Palette auf den Betonboden und gab drei Schüsse in die Richtung ab, aus der sie den herannahenden Angreifer erwartete.

Ferschweiler nahm all seinen Mut zusammen und lief geduckt in Richtung Auffahrt, lief, ohne sich umzudrehen, lief, ohne zu hören, wie die Waffe wieder Feuer spuckte, lief, ohne wahrzunehmen, was um ihn herum geschah.

Er schaffte das Unvorstellbare: Er erreichte die Auffahrt und war schneller eine Parkebene höher, als er es für möglich gehalten hatte. Das Tor des Autoaufzugs zu den unausgebauten Untergeschossen begann sich soeben zu schließen. Langsam bewegten sich die beiden Flügel der Tür aufeinander zu. Noch waren sie nicht ganz geschlossen. Zum Durchschlüpfen blieb Ferschweiler weniger als ein Meter, als er sich in der Mitte des Raums mit dem Bordell befand. Er rannte, rannte, ohne darauf zu achten, welches Chaos um ihn herum herrschte. Denn die Öffnung wurde immer kleiner. Mit letzter Kraft warf er sich in die Mitte des Tores, machte dabei einen Hechtsprung nach vorn und landete polternd in der riesigen Aufzugkabine.

Er hatte Schmerzen in seiner Seite und spürte kaum, wie sich der Fahrstuhl in Bewegung setzte. Als sich die Türen wieder öffneten, befand er sich im von einkaufsfreudigen Autofahrern belebten, hell erleuchteten zweiten Untergeschoss des Parkhauses. Erschöpft trat er aus der Kabine und setzte sich vor einen nahen Pfeiler, nicht ohne jedoch zuvor die Tür des Lastenaufzugs geistesgegenwärtig durch einen seiner Schuhe zu blockieren. Sekunden später trafen die Kollegen ein.

***

»Ich brauche keinen Arzt.« Kategorisch lehnte Ferschweiler jede Hilfe der anwesenden Sanitäter ab. »Helfen Sie meinen Kollegen in der Tiefe, nicht mir. Mir geht es gut.«

Es mussten wohl fünfzehn Minuten vergangen sein, als Polizeiobermeister Karthaus vom SEK an Ferschweiler herantrat, der mit einer kleinen Plastikflasche Mineralwasser im oberen Treppenabgang der Thermen saß, direkt neben dem Parkautomaten.

»Hauptkommissar Ferschweiler?«, sprach Karthaus ihn an und zog sich die schwarze Gesichtsmaske vom Kopf. Sein Helm hing bereits an seiner Koppel. Ferschweiler blickte ihn teilnahmslos an.

»Wir haben nun die unteren beiden, angeblich nicht ausgebauten Parkdecks durchsucht und gesichert. War gar nicht so einfach, hineinzukommen. Den Lastenaufzug mussten wir erst wieder mit Strom versorgen, um ihn steuern zu können. Dann ging aber alles ganz schnell. Gefunden haben wir eine ganze Menge.«

»De Boer?«, unterbrach ihn Ferschweiler. »Und Möllemann?«

Karthaus drehte seine Gesichtsmaske knetend in seinen Händen.

»Nein, weder von Ihrem Kollegen noch von der Kriminalrätin haben wir eine Spur entdecken können. Die untere Etage war menschenleer. Wir haben lediglich ein Zelt und einen alten Pick-up sicherstellen können, in der Ebene darüber einen voll ausgestatteten Puff mit allen beschäftigten Prostituierten und einer ganzen Reihe von anderen Personen. Ihre Kollegen, die mit der Kriminalrätin runtergingen, sind wohlauf. Wir haben sie eingesperrt und entwaffnet in einer Kammer gefunden.«

»Und in dem Zelt auf der untersten Ebene? Auch dort keine Spuren?«

»Zu Spuren kann ich nichts sagen«, entgegnete Karthaus. »Aber Personen waren keine mehr da. Die KTU hat nun aber übernommen.«

»Blut?«, fragte Ferschweiler. »Haben Sie Blutspuren neben dem Zelt und an der vorderen der Steinpaletten gefunden?«

»Nichts, wie gesagt. Es gab nichts, was wir mit unseren Mitteln hätten sichern können. Es tut mir leid, Herr Hauptkommissar. Aber es riecht da unten verdammt intensiv nach Chemikalien. Mich würde es wundern, wenn nicht jemand radikal versucht hätte, in kürzester Zeit hartnäckige Spuren zu beseitigen.«

Ferschweiler drehte sich weg und biss sich gedankenverloren in den Rücken seiner linken Hand. Was war geschehen? Wo war de Boer, der schwer verletzt oder tot sein konnte? Und wo befand sich Möllemann, die sich bei ihrem Angriff womöglich selbst in Gefahr gebracht hatte?

Den Kommissar beschlich ein schlechtes Gewissen. Er warf die Decke ab, die ihm ein Sanitäter gegeben hatte, und machte sich auf, erneut hinab in die Tiefe unter dem Viehmarkt zu steigen. Niemand hielt ihn auf. Seine uniformierten Kollegen hoben sogar die Absperrbänder für ihn an und wiesen ihm den Weg.

Unten, im vierten Untergeschoss, war es düster wie zuvor. Einzelne Halogenscheinwerfer erhellten punktuell den riesigen Raum. Ferschweiler konnte das Zelt erkennen. Davor wimmelte es von Kollegen von der Spurensicherung.

»Oh, der Herr Ferschweiler.« Es war Wingertszahn-Lichtmeß, der plötzlich neben ihm stand, ein Klemmbrett an einem Gurt notizbereit vor der Brust. »Wieso bist du wieder hierher zurückgekommen? Solltest dich besser schonen.«

»Ich will wissen, was mit den Kollegen ist. Wo ist Wim, wo ist die Chefin?«

»Wir haben keine Ahnung, Rudi. Wir wissen nur, dass hier unten – bevor ihr kamt – vier Männer waren, alle bis an die Zähne bewaffnet. Einige der Waffen und vor allem die Munition haben wir sicherstellen können. Aber von den Personen selbst fehlt jede Spur.«

»Ihr habt nichts gefunden?«

»Doch, klar.« Wingertszahn-Lichtmeß schien bei seiner Ehre gepackt. »Wir haben Fingerabdrücke *en masse*, auch andere Spuren. Aber eben die Personen selbst sind nicht da. Niemand ist hier.«

»Kannst du etwas dazu sagen, ob es de Boer und der Kriminalrätin gut geht?«

Wingertszahn-Lichtmeß blickte Ferschweiler erstaunt in die Augen. »Ich bin Techniker, Rudi, kein Prophet. Nur so viel: Sie sind nicht hier. Also muss sie jemand mitgenommen haben. Tot oder lebendig.«

Ferschweiler wurde erneut schlecht. Wie im Wahn suchte er den Boden nach Spuren ab. Doch da waren keine. Weder dort, wo Möllemann sich aus der Deckung geworfen hatte, noch dort, wo de Boer seiner Erinnerung nach zu Boden gegangen war. Nur dieser Gestank nach Chemie, den der Kollege erwähnt hatte, war deutlich wahrzunehmen.

»Schorsch«, rief er, »kann ich dir noch eine Frage stellen?«

Genervt trat Wingertszahn-Lichtmeß aus dem gold lackierten Zelt heraus.

»Was ist denn noch, Rudi? Kann ich nicht einfach meine Arbeit machen?«

Typisch Moselochse, dachte Ferschweiler. Aber was sollte er machen? »Wie sind die hier rausgekommen, Schorsch? Doch nicht durch die Tiefgarage, oder?«

Wingertszahn-Lichtmeß musste lachen. »Ach Rudi. Du brauchst wirklich mal ein paar Tage frei. Wenn sie so entkommen wären, hätten sie ja regelrecht über dich stolpern müssen. Nein, sie haben einen anderen Ausgang benutzt, einen, der in die Viehmarktthermen führt. Wir sind dran, Rudi.«

Ein Eingang in die Thermenanlage? Noch einer? Ferschweiler war erstaunt. Wenn dem so wäre, müssten sie entweder noch immer in den Thermen sein, oder sie hätten die Anlage über den zweiten Ausgang bereits wieder verlassen und wären in die erste

Etage des Parkhauses gelangt. Nur war da niemand aus seinem Team.

Ferschweiler blickte sich nach Polizeiobermeister Karthaus um. Doch das SEK war mittlerweile wieder abgezogen. Orientierungslos trat er an das Zelt heran und fragte Wingertszahn-Lichtmeß: »Eine letzte Frage, Schorsch. Wer leitet den Einsatz hier? Ich hätte da etwas zu besprechen.«

»Verantwortlich ist Rita Schlöder, Hauptkommissarin im Dauerdienst. Sie ist neu bei uns. Vielleicht kennst du sie noch gar nicht. Sie müsste sich eine Etage höher aufhalten. Da war sie zumindest vorhin noch.«

Ohne zu danken, verließ Ferschweiler den Tatort und erklomm erneut die Auffahrt in die nächsthöherliegende Etage. Die mobilen Scheinwerfer der Einsatzkräfte trugen nicht gerade dazu bei, die Atmosphäre hier unten erträglicher zu machen.

Oben angekommen, trat Ferschweiler auf die erste Ansammlung von Uniformierten zu und erkundigte sich nach der Einsatzleitung. Rita Schlöder befand sich bereits wieder draußen auf dem Viehmarktplatz. Nach einer erneuten Fahrt mit dem Aufzug und vielen Treppenstufen trat Ferschweiler in die laue Abendluft und sah vor einem Polizeibus eine junge Frau in Jeans und Sakko stehen.

»Frau Schlöder!«, rief er und gewahrte, wie sich die junge Frau fragend zu ihm umwandte. »Ich bin Hauptkommissar Ferschweiler, ich war Zeuge bei der Aktion.«

»Ich weiß«, entgegnete die junge Kollegin, die demonstrativ das Holster ihrer Pistole vorn am Gürtel trug. »Ich dachte nur, es wäre besser, wenn Sie sich etwas Ruhe gönnen würden, bevor Sie weitermachen.«

»Ja, ja.« Ferschweiler war dieses Gerede um seine Gesundheit und seine Erschöpfung mittlerweile zuwider. »Ich werde mich schon bald wieder im Präsidium am Schreibtisch erholen, keine Sorge. Nun aber gilt es, zu handeln. Wissen Sie, wohin die Täter die Kriminalrätin und meinen Kollegen gebracht haben?«

»Herr Ferschweiler.« Rita Schlöder musterte ihn. »Woher soll ich das denn wissen? Wissen Sie es? Ich kann nur sagen, dass sie aus dem Tiefgaragenkomplex entkommen sind. Punkt. Ob durch die Kanalisation oder wie auch immer. Ich weiß es nicht.«

»Sie sind in die Thermen geflüchtet«, rief Ferschweiler. »Es gibt einen Eingang aus der betreffenden Parketage in die Thermen und von dort einen weiteren in die erste Ebene der Garage. Sie könnten also den Komplex bereits verlassen haben oder noch unter dem Glaskubus hocken und abwarten.«

»Scheiße.« Die eben noch selbstbewusst zur Schau gestellte Überlegenheit wich schlagartig aus Schlöders Gesicht. »Warum weiß ich davon noch nichts?« In ihren Zügen lag eine tiefe Wut. »Haben wir zumindest die ausfahrenden Autos geprüft?«, fragte sie in die Runde der Polizisten.

»Haben wir«, entgegnete ein Uniformierter. »Aber es gab keine Auffälligkeiten. Verschiedene Pkws, auch SUVs, aber nichts Bemerkenswertes. In den Fahrzeugen saßen nur Einzelpersonen, manchmal Ehepaare, manche mit Kindern, aber niemals mehr als zwei Erwachsene. Der Harald weiß es genauer.«

Ein noch sehr junger Polizist trat ein wenig vor und stotterte in breitem saarländischem Platt etwas von Sichtkontrollen an der Schranke.

»Sie haben nicht die Koffer- und Innenräume der Wagen kontrolliert, oder?« Ferschweiler konnte kaum an sich halten.

»Wir haben hineingeleuchtet, wo es ging«, sagte Harald. »Geöffnet haben wir aber keinen der Wagen. Es war ja keine Fahndung herausgegeben.«

»Was ist mit der Ausfahrt unter der Europahalle? Habt ihr die …« Ferschweiler brauchte seine Frage gar nicht zu Ende zu formulieren. Er sah bereits im Gesicht des erst kürzlich aus dem Saarland nach Trier abgestellten Polizisten, dass diese Ausfahrt nicht kontrolliert worden war.

»Mein Gott«, entfuhr es ihm, »was seid ihr doch für Anfänger. Wenn man euch nicht auf den Füßen steht.«

Harald wurde rot bis über beide Ohren, und die übrigen Kollegen blickten betreten zu Boden.

»Und dich, mein Lieber«, sagte er direkt zu Harald, »dich schicken wir am besten sofort wieder zurück ins Muffland. Da ist es ruhiger. Passt besser zu dir.« Ferschweiler war ungerecht, das wusste er. Aber was sollte er machen? Er hasste Schlamperei, vor allem, wenn dadurch vielleicht die Rettung seiner Kollegen erschwert oder unmöglich gemacht wurde.

Nun schaltete sich Rita Schlöder wieder ein: »Also, Herr Ferschweiler, Sie meinen, die Täter sind bereits aus dem Komplex entkommen? Glauben Sie nicht, dass sie sich in der Kanalisation versteckt haben könnten? Dort sucht nämlich gerade das SEK nach ihnen.«

»Nein, Frau Kollegin.« Ferschweiler strich sich die verschwitzten Haare aus der Stirn, die sich beim Laufen aus seinem Pferdeschwanz gelöst hatten. »Die sind nicht in der Kanalisation, die sind weg – oder in den Thermen. Kommen wir da rein?«

»Ich habe bereits die verantwortliche Koordinatorin der zuständigen Landesbehörde kontaktiert. Sie müsste jede Minute hier eintreffen. Aber ich teile Ihre Überlegungen nicht, Herr Kollege. Denn es gibt auch einen Anschluss aus den Thermen hin zur Kanalisation, der groß genug ist, um Personen die Flucht zu ermöglichen. Das haben wir mittlerweile in Erfahrung bringen können.«

»Mit zwei wahrscheinlich Schwerverletzten, die nicht selbstständig laufen können?« Ferschweiler dachte, dass die junge Kollegin noch viel zu lernen hatte.

»Sie haben recht«, gab Schlöder unumwunden zu. »Entweder wir finden noch jemanden in den Thermen, oder sie dürften einen anderen Weg genommen haben.«

Ferschweiler war von ihrer Offenheit gegenüber Kritik stark beeindruckt. So etwas gab es heute nicht mehr oft.

Schlöders Funkgerät knarrte. Sie wandte sich kurz ab, um das Gespräch anzunehmen. Als sie sich wieder zu den Kollegen umdrehte, hatte sich ihr Gesicht verfinstert.

»In der Kanalisation ist nichts. Alles sauber, sagt das SEK. Dort ist auch in den letzten Tagen keiner langgegangen. Alles in allem ist diese Spur negativ.«

»Also doch die gute alte Flucht unter den Augen der Polizei.« Ferschweiler wollte nicht zynisch sein, aber die Reaktion aller

Anwesenden belehrte ihn, dass er es doch gewesen sein musste. »Entschuldigt, Kollegen«, sagte er mit erhobenen Händen, »ich weiß, wir alle machen Fehler, immerzu. Das ist nur menschlich. Lasst uns jetzt noch einmal die Videoaufnahmen von beiden Garagenausfahrten kontrollieren und schauen, ob wir über die Nummernschilder weiterkommen. Wäre doch gelacht. Und«, fügte er an Rita Schlöder gerichtet hinzu, »verehrte Kollegin, lassen Sie doch bitte noch einmal die gesamten Viehmarktthermen vom SEK durchsuchen. Karin Veltes, die Koordinatorin der Generaldirektion Kulturelles Erbe für Trier, wird sicherlich gleich hier sein. Ich kenne sie seit Jahren. Sie kommt ab und zu zum Kartenspielen in die Gaststätte meiner Bekannten.« Ferschweiler hasste es, sarkastisch zu sein. Doch manchmal war es für ihn unumgänglich. Denn er verabscheute vorschnelles Handeln und eine eitler Zielstrebigkeit geschuldete Unprofessionalität.

»Also los. Harald, hol Belles und komm mit mir. Diederichs, du und Binsfeld, ihr geht noch mal zur Pförtnerkabine an der Ausfahrt und holt die Videobänder von beiden Ausfahrten. Wir treffen uns dann in dreißig Minuten in meinem Büro. Und stellt sicher, dass auch weiterhin an den Ausfahrten kontrolliert wird. Ich will, dass heute kein Wagen unkontrolliert die Parkgarage verlässt. Frau Schlöder: Wenn es Neuigkeiten gibt, egal welcher Art, dann melden Sie sich bitte sofort bei mir. Ich übernehme die Ermittlungen wieder. Hoffentlich ist es noch nicht zu spät.«

***

Kaum hatten sie den bereitstehenden Wagen von Karl-Heinz Belles bestiegen, begann Ferschweiler de Boer auch schon schmerzhaft zu vermissen – und das in einem Zusammenhang, mit dem er nie gerechnet hätte. Denn nicht Belles hatte sich ans Steuer gesetzt, sondern Harald. Der war als Autofahrer das genaue Gegenteil von de Boer. Somit blieb Ferschweiler viel Zeit, um auf dem kurzen Weg zum Präsidium nachzudenken.

Allerdings war es nicht der Fall, um den seine Gedanken kreisten. Es war vielmehr Harald, über den er nachdachte, denn er erinnerte ihn an einen alten Freund von der Polizeischule, der vor Jahren bei einem Verkehrsunfall ums Leben gekommen war. Harald, von dem keiner einen Nachnamen zu kennen schien – oder sollte er auch mit Familiennamen so heißen? –, war keine besonders auffällige Erscheinung. Eher das Gegenteil war der Fall. Seit er bei ihnen in der Abteilung war, hatte Ferschweiler ihn kaum bemerkt. Auch sprach er selten, war sehr zurückhaltend und zeigte wenig Eigeninitiative.

Für Ferschweiler entsprach er voll und ganz dem lethargischen Typus des vom Land stammenden Muffländers, wie viele die Einwohner des benachbarten Saarlands verächtlich nannten. Muff, woher das wohl kam? Riechen tat Harald jedenfalls nicht, was die Zusammenarbeit mit ihm deutlich erleichterte. Aber seine Langsam- und zur Schau getragene Gleichmütigkeit machten Ferschweiler zu schaffen. Wenn alle seine Kollegen so wären, wie wäre es dann um die Trierer Polizei bestellt? Nicht auszudenken.

Insofern war er froh, dass er de Boer hatte. Und das, obwohl es am Anfang so stark zwischen ihnen geknirscht hatte.

Als Ferschweiler im Präsidium eintraf, standen Kriminaldirektion und Dauerdienst kopf. Jeder wollte von ihm wissen, was passiert war und wie es den Kollegen gehe. Manche kondolierten sogar, so als ob de Boer und Möllemann im Dienst getötet worden wären. Wussten sie mehr als er?

Ferschweiler beeilte sich, durch die Flure zu seinem Büro zu gelangen. Als er es erreicht hatte, bat er Harald und Belles, Platz zu nehmen, setzte sich selbst hinter seinen Schreibtisch und nahm die Aufstellung in die Hände, die ihm ein Kollege während seiner Abwesenheit hingelegt hatte.

»Sieh an«, sagte er zu sich selbst. Da klingelte das Telefon. »Was für eine Scheiße«, entfuhr es ihm, nahm das Gespräch aber dennoch entgegen.

Es war der Oberstaatsanwalt, der wohl schon mehrfach versucht hatte, ihn zu erreichen, und ihn nun dringend zum Gespräch bat. Also stand Ferschweiler wieder auf, gab den beiden anwesenden Kollegen die Order, die Videobänder unverzüglich auszuwerten, sobald sie eintrafen, und verließ den Raum.

Gott sei Dank hatte er es nicht weit, denn die Staatsanwaltschaft war erst vor Kurzem vom Irminenfreihof in der Nähe der Mosel in die imposanten Räumlichkeiten der ehemaligen Reichsbahndirektion gegenüber dem Alleencenter gezogen und somit für ihn in knapp fünf Minuten zu Fuß zu erreichen.

Caspers erwartete ihn bereits. Er wirkte mehr als verärgert.

»Was ist das nur für eine Katastrophe?«, sagte er zu Ferschweiler, ohne diesen zu begrüßen. »Wie konnte das passieren? Zwei vermisste Kollegen und keine wirklichen Ergebnisse? Mensch, Sie sind doch sonst so ein Profi.«

Der Staatsanwalt stand mit verschränkten Armen hinter seinem riesigen Eichenschreibtisch und blickte Ferschweiler energisch entgegen.

»Sie sagen es, Herr Caspers«, antwortete Ferschweiler, ohne den Anflug von Verzweiflung in seiner Stimme verbergen zu wollen. »Es ist wirklich eine Katastrophe. Wir wissen noch nichts über den Verbleib von Möllemann und de Boer. Alle arbeiten auf Hochtouren. Sicher ist immerhin, dass die beiden von den Tätern aus dem Parkhaus mitgenommen wurden. Ein gutes Zeichen, wie ich finde.«

»Ein gutes Zeichen? Sie sind wohl nicht mehr ganz bei Sinnen«, polterte Caspers. »Sie haben mit Ihren dilettantischen Ermittlungen und vorschnellen Handlungen nicht nur das Leben der Kollegen aufs Spiel gesetzt. Damit meine ich nicht nur das der beiden Vermissten«, Caspers hatte den Zeigefinger der rechten Hand in belehrender Geste gehoben, »sondern Sie haben es auch in Kauf genommen, dass die gesamten Ermittlungen im Fall Jungbluth platzen und wir mit leeren Händen und als Lachnummern dastehen. Was meinen Sie, was die Presse über uns berichten wird? Ich sehe schon die Schlagzeilen.«

Ferschweiler bewahrte Ruhe und schwieg.

»Sie sagen ja gar nichts«, kam es nach wenigen Momenten von Caspers. »Haben Sie Ihre Stimme verloren?«

»Keineswegs«, hob Ferschweiler an. »Ich wollte Sie nur nicht unhöflich unterbrechen, Herr Oberstaatsanwalt. Mit Verlaub, aber ich bin anderer Meinung als Sie. Sicherlich haben Sie recht, dass die Situation mehr als unangenehm und belastend ist. Aber bei allen Pannen, die passiert sind, haben wir doch ermittlungstechnisch einen großen Schritt nach vorn getan.«

»Was bitte meinen Sie damit? Ich sehe da nichts.«

»Immerhin«, Ferschweiler blieb ruhig und sachlich, »wissen wir nun, dass es unter dem Viehmarkt zeitlich passend zur bald beginnenden Heilig-Rock-Wallfahrt ein Edelbordell der besonderen Güte gegeben hat, von dem sich jemand hohe Erlöse versprochen haben dürfte. Und da es in einer städtischen Anlage untergebracht war, die zu diesem Zweck speziell und sehr aufwendig im Geheimen präpariert werden musste, lässt sich die Tätergruppe extrem eingrenzen.«

»Moment, Moment.« Caspers hatte sich gesetzt und bot Ferschweiler ebenfalls mit einer knappen Geste an, auf einem der beiden Besucherstühle vor seinem Schreibtisch Platz zu nehmen. »Meinen Sie, es gibt Beteiligte bei den Stadtwerken?«

»Na, dort ganz bestimmt. Aber möglicherweise auch in der Stadtverwaltung beziehungsweise im Stadtvorstand. Wie hätten denn sonst die ganzen Arbeiten heimlich organisiert werden können? Oder wussten Sie, dass es unter dem Viehmarkt noch zwei weitere unausgebaute Ebenen der Tiefgarage gab?«

»Woher sollte ich das wissen? Ich bin erst seit knapp zehn Jahren in Trier. Aber ich hätte es, zugegebenermaßen, zumindest theoretisch wissen können.«

»Woher denn? In der Zeitung stand damals nichts davon, das haben wir kontrolliert.« Ferschweiler hatte seine Sicherheit wiedergefunden.

»Ich bitte Sie, Herr Ferschweiler. Das Loch war doch da, mitten in der Stadt. Das soll keiner gesehen haben?«

»Gesehen schon, Herr Caspers. Aber können Sie sich noch daran erinnern, wie viele Kellerräume Ihr Nachbar in Filsch, wo Sie wohnen, damals hat anlegen lassen? Sie waren doch fast jeden Tag auf der Baustelle, weil Sie ein Doppelhaus bauten, oder?«

Caspers schwieg für einen Moment. Offensichtlich dachte er nach.

»Sie meinen also«, sagte er dann, »dass dort jemand von langer Hand etwas geplant hat und bewusst darauf setzte, dass sich die Öffentlichkeit an bestimmte Dinge, die im öffentlichen Raum passieren, nach Jahren nicht mehr erinnern würde?«

»So in etwa. Wenn es Ihnen dann noch gelingt – und das wäre, wenn Sie bis dahin keine Probleme hatten, ein Klacks für Sie –, die Bauakten so zu manipulieren, dass zwar vier Etagen gebaut, aber nur zwei hinterher in den Plänen und Abrechnungen erscheinen, dann haben Sie gewonnen.«

»Raffiniert.« Caspers schien tatsächlich beeindruckt von der kriminellen Energie, die Ferschweiler ihm gerade geschildert hatte. »Nur«, fragte er, »wer sollte daran schon vor Jahren ein Interesse gehabt haben? Meinen Sie, dass jemand damals schon an diesen Megapuff gedacht hat?«

Ferschweiler musste unwillkürlich lachen. »Nein«, entgegnete er, »keinesfalls. Damals ging es vermutlich um andere Dinge. Das Bordell ist lediglich eine Zweitnutzung. Ein Zufall zwar, aber ein optimaler, denn es gibt hierbei keinerlei Kosten für den Besitzer, sondern nur Gewinn. Damals hingegen müssen die Dinge anders gelegen haben.«

»Und wie?«

»Tja, ich habe da einen Verdacht.«

»Also raus damit, Ferschweiler. Ich will es wissen. Schließlich muss ich Sie ja wohl unterstützen.«

»Gut, stellen Sie sich vor, da baut die Stadt ein Parkhaus mitten im historischen Zentrum und gegen den erklärten Willen der Bevölkerung, die eine solche Garage für überproportioniert, wenn nicht gar für überflüssig hält. Bei den Ausschachtungsarbeiten stößt man dann zudem auf römische Ruinen. Das ruft sofort die Denkmalpfleger und Archäologen auf den Plan. Ein Baustopp wird verhängt, und man macht sich Gedanken, wie es weitergehen soll. Schließlich einigt man sich darauf, dass nicht in der Fläche, sondern in die Tiefe gebaut werden soll, damit zumindest Teile der antiken Fundamente geschont und später museal genutzt werden können.«

»Klingt bisher logisch.«

»Ja, aber dann gehen die Verantwortlichen doch auf die Bürger zu und erklären, dass der Parkhausbau kleiner ausfallen soll als ursprünglich geplant. Denn es sind Wahlen angesagt. Nur zwei Untergeschosse sollen es werden. De facto denkt aber der Dezernent, der das damals alles zu verantworten hatte und tatsächlich dann auch als Stadtratsmitglied mit einer unglaublichen Zustimmung wiedergewählt wurde, gar nicht daran, tatsächlich kleiner zu bauen. Er hat einen eigenen Plan und lässt vier Ebenen ausschachten und im Rohbau fertigstellen. Wer davon weiß, wird geschmiert. Alles läuft glatt, keiner muckt. Oder doch? Meine Kollegen prüfen gerade die Vermisstenfälle der entsprechenden Jahre. Wir werden sehen, ob nur Geld im Spiel war.«

Staatsanwalt Caspers stand der Mund offen.

»Wo liegt der Gewinn für den Dezernenten?«

Ferschweiler lachte. »Na«, sagte er, »es liegt doch auf der Hand. Vier Etagen sind errichtet worden, aber nur zwei werden nutzungsfertig ausgebaut. Wo bleiben die ursprünglich kalkulierten Kosten für den Ausbau der zwei weiteren Etagen?«

Nun lachte Caspers. »Sie meinen also allen Ernstes, dass hier Kosten verschleiert worden sind? Wie soll das denn gehen? Das wird doch kontrolliert. Haben Sie Beweise?«

»Nicht für alles, das gebe ich zu. Noch nicht. Aber ich habe Unterlagen von einem befreundeten Journalisten bekommen, Roman Rednez. Sie kennen ihn bestimmt: Er arbeitet hauptsächlich für den Kultursektor des SWR, vielfach aber auch, was weniger Personen wissen, investigativ im regional- wie im landespolitischen Bereich unter Pseudonym für andere Medien. Er ist seit einigen Tagen spurlos verschwunden. Als eine Art Lebensversicherung hat er mir jedoch zuvor seine Rechercheergebnisse im Zusammenhang mit dem Bau der Viehmarktgarage zukommen lassen. Ob es ihm nutzen wird – ich weiß es nicht. Ich habe bislang keinen Kontakt mit ihm aufnehmen können und fürchte, dass er in den Händen derselben Leute ist, die auch unsere beiden Kollegen in ihrer Gewalt haben.«

»Und CT?«

»Das ist das Pikante an der Geschichte. CT war damals wie

heute Baudezernent. Unter seiner Leitung ist das Parkhaus unter dem Viehmarkt gebaut worden.«

Caspers' Gesichtsausdruck wirkte wie nach einer Ohrfeige. »Dann hätten ja die Garage und der Puff vielleicht mit dem Mord an CT zu tun?«

»Genau das vermute ich mittlerweile, Herr Oberstaatsanwalt. Es war ein langer Weg dahin. Nur fehlen uns noch wirklich belastbare Beweise. Aber unsere Recherchen haben mehr als einen Anfangsverdacht ergeben. Es gibt Indizien.«

***

Ferschweiler bereitete noch ein anderer Aspekt Kopfzerbrechen. Obwohl es mit dem aktuellen Fall nichts zu tun hatte, ließ ihm die Tatsache, dass Auguste LePetit seinen Dienst in der Kantine seit Tagen nicht aufgenommen hatte und niemand etwas von seinem Verbleib wusste, keine Ruhe. Eigentlich hatte der Kommissar keine Zeit, sich darum zu kümmern. Jetzt, da seine beiden Kollegen verschwunden waren, gab es Wichtigeres für ihn zu tun. Dennoch wollte er sich mit eigenen Augen davon überzeugen, dass es Auguste gut ging, dass alles nur ein Missverständnis war, dass er einfach nur vergessen hatte, Bescheid zu geben, dass er verreisen wollte oder ein anderer Grund für seine Abwesenheit vorlag. Es würde sich ganz sicher eine naheliegende Lösung für sein Verschwinden finden, davon war Ferschweiler überzeugt.

Da Wim – bei dem Gedanken an seinen Assistenten verkrampfte sich Ferschweilers Magen – nicht zur Verfügung stand, um ihn nach Klausen, dem Wohnort LePetits, zu fahren, musste er einen anderen Kollegen bitten. Als Einzige kam Manuela Lübeck dafür in Frage, die seit ihrer Rückkehr aus der Elternzeit zunächst nur stundenweise die Arbeit im Präsidium wieder aufgenommen hatte. Alle anderen Kollegen waren vollends mit der Suche nach de Boer und Möllemann sowie den Ermittlungen zu den Viehmarktthermen beschäftigt.

Lübeck steuerte den Wagen auf die Autobahn in Richtung Koblenz. Seit sie losgefahren waren, erzählte sie Ferschweiler unablässig von ihren inzwischen knapp zwei Jahre alten Zwillingssöhnen. Ferschweiler schaute aus dem Fenster und fragte sich, warum junge Mütter bloß immer so viel von ihren Kindern sprechen mussten. Fieberhaft überlegte er, wie er den Redeschwall seiner Kollegin unterbrechen könnte.

Nicht dass er etwas gegen Kinder gehabt hätte, ganz im Gegenteil, er mochte sie sogar sehr. Aber musste er deshalb gleich über jeden Entwicklungsfortschritt von Konrad und Bruno informiert werden, musste er wissen, dass Bruno schon aufs Töpfchen ging und Konrad bereits bis fünf zählen konnte? Seine junge Kollegin meinte wohl, ihn ablenken zu müssen, denn es war unverkennbar, dass er keinesfalls über die verschwundenen Kollegen sprechen wollte.

»Ausgerechnet Klausen«, sagte Ferschweiler und unterbrach damit Lübecks Redefluss. »Ich hätte nicht gedacht, dass es LePetit so weit hinaus aufs Land gezogen hat.«

»Nicht jeder lebt nun mal so gern in der Stadt wie du«, sagte Lübeck grinsend, die wie alle Kollegen um Ferschweilers Liebe für seinen Wohnort Trier-West wusste. »Für einen Koch ist die Nähe zur Mosel mit ihren Weinbergen doch verlockend.«

»Gegen einen guten Riesling ist wahrlich nichts einzuwenden, aber muss man deshalb gleich in den Wingert ziehen?«, fragte Ferschweiler.

Nach einer Weile fügte er hinzu: »Mit Klausen verbinde ich immer meine Zeit als Messdiener. Jedes Jahr pilgerten wir zur Wallfahrtskirche. Mein Bruder und ich waren jedes Mal froh, wenn wir es geschafft hatten.«

»Dieses Mal musst du ja nicht laufen«, entgegnete Lübeck. »Und so weit weg ist es doch gar nicht.«

»Du hast recht«, sagte Ferschweiler. »Wir sind gerade einmal zwanzig Minuten unterwegs.« Dank Lübecks Ausführungen war ihm die Fahrt allerdings viel länger vorgekommen, doch das behielt er für sich.

An der Ausfahrt Salmtal verließ seine Kollegin die Autobahn und steuerte den Wagen in Richtung Klausen. Von Weitem war bereits die Wallfahrtskirche zu sehen.

»Da sind wir«, sagte Lübeck, nachdem sie den Wagen auf einem Parkplatz schräg gegenüber der Kirche neben einem offenbar leer stehenden ehemaligen Klostergebäude abgestellt hatte. Dann zeigte sie die Hauptstraße in Richtung des Ortsteils Pohlbach hinab und sagte: »Das Haus von LePetit muss hier in dieser Straße sein.«

»Viel verändert hat sich hier ja nicht«, meinte Ferschweiler, während er sich umblickte. »Mein Bruder und ich sind später auch immer zur Motorradwallfahrt gekommen. War eine schöne Zeit …« Ferschweiler hielt mitten im Satz inne.

»Was ist?«, fragte ihn Lübeck überrascht.

Ferschweiler blickte auf die andere Straßenseite. Dort war auf der Außenterrasse einer Gaststätte eine blonde Frau mittleren Alters damit beschäftigt, Sitzpolster auf Stühlen zu verteilen.

»Das gibt's doch nicht«, entfuhr es Ferschweiler. »Das ist doch Hildegard.«

»Hildegard?«, fragte Lübeck.

»Ja, Hildegard Becker. Sie ist eine alte Freundin aus Jugendzeiten.«

Die Frau schien die Blicke in ihrem Rücken bemerkt zu haben, denn sie hob den Kopf und sah in Ferschweilers und Lübecks Richtung.

»Rudi?«, rief sie plötzlich und winkte ihnen zu. »Das gibt's doch nicht: ›der schöne Rudi‹. Ich werd verrückt. Was führt dich denn her?«

»Soso, die Hildegard und der ›schöne Rudi‹«, lachte Lübeck.

»Hildegard«, begrüßte er die Wirtin und gab ihr die Hand. »Wie geht es dir?«

»Rudi Ferschweiler«, erwiderte Becker die Begrüßung. »Dass ich dich hier in Klausen noch mal wiedersehe, hätte ich im Leben nicht gedacht. Wer ist denn die nette junge Dame an deiner Seite?«, fragte sie mit einem musternden Blick auf Lübeck.

»Darf ich vorstellen, Manuela Lübeck, eine Kollegin.«

Lübeck nahm die Hand der Wirtin und schüttelte sie.

Zunächst hatte Ferschweiler den Eindruck gehabt, dass sich Hildegard Becker kaum verändert hätte. Doch bei näherer Betrachtung konnte er erkennen, dass die Zeit auch an ihr nicht spurlos vorbeigegangen war.

»Wie lange ist das jetzt her, zwanzig oder fünfundzwanzig Jahre sicherlich?«, fragte Ferschweiler.

»Genau dreiundzwanzig, mein Lieber«, zwinkerte Becker ihm zu. »Kann ich euch etwas anbieten? Vielleicht einen Viez? Den machen wir selbst.«

»Eigentlich sind wir dienstlich hier«, entgegnete Ferschweiler.

»Habe ich mir doch gedacht, dass du nicht meinetwegen kommst. Du hättest dich schon längst mal wieder hier blicken lassen können«, sagte Becker mit gespielt vorwurfsvollem Unterton.

Ferschweiler sah betreten zu Boden.

»Schon gut, Rudi. Ich habe dir schon lange verziehen.« Becker lächelte Ferschweiler aufmunternd an, und an Lübeck gewandt fügte sie geheimnisvoll flüsternd hinzu: »Sie müssen wissen, dass Ihr Kollege und ich einmal miteinander befreundet waren, doch dann hat er einer anderen Wirtin den Vorzug gegeben.«

»Und wie geht es dir?«, fragte Ferschweiler, dem die Situation allmählich unangenehm wurde. Er fragte sich, welchen Eindruck Lübeck wohl gerade von ihm bekam. So wie er sie einschätzte, würde sie die Geschichte sicherlich als Anekdote in der Kantine zum Besten geben.

»Mir geht es gut. Ich bin verheiratet, und mein Mann und ich haben die Gaststätte meiner Eltern übernommen.« Dabei zeigte sie mit ausgestrecktem Arm über die Stuhl- und Tischreihen. »Du bist noch immer bei der Polizei, wie ich sehe. Was führt euch beide denn nach Klausen?«

Ferschweiler dachte nach. Vielleicht kannte seine alte Bekannte Auguste LePetit und konnte ihnen etwas über ihn berichten.

»Weißt du, deinen Viez dürfen wir leider nicht probieren, aber ein Glas Wasser nehme ich gern. Und du, Manuela?«

Lübeck sah ihn verdutzt an, bestellte aber auch ein Glas Mineralwasser. Sie nahmen auf der Terrasse Platz, und Hildegard Becker eilte in den Schankraum.

»Ich dachte, wir sind wegen LePetit hier?«, fragte ihn Lübeck leise.

»Sind wir auch«, sagte Ferschweiler beschwichtigend.

Kaum dass er zu Ende gesprochen hatte, erschien Hildegard Becker mit einem Tablett in der Hand, auf dem sie zwei Gläser und zwei kleine Flaschen Mineralwasser balancierte.

»Also, zum Pilgern seid ihr beide wohl nicht hier, dann bestimmt wegen des Klosters?«, fragte sie und stemmte ihre Hände in die Hüften. Erwartungsvoll sah sie von Lübeck zu Ferschweiler.

»Welches Kloster meinst du?«, fragte Ferschweiler.

Becker schüttelte den Kopf. »Na, das da drüben«, erwiderte sie und zeigte auf den Gebäudekomplex, neben dem Lübeck kurz zuvor den Dienstwagen abgestellt hatte.

»Es stand sehr lange zum Verkauf, und nun hat es vor einigen Wochen ein dubioser Investor erworben. Es hieß, er wolle eine Pilgerherberge daraus machen. Aber wenn das Pilger sind, die dort verkehren, fresse ich einen Besen. Man sieht manchmal Frauen durchs Dorf laufen, die im Dorfladen Zigaretten oder Ähnliches kaufen. Wenn du mich fragst, sind das Professionelle, und das Ganze ist ein Bordell!«

»Ein Puff in einem ehemaligen Kloster?« Ferschweiler hob die Augenbrauen. Schon wieder Rotlicht, dachte er.

»Eigentlich wollte ein Einheimischer das Ganze kaufen und ein Hotel mit angeschlossenem Luxusrestaurant eröffnen. Als ob wir hier so etwas brauchen. Aber das wäre allemal besser gewesen als das, was nun dort entstanden ist.«

»Warum hat er das Kloster nicht gekauft?«, wollte Ferschweiler wissen.

Hildegard Becker hatte inzwischen am Tisch Platz genommen und sah sich um, ganz so, als wolle sie sich vergewissern, dass niemand hören konnte, was sie zu sagen hatte. Doch ihre Sorge war unbegründet, denn Ferschweiler und Lübeck waren die einzigen Gäste.

»Der Franzose wollte schon, aber die Bank hat ihm einen Strich durch die Rechnung gemacht«, flüsterte Becker verschwörerisch.

Ferschweiler wollte seinen Ohren nicht trauen. »Sagtest du gerade ›der Franzose‹?«

»Ja, ein Franzose«, sagte Becker. »Er heißt Auguste LePetit und lebt seit einigen Jahren hier im Ort.«

Ferschweiler konnte es kaum glauben. LePetit wollte ein Kloster kaufen und ein Hotel errichten? Er sah zu Lübeck, die bereits ein kleines Notizbuch herausgenommen hatte und mitschrieb.

»Was ist denn passiert?«, fragte Ferschweiler. Die Wiederbegegnung mit seiner ehemaligen Freundin schien sich als Glücksfall zu entpuppen.

»Nachdem der Kauf geplatzt war, musste die Gemeinde einen neuen Käufer suchen und hat ihn auch gefunden. Es heißt, es sei ein Trierer Unternehmer. Er hat dem Gemeinderat weisgemacht, dass er eine Pilgerherberge errichten wollte. Alle waren zunächst begeistert, denn das passt doch viel besser in den Ort als ein Luxusrestaurant«, sagte Becker bestimmt.

»Wer der Unternehmer ist, weißt du nicht zufällig?«, fragte Ferschweiler neugierig.

Becker sah sich erneut um, doch auf der kleinen Straße war noch immer niemand zu sehen, dennoch flüsterte sie: »Er macht sein Geld angeblich mit Telefonen oder so. Mehr weiß ich leider auch nicht.«

Telefone? Ferschweiler wurde hellhörig.

»Und die Bank hat LePetit in der letzten Minute den Geldhahn abgedreht?«

»Ja, wenn ich es dir doch sage. Das war schon merkwürdig. Nicht dass es mir um ihn leidtäte. Obwohl er in seinem Leben schon wirklich viel mitgemacht hat. Erst der grausige, bis heute ungeklärte Unfalltod seiner Frau Julia vor vielen Jahren und dann die Sache mit seiner Bauchlandung als Restaurantbesitzer in Pfalzel. Tragisch war nur, dass hier bereits alles in trockenen Tüchern war. Sogar der Notar war bestellt, und der Bürgermeister hatte schon unterschrieben. Dann meldet sich plötzlich die Bank und sagt: ›Nee, mein Lieber, du bekommst das Geld leider doch nicht‹. Wenn du mich fragst, dann stinkt da etwas gewaltig. Aber ich bin ja nur eine kleine Gastwirtin. Heinz, mein Mann, sagt immer, ich würde spinnen und überall nur Verschwörungen sehen. Aber diesmal bin ich mir ganz sicher.«

»Was meinst du mit Verschwörung?«, hakte Ferschweiler nach.

»Wahrscheinlich hat Heinz doch recht, und ich bilde mir alles nur ein«, winkte Becker ab. »Aber du musst zugeben, dass es wirklich seltsam ist. LePetit wird der Kauf vermasselt, und wie aus dem Nichts taucht plötzlich dieser Unternehmer auf – und statt einer Herberge entsteht ein Puff. Niemand spricht darüber, obwohl es alle wissen.«

»Wie hat LePetit auf den geplatzten Kauf reagiert?«, fragte Lübeck, die bisher geschwiegen hatte.

»Der war natürlich stinksauer.« Becker lachte auf. »Das Ganze geschah kurz vor dem letzten Backofenfest. Als der Filialleiter der Bank dann auch noch beim Fest auftauchte, ist LePetit ausgerastet. Es kam zu einem heftigen Streit, und mehrere Männer mussten eingreifen und LePetit zurückhalten, sonst hätte er den Walterscheid verprügelt und in den Ofen geschoben.«

»Walterscheid?«, fragte Lübeck.

»Hubertus Walterscheid«, erklärte Becker, »der Filialleiter der Volksbank in Salmtal. Er war derjenige, der LePetit den Kredit wieder gekündigt hatte.«

»Sag mal, Hilde. Wie war das mit dem Tod von Augustes Frau?«

»Die ist doch abends beim Joggen überfahren worden, und der Fahrer beging Unfallflucht. Die damaligen Ermittlungen sind alle im Sande verlaufen. LePetit hat es – so hatte man den Eindruck – nie verwunden.«

Ferschweiler hatte genug gehört. Er war mehr als gespannt, was LePetit zu alledem zu sagen hatte. Er gab Lübeck ein Zeichen zum Aufbruch.

Als er die Getränke bezahlen wollte, lehnte Hildegard Becker ab.

»Lass gut sein, Rudi. Es war schön, dich nach all den Jahren einmal wiederzusehen.« Damit verabschiedete sie sich von den beiden Kommissaren, drehte sich abrupt um und ging in die Gaststube zurück.

Ferschweiler sah ihr verdutzt hinterher.

»Na, bei der scheinst du ja erneut mächtig Eindruck gemacht zu haben«, sagte Lübeck grinsend.

»Wir nannten sie früher immer ›die wilde Hilde‹«, sagte Ferschweiler. »Es war eine schöne Zeit damals. Aber gut, wir sind wegen LePetit hier. Ich schlage vor, dass du mit dem Bürgermeister sprichst. Ich möchte wissen, was hinter dieser Geschichte mit dem Klosterverkauf steckt. Ich gehe zu LePetit.«

»Abgemacht«, sagte Lübeck und machte sich auf den Weg zum Büro des Bürgermeisters, das sich in der sogenannten Eberhardsklause gleich neben dem Dorfladen befand.

Ferschweiler hingegen folgte der Straße ein Stück bergab. Vor einem alten ehemaligen Bauernhaus blieb er stehen. Dies musste das Haus von LePetit sein. Haus und Vorgarten machten einen ungepflegten Eindruck. Hier und da etwas Unkraut zupfen, dem Haus einen neuen Anstrich verpassen, und mit wenigen Handgriffen würde alles wieder in neuem Glanz erstrahlen, dachte Ferschweiler beim Anblick des Hauses.

Er durchschritt den Vorgarten, stieg die wenigen Stufen einer Treppe zur überdachten Haustür hinauf und drückte auf den Klingelknopf. Nichts tat sich. Als auch nach mehrmaligem Läuten nicht geöffnet wurde, beschloss Ferschweiler, sich umzusehen. Vielleicht konnte er von einem der rückseitig liegenden Fenster zumindest einen Blick ins Innere des Hauses werfen.

Auf der hinteren Seite des Gebäudes befand sich ein großer Bauerngarten. In mehreren Blumenkübeln waren Zitronen-, Orangen- sowie Olivenbäume gepflanzt. Mächtige Lavendelsträucher trennten eine kleine Terrasse vom Rest des Gartens. Offensichtlich hatte LePetit ein Faible für mediterrane Pflanzen.

Die einzelnen Gemüsebeete wurden von niedrigen Buchsbaumhecken voneinander abgetrennt. Doch auch hier schien der Besitzer der Natur nicht mehr Einhalt gebieten zu können. Überall machten sich Wildkräuter zwischen den Pflanzen breit. Ferschweiler war überrascht. Das alles passte so gar nicht zu Le-

Petit. Der Koch schien offenbar keine Zeit mehr zu haben, sich um seinen Garten zu kümmern. Anders konnte sich Ferschweiler die voranschreitende Verwahrlosung nicht erklären.

Die Jalousien vor den Fenstern waren geschlossen, lediglich bei einem der Fenster waren sie nicht vollständig herabgelassen worden, sodass Ferschweiler ins Innere hineinsehen konnte. Es musste sich um das Wohn- und Esszimmer handeln. Ferschweilers Blick blieb an einem Schrank in der hinteren rechten Ecke des Raums haften, bei dem es sich unverkennbar um einen Waffenschrank handelte. Mehrere Jagdbüchsen standen aufrecht in einer Glasvitrine, deren Scheiben mit einem zusätzlichen Metallgitter gesichert waren.

Ferschweiler war sich nicht bewusst gewesen, dass LePetit zur Jagd ging. Andererseits überraschte es ihn auch nicht. Hieß es nicht, alle Franzosen – zumindest diejenigen, die auf dem Land lebten – gingen zur Jagd?

Als Ferschweiler das Grundstück gerade wieder verlassen wollte, fuhr er erschrocken zusammen. Ein mächtiger Rottweiler lugte über den Zaun des Nachbargrundstücks und bellte ihn wild an. Aus dem Maul des Hundes liefen weiße Sabberfäden. Auf einer Gartenbank sah Ferschweiler einen älteren, glatzköpfigen Mann sitzen, der ihn dabei beobachtet haben musste, wie er über das Grundstück von LePetit gegangen war.

»Entschuldigen Sie bitte«, wandte sich Ferschweiler an den Mann und versuchte, das laute Gebell des Hundes zu übertönen. »Können Sie mir vielleicht sagen, wo ich Auguste LePetit finde?«

»Hasso, aus, Platz!«, rief der Mann, und sein Hund folgte – zu Ferschweilers Verblüffung – augenblicklich den Befehlen seines Besitzers. »Bei Fremden ist er immer so«, sagte er dann an Ferschweiler gewandt. »Den Franzosen habe ich schon seit heute Morgen nicht mehr gesehen. Der ist mit dem Wagen weg.«

»Haben Sie zufällig eine Ahnung, wann er zurückkommen könnte?«

Der Mann kratzte sich über seinen kahlen Schädel. »Wer will das denn wissen?«, fragte er misstrauisch.

»Hauptkommissar Rudolph Ferschweiler von der Trierer Polizei«, sagte Ferschweiler und hielt seinen Dienstausweis über den Zaun.

»Was hat die Trierer Polizei hier bei uns in Klausen zu schaffen?«

»Dazu kann ich Ihnen keine Auskunft geben. Wie ist bitte Ihr Name?«

»Jakob Keller«, gab der Mann mürrisch zur Antwort.

»Sie können mir also nicht sagen, Herr Keller, wann Herr LePetit wieder nach Hause kommt oder wo ich ihn finden kann?«, fragte Ferschweiler erneut.

Der Mann kraulte bedächtig den Kopf des mächtigen Tieres. Dann sah er zu Ferschweiler und sagte: »Er wollte zum Arzt nach Wittlich. Das weiß ich auch nur, weil ich für ihn ein Paket annehmen soll, wenn der Briefträger kommt.«

»Danke«, entgegnete Ferschweiler. »Warum sieht es hier im Garten so verwahrlost aus?«

»Das fragen Sie Auguste mal selbst«, sagte Keller erregt. »Der macht seit ein paar Wochen nichts mehr. Im März hat er noch alles angepflanzt, und nun lässt er alles verrotten. Das ganze Unkraut wächst schon zu mir rüber.«

Keller deutete mit dem Finger auf eine kleine Efeuranke, die wenige Zentimeter über den Gartenzaun gewachsen war.

Ferschweiler wollte etwas erwidern, als er Motorengeräusche vernahm.

»Da kommt der Briefträger«, sagte Keller. Der Hund erhob sich und stürmte zur Vorderseite des Grundstücks, wo Ferschweiler ihn laut kläffen hörte.

»Hasso mag ihn nicht besonders«, sagte Keller grinsend und zuckte mit den Schultern. Er machte keinerlei Anstalten, den Hund zurückzupfeifen.

Ferschweiler machte sich auf den Weg zurück zum Fahrzeug, wo ihn Lübeck bereits erwartete.

»Hast du mit LePetit gesprochen?«, fragte sie erwartungsvoll.

»Nein, er war nicht da«, sagte Ferschweiler und rang nach Atem. Er war den Berg mit strammen Schritten hinaufgegangen und war wieder einmal daran erinnert worden, dass es endlich an der Zeit war, etwas für seine Fitness zu tun.

Er strich sich eine Strähne aus der schweißnassen Stirn und berichtete Lübeck davon, welch verwahrlosten Eindruck LePetits Haus auf ihn gemacht hatte. Er vergaß auch nicht, den Waffenschrank zu erwähnen. Dann wollte er wissen, was Lübeck beim Bürgermeister in Erfahrung gebracht hatte.

Sie berichtete, dass sich die Aussagen des Bürgermeisters in Bezug auf den gescheiterten Verkauf des Klosters an LePetit weitestgehend mit den Angaben Hildegard Beckers deckten. Lediglich die Nutzung des Klosters als Bordell wollte der Bürgermeister nicht kommentieren.

»Er hat immer wieder betont, dass der Käufer den Komplex zu einem *boardinghouse* für Pilger umwandeln wolle. Er schien jedoch verwundert, dass man bisher offenbar noch nicht mit grundlegenden Renovierungsarbeiten, die wohl in umfangreichem Maß erforderlich seien, begonnen habe. Von einem Bordell oder Ähnlichem könne keine Rede sein, und die Damen, die man neuerdings im Ort sehe, seien lediglich Touristinnen.«

»Na, wer es glaubt, wird selig. Ich glaube nicht, dass sich Hildegard irrt«, meinte Ferschweiler. »Was hat er dir über den Käufer gesagt?«

»Als Käufer ist offiziell ein Trierer Unternehmen eingetragen. Und nun halt dich fest …«, unterbrach sich Lübeck.

»Nun mach es doch nicht so spannend.« Ferschweiler war ungeduldig.

»Ist ja schon gut. Die Firma heißt NBtel – und Hauptanteilseigner ist kein Geringerer als Niels Baron!«

»Es gibt also eine Verbindung zwischen Auguste LePetit und Niels Baron! In welchem Sumpf befinden wir uns hier eigentlich?« Ferschweiler konnte es kaum glauben.

In diesem Moment läutete Ferschweilers Handy. Er schaute auf das Display.

»Der Oberstaatsanwalt«, sagte er. »Hoffentlich gibt es Neuigkeiten von Möllemann und de Boer.« Dann nahm er das Gespräch entgegen. Gebannt lauschte er in den Hörer.

»Roman Rednez ist wieder aufgetaucht. Wir müssen sofort nach Trier zurück«, sagte er, nachdem er das Telefonat beendet hatte.

Die Rückfahrt nutzte Ferschweiler, um mit einem alten Bekannten zu telefonieren, der schon sehr lange beim Amt für Ausländerangelegenheiten arbeitete. Vielleicht lag ja die Wahrheit versteckt im Dunkeln der Geschichte. Zumindest hatte er einen Verdacht.

***

Kaum hatte Lübeck den Wagen vor der Parkplatzschranke am Polizeipräsidium zum Stehen gebracht, als Ferschweiler auch schon aus dem Auto sprang. »Wir sehen uns gleich. Danke fürs Fahren«, sagte er und verschwand durch den Eingang im Gebäude.

Die Tür zu seinem Büro stand sperrangelweit offen, und Ferschweiler hörte Gelächter aus dem Inneren. Als er den Raum betrat, blieb er überrascht stehen. An dem kleinen Besprechungstisch, der wie immer überquoll von aufgestapelten Akten, saßen Oberstaatsanwalt Caspers und Roman Rednez, Letzterer in einem Zustand, wie Ferschweiler ihn noch nie zuvor gesehen hatte.

Hätte er nicht gewusst, dass es sich um den mit ihm befreundeten Journalisten handelte, er hätte ihn glatt für einen Obdachlosen gehalten: die Kleidung fleckig und zerrissen, die Haare ungepflegt, lang und fettig am Kopf klebend sowie das Gesicht entstellt von einem struppigen grauen Bart. Er sah unendlich müde aus.

»Roman! Wie froh bin ich, dich hier zu sehen.« Ferschweiler ging auf Rednez zu, der beim Anblick des Kommissars sofort aufgestanden war. Auch Caspers sah in seine Richtung.

»Rudi, ich bin auch so froh«, sagte Rednez, »ich hatte wirklich Angst.«

»Wo warst du denn?«, wollte Ferschweiler wissen.

»Nehmen Sie doch erst einmal Platz.« Es war Caspers, der

Ferschweiler seinen Stuhl anbot. »Herr Rednez befand sich zu keinem Zeitpunkt in akuter Gefahr.«

Ferschweiler blickte ungläubig von einen zum anderen. »Aber du hast mir doch hochdramatisch deine Unterlagen übergeben lassen, weil du Sorge hattest. Dein Laubennachbar hat mir bestätigt, dass …«

»Ich hatte Angst, ja.« Rednez' Stimme war belegt. »Ich habe mich versteckt, bin nicht entführt worden oder so. Insofern hat der Herr Oberstaatsanwalt ganz recht. Aber die Situation war sehr brenzlig und hätte auch ganz anders ausgehen können, wenn ich nicht untergetaucht wäre.«

Ferschweiler nahm Rednez in den Arm und drückte ihn fest an sich. »Wie dem auch sei, Roman, gut, dass dir nichts passiert ist.«

»Aber bei euch ist einiges in Unwucht geraten, wie ich hörte.« Rednez' Blick traf auf den von Caspers, der deutlich nickte. »Und wie ich hörte, habt ihr den Puff unterm Viehmarkt ausgehoben.«

»Ja, aber unter Verlusten. Wim und meine neue Chefin, Judith Möllemann, sind seitdem verschwunden. Es hat einen Schusswechsel auf der untersten Ebene gegeben. Wim wurde angeschossen. Ich habe es mit eigenen Augen gesehen. Aber als wir stürmten, waren sie nicht mehr dort. Keine Spur von ihnen.«

Rednez hatte sich wieder gesetzt. »Klingt nicht gut«, sagte er. »Baron ist kein zimperlicher Mann. Und seine Leute sind nach festgelegten Kriterien von ihm ausgesucht. Eines dieser Kriterien ist eine gewisse … ich möchte es mal Skrupellosigkeit nennen. Sie haben auch in der Vergangenheit nicht vor roher Gewalt zurückgeschreckt.«

»Niels Baron steckt also hinter dem Bordellbetrieb! Wenn du recht hast, Roman, warum haben wir nie etwas davon erfahren?« Ferschweiler saß nun auf dem Stuhl von Oberstaatsanwalt Caspers, der selbst an der Fensterbank lehnte. »Kann es sein, dass Barons Leute hier in Trier Menschen töten oder misshandeln und wir nichts davon mitbekommen?«

Nun lachte Rednez. »Rudi«, sagte er, »manchmal frage ich

mich, wo du deinen Kopf hast. Meinst du, all die Prostituierten, die nicht mehr mitspielen wollen, werden mit einer Abfindung nach Hause in den Osten geschickt, womöglich sogar noch mit der Stretchlimousine luxuriös zum Hahn oder zum Findel gefahren?« Rednez schüttelte den Kopf. »Nein, diese Damen verschwinden einfach. Niemand fragt nach ihnen. Ihren Freiern, die sich vielleicht nach ihnen sehnen, sagt man, sie seien jetzt woanders unterwegs oder tatsächlich zurück in die Heimat gefahren. Aber die Realität ist eine andere. Baron ist Teil eines europaweiten Netzwerks der Prostitution und hier im Trierer Raum keine kleine Nummer.«

»Haben Sie dafür Beweise?«, fragte Caspers vom Fenster her. »Die Stadt kontrolliert doch seit Jahren besonders intensiv das Rotlichtmilieu.«

Rednez schmunzelte. »Klar«, sagte er, »das tut sie. Aber darin liegt ja das Problem. Wer ist denn in der Verwaltung zuständig für diesen Bereich? Na?«

Ferschweiler und Caspers blickten sich an.

»Na, hat es bei euch geschackelt? Natürlich: Es ist der Bau- und Wirtschaftsdezernent. Über ihn ergehen die Nutzungsgenehmigungen für Wohnungen und andere Flächen, die für Prostitutionszwecke genutzt werden. Nur der Straßenstrich lässt sich nicht so leicht kontrollieren. Aber da hatte CT ja auch im letzten Jahr eine gute Idee. Ihr erinnert euch noch an den Einkommensvorsteuerautomaten in der Nähe der Recyclingcontainer zwischen Ruwer und Trier-Nord?«

Caspers nickte, Ferschweiler blickte fragend. »Eigentlich war es ja ein Skandal«, sagte der Oberstaatsanwalt, »aber irgendwie auch eine gute Idee.«

»Im Sinne des Marketings für die bestehenden Etablissements in jedem Fall«, erwiderte Rednez. »Aber was für eine Erniedrigung für die Damen, wenn sie an einem parkscheinautomatenähnlichen Gerät pro Kunde die anfallende Einkommenssteuer im Voraus zu entrichten hatten.« Er nestelte in seiner speckigen Jacke nach einer Packung Zigaretten und ließ erst von seinem Vorhaben ab, als er den missbilligenden Blick Ferschweilers bemerkte. »Oder die Idee mit dem Flatrate-Puff: Sex wie Essen am Büfett. Mal ehrlich: Kann man menschenverachtender sein?«

Caspers wollte etwas erwidern, doch Rednez hob seine rechte Hand. »Geschenkt«, sagte er, »natürlich war CT im Recht, als er sagte, juristisch sei das alles wasserdicht. Aber gibt es nicht vielleicht moralische Grenzen und dann auch politische Wege, so etwas doch noch zu verhindern? Ich jedenfalls wurde damals skeptisch und habe mir daraufhin CT einmal genau vorgenommen. Ich habe ihn eingehend beobachtet und sein Handeln und seine Vergangenheit durchleuchtet.«

»Da hast du ja auch einen Vorteil, Roman. Wir können erst etwas tun, wenn etwas vorgefallen ist.« Ferschweiler massierte sich seine Schläfen. »Manchmal ist das ein ganz schön beschissenes Gefühl, wenn du zusehen musst, wie Unrecht in deinem Kiez passiert und du nichts dagegen tun kannst.«

Ferschweiler stand auf, ging zum Bürofenster und öffnete es weit. Draußen dämmerte es zunehmend.

»Bitte, Roman«, sagte er dann, nachdem Caspers seinen Platz an der Fensterbank verloren hatte und ihn deshalb grimmig ansah, »hier am Fenster kannst du selbst in einem öffentlichen Gebäude rauchen.«

Knapp drei Minuten war es nun still in Ferschweilers Büro. Nur Rednez' Inhalationsgeräusche waren zu hören. Caspers hatte sich mittlerweile wieder an den Tisch gesetzt und war hinter den Aktenstapeln kaum noch zu sehen.

»Sagen Sie, Herr Rednez«, sagte er schließlich, »können Sie sich aus Ihrer Kenntnis über Baron heraus vorstellen, wo seine Schergen die Kollegen de Boer und Möllemann versteckt haben könnten? Sie wären uns eine große Hilfe.«

Deutlich war zu erkennen, dass Rednez überlegte. Er stellte sein tiefes Inhalieren ein und begann stattdessen gedankenverloren zu paffen. Seine Zigarette war in Sekunden verraucht.

»Was ich in den vergangenen Monaten selbst beobachten oder aus sicheren Quellen erfahren konnte«, antwortete er dann, »war, dass Baron spezielle Gäste, die er zum Reden bringen will, entweder im Keller seines Anwesens auf dem Löllberg unterbringt – er muss dort wohl einen Raum haben, den er wie ein Terrarium mit Schlangen bevölkert hat – oder leer stehende Räume in Bereichen nutzt, die er mit CTs Hilfe zu entwickeln gedachte, wie er es nannte.«

Rednez hatte, während er ›zu entwickeln‹ sagte, mit seinen Händen Gänsefüßchen in die Luft geschrieben.

»Und da fällt mir momentan eigentlich neben Castelnau in Feyen und dem Bobinet-Gelände in Euren oder Trier-West nur noch das Burgunderviertel in Kürenz ein. Wobei Feyen mittlerweile entwickelt ist, sehr zum Leidwesen von Baron im Übrigen. Bobinet kommt aufgrund seiner vielfältigen kulturellen Abendnutzung eigentlich nicht in Frage. Da ist einfach zu viel los.«

»Also Kürenz.« Ferschweiler griff zum Telefon. »Ich schicke sofort einige Streifen hin, die sich das Viertel anschauen sollen. Vielleicht gibt es Anhaltspunkte.«

»Am besten soll sich das SEK bereithalten. Man weiß ja nie.« Auch Caspers war wieder aufgestanden.

***

Was für eine Scheiße. Judith Möllemann versuchte, sich in eine bequemere Sitzposition zu bringen. Sie kannte das aus vielen Fahrten mit dem Zug oder von den zahlreichen Konferenzen, die sie besuchen musste. Irgendwann tat ihr immer der Hintern weh. Erst die eine Backe, dann kurze Zeit darauf auch die andere. Sie konnte sich setzen, wie sie wollte. Da half irgendwann nur noch aufstehen. Aber hier?

Wo war sie überhaupt? Es war stockdunkel. Und es roch moderig. Doch sie hatte sich allmählich an die Dunkelheit gewöhnt und konnte sich ein wenig orientieren. Nach ihrer Einschätzung war es tatsächlich ein Keller, in dem sie sich befand. Ihre Handgelenke waren neben ihrem Kopf mit Kabelbindern aus Kunststoff an eine alte Kupferleitung angebunden. Sie glaubte sich zu erinnern, dass es einen Kampf gegeben hatte, in dem sie mehrfach geschossen hatte und dann selbst von einem Projektil getroffen worden war. Wo, das wusste sie nicht. Ihre Erinnerung war noch nicht vollständig zurückgekehrt.

Ihre rechte Schulter schmerzte extrem. Vielleicht hatte es sie dort erwischt? Ständig hatte sie ein metallisches Hämmern in ihrem Kopf, so als ob jemand ohne Unterlass in rhythmischen Folgen auf ein Metallrohr schlagen würde. Klar, sie hatte schon in frühester Pubertät Herzrhythmusstörungen gehabt, die sich auch nie ganz verflüchtigt hatten, aber arbeitete ihr Kreislauf tatsächlich so labil?

Sie atmete tief ein und aus. Was war mir diesem Polizisten, der neben ihr gelegen hatte, Wim oder Wum hatte der geheißen. Wieder störte das Hämmern ihre Gedanken. Ich werde noch wahnsinnig, dachte sie. Ich kann mich nicht erinnern, ich muss hier raus. Wie hieß mein Vater mit Vornamen? Sie stockte. Scheiße, sie wusste es nicht. Sie bekam Angst. Sollte sie doch nicht nur eine Verletzung am Oberkörper erlitten haben? Sie konnte ja nicht fühlen, ob ihr Blut über das Gesicht lief. Warm war es da schon an einigen Stellen und feucht auch. Vielleicht hatte sie ja einen Kopfschuss erhalten, lebte zwar noch, aber es waren Regionen ihres Gehirns unwiderruflich geschädigt. Und dann dieses Klopfen. Stand das etwa damit in Verbindung?

Aber Moment. Nun hörte sie genau hin. Es war kein bloßes rhythmisches Klopfen, es klang wie Morsezeichen. Die hatte sie an der Polizeischule gelernt. Sie versuchte, sich zu konzentrieren. Dann, nach einigen Minuten, war sie sich sicher. Es waren Morsezeichen. Sie mussten von dem Kollegen stammen, der in der Tiefgarage vor ihren Augen niedergeschossen worden war. Wim hieß er, das wusste sie nun wieder.

»Sitze im Keller, Wim, JM, sind Sie da?«, ergaben die Klopfgeräusche. JM – so hatte sie noch niemand genannt. Nur mit den Anfangsbuchstaben.

Sie wollte antworten, doch wie und womit? Immer noch pulsierte der Schmerz durch ihre Schläfen, doch sie suchte den Boden um sich herum mit ihren Füßen nach Gegenständen ab, die sie zum Klopfen nutzen konnte. Dann realisierte sie jedoch voller Verzweiflung, dass ihrer Hände fixiert waren. Sie hätte heulen können.

Geräusche an der Tür. Urplötzlich wurde es hell im Raum. Niels Baron stand vor ihr, begleitet von zwei Helfern. Sie erkannte ihn, ihre Erinnerung war wieder da.

»Also, Freunde«, sagte er in ruhigem Tonfall. »Ich muss für ein paar Tage weg, und ihr übernehmt hier das Kommando. Ihr wisst, was ihr zu tun habt. Mit ihr könnt ihr machen, was immer ihr wollt. Gute Helfer brauchen auch einmal eine echte Belohnung. Habt ihr verstanden?« Erwartungsvoll blickte Baron den beiden Männern in die Augen.

Sie nickten zustimmend, der eine rieb sich voller Vorfreude die Hände.

»Also«, sagte Baron, »viel Spaß. Und denkt dran: Ihr dürft alles machen, nur keinen Lärm.« Dann schlug er den beiden auf die Schulter und schloss hinter sich die Tür.

Möllemann war mit den beiden Typen allein. Langsam kam der eine auf sie zu. Der andere zog sich derweil Latexhandschuhe an.

***

»Was ich noch immer nicht verstanden habe, Roman«, sagte Ferschweiler, nachdem er die Kollegen vom Dauerdienst alarmiert und mit Zustimmung von Oberstaatsanwalt Caspers eine Durchsuchung des Burgunderviertels angeordnet hatte, »wenn CT doch für Baron so etwas wie ein Türöffner und Einkommensgarant war, warum bringt er ihn dann um?«

»Hat er das denn?« Rednez hatte sich eine neue Zigarette angezündet.

»Entweder er oder einer seiner Getreuen, danach sieht es zumindest momentan aus. Denn alle anderen Spuren sind im Nichts verlaufen oder haben sich als haltlos erwiesen. Das Geständnis, das wir haben, ist erst einmal nicht viel wert, weil wir es nicht überprüfen können.«

»Ihr habt ein Geständnis? Von wem?« Rednez wurde aufmerksam.

»Immer noch der investigative Journalist, der niemals zur Ruhe kommt«, sagte Ferschweiler amüsiert. »Mensch, Roman, lass auch mal die anderen ran.«

Doch Rednez ließ nicht locker: »Also, wer ist es?«

»Lolita Knöth. Sie hat einen Selbstmordversuch unternommen und liegt im Koma. Das Geständnis hat sie im Rettungswagen einem Sanitäter in einem wachen Moment ins Ohr geflüstert.«

Rednez schüttelte den Kopf. »Also, das hätte ich nicht gedacht, die Knöth!« Nach einigen Sekunden fügte er hinzu: »Als Täterin hätte sie vielleicht sogar tatsächlich mehr Motive als Baron, der von CT im Grunde ja nur profitiert hat. Sie ist sehr emotional und leicht verletzlich. Zudem kommt noch eine gute Portion Unsicherheit hinzu, die sie zwar durch ihr burschikoses Auftreten zu kaschieren versucht. Wenn man sie sich aber über längere Zeit anschaut, kann man ihre weiche Seele unter der harten Schale erkennen. Allein wie sie auf die Anwürfe reagiert hat, als man ihr Versagen in den Theaterfragen vorgeworfen und sie dann sogar im Bus mit einem Farbbeutel beworfen hat.«

»Aber wir haben gegen sie nichts Handfestes, während es bei Baron ganz anders aussieht. Er vermittelt CT zu seinem Sechzigsten am Abend der Feier in den Thermen ein Callgirl. Warum? Was wollte er erreichen? Baron verteilte in CTs Beisein im Rathaus regelmäßig dick mit Scheinen gefüllte Kuverts an die Mitarbeiter aller für ihn interessanten Abteilungen. Wir haben mittlerweile eine lange Liste an Namen und bereits eine Menge an Geständnissen. Außerdem verfolgte CT in Sachen Theaterneubau einen eigenen, von Baron unabhängigen Plan.«

»Tatsächlich?« Während Rednez bisher ruhig zugehört hatte, wurde er nun aufmerksamer. »Nach meinem Wissen stand doch der Abschluss mit dem von Baron besorgten Investor kurz bevor.«

»Ja«, entgegnete Ferschweiler, »so sah es aus. Aber der Intendant des Theaters bestätigte mir, dass es weitere Gespräche mit einem seiner Freunde gegeben habe, der kurzfristig im Rathaus einen älteren, bereits einmal abgelehnten Alternativvorschlag in Überarbeitung vorgelegt habe, bei dem die Flächennutzung und die angestrebte Rechtsform des Theaters völlig anders ausgerichtet worden wären.«

»Das war doch schon lange vom Tisch, Rudi.« Rednez schnippte die Zigarettenkippe aus dem Fenster. Hinter den Akten am Tisch saß Caspers und hörte intensiv zu. »Dieser neue Investor, wie du ihn nennst, ist doch Torsten Bach, den der Theater-Hanselmann aus seinem früheren Leben kennt, oder?«

Ferschweiler nickte.

»Na, siehst du. Den hatte Baron mit seinen Initiativen doch längst ausgestochen. Die Abschaffung des Dreispartenhauses zugunsten eines Multifunktionsraums mit abbaubarer Theaterbühne für kleinere, einzukaufende Produktionen ganz nach dem Geschmack des zahlenden Publikums war doch schon in trockenen Tüchern. CT hat sich in allen Gremien immer für die Variante Einkaufszentrum mit kleinem Kulturanhang eingesetzt. Das kannst du auch in den entsprechenden Ratsprotokollen nachlesen.«

»Ich weiß, aber wir waren ja auch nicht ganz untätig. Es hat anscheinend einen Sinneswandel bei ihm gegeben, der kurz vor seinem runden Geburtstag stattgefunden haben muss. Zu tun hatte der wohl, wie Hanselmann überzeugend darlegte, mit CTs politischen Ambitionen im kommenden Jahr. Einen Theater-Abwickler würde man sicherlich nicht zum neuen Oberbürgermeister wählen – einen Theater-Retter hingegen schon. Danach hielt es CT mit Adenauer.«

»Was kümmert mich mein Geschwätz von gestern?« Caspers lachte.

»Genau. Von nun an, so scheint es, wollte er doch wieder ein Voll-Theater mit kommerziellem Anhang, quasi die umgekehrte Variante des Plans von Baron. Die Summe, die Baron verloren hätte, wenn seine Planungen nicht realisiert worden wären, ist gewaltig. Ich würde sie auf einen Betrag im mittleren siebenstelligen Bereich schätzen. So erklärt sich auch, warum Baron mit Merseburger, einem hohen Tier, bei dem arabischen Investor am Abend höchstpersönlich noch einmal aufgetaucht ist. Ich möchte nicht wissen, was der CT geboten hat. Aber CT ist wohl hart geblieben.«

»Was hätte CT davon gehabt, nun Bach den Zuschlag zu geben? Das ist doch die entscheidende Frage, oder? Reicht die OB-Variante tatsächlich aus? Steckt da nicht mehr dahinter?«, fragte Rednez.

»CT hatte bis dato alles erreicht, was er erreichen konnte. Er hatte in Trier wichtige Bauvorhaben nach seinen Wünschen realisiert, sich viele Posten in der Verwaltung dienstbar gemacht, und auch im Rat war er sicherlich selbst oder durch andere als – nennen wir es mal – Lobbyist tätig. Seinen eigenen Säckel hat er dabei mehr als gut gefüllt. Aber sollte das einem Mann wie CT reichen? Geld brauchte er nicht mehr. Einfluss auch nicht. Das, was ihm nun noch fehlte, war die Zustimmung der Wähler zu seiner Person. Er wollte eigentlich Liebe. Er verstand sich als eine Art Volkstribun. Warum sollte er nicht in diesem entscheidenden Punkt der Zukunft des von den meisten geliebten und nur von wenigen verhassten Theaters plötzlich eine Kehrtwende machen und sich ganz auf die Seite der Bevölkerung stellen? Er hätte so vieles mit einer Klappe geschlagen: seine eigene Geschichte vergessen gemacht und OB Dombrowski, der ja für den Neubau war, eine Watschen verpasst, die ihn politisch angeschlagen hätte. Er wollte in seiner Rede an seinem Sechzigsten Köpfe rollen lassen, wie er es selbst bei der Begrüßung angedeutet hatte. Zeugen bestätigen das. Wessen Köpfe hätten das sein sollen, wenn nicht die seiner alten Gefolgsleute?«

»Okay«, sagte Rednez, »je mehr ich darüber nachdenke, desto mehr sehe ich ein, dass dies tatsächlich Motive für Baron gewesen sein könnten. Aber habt ihr Beweise?«

»Nicht viele, das ist ja unser Problem. Vielfach sind es sogar nur Indizien. Merseburger, der Hauptvertreter des einen Investors, hat gemeinsam mit dem OB und Niels Baron CT selbst kurz vor Beginn der Geburtstagsfeier in den Thermen aufgesucht.

Dann aber haben Baron und Merseburger die Feier nach einem nur kurzen Gespräch mit CT, das diesen, wie viele Zeugen berichteten, sehr aufgewühlt zurückgelassen hat, frühzeitig wieder verlassen. Dass das Gespräch überaus wichtig war, kannst du daran erkennen, dass Baron zum ersten Mal in der Öffentlichkeit agierte.«

»Gibt es davon Fotos?«

»Eine ganze Menge. Willst du sie sehen?« Ohne auf eine Antwort zu warten, trat Ferschweiler an seinen Schreibtisch und entnahm einer Schublade die Mappe mit den Fotos von Thomas Koltes. Der Kommissar hatte eine Auswahl der wichtigsten abziehen lassen. Er reichte sie Rednez, der sie interessiert durchblätterte.

»Na, eine gelungene Party war das für den guten CT ja nicht, so oft, wie der sich in Konfliktsituationen befunden haben muss. Es haben ja quasi alle mit ihm gestritten.«

»Ja, aber niemand von denen kommt als Täter in Frage. Keiner hatte, so unsere bisherige Erkenntnis, die Gelegenheit, CT das Gift ins Glas zu füllen.«

»Das sind aber doch nicht alle Fotos, die Koltes gemacht hat, oder?« Rednez wiegte den Haufen von circa siebzig Abzügen in seiner rechten Hand. »Der macht doch immer viel, viel mehr. Ist ja ein Foto-Freak, der kein Ende findet, sondern immer auf der Suche nach der ultimativen Aufnahme ist.«

»Insgesamt sind es etwa dreitausend Aufnahmen, die er uns zur Verfügung gestellt hat. Einer meiner Mitarbeiter ist noch dabei, ein detailliertes Bewegungsprofil aller beteiligten Personen zu erstellen.«

»Aller Personen? Wie viele waren es denn?«

»Nach der Einladungsliste knapp zweihundert. Das erklärt auch, warum er nach nunmehr vier Tagen noch nicht fertig ist. Schließlich soll er minutiös darstellen, wer von den Gästen wann mit wem gesprochen oder in wessen Nähe gestanden hat.«

Rednez seufzte. »Sollte keine Kritik sein. Aber warum beschränkt ihr euch nicht auf die Hauptverdächtigen?«

Nun schaltete sich Caspers wieder ein. »Also, Herr Rednez,

ich muss doch sehr bitten. Die Arbeit der Ermittlungsbehörde hat Hand und Fuß. Wenn Baron tatsächlich der Mann hinter der Tat ist, es aber nicht selbst getan haben kann, da er schließlich nachweislich nicht mehr in den Thermen war, dann muss es ein anderer für ihn gemacht haben. Das muss nicht zwangsläufig jemand gewesen sein, der eine gewisse Prominenz in Trier besitzt. Oder wollen Sie mir da etwa widersprechen?«

»Keinesfalls«, entgegnete Rednez. »Sie haben völlig recht. An was ist CT denn gestorben, was hat das Gift bewirkt? Ein klassischer Herztod wäre bei seiner Gesundheit und seinem Lebenswandel zwar keine große Überraschung gewesen. Aber da wir heute hier stehen, war es wohl tatsächlich etwas anderes, oder?«

Ferschweiler und Caspers schauten sich einen Moment lang schweigend an. Dann sagte Ferschweiler, nachdem ihm der Oberstaatsanwalt fast unmerklich zugenickt hatte: »Da legst du deinen Finger in eine echte Wunde, Roman. Der Notarzt, der zuerst am Tatort war, vermutete ein Gift. Unser Freund Quint, der leider mittlerweile auch nicht mehr unter uns weilt …«, Rednez wusste offensichtlich noch nichts vom Tod des Pathologen, denn er wurde kreidebleich, auf seinem Gesicht standen Entsetzen und echte Trauer, »hatte in einer ersten Aussage in den Thermen die Theorie des Notarztes auf Zyankali hin konkretisiert, was der Notarzt aber nicht bestätigen wollte. Dann verstarb der Dicke kurz nach der Obduktion CTs und konnte die Proben nicht mehr rechtzeitig nach Mainz schicken. Ich habe ihn erst einige Stunden später gefunden, die Proben standen da schon eine ganze Zeit lang ungekühlt in der Pathologie.«

»Das heißt, die Ergebnisse sind nicht wirklich belastbar?«

»Nun ja.« Ferschweiler wurde unsicher. »Wir haben sie noch nicht. Die Kollegen in Mainz arbeiten noch daran. Sicher scheint zumindest zu sein, dass es sich nicht um Zyankali handelt. Die Merkmale an CTs Leiche waren dafür eher untypisch.«

Rednez hatte sich auf Ferschweilers Schreibtischstuhl gesetzt. Die Nachricht vom Tod Quints schien ihn wirklich mitgenommen zu haben.

»Roman, darf ich dich noch etwas fragen?« Ferschweiler ließ nicht locker.

»Klar«, antwortete der Journalist erschöpft und traurig. Er kaute abwesend auf seiner Unterlippe herum und hatte seine Hände verkrampft auf den Armlehnen von Ferschweilers Stuhl liegen. »Ich helfe, wo ich helfen kann. Frag einfach.«

Ferschweiler schluckte. Dann stellte er seine Frage: »Welche Rolle spielt deiner Meinung nach OB Dombrowski in diesem Fall? Könnte er der Mörder sein?«

Im Raum wurde es still.

***

De Boer hörte auf, gegen die Heizungsrohre zu treten, als er im benachbarten Raum des dunklen Kellergeschosses, in dem er sich befand, Stimmen vernahm. Er hatte keinerlei Ahnung, wo er war. Der Versuch, sich während des Transports hierher Fahrt- und Haltezeiten einzuprägen, sich Abbiegungen, Steigungen oder unterschiedlichen Straßenbelag zu merken, war schnell gescheitert. Spätestens in dem Moment, als sein direkter Begleiter ihm voller Sadismus auf die verletzte Schulter geschlagen hatte. Sterne hatte er danach gesehen und vor Schmerzen fast das Bewusstsein verloren.

Nun lag er schon seit einiger Zeit – wie lange, konnte er nicht sagen – in der Dunkelheit dieses Kellers, den er zumindest als den eines Wohnhauses erkennen konnte. Aber es ging ihm nicht gut. Seine Schulter und seine Brust, die von den drei Projektilen in der Tiefgarage getroffen worden waren, schmerzten. Außerdem lag er nun schon seit Stunden in seinen eigenen Exkrementen, denn er war mit beiden Armen an eiserne Halterungen gebunden.

Seit Längerem war es totenstill. Doch plötzlich hatte er aus dem Nachbarraum erst mehrere Stimmen, dann die erst lauten, dann die unterdrückten Schreie einer Frau gehört. Nach einigen Minuten war das Schreien zu einem leisen Gewimmer geworden.

Ihn fröstelte. Er fühlte sich hilflos. Er begann erneut, seine

Füße mit der Kraft der Verzweiflung gegen die Rohre der Heizung zu schleudern. Vielleicht waren die Geräusche ja auch außerhalb des Gebäudes, in dem er gefangen war, zu hören.

***

»Dombrowski ist ein Kapitel für sich.« Rednez schaute Caspers aus müden, aber dennoch hellwachen Augen an. »Aber nicht so, wie Sie denken, Herr Oberstaatsanwalt. Sie nehmen ja, ebenso wie viele der sogenannten Christlichen hier in der Stadt, an, dass Dombrowski nur ein Aussitzer ist, der nichts wirklich verändern will oder wollte und auch nichts verändert hat. Ich hingegen könnte Ihnen hinlänglich beweisen, dass es vielfach nicht an seinem Willen gefehlt hat, sondern dass der OB mehrheitlich keine Möglichkeiten hatte, zu gestalten, weil ihm die anderen, die sogenannten Subalternen, nicht das Schwarze unter dem Fingernagel gönnten und sich ihre eigenen Herrschaften und Einflusszonen geschaffen haben. Ja klar, ich sehe es Ihrem Gesicht an: Sie sehen es als seine politische Schwäche, was es ja auch war. Aber schauen Sie sich mal die Strukturen in unserer schönen Stadt an. Wie laufen denn da die Einflusszonen? Was haben die aus Trier stammenden Bundestagsabgeordneten denn hier für Möglichkeiten der Einflussnahme? Wie steht es mit dem entsprechenden Vertreter im Landtag? Und dann die Dezernenten selbst. Haben Sie sich eigentlich mal die Frage gestellt, ob der OB und CT Freunde waren? Nicht? Dann wird es aber Zeit.«

Ferschweiler saß noch immer auf seinem Bürostuhl und wippte auf ihm hin und her. »Ob Dombrowski und CT Freunde waren, wissen wir nicht wirklich. Duzen tut man sich ja an vielen Stellen auch unter Gegnern, die sich spinnefeind sind. Gemeinsam auf einem Weinfest den einen oder anderen Schoppen nehmen reicht auch nicht aus, darüber zu entscheiden, ob man Freund oder Feind ist. Aber insgesamt ist Dombrowski eher ein verschlossener Typ, der sein Privates so weit als möglich aus seiner Präsenz in der Öffentlichkeit heraushalten will. Zu Recht, wie ich finde.«

»Da widerspreche ich nicht«, antwortete Caspers, »aber es ist doch auffällig, wie wenig er gegen seine Dezernenten in der Vergangenheit getan hat.«

»Nur weil er ein integrativer Charakter ist, der auf Konsens und Gespräch setzt und keine Konfrontationen in die Öffentlichkeit trägt, ist er noch lange kein schlechter Politiker, oder? Vielleicht fehlt ihm die Aggressivität des durchschnittlichen Machtmenschen. Aber ist er deshalb nicht vielleicht sogar der bessere, weil versöhnlichere Politiker?«, entgegnete Ferschweiler.

Caspers kicherte im Hintergrund.

»Lachen Sie nur, Herr Oberstaatsanwalt«, fuhr Ferschweiler fort, »wir kennen doch die Beziehung von Dombrowski und CT. Wie würden Sie die denn beschreiben? Als gleichberechtigt etwa?«

»Nein«, entgegnete Caspers, »ich würde sagen, der OB ist genauso käuflich gewesen wie die anderen ihn umgebenden Chargen auch. Da gibt es keinen Unterschied. Nur dass er vielleicht mehr bekommen hat und durch seine nicht ausgeübte Kompetenz nicht Entscheidendes verhindert hat.«

»Aber am Tod von CT ist er unschuldig, oder?« Rednez schaute in die Runde. »Habt ihr ihn überprüft? Oder denke ich gerade das für *uns schöner Trier* Undenkbare?«

***

Was war das heute wieder für ein Tag! Heute Morgen hatte er bei seinem Arzt im Treff an der Uni eine Stunde gehockt, ohne dranzukommen. Dabei war das Wartezimmer fast leer gewesen. Klar, er hatte keinen Termin. Aber den hatte er an all den vielen vergangenen Tagen auch nicht gehabt, seit seine Frau gestorben war und er tagtäglich zum Internisten ging, um seinem Seelenleid etwas entgegenzusetzen und seinem Tag Struktur zu geben.

Mutti, wie er seinen mittlerweile in die Jahre gekommenen braun-weiß gescheckten Pudel liebevoll nannte, war ihm dabei kein echter Trost. Sie könnte nie seine Mechthild ersetzen, die ihn vor nun knapp vier Jahren wegen eines Lebertumors verlassen hatte. Er hatte ihr immer gesagt, so lecker könne gar kein Schnaps schmecken, so gut sei Rotwein gar nicht für das Herz, geschweige denn für die Verdauung und den Teint. Aber es war, wie es war.

Wie jeden Abend ging Ilja Rogow durch die schon seit mehreren Jahren leer stehende Siedlung um die Burgunder- und Frankenstraße. Hier hatten seinerzeit die Angehörigen der Soldaten der französischen Garnison gelebt, komplett mit *mairie* und so.

Aber dann waren die Franzosen abgezogen. Erst nach Saarburg und dann ganz zurück ins Gallische. Und die sogenannte Burgunder- oder Franzosensiedlung wurde zu einer Geisterstadt. Nur noch im deutsch-französischen Kindergarten war Leben. Aber wie lange noch?

Rogow wusste nicht, was mit der allmählich verfallenden Siedlung passieren sollte. Vermutlich würde auch hier ein Luxusviertel entstehen, wie drüben, auf dem nur einige hundert Meter entfernten Petrisberg. Das soziale, seit nunmehr knapp vier Jahrzehnten gewachsene, funktionierende Gefüge im sogenannten Neu-Kürenz – Rogow war etwas später zugezogen und wohnte im zugegebenermaßen etwas speziellen Hochhaus an der Ecke der Bonifatius- und Kohlenstraße – würde ein solches Viertel vermutlich komplett zerstören, da war er sich mehr als sicher.

Heute Abend war irgendetwas anders auf seinem immer gleichen Weg mit Mutti durch die Siedlung. Überall standen dunkle Kastenwagen, und einzelne Polizeiautos fuhren langsam durch die Straßen. Hier brach doch keiner mehr ein. Wozu auch? War doch alles leer und verkommen.

Mutti hatte heute Probleme, sich zu lösen. Er selbst wollte schnellstmöglich zurück vor seinen Fernseher. Heute kam Günther Jauch, den er nie verpasste. Vielleicht konnte er ja diesmal die Zuschauerfrage beantworten – hatte er sich doch extra für diesen Zweck ein Handy angeschafft und das Schreiben von SMS erlernt.

Er vernahm Geräusche. Erst dachte er, es wäre nur eine Halluzination, eine Einbildung. Doch dann erkannte er Zeichen, Morsezeichen. In seiner Jugend war er nämlich Pfadfinder gewesen, wie so viele hier in Trier. Er hörte genau zu: »I – C – H – B – I – N – P – O – L – I – Z – I – S – T – H – O – L – E – N – S – I – E – H – I – L – F – E«, verstand er. Konnte das sein? Rogow wunderte sich selbst über die Frische seiner Gedanken. Er blieb stehen. Mutti war ihm in diesem Moment egal. Sie stand neben ihm, machte keine Anstalten, wie sonst wegzulaufen.

Langsam näherte sich einer der Polizeiwagen, die die ganze Zeit hier herumfuhren. Rogow nahm sich ein Herz und gab der Besatzung des Wagens ein Zeichen, zeigte auf das Haus und hielt seine Hand muschelförmig an sein Ohr. Mehr hätte er eh nicht tun können, sprechen war nicht gerade seine Stärke.

Dann ging alles sehr schnell. Für Rogow war es wie im Fernsehen: großer Bahnhof, Maskierte, schusssichere Westen, automatische Waffen, laute Schreie, Personen, die gerettet oder abgeführt wurden.

Günther Jauch konnte ihm an diesem Abend gestohlen bleiben.

***

»Natürlich haben wir ihn überprüft, wo denkst du hin?« Ferschweiler war wütend. »Aber er spielte in unseren Ermittlungen keine Rolle.«

»Also habt ihr ihn nicht überprüft.« Rednez grinste, Ferschweiler kochte.

»Was sollen diese Fragen, Herr Rednez?«, schaltete sich Caspers ein. »Sind Ihnen die Ermittlungsbehörden etwa irgendeine Art von Auskunft schuldig?«

»Gott bewahre, Herr Oberstaatsanwalt«, sagte Rednez. »Nein, aber Journalisten sind auch nicht unbedingt auskunftspflichtig. Gleichwohl ist es vielfach so etwas wie ein Geschäft: Gibst du mir, so gebe ich dir. Hier bekomme ich allerdings gerade das untrügliche Gefühl, dass ich jetzt besser gehen sollte.«

»Roman, bitte«, versuchte Ferschweiler zu intervenieren.

Doch Rednez hatte sich bereits entschlossen. »Ich bin wirklich sehr, sehr müde«, sagte er. »Die letzten Tage und Nächte im Hospizienwald in Höhlen zuzubringen und dort auch zu schlafen, immer auf der Hut vor den Leuten Barons, dessen ausdrücklicher Feind ich war, ist nicht einfach gewesen. Also, Rudi, nichts für ungut. Ich muss nun schlafen. *Bona nox*.« Mit diesen Worten verließ er das Büro.

Ferschweiler und Caspers blickten sich an. »Sollten wir wirklich etwas übersehen haben?«

Caspers schüttelte den Kopf. »Ich weiß nicht«, sagte er, »Dombrowski. Hätte der Gelegenheit gehabt?«

»Er muss es ja genauso wenig selbst getan haben wie Baron«, entgegnete Ferschweiler. »Schließlich hat auch er eine ganze Reihe von sehr devoten Mitarbeitern, die sicherlich nichts unversucht lassen würden, um im Ansehen des OBs aufzusteigen und damit vielleicht auch in der lokalen Polithierarchie einen Schritt voranzukommen. Immerhin sind bald Wahlen.«

»Haben Sie eine Idee, wer so etwas tun könnte?«

»Ich könnte mir vorstellen, dass …« In diesem Moment flog die Tür zum Büro auf, und ein sichtlich aufgeregter junger Mann von mindestens zwei Metern Größe mit Pilzfrisur, Wollmütze auf dem Kopf und einem schiefen Grinsen im Gesicht betrat den Raum. Wortlos blieb er in der Tür stehen.

Caspers starrte ihn überrascht an.

»Klettenheimer«, sagte Ferschweiler, »was gibt es so Dringendes, dass Sie nicht einmal anklopfen?«

»Ich, äh, ich«, stammelte der einzige echte Nerd der Abteilung. Er fühlte sich sichtlich unwohl in seinem schlaksigen Körper. »Ich hab die Simulation fertig.«

Ferschweiler verstand nicht, wovon der Kollege sprach. Er war mit seinen Gedanken ganz woanders. »Welche Simulation?«, wollte er wissen.

»Ich sollte doch die Bewegungen der Besucher an Jungbluths Geburtstagsfeier rekonstruieren, oder?«

»Ja, und?« Ferschweiler wurde ungeduldig. »Haben Sie etwas gefunden?«

»Ich denke schon. Wollen Sie es sich ansehen?«

Das ließen sich Ferschweiler und Caspers nicht zweimal sagen. Gemeinsam mit Klettenheimer gingen sie über den Flur und betraten dessen Büro, das einer Spielhöhle ähnelte.

***

Als de Boer und Möllemann zwei Stunden nach ihrer Befreiung und einem überraschenderweise nur ambulanten Aufenthalt im Brüderkrankenhaus das Polizeipräsidium betraten, brachen sie erstmals das Schweigen, das zwischen ihnen geherrscht hatte, seit sie sich in der Ambulanz gegenübergesessen hatten. Es war de Boer, der zu sprechen begann.

»Es geht mich ja nichts an«, sagte er leise und strich mit seiner linken Hand über den dicken Verband an seiner rechten Schulter. »Aber haben die Schweine Ihnen etwas angetan?«

Seine Vorgesetzte hatte einen versteinerten Gesichtsausdruck. Sie blickte starr vor sich auf den Boden und befühlte abwechselnd ihren Kopfverband und die Schiene, in der man ihren linken Unterarm fixiert hatte. »Alles gut«, presste sie hervor. »Alles gut.«

De Boer fühlte sich sichtlich verzweifelt. »Wenn Sie reden möchten …«

»Danke, nicht nötig. Wir haben zu tun.«

Schnell steuerte sie auf den Aufzug zu und betrat wenige Minuten später Ferschweilers Büro, das sich allerdings als leer erwies.

»Wo zum Teufel …«, hörte de Boer sie fluchen, bevor er die Stimmen seines Chefs und von Caspers aus dem Büro von Vincent Klettenheimer vernahm. Gemeinsam betraten Möllemann und de Boer den mit Computern aller Art vollgestellten Raum des Kollegen.

Ferschweiler lachte, als er die beiden in ihren Verbänden sah, nahm de Boer in den Arm und konnte sich gerade noch beherrschen, Ähnliches bei Möllemann zu tun – zu deutlich waren ihre Abwehrgesten. Also gab er ihr nur die Hand und hieß sie willkommen zurück an Bord. Trotz der nur kurzen

Begrüßung war allen Anwesenden klar, dass diese Rückkehr einem Wunder glich.

»Das müsst ihr sehen«, wendete sich Ferschweiler an de Boer und die Kriminalrätin. »Klettenheimer hat es geschafft. Das Bewegungsprofil steht. Seht euch das an.« Er zeigte in einer Bildsequenz, die der Computerfachmann aus den von Thomas Koltes geschossenen Fotos erstellt hatte, auf ein Detail im Hintergrund und bat Klettenheimer, es für alle auf dem zweiten Bildschirm seines Arbeitsplatzes zu vergrößern.

»Das ist nicht wahr«, sagte de Boer.

Möllemann gab einen Laut des Erstaunens von sich. »Aber dann ...« Weiter kam sie nicht.

»Aber dann ist Baron wirklich aus dem Schneider«, fiel ihr Caspers ins Wort. »Er hat mit dem Mord an CT nichts zu tun.«

»Wissen wir schon, welches Gift es tatsächlich war?« Klettenheimer hatte sich zu Wort gemeldet.

Fragend schaute Ferschweiler zu de Boer, der mit schmerzverzerrtem Gesicht die Schulter zuckte. »Ich weiß es nicht. Ich war ja einige Zeit nicht da. Hat jemand meine Mails inzwischen gecheckt?«

Schweigen herrschte im Raum.

»Oje«, sagte de Boer nach einer Weile. »Was wäre nur gewesen, wenn ich mich, entgegen meiner Gewohnheit, ob der Gefährlichkeit des Einsatzes nicht doch für das Tragen meiner schusssicheren Weste entschieden hätte.« Dann verließ er den Raum.

Stille kehrte ein, alle schwiegen. Selbst Caspers, der stets besonders schnell auf offensichtlichen Versäumnissen der Ermittler herumritt, blieb stumm.

Als de Boer fünf Minuten später zurückkehrte, hatte er mehrere E-Mail-Ausdrucke in der Hand. »Das toxikologische Gutachten«, so fing er an, »ist gestern Abend gekommen. Hier steht, dass CT nicht an Zyankali, wie von Quint angenommen, sondern an akutem Herzversagen gestorben sei. Es gab, so die Kollegen aus Mainz, eine seltene Wechselwirkung zwischen einem Herzpräparat, das er wohl bereits seit einiger Zeit nahm, einem Potenzmittel, hier steht Viagra, und einem – und nun haltet euch fest – Pilzgift, das ihm in erheblichem, aber für ihn bei seinem Gewicht nicht tödlichem Umfang über ein Getränk verabreicht worden ist.«

»Und die Kapsel, die wir auf der Damentoilette im Müll gefunden haben?« Ferschweiler wartete auch auf die Ergebnisse dieser Untersuchung. »Was war da drin?«

De Boer blätterte weiter in seinen Papieren und überflog die Seiten. Nach einer Weile sagte er: »Hier steht, es sei Muscarin gewesen. Das ist, wenn ich mich nicht irre …«, er blätterte in seinen Ausdrucken wieder zurück, »ja, das ist das bei CT gefundene Pilzgift in hoher Konzentration.«

»Unglaublich«, entfuhr es Caspers. »Dann hat also tatsächlich … Es ist undenkbar … Was für ein Skandal!«

Mitten in seine Rede hinein klingelte unüberhörbar Ferschweilers Mobiltelefon. Er nahm das Gespräch an und verließ den Raum. Als er nach wenigen Minuten zurückkehrte, herrschte betretenes Schweigen vor Klettenheimers Monitoren.

»Und was machen wir jetzt?«, fragte Caspers sichtlich ratlos. »Ich muss Dr. Süß informieren. Nicht auszudenken, wenn die Presse davon erfährt, bevor wir eine Strategie haben.«

»Es sind immer die gleichen Reaktionen«, platzte es aus de Boer heraus. »Eine Krähe hackt der anderen kein Auge aus. Man muss nur hoch genug in der Hierarchie kommen.« Mit aggressiv verzerrtem Gesicht trat er an den Oberstaatsanwalt heran. »Wollen Sie jetzt etwa nicht mehr solide bis zum Ende ermitteln, sondern vertuschen und die Dinge unter den Tisch kehren?«

Caspers blickte den Ermittler herausfordernd an, sagte aber nichts.

»Wir sind noch nicht am Ende«, sagte Ferschweiler. »Wir haben noch einen weiteren Verdächtigen, der die Möglichkeit hatte, das Gift in CTs Getränk zu schmuggeln: Auguste LePetit.«

Möllemann verzog das Gesicht. »Aber der kleine Dicke hatte doch kein Motiv. Oder wollen Sie etwa behaupten, nur weil CT ihm nicht den besten Preis gezahlt und sich manchmal über ihn lustig gemacht hat, hat er ihn kurzerhand um die Ecke gebracht?«

»Moment, Moment.« Caspers hob irritiert die Hände. »Den Koch haben Sie doch kontrolliert, oder?«

»Ja«, sagte Ferschweiler, »so gut es ging. Aber als ich vorhin in Klausen war, dort, wo er wohnt, habe ich einen Hinweis bekommen, dem ich eben erst nachgehen konnte. Eine alte Bekannte berichtete mir von Spannungen wegen eines Kredits zwischen LePetit und der Volksbank Wittlich-Land. Genaues wusste sie allerdings nicht zu berichten. Ich rief daraufhin auf der Rückfahrt den Filialleiter in Salmtal sowie einen Bekannten bei der Stadtverwaltung an und bat um einige Auskünfte.«

»Ohne richterlichen Beschluss? Sagen Sie mal, Ferschweiler …«, Caspers wurde nun wirklich wütend, »ticken Sie noch ganz richtig? Wollen Sie uns alle blamieren?«

»Für diese Informationen brauchte ich keinen Beschluss, Herr Oberstaatsanwalt. Außerdem gab mir der Banker sehr bereitwillig Auskunft.«

Ferschweiler schwieg einige Augenblicke, sichtlich zur Freude de Boers, der den Oberstaatsanwalt vor Neugierde förmlich platzen sah.

»Na, nun schießen Sie schon los«, presste dieser schließlich heraus.

»Also«, Ferschweiler zwinkerte de Boer zu – er war froh, dass sein Kollege alles gut überstanden hatte, um seine Chefin machte er sich allerdings Sorgen –, »Auguste hatte vor zwanzig Jahren ein Restaurant in Pfalzel, das ›Grappe d'Or‹, das er gemeinsam mit seiner jungen Frau aufgemacht hatte. Er hat sie wohl in einem Frankreich-Urlaub kennengelernt. Beide waren absolute Gastronomen, träumten, so der Mann von der Volksbank, von einer neuen deutsch-französischen *Haute Cuisine*. Sie hatten alles gut geplant und entwickelt. Drei Mützen vom Gault Millau hatten sie schon, der erste Michelin-Stern war zum Greifen nah. Auguste wollte umbauen, alles vergrößern. Er hatte anscheinend einen Insidertipp von wem auch immer bekommen. Doch dann fand man in seiner Küche ganz plötzlich

Rattenkot. Und aus die Maus. Alle Träume starben über Nacht. Das Ordnungsamt machte Augustes Küche erst einmal dicht und ordnete Untersuchungen an, die allerdings ins Leere liefen. Außer diesem einen Vorkommnis gab es keine weiteren Beanstandungen. Doch mit Augustes Karriere als *Maître de Cuisine* war es vorbei.«

»Tolle Geschichte. Aber was hat diese alte Kamelle mit unserem Fall zu tun?« Caspers wurde ungeduldig. Er wollte augenscheinlich schnell zum Polizeipräsidenten.

»Das Ganze wiederholte sich bei einem erneuten Versuch LePetits, ein Restaurant zu eröffnen. Diesmal wird ihm kein Hygienemangel unterstellt, sondern plötzlich der bereits zugesagte Kredit gekündigt.«

»Alltag, Ferschweiler. Nicht der Rede wert.« Caspers blieb kategorisch.

»Toll wird es aber, wenn man weiß, wer damals das Ordnungsamt leitete.«

Caspers verschluckte sich fast. »Etwa Dombrowski? Das wäre ein Knaller.«

»Nein, es war Jungbluth. Er hatte diese Funktion einige Jahre inne, bevor er das Baudezernat übernahm. Natürlich gab es damals bereits Gerüchte, dass die Sache mit dem Rattenkot nur eine fingierte Aktion gewesen sei, Auguste also alles richtig gemacht und zu Unrecht alles verloren hatte. Er selbst besaß also auch ein Motiv. Er hatte zudem an besagtem Abend in den Thermen die vielfache Gelegenheit. Wer, wenn nicht er? Außerdem ist da noch die Verbindung zu Baron.«

»Wieso zu Baron?«, fragte de Boer verdutzt.

»Ach so, das wisst ihr noch nicht.« Kurz berichtete Ferschweiler seinen beiden Kollegen von seinen Erkenntnissen zum Kauf des Klosterkomplexes in Klausen durch Niels Baron.

»Unser Freund«, fuhr er fort, »könnte doch von Jungbluth beauftragt worden sein, den Kauf des Klosters zu sabotieren.«

»Aber die Fotos und die Rekonstruktion von Klettenheimer?« De Boer blickte erstaunt.

»Genau«, schaltete sich Klettenheimer ein. »Was ist mit mir

und meiner Programmierung? Mensch, Ferschweiler. Jetzt sag nicht, dass ich Tage umsonst an dem Problem gesessen habe.«

Ferschweiler schien gedanklich abwesend zu sein.

»Zudem, Rudi, überleg doch mal«, de Boer massierte sich leicht seine verbundene Schulter und versuchte, Ferschweilers Blick zu fangen, »das mit dem Restaurant ist Jahre her. Wieso sollte er heute handeln, wenn er doch in all den vergangenen Jahren auch hätte Rache nehmen können? Ich weiß nicht. Ich finde die Ergebnisse von Klettenheimer belastbarer. Du selbst bist doch auch immer von Augustes Unschuld ausgegangen.«

»Wir schreiben jetzt erst einmal Auguste zur Fahndung aus.« Ferschweiler blieb überraschend kühl. »Denn was sicher ist: Er war heute nicht in Klausen. Und in der Kantine lässt er sich seit drei Tagen vertreten. Irgendwann müssen wir ihn schließlich verhören. Dem scheint er sich – warum auch immer – entziehen zu wollen. Stimmen Sie zu, Herr Caspers, dass wir nach ihm fanden lassen?«

»Okay, ja, ja. Aber nun muss ich zu Dr. Süß. Ich melde mich.« Der Oberstaatsanwalt verließ das Zimmer.

Ferschweiler bat Möllemann und de Boer, sich an einen der Tische in Klettenheimers Büro zu setzen. Die dort verstreut liegenden Elektronikbauteile schob er auf einen Haufen zusammen.

»Chefin«, sagte er, als alle saßen und er die Fahndungsaufforderung an den Dauerdienst weitergeleitet hatte, »was denken Sie? Sie waren bisher so still. Oder geht es Ihnen nicht gut? Soll ich Sie lieber nach Hause fahren lassen?«

»Ich bin auch noch skeptisch. Zwanzig Jahre ist eine lange Zeit, um danach noch einen Sachverhalt zu rächen, außer Mord vielleicht. Es wäre ja auch unvernünftig, nach all der Zeit. Hier geht es nur um einen möglichen Michelin-Stern und einen absurden Versuch, in fortgeschrittenem Alter noch einmal an alte Größe anzuknüpfen. Tragisch.« Möllemann sprach sehr leise, wobei ihre Sätze immer wieder von einem leichten Husten unterbrochen wurden.

»Das sehe ich anders: Es geht immerhin um das Lebenswerk

eines Menschen, um Träume, Ziele, um Selbstverwirklichung. Auguste ist schließlich ein sehr, sehr guter Koch. Auf höchstem Niveau zu kochen, das ist für ihn sein Leben«, entgegnete Ferschweiler. »Und Pilze sind für ihn als Koch auch keine Geheimnisse. Er bot doch – Wim, du erinnerst dich sicher – im vergangenen Jahr noch diesen Bestimmungskurs im ›Haus des Waldes‹ im Weißhauswald an.«

De Boer nickte nachdenklich.

»Haben wir eigentlich endlich ein Ergebnis zu den eingravierten Zeichen auf der Pillendose?«, fragte de Boer plötzlich. »Wissen wir mittlerweile, wem sie gehört? Wingertszahn-Lichtmeß wollte sich doch darum kümmern.«

Er hatte kaum geendet, da sprang Klettenheimer wie von der Tarantel gestochen auf und stürzte aus dem Raum. »Ich h... hole ihn«, hörte Ferschweiler ihn noch stottern. »Er hat d... da was.«

»Unabhängig davon, was Schorsch uns gleich präsentieren wird, frage ich mich, warum Auguste Jungbluth getötet haben soll, wenn wir doch ein Foto haben, das zeigt, wie Lolita Knöth ihm etwas ins Weinglas schüttet, und wir zudem wissen, dass sich in der kleinen Metallkapsel die gleiche Substanz befand, die auch in CTs Blut nachgewiesen wurde. Wäre es da nicht naheliegender, anzunehmen, dass die Knöth den Baudezernenten getötet hat?« De Boer schaute Ferschweiler fragend an.

»Immerhin hat sie versucht«, assistierte ihm Möllemann mit kaum hörbarer Stimme, »sich das Leben zu nehmen, wie ich gehört habe.«

»Nicht nur das. Wir haben seit gestern die Aussage des Sanitäters vorliegen, der sie ins Krankenhaus begleitet hat. Er bezeugt, sie sei auf dem Transport noch einmal aus dem Koma erwacht und habe sich zur Tat bekannt, gleichzeitig aber auch behauptet, es hätte nur eine Warnung sein sollen. Sie hätte ihn niemals töten wollen.«

»Also, Rudi«, de Boer schüttelte den Kopf, »dann ist der Fall doch klar. Die Knöth war's und nicht Auguste. Wenn jetzt noch Wingertszahn-Lichtmeß ...«

Da flog die Tür auf, und Klettenheimer stürzte in den Raum.

»Schorsch ist gerade in der Pause. Er ist nicht im Haus. Aber sie haben ihn gefunden.«

»Wen? Schorsch?«

»Nein, den, den Sie suchen, diesen Koch. Er ist in der Simeonstraße gesehen worden, als er Richtung Hauptmarkt ging.«

»Also los.« Ferschweiler war aufgesprungen. »Wim, kommst du mit?«

Seine Chefin fragte er erst gar nicht, denn die saß eher apathisch auf ihrem Stuhl und machte keinerlei Anstalten, sich zu erheben.

»Kümmern Sie sich um Dr. Möllemann«, sagte Ferschweiler zu Klettenheimer, »und sorgen Sie dafür, dass sie Ruhe bekommt. Informieren Sie am besten Peter Johannes, unseren Polizeipsychologen.«

***

Niedergeschlagen klappte LePetit sein Handy zu und lehnte sich mit weit zurückgeneigtem Kopf an die Stuhllehne. Tränen traten ihm in die Augen. Sollte es also wirklich wahr sein? Er hatte doch gekämpft, hatte all diese verfluchten Therapien in den letzten Monaten über sich ergehen lassen. Und nun das?

Sein Arzt war freundlich gewesen, als er gerade mit ihm telefoniert hatte. Er hätte ihn lieber in seiner Praxis gehabt, um ihm im Behandlungszimmer den letzten Befund zu eröffnen und ihn auf das nunmehr Unabwendbare vorzubereiten. Doch LePetit wollte das nicht. Er, der als Jäger mit seinen Hunden immer nach Waidmannsart in den Wald gegangen war und sie, wenn es nicht mehr anders ging, eigenhändig erschossen hatte, um ihnen die Prozedur des Einschläferns beim Tierarzt zu ersparen, er wollte nicht das Schicksal erleiden, das er seinen liebsten Jagdbegleitern stets erspart hatte. Er wollte selbst bestimmen, wann und wo es zu Ende ging. Und Siechtum in einem Krankenhaus oder einem Hospiz kam für ihn nicht in Frage.

Deshalb hatte er auch heute vorgesorgt und vorsichtshalber seine geliebte Jagdpistole, seine oft benutzte HKP 30, eingesteckt.

Denn dem Krebs konnte er nun nur noch eine Kugel entgegensetzen – und damit doch noch Sieger bleiben.

Als der Kellner nach fünf Minuten an seinen Tisch trat, sich leicht räusperte und eine Entschuldigung nuschelnd nach seiner Wahl fragte, da hatte er sich wieder einigermaßen gefasst. Er bestellte eine Flasche seines Lieblingsrieslings aus Wiltingen an der Saar, dazu ein Lammkarré mit provenzalischer Kräuterkruste, begleitet von einem *Gratin dauphinois* und grünen, in Speck gewickelten Bohnen, als Vorspeise eine Kartoffelcremesuppe sowie zum Dessert die von ihm seit seiner Jugend im Burgund so geliebte *Crème brulée*. Zwar wäre er noch lieber in Frankreich gewesen und hätte sich eine einfache *Andouillette* mit Senfsoße bestellt, aber das war nun nicht mehr möglich. Er musste sich mit dem »Domstein« bescheiden, einem Restaurant, in dem er vor langen Jahren einmal als junger Koch für einige Zeit gearbeitet hatte.

Das Gespräch mit seinem Arzt ging ihm, während er auf sein Essen wartete und versonnen das vorab servierte Baguette mit Kräuterquark bestrich, nicht aus dem Kopf. Was hatte Dr. Opphoff damit gemeint, als er sagte, er müsse seinen angekündigten Suizid melden? Warum hatte er ihn gefragt, wo er sich gerade aufhalte? Wollte er tatsächlich, wie er es ihm angedroht hatte, die Polizei darüber unterrichten, dass er, LePetit, sich das Leben nehmen wollte, weil er nicht auf einer Intensivstation, umgeben von unheimlichen Apparaten und suspekten Medizinern, sterben wollte? Wollte er ihn bevormunden? Ihn, den alten Jäger?

Innerlich musste er grinsen. Vielleicht war es doch nicht so angebracht gewesen, offen mit seinem Internisten zu reden und alle seine Fragen ehrlich zu beantworten.

Aber nein, was sollte denn passieren? Der Gedanke, dass die Polizei ihn hier im »Domstein« wegen seines angedachten Suizids aufspüren und in Schutzhaft vor sich selbst nehmen würde, belustigte ihn sichtlich. Er nahm einen guten Schluck von seinem Riesling und verschluckte sich fast.

An der Theke des Restaurants standen zwei Streifenpolizisten und blickten suchend durch den Gastraum. Er sah sie, die

Serviette vor seinen Mund haltend, unverwandt an. Als sich ihre Blicke kreuzten, meinte LePetit ein Zucken auf der anderen Seite zu bemerken. Sein Arzt hatte seine Drohung also wahr gemacht.

Doch die Polizisten nahmen sich eine gefaltete Werbebroschüre des Lokals, grüßten den Wirt, der hinter seinem Tresen stand, sehr freundlich und verließen das Restaurant, ohne sich weiter um LePetit zu kümmern.

Er schaute ihnen durch die leicht gelb-milchigen Scheiben nach und sah, dass sie sich rasch entfernten. Telefoniert oder ein Funkgerät benutzt hatten sie nicht, da war er sich sicher. Also konnte er entspannt auf den weiteren Fortgang des Essens warten.

***

Ferschweiler und de Boer nahmen den Weg zu Fuß zur Haupteinkaufsstraße der Stadt. Vom Präsidium in der Nähe des Bahnhofs bis zur Porta Nigra waren es nur einige hundert Meter. Ferschweiler ging langsam, weil er nicht wusste, wie belastbar sein junger Kollege schon wieder war.

»Also Auguste«, sagte er nach einer Weile. Sie hatten gerade den Balduinsbrunnen passiert und standen an einer roten Ampel. »Wie konnte ich mich nur so täuschen?«

»Ich weiß gar nicht, ob du dich getäuscht hast, Rudi.« De Boer drückte voller Ungeduld immer wieder auf den Ampelknopf. »Für mich deutet nach den letzten Ergebnissen immer noch alles auf Lolita Knöth als Täterin hin.«

»Und ihr Motiv?«

De Boer hörte auf, die Ampel zu bearbeiten. »Touché«, sagte er. »Nach allem, was wir bisher wissen, kann es eigentlich nur gekränkte Eitelkeit sein. Denn es verging ja in letzter Zeit kaum ein Tag, an dem nicht irgendetwas in der Presse gegen die Kulturdezernentin gestanden hätte. Zudem musste sie fürchten, bei den nächsten Dezernentenwahlen im kommenden Jahr nicht wieder als Kandidatin aufgestellt zu werden. In ihrem Alter und nach nur einer Amtszeit hätte das den Verlust ihrer Altersbezüge bedeutet. Und dann? Wäre das nicht eine echte Katastrophe für sie gewesen?«

»Aber deshalb morden?« Ferschweiler zeigte sich nicht überzeugt. Mittlerweile hatten sie die Straße überquert und gingen an der ehemaligen Filiale der Reichsbank mit ihren mächtigen, der Fassade vorgelagerten Säulen vorbei. »Vielleicht lief zwischen CT und der Knöth ja auch was anderes, so wie damals zwischen ihm und der Hoppenstedt. Wissen wir das?«

»Nein«, entgegnete de Boer, »und wir werden es wohl auch nie erfahren. Es sei denn, die Knöth wacht wieder auf oder es finden sich noch belastbare Dokumente. Aber dem vernünftigen Menschenverstand nach: Würde CT nicht seinen kompletten Frauengeschmack auf den Kopf stellen, wenn er sich für die Knöth interessieren würde? Die Hoppenstedt, klar, die passt, so wie sie ist, in sein Schema – wie so manche andere auch. Aber die Knöth? Ich weiß ja nicht.«

Schweigend bogen sie in die Rindertanzstraße und sahen von Weitem schon die Imbissbude »Beim Drei-Finger-Joe«.

»Auf so 'n moselländisches Schaschlik von et Mon mit lecker Nierchen hätte ich jetzt auch nicht übel Lust«, sagte Ferschweiler völlig unvermittelt, zeigte auf den Imbiss und lachte, als er de Boers angewidertes Gesicht sah.

»Du und deine Vorliebe für Innereien«, entgegnete der Kollege, »pfui. Gott sei Dank haben wir keine Zeit.«

Mitten in der Glockenstraße sagte de Boer: »Vielleicht würde sich noch ein Blick in die Briefe CTs lohnen, die er daheim abgeheftet hatte. Was meinst du? Oder sollen wir doch noch einmal alle Tonbänder von ihm anhören und nicht nur die der letzten zwölf Monate, die wir bereits kennen?«

»Könnte ein Ansatz sein«, sagte Ferschweiler, »aber unsere Techniker haben auf den Bändern nur Dienstliches aus dem Rathaus gefunden, alles in allem nichts Privates oder für uns Verwertbares. Das waren schon an die vierhundert Kassetten. Da die Knöth erst seit sieben Jahren in Trier ist, weiß ich nicht so recht. Zudem haben wir die von CT aufbewahrten Briefe ohne wirkliches Ergebnis durchgesehen. Es waren nur leere

Drohungen, Beschimpfungen und all das darunter, was jeder aushalten muss, der an der Schnittstelle zur Öffentlichkeit steht. Kennen wir doch auch, oder?«

De Boer nickte zustimmend. »Vielleicht liegen wir mit unserer Vermutung, es sei etwas Persönliches zwischen den beiden, ja auch völlig daneben, und es geht doch um Politik.«

»Oder es gab gar nichts Entsprechendes, und Auguste ist doch der Täter – was ich persönlich sehr bedauern würde.«

»Bleiben Sie sachlich, Kollege Ferschweiler«, sagte de Boer und knuffte seinem Kollegen in die Seite, »bleiben Sie sachlich. Nur so geht es. Haben wir uns verstanden?«

Als sie sodann auf den nördlichen Ausläufer des Hauptmarkts traten, sah Ferschweiler zwei uniformierte Kollegen, die ihnen Handzeichen gaben.

***

»Wir haben ihn nun schon eine ganze Zeit verfolgt«, berichtete Otto Müller, den Ferschweiler schon lange kannte. »Erst lief er anscheinend ziellos durch die Stadt. Doch dann besann er sich offenbar eines Besseren und begab sich schnurstracks zum Nikolaus-Koch-Platz.«

»Wir waren immer direkt an seinen Fersen«, ergänzte sein Kollege Ernst Backes heftig nickend. Mit erhobenem Zeigefinger fügte er hinzu: »Immer! Quasi unsichtbar, versteht sich!«

Ferschweiler dachte nach.

»Was hat er denn am Nikolaus-Koch-Platz gemacht?«, fragte de Boer.

»Och«, entgegnete Backes, »erst sah es so aus, als ob er sich nur einen Kaffee kaufen wollte. Doch dann hat er etwas in einen Briefkasten geworfen und ist in diesen Laden da gegangen, an der Ecke Böhmerstraße/Metzelstraße, der mit Waffen handelt. Der, wo die Schaufenster immer so dunkel sind.«

»Wie lange war er dort?«

»Ich würde sagen, so zehn Minuten.«

»Und dann?«

»Dann ist er hier zum Hauptmarkt und ins Restaurant ›Domstein‹, direkt und ohne Pause. Wir waren schon drin. Er sitzt am Fenster mit Blick auf das Marktkreuz und hat sich etwas zu essen und zu trinken bestellt.«

»Danke, Kollegen«, sagte Ferschweiler. »Habt bitte weiterhin einen Blick auf das Lokal vom Domplatz aus, dort gibt es ja noch einen zweiten Eingang. Sichert den weiträumig und gebt Bescheid, wenn er das Restaurant auf diesem Wege zu verlassen versucht.«

Ferschweiler zog de Boer am Arm einen guten Meter von den Uniformierten weg. »Er hat sich bewaffnet«, sagte er.

»Quatsch«, entgegnete de Boer. »Du hast doch gesagt, dass er Jäger ist und eine Waffenbesitzkarte sein Eigen nennt. Er hat höchstens, was aber genauso schlimm ist, ein wenig Munition gekauft.«

»Warum tut er das?« Ferschweiler wirkte ratlos.

»Soll ich mal im Waffenladen erfragen, was er dort wollte? Du könntest natürlich auch einfach zu ihm reingehen und ihn fragen, was hier eigentlich gespielt wird, oder? Schließlich ist er dein Freund.«

Ferschweiler überlegte. Sein Mobiltelefon klingelte. Dr. Süß war am Apparat, wie Ferschweiler seinem Kollegen mit eingeübtem Handzeichen zu verstehen gab.

»Ja«, hörte de Boer den Kommissar sagen. »Wir kennen seinen Aufenthaltsort. Zeugen berichten, dass er in der vorderen Gaststube des ›Domsteins‹ zu Tisch sitzt … Nein, wir haben noch keine Gäste evakuieren können, warum? … Ja, wir wissen, dass er bewaffnet ist … Ja, das kann ich veranlassen … Sie bestehen also darauf? … Okay, dann übernehmen de Boer und ich … Haben wir Ihre Zustimmung? … Nein, wir schaffen das allein. Vielen Dank.« Das Gespräch war beendet.

»Der Präsident wünscht, dass wir den Einsatz leiten«, berichtete Ferschweiler verunsichert. »Wir sollen LePetit auf jeden Fall verhaften. Es müsste ja mit dem Teufel zugehen, wenn er uns dort entkäme, oder? Ich habe auf Verstärkung verzichtet. Süß möchte aber, dass wir zumindest den Bereich des Lokals evakuieren, in dem LePetit sitzt. Kein Risiko, ist seine Devise, wie immer.«

Mit leicht belegter Stimme sagte de Boer, den Blick auf die Butzenglasscheiben des Restaurants gerichtet: »Gut, dann machen wir das. Wer geht rein und informiert die Servicekräfte? Wen kennt LePetit noch nicht?«

»Von denen, die jetzt hier sind, kennt er eigentlich nur uns beide. Aber die beiden anderen tragen Uniform.« Ferschweiler überlegte. »Was ist mit dem Apotheker aus der Löwen-Apotheke? Der ist doch ein Ehrenmann, dem Betreiber des ›Domsteins‹ bestens bekannt und sicherlich kein Mensch, bei dessen Auftauchen LePetit Verdacht schöpfen würde, oder?«

»Du bist ein echter Fuchs, Rudi«, sagte de Boer begeistert. »Darauf wäre ich nie gekommen. Das löst unser akutes Zeitproblem sofort. Ich kümmere mich darum.« Er lief in die in derselben Gebäudezeile untergebrachte Apotheke, die sich als die älteste Deutschlands bezeichnete.

Vor dem »Domstein« herrschte reges Kommen und Gehen. Hungrige Touristen und auch so manche Einheimische stiegen allein oder in Gruppen die wenigen Stufen zum Restaurant hinauf, andere kamen ihnen in anderer Richtung entgegen.

Ferschweiler hoffte inständig, dass es nicht zu einer Katastrophe kommen würde. Die Ereignisse begannen sich zu überschlagen. Er mochte das gar nicht. Gewalt war nicht sein Ding. Er wollte das Restaurant auch in gar keinem Fall stürmen lassen – da war er mit Dr. Süß diesmal sogar einer Meinung. LePetit erschien ihm zunehmend unberechenbar und daher gefährlich.

Doch noch bevor er sich tiefer auf seine Grübeleien einlassen konnte, erschien de Boer mit einem Mann Anfang siebzig, der anscheinend die übertragene Aufgabe übernahm. So kannte Ferschweiler den Apotheker: immer mit vollem Engagement für die Gesundheit der anderen.

Schnell und behände lief der Pharmazeut in den »Domstein« und kam bereits zwei Minuten später wieder heraus. Er hielt den am Marktkreuz positionierten Polizisten beide hochgereckten Daumen entgegen.

»Es hat geklappt«, sagte de Boer zufrieden, der direkt nach seinem kleinen Ausflug in die Apotheke wieder zu Ferschweiler getreten war. »Er hat das Personal schonend informiert. Nun müssen wir abwarten, was die da drinnen machen, und hoffen, dass die Kellner sensibel mit der Situation umgehen. Wer weiß, was passiert, wenn LePetit etwas bemerkt?«

»Das wäre nicht auszudenken«, erwiderte Ferschweiler sichtlich nervös.

***

Die Vorspeise hatte ganz gut geschmeckt. LePetit hätte dem Koch achtzig von hundert möglichen Punkten für die Kartoffelsuppe gegeben. Es fehlte der in der Karte aufgeführte Speck – oder er war nur als Spurenelement vorhanden –, und auch am Majoran hatte der Kollege in der Küche zu LePetits Leidwesen gespart. Nun stand jedoch das Lammkarré vor ihm auf dem Tisch und duftete verführerisch.

Für einen Augenblick vergaß der Koch die Welt um sich herum und füllte seine Sinne mit den Dingen, die ihn sein ganzes Leben begleitet und es zu einem trotz allem glücklichen Leben gemacht hatten. Als er jedoch zu Messer und Gabel griff, war er wieder in der Wirklichkeit angekommen. Es fehlte die entsprechende Gabel! Statt des richtigen Instruments lag eine Fischgabel neben seinem Teller. So etwas hatte LePetit noch nie leiden können.

Lauthals rief er nach dem Kellner. Während er sich im Restaurant umsah, bemerkte er, dass die Tische neben ihm fast alle unbesetzt waren. Und das, obwohl das Restaurant zum Bersten gefüllt gewesen war, als er es betreten hatte. Selbst an der Theke hatten Leute auf frei werdende Plätze gewartet.

Er sah, dass ein Kellner gerade eine amerikanische Familie, die die letzte halbe Stunde am Tisch direkt neben ihm gesessen hatte, in einen anderen Teil des Lokals führte. Merkwürdigerweise hatten sie ihre Nachspeise noch nicht bekommen, geschweige denn den von ihnen erst vor zehn Minuten georderten Weißburgunder ausgetrunken.

Ein Blick aus dem Fenster auf den Hauptmarkt bestätigte seine Vermutung. Sein Arzt, Dr. Opphoff, hatte wohl tatsächlich die Bullen informiert. Nun war die Kripo hier, um ihn mit ihrer ganzen Macht von seinem Selbstmord abzubringen – er hatte Ferschweiler neben dem Marktkreuz an seinen markanten Haaren trotz Butzenscheiben erkannt.

Oder wussten sie mittlerweile von ihm und CT? Er konnte es sich nicht vorstellen. Aber sein Anschlag auf Jungbluth mittels der Manipulation von dessen Pkw war ja gescheitert und hatte den Falschen getroffen. Vielleicht wollte man ihn dafür zur Rechenschaft ziehen.

Doch er hatte noch eine Aufgabe zu erfüllen, bevor er abtrat. Da konnte er Ferschweiler und seinen Assistenten nicht gebrauchen. Denn Aufschub gab es für ihn nicht mehr.

Er wusste, was zu tun war. Er kannte sich aus.

***

De Boers Handy klingelte. Nachdem der Holländer kurz telefoniert hatte, blickte er Ferschweiler erleichtert an.

»Der Bereich des Restaurants, in dem LePetit sitzt, ist bis auf einige der Tarnung dienende, weiter von ihm entfernt stehende Tische komplett evakuiert. Sollen wir losschlagen?«

»Wenn alles so gut vorbereitet ist, wie du sagst, dann würde ich sagen: Gehen wir rein. Beenden wir das Drama so schnell wie möglich.«

De Boer nickte und zögerte keine Sekunde.

***

Im Keller des »Domsteins« war es schummrig. Nur eine einzige Glühlampe beleuchtete schwach die alten Gewölbe, die noch aus hochmittelalterlicher Zeit stammten und zunächst als Stofflager, dann als Weindepot gedient hatten. Heute lagerten hier die Vorräte des Lokals, der Wein sowie die Möbel, die ansonsten auf der hinteren Terrasse Richtung Dom aufgestellt wurden, nun aber wegen der Vorbereitungen für die Heilig-Rock-Wallfahrt dort keinen Platz fanden.

LePetit kannte sich hier aus. Es war zwar lange her, dass er im »Domstein« für einige Wochen gearbeitet hatte, aber Keller und Restaurants, die er einmal gesehen hatte, vergaß er nie, behielt vielmehr alles ganz genau in Erinnerung.

Somit fiel es ihm also nicht schwer, die Tür in der Nähe der Toiletten im Untergeschoss zu finden, die für ihn einen Ausweg aus der Belagerung des »Domsteins« durch die Polizei bedeutete. Zumindest hoffte er darauf. Denn er konnte nicht sicher sein, dass nicht auch jemand in den Reihen der Kripo wusste, dass die Keller in der Nähe des Domplatzes ehemals alle, heute noch teilweise miteinander verbunden waren. Aber ihm blieb keine andere Wahl. Alle übrigen Ausgänge aus dem Gebäude waren ihm versperrt. Er konnte sich nicht vorstellen, dass Ferschweiler und sein Assistent allein waren.

Langsam, mehr tastend als sehend, schritt er in einem vom Hauptgang des Kellers abzweigenden, überwölbten Stollen voran, räumte an seinem Ende einige Kisten und Säcke beiseite und fand die Tür, nach der er gesucht hatte. Sie war von dieser Seite nur mit einem einfachen Doppelriegel verschlossen.

Gott sei Dank wird nicht überall wie wild renoviert, dachte der Koch und begann, die verrosteten Riegel zurückzuschieben. Ächzend gab die Tür nach, allerdings erst, nachdem sich LePetit mit seinem ganzen Körpergewicht gegen das alte, aus massiven Holzbohlen gefertigte Türblatt stemmte. Erst leicht, dann immer heftiger spürte er einen kühlen Luftzug, der ihm verdeutlichte, dass er bald wieder an der Oberfläche sein würde.

Er war sichtlich zufrieden, dass in all den Jahren, seit er nicht mehr durch diese Tür gegangen war, niemand auf die Idee gekommen war, sie von der anderen, dem Restaurant abgewandten Seite ebenfalls mit einem Riegel zu sichern. Es wäre eine Katastrophe gewesen; er hätte regelrecht in der Falle gesessen. Nun aber war er nur noch wenige Meter von der Möglichkeit, den Häschern zu entkommen, entfernt.

Mit schnellen Schritten durchmaß er den Keller der angrenzenden Dominformation, an dessen Ende, versteckt zwischen Dutzenden von auf Paletten aufgestapelten Katalogen, Büchern, Kerzen und diversen anderen Devotionalien, eine alte, gusseiserne Wendeltreppe ins Erdgeschoss des Gebäudes führte. Es gab auch einen modernen Aufzug. Doch die Treppe war seine Wahl, bei ihr wusste er, wo sie endete.

An ihrem Fuß angekommen, hielt er inne. Was, wenn die Polizei oben auf ihn warten würde? Wenn sie doch die Möglichkeit seiner Flucht auf diesem Wege erwogen und entsprechende Vorkehrungen getroffen hatten? Was, wenn er dort oben in den Lauf einer automatischen Waffe blicken würde?

Er atmete mehrmals tief durch. Für einen Moment keimte Unsicherheit in ihm auf. Was, wenn er es nicht schaffen würde? Wie würde sich dann der nächste Tag gestalten, der ja wohl sein letzter sein würde? Er hatte nichts mehr zu verlieren, das stimmte. Aber wenn sie ihn überwältigten und einsperrten? Im Knast, da wollte er nicht sterben. Das hatte er sich schon einmal, viel, viel früher in seinem Leben, geschworen. Aber nun? Er meinte zu fühlen, wie die Krankheit an ihm nagte.

Dann, ganz plötzlich, hatte er sich wieder im Griff und war entschlossen: Wenn es also hier zu Ende gehen sollte, dann wäre es eben so. Er hatte ja immer noch die Möglichkeit, sich tatsächlich selbst zu töten. Wenn aber nicht, dann hätte er noch etwas zu erledigen. Und viel Zeit würde das sicherlich nicht in Anspruch nehmen.

LePetit brauchte nicht lange, bis er die Tür am Ende der Wendeltreppe erreichte. Behutsam drückte er ihre Klinke nach unten. Unter keinen Umständen wollte er Lärm machen. Er hatte Glück. Lautlos ließ sich die Tür, die in die Personalräume der Dominformation führte, öffnen. Kein Angestellter befand sich dort, der Raum war leer. Nur eine altersschwache Kaffeemaschine gab mit rhythmischem Husten gurgelnde Geräusche von sich.

Ebenso schnell, wie er den Raum betreten hatte, hatte er ihn auch schon wieder verlassen. Auch diesmal hatte er Glück. Weder war die Polizei im Verkaufsraum der Dominformation anwesend, noch bemerkte ihn der hinter dem Tresen stehende Angestellte, der gerade drei chinesischen Touristen Heilig-Rock-Anstecker verkaufte.

Dann ließ er die Information hinter sich und trat langsam aus ihrem Hofportal auf den Platz vor der Liebfrauenkirche. Ich habe es geschafft, dachte er sich, als ihn ein Uniformierter von hinten an den Arm fasste.

»Sind Sie nicht der gesuchte Koch, Auguste LePetit?«, fragte ihn der sichtlich überraschte Beamte verwundert. »Sollten Sie nicht im ›Domstein‹ sitzen?«

Blitzmerker, dachte LePetit und stieß dem Polizisten in einer gekonnt angesetzten Bewegung, die ihm niemand zugetraut hätte, sein linkes Knie zwischen die Beine. Den Augenblick der nachfolgenden Unaufmerksamkeit des Mannes nutzte er, um in Richtung des Palais Kesselstadt zu laufen, ganz darauf hoffend, dass dem Beamten noch einige Sekunden die Luft zum Hilferuf fehlen würde und er, LePetit, durch die Durchfahrt des barocken Palais in Richtung Palaststraße würde entkommen können.

Doch der Polizist hatte sich schneller als gedacht wieder unter Kontrolle und rief lauthals nach seinem Kollegen.

LePetit musste sich schnell entscheiden. Die Durchfahrt hatte er noch nicht erreicht.

***

Mit schnellen Schritten betraten de Boer und Ferschweiler das Restaurant.

»Wo hat unser Zielobjekt seinen Platz?«, fragte Ferschweiler einen verschüchtert vor dem Tresen stehenden Kellner.

»Eigentlich dort vorn, aber er ist weg.«

»Was?« Ferschweiler blickte den Kellner erstaunt an. »Ist er zur Toilette?«

»Nein«, entgegnete der. »Er ist nicht mehr im Restaurant.«

»Aber wo ist er dann? Verflucht …« Auch de Boer war sichtlich erregt.

Ferschweiler überlegte. Er kannte das Restaurant seit seiner

Jugend. Seine Mutter, die »blaue Käthe«, wie sie aufgrund ihres kleinen Alkoholproblems genannt wurde, hatte hier einmal für eine Weile in der Küche als Spülkraft gearbeitet und ihn das eine oder andere Mal mit an ihren Arbeitsplatz genommen. Der junge Ferschweiler hatte damals mit dem Sohn des Besitzers oft »Normanneneinfall« gespielt und sich im Gebäude versteckt. Die Rollen waren damals unabänderlich festgelegt.

»Schau in den Keller«, sagte er nach einer kurzen Zeit des Überlegens zu de Boer. »Dort gibt es verschiedene Türen, die Verbindungen darstellen zu den anderen Kellern, die unter Triers Oberfläche liegen. Auch zum Palais Walderdorff, zur benachbarten Apotheke sowie zur heutigen Dominformation.«

»Verstehe ich dich richtig?«, fragte de Boer. »Der Keller des ›Domsteins‹ hat Zugänge von außen?«

»Nicht nur der.«

Ferschweiler kramte in seiner Erinnerung. »Wenn ich mich recht entsinne, dann kann man theoretisch sogar vom einen Ende der Stadt ans andere gelangen, ohne zwischendurch die Oberfläche betreten zu müssen.«

De Boer wurde hektisch. »Dann müssen wir also den ganzen Bereich weiträumig absperren? Von wo bis wo? Etwa den ganzen Innenstadtbereich? Ich benachrichtige die Leitstelle und fordere Verstärkung an.«

»Ja«, sagte Ferschweiler. »Mit etwas Pech müsstest du wohl die ganze Stadt absperren, Wim. Ich bin in meiner Jugend einmal vom ›Domstein‹ bis zur Porta nur durch Keller gelaufen.«

»Sei still«, raunzte ihm de Boer zu, der sich das Funkgerät nah ans Ohr gedrückt hatte. Sein anderes Ohr hielt er sich zu, denn mittlerweile waren die touristischen Gäste aus dem »Domstein« gedrängt und hatten sich auf dem Hauptmarkt vor dem Restaurant versammelt. Sie redeten aufgeregt und laut aufeinander ein.

»LePetit hat offenbar das unterirdische Trier in der Liebfrauenstraße verlassen«, referierte de Boer für seinen Chef die Informationen der Leitstelle, »und versucht, in Richtung Basilika zu flüchten.«

»Schnell«, rief Ferschweiler, »vielleicht können wir zwei ihn ja noch stoppen. Bis die Verstärkung da ist, ist er vermutlich schon über alle Berge. Denn er scheint zu allem entschlossen. Sonst wäre er nicht geflohen. Aber sein Fluchtweg bietet nicht viele Möglichkeiten.«

***

Der Reisebus kam wie gerufen. Langsam rollte er in den Bereich der ehemaligen Domimmunität und kam kurz vor der am Bischofspalast beginnenden Fußgängerzone zum Stehen. Mit einem lauten Pfeifen öffnete sich die vordere Tür. Doch bevor die junge Reiseleiterin in ihrer schicken blauen Uniform aussteigen konnte, hatte LePetit bereits das Fahrzeug bestiegen.

»Wir sind leider kein Linienbus«, lächelte ihn der Fahrer freundlich, aber bestimmt an. »Sie können also hier nicht zusteigen.«

»Und ob ich das kann«, sagte LePetit. Er grinste sarkastisch und zog seine Pistole. »Schließ schnell wieder alle Türen, du Klugscheißer, sonst knall ich dich ab.«

Mit vor Schreck geweiteten Augen betätigte der Busfahrer den entsprechenden Schalter und nahm danach langsam die Hände hoch. »Was soll das?«, fragte er entgeistert, aber LePetit hatte sich bereits der jungen Reiseleiterin genähert, die steif vor Schreck auf der Treppe zum Fahrgastraum stand, und ihr seinen Arm um den Hals gelegt. Seine Pistole drückte er ihr in die Seite.

»Seid alle still«, sagte er, »und verhaltet euch so, wie ich es euch sage.«

Noch hatte kaum jemand bemerkt, was vorgefallen war. Die meisten Fahrgäste, mehrheitlich ältere Männer und Frauen, waren hoch konzentriert damit beschäftigt, sich auf das anstehende Aussteigen vorzubereiten. Plötzlich herrschte Totenstille im Bus, alle blickten nach vorn, einige erkannten die Waffe an der Seite der Reiseleiterin. Wider Erwarten brach keine Panik aus.

»Setzt euch wieder hin«, brüllte LePetit. »Ich bestimme jetzt, was geschieht.« Wie um seinen Worten Nachdruck zu verleihen, hob er die Pistole und gab einen Schuss in die Decke des Busses ab.

Nun gab es kein Halten mehr. Frauen schrien, Männer brüllten, und alle versuchten, so schnell wie möglich wieder auf ihre Sitze zu kommen.

»Leg den Gang ein«, rief LePetit dem Fahrer zu, »und bring mich hier aus diesem Tollhaus raus. Fahr aus der Stadt raus, ich sag dir schon, wohin.«

»Zu spät«, erwiderte der Fahrer. »Hinter dem Bus steht bereits ein weiterer. Ich kann unmöglich zurücksetzen.«

»Dann fahr halt über den Domplatz. Fahr einfach geradeaus«, blaffte LePetit, den allmählich Panik befiel. »Und lass dich nicht abschrecken von einzelnen Bullen, die sich dir in den Weg stellen könnten. Lass die Kiste einfach rollen. Fahr einfach über alles hinweg.«

Langsam setzte sich der Bus in Bewegung.

»Was seid ihr eigentlich für ein komisches Clübchen, dass ihr in die Fußgängerzone einfahren dürft?« Trotz seiner inneren Unruhe war LePetit neugierig wie immer.

»Wir kommen aus Triers Partnerstadt Weimar und sind eine Delegation der dortigen Trier-Gesellschaft. Unser und der hiesige Oberbürgermeister sind auch an Bord«, sagte die Reiseleiterin leise.

LePetit schien seinen Ohren nicht zu trauen. »Wer ist auch an Bord?«, fragte er. »Dombrowski?«

»Ja, auch Ihr Stadtvorstand«, antwortete die junge Frau, die zitternd von LePetit im leichten Schwitzkasten gehalten wurde. »Er ist vor knapp fünf Minuten am Rathaus zugestiegen und wollte mit uns in der ›Weinstube Kesselstadt‹ zu Abend essen.«

»Und wo ist der Gute?«, fragte LePetit mit einem satten Grinsen. Er konnte sein Glück gar nicht fassen. Da konnte er sich die noch anstehende Suche ja sparen.

»Gerade stand er noch hier vorn neben unserem OB.«

Mit der Reiseleiterin im Arm durchschritt er den Bus und blickte in jede einzelne Sitzreihe. Doch Dombrowski war nicht zu finden. Als er in der letzten Sitzreihe ankam, stutzte LePetit.

Sollte er ihn übersehen haben? Dombrowski? Den konnte man doch gar nicht übersehen, dieses Dauergrinsen und den albernen Dreitagebart. Und unter den Sitzen konnte der sich auch nicht verstecken. Wo war er also?

Beim Blick zurück Richtung Fahrer wurde dem Koch klar, wo der OB steckte. Die WC-Anzeige stand leuchtend rot auf »Besetzt«.

Mit gezielten Tritten versuchte LePetit, die Abortkabine des Busses zu öffnen. Den Hals der Reiseleiterin hatte er dazu losgelassen, doch hielt er immer noch eines ihrer Handgelenke umklammert. Wie paralysiert stand sie neben ihm, hielt ihre freie Hand vor ihren Mund und hauchte verzweifelt: »Oh nein, oh nein.«

Die Kabinentür wollte nicht nachgeben. Nach drei vergeblichen Versuchen hatte der Koch die Nase voll. »Komm raus, Dombrowski«, schrie er, »sonst schieße ich durch die Tür! Willst du, du Megaoberstadtwichtigpolitiker, auf dem Klo verrecken? Im Scheißhaus?« Er brach in ein kehliges Lachen aus. »Stell dir die Schlagzeile im ›Volksfreund‹ vor: *OB auf rollendem Abort hingerichtet.* Was für eine Publicity! Und alle denken: recht so, da gehört der auch hin.« Wieder fiel LePetit in dieses unheimliche Lachen.

Im Bus, der noch immer langsam in Bewegung war und mittlerweile fast die Sternstraße erreicht hatte, war es mucksmäuschenstill. LePetit richtete seine Waffe auf die Toilettentür und drückte ohne zu zögern ab. Der Kunststoff der Tür splitterte, als das Projektil ihn durchdrang; aus dem Inneren der Kabine war Schreien zu vernehmen.

»Nein, nicht!«, rief Dombrowski von innen. Dann schnappte das Schloss der Tür zurück, und ein verängstigter, im Gesicht schweißnasser Mann schälte sich aus dem engen WC.

»Da ist er ja, der Spitzenpolitiker«, die Häme in LePetits Stimme war nicht zu überhören. »Komm raus und benimm dich wie ein Mann und nicht wie ein Kaninchen.«

Kaum hatte sich Dombrowski halbwegs aufgerichtet, packte ihn LePetit am Kragen und zerrte ihn in den Gang des Busses.

Die Reisebegleiterin, die er zuvor losgelassen hatte, flüchtete sich in die hinterste Sitzreihe und duckte sich mit vor Panik weit aufgerissenen Augen hinter einen Sitz.

»Du Schwein!«, schrie LePetit Dombrowski an und drückte ihm seine Pistole auf die Stirn. »Warum hast du damals keine Hilfe geholt, als du sie da blutend und wimmernd am Straßenrand hast liegen sehen? Warum nicht?«

Dombrowski war mittlerweile auf die Knie gegangen. Der Lauf der Pistole bohrte sich tief in seine Haut. Er winselte.

»Warum nicht?«, schrie der Koch erneut mit vor Wut gebleckten Zähnen. Speichelfäden liefen aus seinen Mundwinkeln. Seine Augen waren fast schwarz. »Es wäre doch ein Leichtes gewesen, bei der Rettung anzurufen. Ihr hattet doch ein Autotelefon. Es hätte ja auch anonym sein können.«

Dombrowski sackte immer weiter in sich zusammen, hielt seine Arme verschränkt vor sein Gesicht und stöhnte laut.

»Ich weiß es nicht«, entfuhr es ihm, »ich weiß es nicht. Wir hatten doch beide getrunken … wir waren beide völlig neben der Kapp … und überall war dieses Blut … überall … es war furchtbar.«

»Ja, verdammt«, LePetit trat Dombrowski in die Seite, »es war das Blut meiner Frau, meiner geliebten Frau. Und du, du Sau, du hast sie auf dem Gewissen.«

Mit einem lauten Knacken spannte er den Hahn der Pistole.

»Neeeiiin …«, schrie der Oberbürgermeister, »ich wollte das doch nicht! Ich wollte doch nur nach Hause.«

»Du bist ein verdammtes verlogenes Dreckschwein. Vertuscht hast du alles, warst nicht Manns genug, zu deinem Fehler zu stehen. Dachtest stattdessen nur an Karriere, Karriere, Karriere. Du elendes Miststück. Nun aber ist es vorbei.«

Die übrigen Passagiere des Busses waren komplett hinter ihren Sitzen in Deckung gegangen. Nur einer traute sich in den Gang.

»Bitte seien Sie doch vernünftig«, versuchte er beruhigend auf LePetit einzureden. »Es lohnt sich doch nicht, zu versuchen, ein offenbar schon lange zurückliegendes Unglück mit einem neuen zu sühnen. Machen Sie sich doch nicht auch zum Mörder.«

LePetit wirbelte herum und richtete die Waffe auf den Redner, einen Mittfünfziger mit Bauchansatz und kurz rasiertem Schädel.

»Ach ja«, schrie er, »und wer ist da so oberschlau? Bist du jemals in einer solchen Scheißlage gewesen?«

Dombrowski krümmte sich immer mehr zusammen und schluchzte laut. Uringeruch stieg auf.

»Ja«, antwortete der Mann, der sich dem Koch mit erhobenen Händen langsam näherte, »ich weiß, wovon Sie sprechen. Ich habe beim vorletzten Elbehochwasser meine Frau verloren. Sie ist ertrunken, bevor die Feuerwehr sie retten konnte. Sie saß im Rollstuhl, und ich konnte sie nicht aufs Dach bugsieren. Die Dachluke war zu eng, Sie verstehen? Aber es ging danach weiter. Ich hatte Freunde.«

»Ach, halten Sie doch Ihr blödes Maul.« LePetit wurde immer ungehaltener und trat Dombrowski in die Seite. »Was wissen Sie denn schon? Hier geht es doch um etwas ganz anderes. Nicht um ein Unglück. Hier geht es um Mord.« LePetit hob beide Arme und schrie mit vorgehaltener Waffe wie irre in den Bus: »MOOOOOORD!«

Dann, nach einer kurzen Pause, in der er die Pistole sofort wieder auf den Mann im Gang des Busses gerichtet hatte, fügte er etwas ruhiger hinzu: »Das, was dieser Feigling hier ...«, er zog Dombrowski so an den Haaren nach oben, dass der vor Schmerzen aufschrie, »getan hat, ist unverzeihlich, weil es kein Unfall war. Er hat vorsätzlich gehandelt.«

Der Koch zog weiter an den Haaren des Politikers, beugte sich zu ihm und spie ihm ins Gesicht. »Komm, alter Freund, sag den Anwesenden endlich, wie es gewesen ist. Berichte ihnen von deinen kleinen Spielen mit dem Baudezernenten. Berichte, was für euch Spaß war, wenn ihr mit dem Wagen nach ein paar Schnäpsen unterwegs wart.«

LePetit hatte Dombrowski mittlerweile auf die Beine gestellt. Der nasse Fleck auf dessen Hose war nicht mehr zu übersehen. Es roch nach Fäkalien.

»Er hat sich in die Hose gemacht, unser Lieblingspolitiker«, blaffte der Koch voller Zynismus. »Oje, was soll denn jetzt noch kommen?«

Dann drückte er ihm die Pistole in die Rippen, hielt ihn an seinen Haaren gepackt und schrie: »Berichte also endlich, du Scheißkerl. Sonst kannst du nur noch deinem Schöpfer Rechenschaft ablegen, wenn dir überhaupt noch jemand zuhören will.«

***

»Die Liebfrauenstraße haben die Kollegen dichtgemacht, da kommt keiner mehr raus!«, rief de Boer Ferschweiler zu, der in schnellem Schritt in Richtung Sichelstraße ging, die den Hauptmarkt mit dem Dom verband. Wegen der Vorbereitungen für die Heilig-Rock-Wallfahrt hatte die Stadt den Durchgang zwischen Hauptmarkt und Domfreihof so verengt, dass man nur noch, geleitet von stählernen Absperrgittern, an der Fassade des Palais Walderdorff entlanggehen konnte. Kaum dass man den Domplatz betrat, wurde man durch die Kolonnaden des Palais in Richtung Norden abgeleitet.

Der Platz selbst war gesperrt. Helfer des Bistums hatten hier bereits einige Zelte errichtet, die den Zugang zum Dom regulieren sollten. Eine Kunstinstallation mit farbig gestalteten Pilgerstäben aus Fundholz, die in Kübeln steckten, stand über den Freihof verteilt.

»Der Kollege von der Schutzpolizei hat vorhin beobachtet, wie LePetit einen Reisebus bestiegen hat.«

»Auf dem Domplatz? Das geht doch gar nicht. Wie soll der denn dahin gekommen sein?« Ferschweiler wunderte sich nur so lange, bis er den Bus auf dem Domplatz sah, der langsam in Richtung Sichelstraße rollte.

»Da ist er!«, rief er. »Das muss er sein. Wim, halt ihn auf. Beordere Sondereinsatzkräfte hierher, schnell.«

Doch es war bereits zu spät. Mit großer Kraft und lautem Krachen fuhr der Bus in die Absperrung zwischen Freihof und Sichelstraße und walzte die Absperrgitter nieder.

Ferschweiler sah den hilflos den Kopf schüttelnden Busfahrer.

Es hatte wohl tatsächlich eine Geiselnahme gegeben. Doch das Unglaubliche geschah. Laut knirschend kam der Bus nach wenigen Metern zum Stehen. Eines der Gitter hatte seine Lenkung blockiert, und der Fahrer konnte den Setra nur mit Mühe kurz vor der Fassade des Palais Walderdorff stoppen.

Ferschweiler stand vor der großen Panoramascheibe des Busses und versuchte, in dessen Inneres zu blicken. Außer dem Fahrer konnte er niemanden erkennen. Mit Handzeichen bat er ihn, die vordere Tür zu öffnen. Doch der Fahrer machte keinerlei Anstalten, seinen Anweisungen Folge zu leisten. Er schüttelte nur erneut den Kopf und hielt seine Hände starr am Lenkrad.

De Boer, begleitet von drei Polizisten, war hinzugetreten. Der Busfahrer nahm mit entsetztem Gesicht die Hände hoch. Schweiß lief ihm deutlich sichtbar über die Stirn.

»LePetit ist da drin«, sagte de Boer. »Wir haben Zeugen. Zudem den Anruf eines Insassen des Busses. Er hat der Leitstelle eine Geiselnahme und einen bewaffneten Geiselnehmer gemeldet, der bereits von seiner Waffe Gebrauch gemacht haben soll. Das SEK ist unterwegs.«

»Gab es Verletzte?«, fragte Ferschweiler. Als de Boer verneinte, fügte er hinzu: »Dann sichern wir jetzt die Sichelstraße und den Domfreihof und schließen den Bus mit den eintreffenden Kräften nach und nach ein. Wäre doch gelacht, wenn LePetit nicht in Kürze aufgeben würde. Evakuiert außerdem den Hauptmarkt und den Domplatz.«

Während einer der Uniformierten zustimmend nickte und erste Befehle in sein Funkgerät sprach, trat de Boer näher an Ferschweiler heran. »Es gibt nur ein Problem«, sagte er leise. »Vielleicht will LePetit den Bus ja gar nicht mehr verlassen.«

Ferschweiler verstand seinen Kollegen nicht und blickte ihn fragend an.

»Na«, sagte de Boer. »Ich habe gerade einen Anruf von einem Arzt bekommen, der sich als Hausarzt von LePetit vorstellte und schon eine wahre Odyssee durch unsere Abteilungen im Präsidium hinter sich hatte, bevor man ihn mit mir verbunden hat.

Er berichtete, LePetit habe einen nicht operablen Hirntumor, der ihn in den nächsten Tagen töten werde.«

»Ja, und?« Ferschweiler verstand nicht, was der Holländer ihm damit sagen wollte. »Was hat das mit dem Bus zu tun?«

»Der Bus kommt aus Weimar«, sagte de Boer und zeigte auf das durch den Aufprall auf die Absperrgitter leicht verbeulte Nummernschild. »Die thüringische Trier-Gesellschaft sitzt fast komplett da drin, samt dem OB unserer Partnerstadt.«

»Und du meinst, LePetit rächt sich nun stellvertretend auch noch an dem?« Ferschweiler konnte es nicht glauben. »Aber der kann doch gar nichts dafür.«

»Nein, so nicht. Unser OB sitzt auch im Bus. Er ist wohl für die letzten fünfhundert Meter bis zum Palais Kesselstadt, wo sie gemeinsam essen wollten, zugestiegen, so die Infos aus dem Rathaus.«

Ferschweiler war verwirrt. »Was hat denn Dombrowski mit LePetit zu tun?«

Doch bevor de Boer antworten konnte, entstand, für alle von außen gut sichtbar, Bewegung im Bus.

***

»Nun?« LePetit dirigierte Dombrowski in den vorderen Bereich des Busses. »Was meint mein alter Politikerfreund? Will er reden?«

Der OB rutschte den Weg nach vorn mehr auf Knien, als dass er lief. Immer wieder schluchzte er laut und beteuerte seine Unschuld.

»Ich war's doch nicht, ich war's doch nicht«, wimmerte er.

LePetit schienen diese Äußerungen nicht zu stören. Herrisch bat er den Fahrer um das Mikrofon, damit er zu den Insassen des Busses sprechen konnte, ohne schreien zu müssen. Die vor der Panoramascheibe des Reisegefährts ablaufenden Aktionen der Polizei schienen ihn nicht zu beeindrucken – wenn er sie überhaupt wahrnahm.

»Meine Damen und Herren«, begann er seine Ansprache. »Der OB Ihrer Partnerstadt möchte Ihnen ganz persönlich etwas beichten, was er noch niemals zuvor …«, er blickte Dombrowski aus schwarz funkelnden Augen an, »und ich sage: noch NIEMALS zuvor gebeichtet hat. Es geht dabei *nur* um einen kleinen Spaß.«

LePetit hatte sich verschluckt und hustete, bevor er fortfuhr. »Sie wissen ja, der erfolgreiche Jurist, Dieter Dombrowski, ist immer zu Späßen aufgelegt. Egal wo. Bei Tag und auch bei Nacht. Und er kann auch wirklich gut Witze erzählen, nicht wahr? Das hat er doch bestimmt bei Ihnen in Weimar schon oft unter Beweis gestellt.«

LePetit ließ seinen Blick über die Sitzreihen schweifen. Kaum ein Kopf war zu sehen. »Wo seid ihr denn, verdammt noch mal, ihr blöden Ossis?«, schrie er völlig überraschend. »Ich rede mit euch und will eure Köpfe sehen, sonst blase ich sie euch weg. Einen nach dem anderen.«

Wie auf Befehl erschienen die Mitreisenden wieder in ihren Sitzreihen.

»Geht doch«, sagte LePetit entspannt. »Weiter im Text.«

Wieder wandte er sich Dombrowski zu und hielt ihm das Mikrofon vor den Mund.

»Und nun, mein liebes Noch-Stadtoberhaupt, berichte von deinen Hobbys und Verfehlungen.« Mit Wucht hieb er seine Faust auf die Schulter des Oberbürgermeisters. »Und spare bitte nicht die erotischen Details und Geschichten aus, du weißt, welche ich meine. Gerade für die interessieren sich unsere Goethe-Adepten und Schiller-Freunde ganz besonders.«

Dann zog er sein Mobiltelefon aus der Tasche, wählte eine Nummer und legte es neben Dombrowski auf den Boden.

Dombrowski räusperte sich, doch er brachte nur ein Krächzen hervor.

»Nun sprich schon und gackere nicht so, du elender Wurm!«, schrie ihn LePetit erneut an. Er schien zum Äußersten entschlossen.

»Ja«, versuchte der OB unter erkennbar großer Kraftanstrengung, »ich habe Schuld am Tod von Julia, der Frau dieses Herrn. Aber es war ein Unfall, das müssen Sie mir, meine Damen und Herren, bitte glauben.«

»Meine Damen und Herren«, äffte ihn LePetit höhnisch nach und brüllte ihm dann direkt ins Ohr. »Du bist hier nicht im Ratssaal oder auf einer deiner bescheuerten Wahlkampfveranstaltungen! Hier wird nicht grinsend mit der neuen Weinkönigin für die Kameras gepichelt. Hier wird nun endlich die Wahrheit gesprochen. Also, fasse dich kurz, du hast nicht mehr viel Zeit auf Erden.« Letzteres hatte LePetit wieder völlig ruhig gesprochen.

Dombrowski rang nach Atem. Er nahm alle seine Kräfte zusammen, atmete tief ein und begann mit fester Stimme zu sprechen.

»Ja, ich bin verantwortlich für den Tod von Julia Siewerding.«

LePetit war sichtlich überrascht von dem plötzlichen Wandel im Auftreten des eben noch am Boden zerstörten Politikers.

»Ich bereue es zutiefst. Ich bereue allerdings nicht nur, dass ich damals keinen Krankenwagen gerufen habe, als ich sie mit betrunkenem Kopf auf einem Weg, den ich niemals mit dem Auto hätte befahren dürfen, beim Joggen erfasst und überfahren habe. Ich bereue auch, dass ich nicht früher etwas gegen meine Alkoholabhängigkeit unternommen habe, die mich damals quälte und die mich sehr im Alltag beeinträchtigte.«

Im Bus war es still. Eine Stecknadel hätte man zu Boden fallen hören können. Die nunmehr hektischen Aktivitäten der Polizei außerhalb des Busses waren zwar durch die bronzierten Scheiben zu sehen, allerdings nicht zu hören.

»Aber Sie wissen ja vielleicht, wie das in Weingegenden wie dieser ist. Der gute Tropfen ist hier Kultur und wird selbst auf Schulfesten in Anwesenheit Minderjähriger nicht nur ausgeschenkt, sondern auch mehr als reichlich konsumiert. Niemand findet etwas dabei. Will man hier dazugehören, dann muss man mitmachen. Ich wollte an die Stadtspitze. Was sollte ich also tun?«

»Alkoholismus als *soft skill*, dass ich nicht lache!«, brüllte LePetit. »Du hast gern gesoffen, du elender Lügner, nicht nur aus Kalkül.«

Dombrowski brüllte zurück: »Ja, es hat mir dann irgendwann auch gefallen! Nach den ersten drei Gläsern Riesling waren die

Sorgen weg, und Entspannung machte sich breit. Was meinst du, du oberschlauer Küchenbulle, wie ätzend es sein kann, von einer Sitzung zur nächsten zu hetzen und zwischendurch noch in irgendwelchen Altenheimen halb toten Senioren zum vielleicht letzten Geburtstag zu gratulieren! Und auch da hörst du dann gebetsmühlenartig immer wieder die Geschichte von der gesundheitsfördernden Eigenschaft des Weintrinkens.«

LePetit hatte der Wutausbruch seines Gegenübers nachdenklich gestimmt. Er schwieg.

»Und dann«, fuhr Dombrowski fort, »waren da noch die Abende mit Carl-Theodor Jungbluth. Mit ihm verband mich eine enge Partnerschaft, Freundschaft möchte ich es nicht nennen. Er hatte Ziele wie ich, und wir konnten nur voneinander profitieren.«

»Er war ein Schwein wie du, kein Unterschied«, erwiderte LePetit.

»Doch«, konterte der Oberbürgermeister. »Er konnte zum einen mehr vertragen als ich. Und zum anderen war er um ein Vielfaches rücksichtsloser als ich. Er ging förmlich über Leichen. Als ich bemerkte, wie er gestrickt war und weswegen er Politik betreiben wollte, da war es zu spät. Da hatte er bereits ein prall gefülltes Dossier über mich und meine kleineren wie größeren Fehler und Fehltritte erstellt. Er hatte mich fortan in der Hand.«

»Du hast weiterhin gute Miene zum bösen Spiel gemacht und wurdest seine willfährige Marionette.«

»Was sollte ich denn machen? Ihn auffliegen lassen? Das hätte auch mich alles gekostet. Mein Leben wäre zerstört gewesen, zudem das meiner Frau und das meiner damals noch kleinen Kinder. Niemand hätte mehr einen Politiker gewählt, der wie ein Loch soff, regelmäßig Bordelle besuchte und auch nicht davor zurückschreckte, Schmiergelder in großer Höhe anzunehmen.«

»Aber so ist dein Leben nun auch zerstört …«

»Ja, das stimmt. Aber damals dachte ich noch, ich könnte Jungbluth irgendwann eine Falle stellen, das Dossier verschwinden lassen und damit alles ungeschehen machen.«

»Was dann ja auch geklappt hat, zumindest das Verschwindenlassen. Die Polizei hat bei CT jedenfalls offiziell nichts dergleichen gefunden«, zeigte sich LePetit gut informiert.

»Aber damit habe ich nichts zu tun. Umgebracht habe ich CT nicht.«

»Das weiß ich, dazu bist du zu feige.« Düster funkelte LePetit Dombrowski an, der ihn seinerseits voller Entsetzen betrachtete. »Aber glaube mir: Jedes Schwein findet seinen Metzger. Doch zurück zu Julia.«

***

Hauptkommissar Willms vom SEK trat neben Ferschweiler und de Boer, die am Anfang der Sichelstraße standen und ihre Ohren merkwürdig vertraut gemeinsam an Ferschweilers Handy hielten.

»Ist alles in Ordnung?«, wollte Willms wissen. »Oder kann ich vielleicht helfen?«

»Alles gut«, sagte Ferschweiler und gebot Willms mit einer Geste, still zu sein.

***

»Ich habe mir in den letzten fünfundzwanzig Jahren wirklich viel zuschulden kommen lassen.« Dombrowski war immer noch sehr gefasst, wenn auch das Schütteln seines Kopfes deutlich machte, wie zerrissen er innerlich war. »Was ich aber nie gemacht habe: Ich habe nie anderen meine Hilfe versagt oder sie gar körperlich geschädigt.«

»Bis auf Julia, du scheinheiliger, nach Seelen schnappender Petrijünger«, ging LePetit erbost dazwischen.

»Ja, bis auf Julia. Du hast recht. Aber sonst nie. Denk an die Stiftungen, die ich gegründet habe, an mein Engagement in Afrika und Afghanistan.«

»Jetzt stilisier dich mal nicht als Gutmensch, du Dreckschwein.« LePetit wurde wieder ungehalten und drückte Dombrowski den Lauf seiner Pistole tiefer in die Seite. »Hör auf, herumzusülzen, sondern sag endlich die Wahrheit. Warum hast du verdammt noch mal keine Hilfe geholt?«

»Es war Jungbluth, der es mir verboten hat!«, schrie Dombrowski voller Verzweiflung. »Wir waren doch beide sternhagelvoll. Kamen vom Weinfest in Olewig. Und damit wir nicht doch noch vom Trachtenverein erwischt wurden, sind wir durch die Straße Unter Kleeburg gefahren. Eigentlich ist sie nur für Fußgänger und landwirtschaftlichen Verkehr freigegeben. Aber CT war das egal. Er hatte im Vorfeld des Festes sogar die Schranke an der Straße öffnen lassen, damit wir hinterher ohne Probleme dort durchfahren konnten«, führte der OB seine Beichte schluchzend fort. »Als es dann passiert war, da hat er mich daran gehindert, aus dem Auto zu steigen und nach Julia zu sehen. Ich wusste ja, wen ich überrollt hatte. Ich hatte sie an ihren Joggingsachen und an ihrem beim Laufen immer so keck wippenden Pferdeschwanz erkannt. Ich wusste, dass sie immer so gegen elf Uhr abends dort joggte. Aber CT blieb hart. ›Dieter‹, hat er gesagt, ›wenn du jetzt aussteigst, bist du erledigt. Vergiss die Schlampe‹, hat er gesagt, ›und gib Gas. Noch hat uns keiner gesehen. Also los.‹ Und ich Idiot habe getan, was er von mir verlangte, habe einfach Gas gegeben und bin weitergefahren. Daheim, bei mir, haben wir dann noch zwei Flaschen Riesling auf die gelungene Flucht geleert, über den Abend gelacht und einige Filmchen geschaut.« Dombrowski weinte nun offen. »Selbst als ich am nächsten Morgen wieder klar denken konnte, habe ich nichts unternommen, sondern mir noch selbst zur gelungenen Vertuschung gratuliert. Den Wagen habe ich in der Garage gewaschen, sodass nichts mehr von ihrem Blut, den Haut- und Textilresten zu sehen war. Glaub mir, es war schrecklich. Ich schäme mich heute so für mein Verhalten.«

»Schrecklich war das, was Julia durchleben musste. Sterbend im Graben einer Straße liegen, blutüberströmt, ohne Hoffnung auf Rettung.« LePetit straffte seinen Körper. »Du hast mein Leben zerstört, Dombrowski. Es reicht. Deine Lügen und Ausreden will niemand mehr hören. Und deine Reue hätte schon vor Jahren kommen müssen. So erscheint sie nur als eine Ausrede.

Du winselst um dein verpfuschtes, nun zu Ende gehendes Leben. Geh auf die Knie und beug dich vor. Die Zeit ist gekommen. Auge um Auge … Aber du sollst noch etwas leiden. Ich habe noch Zeit. Zwar nur ein wenig, aber es reicht. Julia hat circa zehn Stunden sterbend im Graben gelegen. Diese Zeit, diese sechshundert Minuten, wirst du nun auch sterben, wirst du nun warten auf den dich treffenden Schuss.« Dann trat LePetit mit einem Absatz seiner Stiefel auf sein Mobiltelefon und beendete die Verbindung.

In Ferschweilers und de Boers Ohren knackte es laut.

»Mein Gott«, entfuhr es Ferschweiler, »was für Abgründe. Dombrowski ist für den Tod von Augustes Frau verantwortlich.«

»Und in der Öffentlichkeit hat er immer den smarten Saubermann und gut gelaunten Macher gegeben«, sagte de Boer. »Entsetzlich.«

»Politik ist bekanntermaßen ein schmutziges Geschäft, aber so?« Ferschweiler konnte noch immer nicht fassen, was er soeben gehört hatte. »Das wird ein Nachspiel haben.«

»Aber nicht jetzt«, sagte de Boer. »Es bleiben uns noch zehn Stunden. Was sollen wir also tun?«

»Vorerst abwarten«, sagte Ferschweiler. »Lass uns erst einmal den neuen Leitstand beziehen, den die Kollegen vor dem Palais Walderdorff eingerichtet haben. Hier können wir im Moment nichts tun.«

FÜNF

Neuneinhalb Stunden waren vergangen, ohne dass sich etwas im oder um den Bus herum getan hätte. Die Nacht war über Trier hereingebrochen, und alles war still geworden.

Gegen sechs Uhr morgens, gerade begann es im Osten leicht zu dämmern, trat Hauptkommissar Willms an die Kriminalbeamten heran, die sich in einem als Kommandozentrale dienenden Bus versammelt hatten. Er bat Ferschweiler und de Boer zu einer kurzen Lagebesprechung. Er machte ihnen unmissverständlich klar, dass es nun an der Zeit sei, seinen Männern das Zeichen zur Erstürmung des entführten Busses zu geben.

»Gut«, sagte Ferschweiler müde, »ich kann Ihren Aktionismus verstehen. Aber wie wollen Sie mit Ihren Männern in den Bus kommen, Willms? Für mich sieht der aus wie eine Konservendose auf Rädern. Wollen Sie den aufschneiden? Ich weiß ja nicht …«

Auch de Boer blickte den Leiter des SEK erwartungsvoll an.

»Viele Möglichkeiten gibt es nicht, da haben Sie wohl recht«, gab der Schwarzuniformierte zu. »Schwachstellen hat der Setra an den nach außen zu öffnenden Dachluken sowie an den Seitenfenstern, die man im Notfall von innen eindrücken kann, um ins Freie zu gelangen. Zusammen mit den beiden Türen hätten wir also acht Möglichkeiten, relativ schnell in den Bus zu gelangen.«

»Was heißt ›relativ schnell‹?«, wollte de Boer wissen.

Willms zögerte keinen Moment. »Im Idealfall auf dem Dach zehn, an den Türen und Fenstern knapp zwanzig Sekunden. Dann wären wir drin. Wir müssten den Entführer ablenken. Der ist im Moment eh müde, da garantiere ich für. Daher empfehle ich, eine Blendgranate durch eine der Dachluken zu werfen und auch außen Feuerwerk zu zünden. Dann sind die fünfundzwanzig Sekunden, die meine Männer brauchen, um den Bus komplett zu stürmen und zu sichern, schon fast rum, bevor der Entführer sich überhaupt orientieren kann.«

»Und wenn er den OB oder eine andere Person direkt mit der Waffe bedroht?«

»Dann wird es schwer, dann hilft nur eine schnelle Reaktion und im Notfall ein finaler Rettungsschuss.«

Ferschweiler wurde mulmig zumute. Ihm kam die Erstürmung des Flugzeugs von Mogadischu in den Sinn. Auch de Boer wirkte nicht ganz glücklich.

»Meinen Sie nicht, Willms, wir sollten verhandeln?« Ferschweiler empfand diese Variante immer noch als die beste aller Lösungen.

»Diese Entscheidung treffe nicht ich«, sagte der erst vor wenigen Monaten nach Trier gekommene Beamte. »Ich führe nur aus. Und ich kann Ihnen garantieren, Ferschweiler, dass meine Männer alles im Griff haben. Die sind absolute Spitze. Sie können sich zu einhundertfünfzig Prozent auf sie verlassen.« Er richtete sich zu seiner vollen, Ferschweiler um einiges überragenden Länge auf.

Der Kommissar dachte nach. Er, der seine eigene Dienstwaffe immer eingeschlossen im Büro verwahrte, hielt nichts vom Einsatz von Gewalt. Nur im äußersten Notfall war er damit einverstanden. Konnte man hier nicht noch etwas durch Verhandlungen erreichen?

»Wim«, sagte er zu seinem Kollegen, der den Bus ebenso wie Willms mit einem Feldstecher anvisierte. »Ich muss fünf Minuten nachdenken und hole uns beim schottischen Fleischklopsbrater neben dem Café Steipe einen Kaffee. Hältst du solange in meinem Sinne die Stellung?«

De Boer nickte schweigend. Ferschweiler ging schnellen Schrittes über den Hauptmarkt Richtung des alten, erst spät in den 1960er-Jahren wiederaufgebauten repräsentativen Hauses der Trierer Bürgerschaft. Ihm musste schnell etwas einfallen.

***

Von Weitem war leise die typische Melodie der Bahnsteigansagen zu hören, die den ersten Regionalzug dieses Tages in Richtung Saarbrücken ankündigte. Tauben saßen gurrend auf einigen abgestellten Waggons auf dem Rangiergelände.

Irina Lebedeva erwachte nur langsam. Ihr schmerzten Glieder und Unterleib, ihr Kopf schien zu platzen. Nur mit Mühe konnte sie ihre geschwollenen Lider öffnen. Das Licht der allmählich aufgehenden Sonne tat ihr in den Augen weh. Ihre vom Schweiß verklebten Haare kitzelten sie im Nacken und an den Ohren. Auch das in und unter ihrer Nase verkrustete Blut quälte sie.

Was waren das nur für Tage und Nächte gewesen. Noch nie in ihrem Leben hatte sie sich so hilflos, so ausgeliefert gefühlt wie in den vergangenen achtundvierzig Stunden. Erst die Entführung, kurz bevor sie ihre Wohnung betrat. Dann die langen Stunden mit dem Plastiksack über dem Kopf, in dem nur ein kleines Atemloch vor ihrer Nase war. Und dann die folgende Behandlung.

Sie versuchte, sich einen Überblick über die Lage zu verschaffen. Bisher hatte sie noch immer eine Lösung gefunden. Warum also nicht auch jetzt?

Sie wurde stutzig. Jemand hatte ihre mit einem dicken Stahldraht zusammengebundenen Unterarme an den Puffer eines Eisenbahnwaggons fixiert und ihre Beine auf die gleiche Art an dem gegenüberstehenden Wagen befestigt. Allerdings lag sie mit ihrem gesamten Rücken auf dem Boden, ob der Umstände also eher bequem. Die Stahlseile wurden mit Schellen zusammengehalten, sodass sie sich ohne fremde Hilfe nicht würde befreien können. Doch sie kannte das Bahngelände. Sie wusste, dass hier ab sechs Uhr in der Früh allerhand Betrieb herrschte – und das war schon bald. Der erste Mitarbeiter des Rangierwerks würde ihr zu Hilfe eilen und sie befreien. Werkzeuge dazu gab es sicher genug.

Erleichtert atmete sie ein und aus. Sie dachte erneut an den Grund ihrer hoffentlich bald endenden Gefangenschaft. Je länger sie überlegte, desto weniger konnte sie sich einen Reim darauf machen, warum ihr so übel mitgespielt worden war und welchen Grund es dafür gegeben haben könnte, sie aus dem Verkehr zu ziehen. Bisher hatten sie alle doch nur gelobt, waren stets mit dem, was sie getan hatte, zufrieden gewesen. Oder sollte sich einer der Kunden beschwert haben? Vielleicht der mit den brutalen Vorlieben in den Thermen, dem sie sich schließlich verweigert hatte?

Ihr Blick fiel auf die Kupplung zwischen den Waggons. Sie waren nicht miteinander verbunden. Wie konnte das sein? Standen nicht sonst immer alle Züge einsatzbereit auf den Abstellgleisen? Was war hier los?

Dreihundert Meter weiter vorn schaltete in diesem Moment das Signal für das Gleis, auf dem sich der Zug befand, auf Grün. Zuerst spürte sie nur einen leichten Ruck an ihren Füßen, als sich der Zug in Bewegung setzte.

***

Im Bus war es die Nacht über ruhig geblieben. LePetit hatte vorn neben dem Fahrer Position bezogen und alle Insassen sowie die Reisebegleiterin und den Fahrer in den hinteren Sitzreihen zusammengepfercht. Toilettengänge hatte er nur selten zugelassen. Dombrowski kniete noch immer im Mittelgang.

LePetit selbst hatte nicht geschlafen. Wie denn auch? Zum einen musste er um jeden Preis verhindern, dass der OB entkam. Zum anderen hämmerten in seinem Kopf die von Stunde zu Stunde heftiger werdenden Schmerzen so stark, wie es ihm sein Arzt für seine allerletzten Stunden prophezeit hatte. Es blieb ihm also nicht mehr viel Zeit.

Er wollte seine Rache – und er wollte sie jetzt. Nicht die Justiz sollte Gerechtigkeit üben – LePetit musste fast lachen: die Justiz und Gerechtigkeit. In seinem Leben war er von diesem Gedanken stets enttäuscht worden. Erst die Dinge, die ihm in seiner Jugend, anfangs in Algerien, dann in Frankreich, passiert waren; dann seine Erfahrungen in Deutschland. Recht hatte, wer Einfluss besaß oder es sich kaufen konnte. So sah er es jetzt. Denn nun sah er klar. Er hatte das Gefühl, noch nie so klar gedacht zu haben – und das trotz der Schmerzen.

Und dennoch … Aber nein. Er verbannte die aufkeimenden Zweifel an seinem Handeln wieder aus seinen Gedanken. Diesmal war er an der Reihe, diesmal würde er gewinnen. Also stand er auf. Seine Stimme war klar und deutlich, als er sprach.

»Es ist so weit. Die Zeit ist gekommen.«

***

Ferschweiler hatte den Weg über den Hauptmarkt tatsächlich zum Nachdenken genutzt. Allerdings waren seine Gedanken in alle möglichen Richtungen vagabundiert; mit der Situation auf dem Domplatz hatten sie sich nicht wirklich beschäftigt. Nun, zurück im Wagen des Leitstands, war er schlagartig wieder in der Realität angekommen.

»Da«, sagte Wingertszahn-Lichtmeß voller Aufregung nach wenigen Sekunden – Ferschweiler hatte gerade einen ersten Schluck Kaffee genommen –, »seht! Die hintere Tür des Busses öffnet sich! Es tut sich was.«

Ferschweiler trat hektisch näher. Auch de Boer hatte sich von seinem Stuhl erhoben und schaute Wingertszahn-Lichtmeß konzentriert über die Schulter. Wie die Kameras zeigten, kam auch beim Sondereinsatzkommando Unruhe auf.

Willms stand bereits in der Tür. »Zugriff?«, fragte er.

»Nein«, entgegnete Ferschweiler. »Wir warten noch.« Dann zu de Boer: »Ich gehe jetzt zum Bus. Kommst du mit?«

De Boer nickte.

»Sie und Ihre Männer halten sich bereit. Sie schießen erst, wenn ich ein Zeichen gebe, haben Sie verstanden?«

Willms grummelte etwas für Ferschweiler Unverständliches, nickte aber flüchtig.

Die beiden Polizisten traten auf den Domplatz.

Die Tür des Busses war weit geöffnet, als Ferschweiler sich langsam näherte. De Boer hatte die Hand an der Waffe und hielt sich dicht hinter seinem Chef. Im Bus war keine Bewegung auszumachen. Doch dann fiel im Inneren ein Schuss. Ferschweiler wollte gerade in Deckung gehen, als jemand seinen Namen rief. Es war LePetit.

»Bleib hier und schau: Hier kommt der Delinquent!«

Sekunden später taumelte Dieter Dombrowski die engen Stufen des Busses hinunter und fiel vor dem Fahrzeug auf dem Pflaster des Domplatzes auf die Knie.

»Ich habe es nicht gewollt«, begann er sofort zu stammeln. »Bitte, helfen Sie mir!«

Dann trat LePetit aus dem Bus, sichtlich gezeichnet von Erschöpfung und Schmerzen. »Hallo Rudi«, sagte er. »Gut, dass du als Zeuge hier bist.«

Langsam hob er die Pistole hinter den Kopf des OBs.

»Es ist an der Zeit.«

Sein Finger krümmte sich um den Abzug.

»Zahn um Zahn«, sagte er.

»Bitte!« Ferschweiler wollte dazwischengehen. »Lass uns doch reden.«

Doch es war zu spät. Wie eine kleine Detonation zerriss ein Schuss die frühmorgendliche Stille des Domplatzes. Tauben flogen aus den ihnen als Schlafplatz dienenden nahe stehenden Platanen auf. Ansonsten war nur das Aufschlagen eines Körpers auf dem Pflaster des Platzes zu vernehmen. Dann schrien Männer Befehle, Frauen weinten, die Sirenen von Rettungswagen waren zu hören. Das Drama hatte ein Ende gefunden.

EPILOG

»Was für ein Wetter«, klagte Ferschweiler, nachdem er den Regenschirm ausgeschüttelt hatte und in den Schankraum des »Standhaften Legionärs« getreten war. »Es hätte Quint sicherlich nicht gefallen, dass der Himmel an seinem Begräbnistag weint. Und das zum ersten Mal nach vier Wochen andauernder, drückender Hitze.«

De Boer lachte und hielt Möllemann die Kneipentür auf. »Seien Sie doch nicht so sentimental, Ferschweiler«, sagte seine Vorgesetzte. »Es war doch alles in allem eine sehr würdige Beerdigung. Sogar das Orchester des Polizeisportvereins hat ausnahmsweise einmal den Ton getroffen.«

Ferschweiler, der seinen Mantel an den Garderobenständer neben der Theke gehängt hatte, trat auf seine Chefin zu und half ihr aus der regennassen Jacke. Sie war erst gestern aus dem Krankenhaus entlassen worden, wo sie sich die letzten Tage wegen ihrer traumatischen Erfahrungen stationär hatte behandeln lassen.

»Sie waren noch nie hier, oder?«, fragte er.

»Nein«, war ihre Antwort. Möllemann schien sich in Rosis Gaststätte sichtlich wohlzufühlen. »Aber es ist nett hier, fast so wie damals bei uns in Marl, so urig, echt und ungeschminkt.«

Rosi kam aus der Küche und nahm Ferschweiler zärtlich in den Arm. »Schön, dass ihr hier seid. War es nicht allzu traurig?«

»Es war schwer.« Ferschweiler schien mit den Tränen zu kämpfen. »Er war einer meiner besten Freunde, einer der wenigen echten.«

Rosi gab ihm tröstend einen Kuss, dann lächelte sie de Boer und Möllemann an. »Hoffentlich hat euch der Leichenschmaus im ›Postillion‹ nicht den Appetit verdorben. Ich habe euch nämlich ein wirklich leckeres Essen gekocht: Es gibt Hunsrücker Spießbraten mit Biersoße, Bratkartoffeln und Kaabes à la Legionär.«

De Boer klatschte vor Freude in die Hände; er hatte die Trierer Küche mittlerweile lieben gelernt. »Na, dann setzen wir uns doch schnell und nehmen einen kleinen Umtrunk. Und dann stoßen wir auf den Dicken im kleinen Kreis an. Er hat es mehr als verdient.«

Nachdem sich die drei um den Tisch platziert hatten, kam Rosi mit einem Tablett, auf dem sie vier hohe Sektgläser balancierte.

»Ich habe zum Trost für euch einen neuen Aperitif kreiert. Es ist eine hoffentlich gelungene Mischung aus Weinbergpfirsichlikör, Obstler und Elblingsekt. Bin gespannt, ob er euch schmeckt. Ist ein altes Rezept aus der Eifel.«

Möllemanns Augen begannen zu leuchten. »Ein Feinschmeckerlokal …«, sagte sie begeistert.

»Na, nun übertreiben Sie mal nicht, meine Liebe«, sagte Rosi augenzwinkernd. »Aber ich gebe mein Bestes.«

Dann reichte sie Ferschweiler einen Umschlag. »Hier, mein Lieber, hat heute der Briefträger gebracht. Hat wohl schon eine gewisse Odyssee hinter sich. Die Post musste angeblich die Anschrift ermitteln.«

Ferschweiler nahm das Kuvert und las die Adresse vor: »Ferschweiler, Standhafter Soldat, Trier« stand darauf geschrieben.

De Boer musste lachen. »Dass der überhaupt angekommen ist«, sagte er. »Normalerweise geht so etwas doch an den Absender zurück. Von wem ist er?«

»Auguste LePetit, Dorfstraße 15, Klausen«, las Ferschweiler vor. Am Tisch verstummten alle.

»Wollen Sie ihn nicht aufmachen?«, fragte Möllemann ungeduldig. »Vielleicht enthält er ja noch etwas, das für unsere Ermittlungen wichtig sein könnte.«

»Aber die sind doch abgeschlossen. Zwar liegt Lolita Knöth noch im Koma und wir konnten noch nicht mit ihr reden, aber die Indizien sprechen mittlerweile alle gegen sie. Auf einem der Fotos ist sie deutlich zu sehen, wie sie etwas aus einem kleinen Metallröhrchen in CTs Cocktailglas schüttet. Und das auf der

Damentoilette in den Thermen gefundene Röhrchen trägt eindeutig ihren Fingerabdruck. Zudem ist die darauf befindliche Gravur das Firmenzeichen ihres Cousins aus Golzow in Brandenburg, der dort eine homöopathische Praxis betreibt. Er hat sich auf Heilmittel spezialisiert, die aus heimischen Pilzen gewonnen werden. Im vergangenen Winter hat er seiner Cousine verschiedene gemahlene Pilze zu Therapiezwecken geschickt. Unter anderem circa tausend Gramm getrockneten Ziegelroter Risspilz, aus dem leicht eine letale Dosis des giftigen Alkaloids Muscarin gewonnen werden kann. Spuren von dem Zeug haben unsere Leute im besagten Röhrchen gefunden. Ich glaube, das ist wasserdicht.«

»Aber sie hat doch davon gesprochen, dass sie ihn nicht habe umbringen wollen? So steht es zumindest in den Akten.«

Ferschweiler war erstaunt, dass Möllemann sich offensichtlich die Ermittlungsakten hatte kommen lassen, obwohl sie krankgeschrieben war. Nun verstand er auch, warum sie ihn heute noch nicht auf den Fall angesprochen hatte – sie war bereits auf dem neuesten Stand.

»Das stimmt. Klar nachzuweisen ist das aber nicht mehr. Die Kollegen am Gerichtsmedizinischen Institut der Universität Mainz gehen davon aus, dass die CT verabreichte Menge zu gering war, um einen Mann vom Gewicht Jungbluths zu töten. Aber er nahm verschiedene Herzmittel, sodass die Gerichtsmediziner auf eine selten vorkommende, aber pharmazeutisch dokumentierte Wechselwirkung zwischen Pilzgift und Arzneimittel tippen. Genaueres konnten sie nicht mehr herausfinden. Die Proben standen doch schon zu lange ungekühlt in Quints heiligen Hallen.«

»Da wird die Knöth dann wohl glimpflich davonkommen, wenn sie wieder aufwacht.« Möllemann schüttelte missbilligend den Kopf.

»Wenn«, warf de Boer ein. »Die Ärzte sind sich da nicht so sicher.«

»Und was ist mit Dombrowski?«

»Gegen den wird ermittelt. Er ist aber auf freiem Fuß. Baron hingegen ist noch immer flüchtig. Nur Auguste, der eigentlich mehr Opfer als Täter war, ist tot, erschossen vom SEK«, erwiderte Ferschweiler. »Aber gut. Schauen wir mal in den Briefumschlag.«

Langsam riss er das Kuvert auf und entnahm ihm eine zusammengefaltete Seite eines alten, handgeschriebenen Kochbuchs sowie ein kleines, in braunes Packpapier eingeschlagenes Kästchen.

De Boer griff sich, während Ferschweiler das Papier auseinanderfaltete, das Päckchen und packte es aus. »Eine Kassette von einem Diktiergerät ... Es ist die, die in CTs Haus als einzige fehlte, du erinnerst dich? Hier, die Beschriftung: Es ist eindeutig CTs Handschrift.«

»Und was ist das da für eine Buchseite?« Möllemann war sichtlich aufgeregt.

»Es ist ein Brief«, räusperte sich Ferschweiler erstaunt. »Und er ist komplett auf Französisch geschrieben.«

»Gib ihn mir«, sagte de Boer lachend, da er um Ferschweilers Fremdsprachenkenntnisse wusste. Kurz ließ er seine Blicke über das Papier wandern, dann las er ihn flüssig vor, so als ob er auf Deutsch geschrieben wäre:

»Mon cher Rudolph,
wenn du dies liest, dann wirst du mich sicherlich nicht mehr als deinen Freund bezeichnen. Du wirst mich verurteilt haben als einen abscheulichen Verbrecher und als jemanden, der sich der gerechten Strafe entzieht. Dabei war das, was ich getan habe, nichts gegenüber dem, was andere taten. Mein Leid war in all den Jahren nach dem Tod meiner Frau schier grenzenlos. Die Wunde, die ihr gewaltsamer Tod in mein Leben gerissen hat, hat sich nie geschlossen. Rache war für mich eigentlich nie ein Thema. Eigentlich. Doch dann, als ich erfahren habe, dass es derselbe war, der für die Schließung meines Restaurants verantwortlich war, der meinen Stern so einfach hat im Graben verbluten lassen und der damals dabei war und ebenfalls nichts unternommen hat, und als ich sah, mit welcher Arroganz diese Menschen heute auf andere – auch auf mich und dich – herab-

blickten, da konnte ich zum ersten Mal verstehen, dass Rache auch ihr Gutes haben, dass Rache einem vielleicht sogar den Schmerz und die Trauer nehmen kann. Aber ich habe gefehlt, Rudolph. Ich habe mich versündigt und musste erkennen, dass ich nicht hassen kann. Vergeben aber, das konnte ich auch nicht. Und so tat ich, was ich tun musste. Ich konnte nicht anders. Ich zerschnitt die Bremsleitungen von CTs Wagen am Abend der Feier in den Thermen. Dass dann jemand anderes dadurch zu Schaden kam, wollte ich nicht. Ich wollte ihn töten, ihn, der mir in meinem Leben so viel Schaden zugefügt und Leid verursacht hat. Aber ich hätte es nie mit Dingen aus meiner Küche tun können. Denn die war mir heilig. Verzeih mir bitte all dies als deinem Freund.
Und noch etwas: Mit diesem Brief schicke ich dir eine Kassette. Darf ich dich um einen letzten Gefallen bitten, oder nein, darf ich dich vielmehr im Namen meiner geliebten Frau um diesen Gefallen bitten? Nimm das kleine Tonband, das ich von einer guten Freundin aus dem Rathaus habe, mit der ich mehr als nur Rezepte tauschte. Woher sie es hat, weiß ich nicht, ist aber letztendlich auch egal. Höre es dir genau an. Höre genau auf die Stimmen, und du wirst verstehen, warum es für mich so schwer war, Schluss zu machen, ohne am Ende noch dieses unwürdige Drama zu veranstalten. Rudolph, du warst immer jemand, der integer war und auf den man sich stets verlassen konnte: Nun, mon commissaire, handele, wie du handeln musst. Und nimm keine Rücksicht auf Ämter oder Würden – die meisten haben keine Würde und gehören nicht in das Amt, das sie bekleiden. Leb wohl. Ich habe einen unheilbaren, inoperablen Tumor in meinem Stammhirn, der mich innerhalb kürzester Zeit, vielleicht noch heute, bestimmt aber morgen, umbringen wird. Wenn dich dieser Brief erreicht, bin ich mit Sicherheit schon tot. Denn ich werde es abkürzen, werde mich selbst erschießen. Ich will aufrecht sterben, nicht dahinsiechen. Ich habe schon so viele sterben sehen. Rudolph, mon cher, verzeihe mir bitte.
Adieu, Auguste

PS: Auf der Rückseite dieses Briefes steht das Rezept für mein Cassoulet, das dir immer so gut geschmeckt hat. Niemand kennt es, es ist eine Erfindung von mir. Beachte die verschiedenen Zutaten, die kein anderer Koch jemals in ein Cassoulet hineintun würde. Sie sind das Geheimnis. Du hast doch eine Freundin, die eine Gaststätte führt. Vielleicht mag sie es ja einmal kochen.«

Als de Boer geendet hatte, standen Ferschweiler Tränen in den Augen. Vielleicht war es doch bald an der Zeit, aufzuhören. Doch bevor er sich seiner Schwermut hingeben konnte, kam Rosi mit dampfenden Tellern um die Ecke.

»Es ist nun Zeit zu essen«, sagte sie. »Denn der Tag hat nur vierundzwanzig Stunden, und das Leben ist kurz, zu kurz für so vieles – und manchmal ist es schneller vorbei, als man es sich wünscht. Irgendwann müsst auch ihr schließlich mal abschalten und genießen. Man kann nicht immer nur arbeiten, für was auch? Also: Seid meine Gäste und lasst es euch so richtig schmecken. Ermitteln könnt ihr morgen wieder.«

Glossar

Andouillette – französische Wurstsorte. Sie wird aus dem Darm sowie dem Magen von Schweinen und teilweise auch von Kälbern, Kühen oder Enten hergestellt.

Cassoulet – ein Eintopf aus dem Süden Frankreichs, der Region Languedoc. Er besteht aus weißen Bohnen, Speck, gepökeltem Schweinefleisch und Würstchen. Je nach Region werden auch Lammfleisch, Gans oder Ente hinzugegeben.

Dibbelabbes – ist ein im Hunsrück, in der Eifel, im Saarland, Rheinland und dem Westerwald verbreitetes Kartoffelgericht.

Et Mon – die Monika

Kaabes – Kohl

Klabbschmeer – Butterbrot

Mäggo – Zigarette

Muffländer – trierischer Ausdruck für die Bewohner des Saarlands

Porz – Trinkgefäß von 0,4 Liter aus weißem Steingut oder Porzellan für Viez

Schangen / Schängelschen – Bewohner von Luxemburg

Stubbi – normierte, kleine stabile braune bauchige und 330 Milliliter fassende Bierflasche

Viez – Apfelwein, Trierer Nationalgetränk

Quellen

Die Übersetzung aus dem Trierischen bezieht sich auf die folgende Quelle: Josef Marx und Horst Schmitt: Trierer Wörterbuch, Trier 2011.

Die dem Text vorangestellte Gedichtzeile entstammt: Ilse Kibgis: Herbst, in: dieselbe: Meine Stadt ist kein Knüller in Reisekatalogen, Oberhausen 1984, S. 49.